# 用聽的背日檢 N1 單字6200

齊藤剛編輯組

日文＋中文 MP3

- MP3 大力播放
- 一個日文單字，一個中文意思
- 二遍背單字法，搞定 N1 單字

# 前言

2010 年後的新日檢中，N1「文字　語彙」（25 題）的比重調降，納入「言語知識」項目中，與「文法」合起來佔 60 分。雖然比重降低，但大家都知道，單字是拿分最有效率的項目，同時也是日語能力的根基。因此字彙能力的累積、培養是絕對不可輕忽，反而是平常就要多磨練的基本功。

本書因應新制需求而設計，特色如下：

**增加口語用法及慣用句、諺語等**：因為新日檢的測試目標明確訂定為「測驗學習者的日語溝通能力，以及是否能利用該能力來解決各種生活上實質的問題」，為了提高實用力，新日檢出現許多比較口語的用法及慣用句、諺語等，針對此項目標，本書增加收錄了口語上的用法及慣用句、諺語等，讀者準備起考試可以更為周全。

**收錄舊日檢的考題提供練習**：雖然舊考題題型已有所更動，但是就單字回饋練習而言，比起自行撰寫的模擬考題，製作嚴謹的考古題是更好的選擇。

**全方位的收錄單字基準**：由於新日檢不再公布「出題基準」，而增加準備考題的困難度，但是 N1 的範圍也不是沒有規則可循。在新日檢應考指南中提到幾個重點，如：「看懂家電等等的使用說明書」、「聽懂天氣預報與新聞內容」、「填寫獎學金申請表以及各種表格的運用」、「從對話中聽出對方想表達的重點與目的」。因此本書在收錄單字時便以此為準則，同時參照舊出題基準，完整收錄必考核心字彙，提高準備 N1 考試的精準度。

新日檢希望學習者不要死背句型文法而忽略溝通能力，希望本書的設計不僅能幫助奪取高分，也能真正達到新日檢所設定學以致用的目標！

# 本書特色

## 一網打盡的編輯方式，不只考試，學校、生活運用完全攻略！

### (1) 詞彙的排列順序

平假名詞彙在先，片假名詞彙在後，按 50 音圖順序排列。

### (2) 體例以及符號的意義

1. 聲調：用①、②、③等表示
2. 詞彙的表記形式：漢字表記用【】，外來語語源用（）表示
3. 詞性：用■表示
4. 多義詞的詞義：用「；」隔開
5. 同一意思的不同表達形式：用「，」隔開
6. 關聯詞、派生詞：用「⇨」表示
7. 近義詞：用「⇒」表示
8. 慣用形、諺語：用「➡」表示
9. 反義詞、對應詞：用「⇔」表示
10. 同義詞或同一詞彙的另外的表記形式：用「＝」表示
11. 考古題：（2000-I-3）2000 年的第一大題的第三小題

### (3) 略語表示

| | | | |
|---|---|---|---|
| 名 | 名詞 | 副 | 副詞 |
| 代 | 代名詞 | 接續 | 接續詞 |
| 五 | 五段動詞 | 助 | 助詞 |
| 上一 | 上一段動詞 | 助動 | 助動詞 |
| 下一 | 下一段動詞 | 連體 | 連體詞 |
| サ | サ變動詞 | 連語 | 詞組 |
| カ | カ變動詞 | 感 | 感嘆詞 |
| 自 | 自動詞 | 接尾 | 接尾語 |
| 他 | 他動詞 | 接頭 | 接頭語 |
| 形 | 形容詞 | 略 | 略語 |
| 形動 | 形容動詞 | 補助 | 補助動詞 |
| 形動タルト | 文言形容動詞 | 造語 | 創造的新詞 |

# あ

| | |
|---|---|
| あいいれない ⓪ | 【相容れない】連語 不相容，互相矛盾　＝相容(あいい)れず |
| あいきょう ③ | 【愛嬌】名（言行舉止、長相）討人喜歡、親切，動人；令人會心一笑的言行；好感 |
| あいする ③ | 【愛する】他サ 喜愛；熱愛，敬愛，愛護；愛，戀；愛好 |
| あいそ ③ | 【愛想】名 和藹，親切；好感；招待；算賬<br>＝あいそう　⇨ 無愛想(ぶあいそう)（簡慢；態度不和善，冷淡）<br>➡ 愛想(あいそ)がいい（和藹可親）　➡ 愛想(あいそ)が尽(つ)きる（厭煩） |
| あいだがら ⓪ | 【間柄】名 關係，交情 |
| あいちゃく ⓪ | 【愛着】名・自サ 留戀，依依難捨 |
| あいつ ⓪ | 名（不拘謹的口氣）那傢伙，他，她，那小子 |
| あいつぐ ① | 【相次ぐ・相継ぐ】自五 相繼發生，接連 |
| あいどく ⓪ | 【愛読】名・他サ 愛讀，喜歡讀<br>⇨ 愛読書(あいどくしょ)（愛讀的書） |
| あいなかばする ① ② | 【相半ばする】自サ 各半，兼半<br>➡ 賛否相半(さんぴあいなか)ばする（贊成反對各半）<br>➡ 功罪相半(こうざいあいなか)ばする（功罪各半） |
| あいぼう ⓪ ③ | 【相棒】名 同事，同伙，搭檔　＝パートナー |
| あいま ⓪ ③ | 【合間】名（空間、時間的）空檔，間隔；空隙 |
| あいまって ① | 【相俟って】副 相輔，相結合；趕上時機 |
| あいよう ⓪ | 【愛用】名・他サ 愛用，喜歡用 |
| あえぐ ② | 【喘ぐ】自五 喘氣；苦於，掙扎於 |
| あおぐ ② | 【仰ぐ】他五 仰視；尊敬；依靠，仰仗；一口氣喝完 |
| あおぐ ② | 【扇ぐ・煽ぐ】他五 搧風；煽動 |
| あおぞら ③ | 【青空】名 藍天；室外，露天 |
| あおむける ④ ⓪ | 【仰向ける】他一 仰起　⇔ 俯(うつむ)ける<br>⇨ 仰向(あおむ)け（仰天，朝上） |

| | |
|---|---|
| あか 2 | 【垢】名 汙垢；水垢；污濁 ➡ 垢(あか)を落(お)とす（去汙） |
| あかし 0 | 【証し】名 證據，證明；清白的證據 |
| あかす 3 0 | 【明かす】他五 說出，道破，揭露；過夜<br>➡ 夜(よ)を明(あ)かす（過夜，通宵） |
| あがめる 3 | 【崇める】他下一 崇敬，崇拜，尊敬 |
| あかつき 0 | 【暁】名 拂曉，黎明；到～（實現）的時候 |
| あからむ 4 | 【赤らむ】自五 變紅，紅起來 |
| あき 2 | 【飽き】名 厭煩 ⇨ 飽(あ)き飽(あ)き（厭煩，膩煩）<br>➡ 飽(あ)きが来(く)る（厭煩，夠了） |
| あく 0 | 【灰汁】名 植物的澀液；（煮湯煮出來的）浮沫；個性強，俗氣 ⇨ あく抜(ぬ)き（舀掉〔湯的〕浮沫） |
| あくい 1 | 【悪意】名 惡意 |
| あくじ 1 | 【悪事】名 惡行，壞事 |
| あくしつ 0 | 【悪質】名・形動 品質壞，粗劣；惡性，惡劣 ⇔ 良質(りょうしつ) |
| あくしゅ 1 | 【握手】名・自サ 握手；和好；合作 |
| あくせく 1 | 副（不得閒暇）辛辛苦苦，忙忙碌碌；拘泥細節，（為小事）自尋煩惱 |
| あくどい 3 | 形 過於濃豔，太膩；惡毒，毒辣 |
| あくどく 0 | 【悪徳】名 缺德，不道德 |
| あぐら 0 | 名 盤腿坐 |
| あくる 0 | 【明くる】連體 下一個，翌，第二 |
| あけくれる 4 0 | 【明け暮れる】自一 熱衷於，埋頭於，致力於；日子一天一天過去 |
| あけはなつ 4 | 【開け放つ】自五 敞開，全打開 |
| あご 2 | 【顎】名 下巴<br>➡ あごが干(ひ)上(あ)がる（無法糊口）<br>➡ あごで使(つか)う（頤指氣使）<br>➡ あごを出(だ)す（精疲力盡）<br>➡ あごが落(お)ちる（非常好吃） |

| | |
|---|---|
| あさ 2 | 【麻】名 麻，麻布，皮膚青一塊紫一塊 |
| あざ 2 2 | 【痣】名 痣；青腫 |
| あざける 3 | 【嘲る】他五（對人輕蔑地）嘲笑 |
| あさはか 2 | 【浅はか】形動 膚淺，淺薄 |
| あさましい 4 | 【浅ましい】形 悲慘的；卑鄙的；無聊的 |
| あざむく 3 | 【欺く】他五 欺騙；（以「～を（も）欺く」的形式）賽過，勝似 |
| あさめしまえ 5 | 【朝飯前】名 輕而易舉；吃早飯之前 |
| あざやか 2 | 【鮮やか】形動 鮮豔，鮮明；出色，精彩 |
| あさゆう 1 | 【朝夕】名・副（名）到早上和晚上，早晚；（副）每天，經常 |
| あさる 0 2 | 【漁る】他五（動物）覓食；到處找尋，獵取；打漁 |
| あざわらう 4 | 【嘲笑う】他五 嘲笑 |
| あじ 1 | 【鯵】名 竹莢魚 |
| あしがかり 3 | 【足がかり】名 登高時踏的地方，踏板；線索，開端 |
| あしからず 3 | 【悪しからず】連語・副 請原諒，不要見怪 |
| あしどり 0 4 | 【足取り】名 腳步，步伐；行蹤；（商業市場等）行情動向 |
| あしなみ 0 | 【足並み】名（隊伍）步伐，步調<br>➡ 足並み（あしなみ）をそろえる（步伐一致） |
| あしば 3 | 【足場】名（建築）鷹架；（工作等）立足點，根基；交通之便 |
| あしぶみ 3 0 | 【足踏み】名・自サ（原地）踏步；停滯不前 |
| あせる 2 | 【褪せる】自下一 褪色 |
| あぜん 0 | 【唖然】形動タルト 啞然，目瞪口呆 |
| あたいする 0 | 【値する】自サ 值得；價錢相當於 |
| あたかも 1 2 | 【恰も・宛も】副 宛如；正值，正好 |

| | |
|---|---|
| あたり 0 | 【当（た）り】名・造語 打中，命中；中獎；成功，稱心如意；著落，頭緒；接待，應付；感覺；平均，每 |
| あっか 0 | 【悪化】名・自サ 惡化；(人的品行、事物狀態等)變壞 ⇔好転（こうてん）(好轉) |
| あっけ 0 3 | 【呆気】名 驚愕，發愣<br>➡ あっけにとられる（感到驚愕，嚇呆，發愣） |
| あっけない 4 | 【呆気ない】形 過於簡單；(內容等)未盡興，不過癮的 |
| あっさり 3 | 副・自サ 清淡；爽快；輕易 |
| あっしょう 0 | 【圧勝】名・自サ 大勝；以壓倒性優勢獲勝 |
| あっせん 0 | 【斡旋】名・他サ 斡旋，調停；介紹(工作)，關照 |
| あっというまに 0 | 【あっという間に】連語 一瞬間，轉眼功夫 |
| あっとう 0 | 【圧倒】名・他サ 壓倒；凌駕　⇨ 圧倒的（あっとうてき） |
| あっぱく 0 | 【圧迫】名・他サ 壓迫；欺壓；抑制 |
| あつらえる 4 3 | 【誂える】他下一 訂做，點菜<br>⇨ 誂（あつら）え（訂做）　⇨ 誂（あつら）え物（もの）(訂做的東西) |
| あつりょく 2 | 【圧力】名 壓力；威壓　⇨ 圧力団体（あつりょくだんたい）(壓力團體) |
| あて 0 | 【当て】名 目的，目標；指望；墊具，護具<br>⇨ 肩当（かたあ）て（肩膀護具）　⇨ 膝当（ひざあ）て（膝蓋護具）<br>➡ 当（あ）てにする（指望）　➡ 当（あ）てにならない（靠不住） |
| あて 0 | 【宛て】造語(接在表示目的地的名詞後面)寄給，發給，匯給；每……，平均……，分攤…… |
| あてがう 0 3 | 【宛てがう】他五 貼、靠(於某物上)；分配，選配 |
| あてじ 0 | 【当て字】名 借用字，音譯字，假借字 |
| あでやか 2 | 【艶やか】形動 豔麗，嬌豔 |
| あてる 0 | 【宛てる】他下一 發給；寄給 |
| あてる 0 | 【充てる】他下一 充當 |

| | |
|---|---|
| あと 1 | 【跡】名 痕跡，印記；跡象；行蹤，下落；遺跡，遺物，廢墟等；家業；後繼者<br>➡ あとを追（お）う（追趕；緊接著死去；效仿別人）<br>➡ あとを隠（かく）す（藏起，躲起）<br>➡ あとを継（つ）ぐ（續承家業）<br>➡ あとを踏（ふ）む（承襲前人〔的事業〕） |
| あと 1 | 【後】名（順序）後，後面，後方；以後，之後；死後；後任，後繼者；子孫；剩下的；後果，還有<br>➡ 後（あと）の雁（がん）が先（さき）になる（後來居上）<br>➡ 後（あと）は野（の）となれ山（やま）となれ（只顧眼前不管將來） |
| あとかたづけ 3 4 | 【後片付け・跡片付け】名・他サ 收拾，整理 |
| あとしまつ 3 | 【後始末・跡始末】名・他サ（事情完成後）收拾，整理；善後 |
| あとまわし 3 | 【後回し】名 延緩；推遲，往後挪，緩辦 |
| あともどり 3 | 【後戻り】名・自サ 原路折回；退回（原來狀態），倒退 |
| あながち 0 | 【強ち】副（下接否定）未必，不一定，不見得 |
| あなどる 3 | 【侮る】他五 輕視，蔑視 |
| あべこべ 0 | 名・形動 相反，顛倒 |
| あほう 2 | 【阿呆・阿房】名・形動 愚蠢（的人、行為等） |
| あまくち 0 | 【甘口】名 甜的，帶甜味；愛吃甜食的人；甜言蜜語，花言巧語 |
| あまだれ 0 | 【雨だれ】名（從屋簷等處滴下的）雨滴 |
| あまみず 2 | 【雨水】名 雨水 |
| あまもり 2 | 【雨漏り】名・自サ 漏雨；漏下來的雨水 |
| あまやどり 3 | 【雨宿り】名・自サ（在屋檐下、樹下等處）避雨 |
| あみ 2 | 【網】名 網；羅網　➡ 網（あみ）を張（は）る（張網；佈下羅網） |
| あやうい 0 3 | 【危うい】形 危險，危急 |
| あやうく 0 | 【危うく】副 好不容易，終於；險些，差一點就～，眼看就～ |

| | |
|---|---|
| あやしむ [3] | 【怪しむ】**他五** 覺得奇怪，懷疑 |
| あやつる [3] | 【操る】**他五** 操縱，控制；駕駛，駕馭；掌握，使用（某種語言） |
| あやぶむ [3] | 【危ぶむ】**他五** 擔心，覺得危險；懷疑，不相信 |
| あやふや [0] | **形動** 含糊，靠不住　⇒曖昧（あいまい） |
| あやまち [4][3] | 【過ち】**名** 過失；失敗，錯<br>⇨ 過（あやま）つ（犯錯，弄錯）　➡ 過（あやま）ちを犯（おか）す（犯錯） |
| あやまる [3] | 【誤る・謬る】**他五** 搞錯，弄錯；耽誤，貽誤<br>⇨ 誤（あやま）り（錯誤） |
| あゆみよる [0][4] | 【歩み寄る】**自五** 接近，靠近；妥協，讓步 |
| あゆむ [2] | 【歩む】**自五** 步行；前進，進展<br>⇨ 歩（あゆ）み（走，步行；腳步，步調；歷程，進程） |
| あらあらしい [5] | 【荒荒しい】**形** 粗暴，粗野　⇔細（こま）かい |
| あらい [0] | 【粗い】**形** 粗糙；（空隙）粗，大；稀疏　⇔細（こま）かい<br>➡ 細工（さいく）が粗（あら）い（手藝粗糙） |
| あらけずり [0][3] | 【荒削り】**名・形動** 粗略刨過；粗糙 |
| あらす [0] | 【荒らす】**他五** 使荒蕪，使亂七八糟；騷擾；糟踏；偷盜 |
| あらたまる [4] | 【改まる】**自五** 改變，更新；改善，革新；鄭重其事，一本正經 |
| あらっぽい [4][0] | 【荒っぽい】**形** 粗暴，粗野；粗糙的，潦草的 |
| あられ [0] | 【霰】**名**（比冰雹小的）霰；切成碎塊的年糕；切成骰子形狀的食品；小正方形白點花樣 |
| あらわす [3] | 【著す】**他五** 著作，著，寫 |
| ありあり [3] | **副** 清清楚楚 |
| ありあわせ [0] | 【在り合（わ）せ】**名** 現成，現有（的東西） |
| ありきたり [0] | 【在り来り】**名・形動** 通常，一般，常有，不稀奇 |
| ありげ [3][0] | 【有り気】**名・形動** 似乎有，彷彿有<br>➡ 由緒（ゆいしょ）ありげな寺（てら）（似乎頗有來歷的寺廟） |

| | |
|---|---|
| あと ① | 【跡】名 痕跡，印記；跡象；行踪，下落；遺跡，遺物，廢墟等；家業；後繼者<br>➡ あとを追う（追趕；緊接著死去；效仿別人）<br>➡ あとを隠す（藏起，躲起）<br>➡ あとを継ぐ（續承家業）<br>➡ あとを踏む（承襲前人〔的事業〕） |
| あと ① | 【後】名（順序）後，後面，後方；以後，之後；死後；後任，後繼者；子孫；剩下的；後果，還有<br>➡ 後の雁が先になる（後來居上）<br>➡ 後は野となれ山となれ（只顧眼前不管將來） |
| あとかたづけ ③④ | 【後片付け・跡片付け】名・他サ 收拾，整理 |
| あとしまつ ③ | 【後始末・跡始末】名・他サ（事情完成後）收拾，整理；善後 |
| あとまわし ③ | 【後回し】名 延緩；推遲，往後挪，緩辦 |
| あともどり ③ | 【後戻り】名・自サ 原路折回；退回（原來狀態），倒退 |
| あながち ⓪ | 【強ち】副（下接否定）未必，不一定，不見得 |
| あなどる ③ | 【侮る】他五 輕視，蔑視 |
| あべこべ ⓪ | 名・形動 相反，顛倒 |
| あほう ② | 【阿呆・阿房】名・形動 愚蠢（的人、行為等） |
| あまくち ⓪ | 【甘口】名 甜的，帶甜味；愛吃甜食的人；甜言蜜語，花言巧語 |
| あまだれ ⓪ | 【雨だれ】名（從屋簷等處滴下的）雨滴 |
| あまみず ② | 【雨水】名 雨水 |
| あまもり ② | 【雨漏り】名・自サ 漏雨；漏下來的雨水 |
| あまやどり ③ | 【雨宿り】名・自サ（在屋檐下、樹下等處）避雨 |
| あみ ② | 【網】名 網；羅網　➡ 網を張る（張網；佈下羅網） |
| あやうい ⓪③ | 【危うい】形 危險，危急 |
| あやうく ⓪ | 【危うく】副 好不容易，終於；險些，差一點就～，眼看就～ |

| | |
|---|---|
| あやしむ ③ | 【怪しむ】他五 覺得奇怪，懷疑 |
| あやつる ③ | 【操る】他五 操縱，控制；駕駛，駕馭；掌握，使用（某種語言） |
| あやぶむ ③ | 【危ぶむ】他五 擔心，覺得危險；懷疑，不相信 |
| あやふや ⓪ | 形動 含糊，靠不住　⇒曖昧（あいまい） |
| あやまち ④③ | 【過ち】名 過失；失敗，錯<br>⇨ 過（あやま）つ（犯錯，弄錯）➡ 過（あやま）ちを犯（おか）す（犯錯） |
| あやまる ③ | 【誤る・謬る】他五 搞錯，弄錯；耽誤，貽誤<br>⇨ 誤（あやま）り（錯誤） |
| あゆみよる ⓪④ | 【歩み寄る】自五 接近，靠近；妥協，讓步 |
| あゆむ ② | 【歩む】自五 步行；前進，進展<br>⇨ 歩（あゆ）み（走，步行；腳步，步調；歷程，進程） |
| あらあらしい ⑤ | 【荒荒しい】形 粗暴，粗野　⇔細（こま）かい |
| あらい ⓪ | 【粗い】形 粗糙；（空隙）粗，大；稀疏　⇔細（こま）かい<br>➡ 細工（さいく）が粗（あら）い（手藝粗糙） |
| あらけずり ⓪③ | 【荒削り】名・形動 粗略刨過；粗糙 |
| あらす ⓪ | 【荒らす】他五 使荒蕪，使亂七八糟；騷擾；糟踏；偷盜 |
| あらたまる ④ | 【改まる】自五 改變，更新；改善，革新；鄭重其事，一本正經 |
| あらっぽい ④⓪ | 【荒っぽい】形 粗暴，粗野；粗糙的，潦草的 |
| あられ ⓪ | 【霰】名（比冰雹小的）霰；切成碎塊的年糕；切成骰子形狀的食品；小正方形白點花樣 |
| あらわす ③ | 【著す】他五 著作，著，寫 |
| ありあり ③ | 副 清清楚楚 |
| ありあわせ ⓪ | 【在り合（わ）せ】名 現成，現有（的東西） |
| ありきたり ⓪ | 【在り来り】名・形動 通常，一般，常有，不稀奇 |
| ありげ ③⓪ | 【有り気】名・形動 似乎有，仿彿有<br>➡ 由緒（ゆいしょ）ありげな寺（てら）（似乎頗有來歷的寺廟） |

| | |
|---|---|
| ありさま 2 0 | 【有（り）様】名 狀況，狀態，形勢 |
| ありのまま 5 0 | 【有りの儘】名・副・形動 據實，事實上 |
| ありふれる 0 4 | 【有り触れる】自下一 普通，常見，不稀奇，司空見慣 |
| あわい 2 | 【淡い】形（色、香、味等）淡；顏色淺；味道淡；微少的 |
| あわす 2 | 【合（わ）す】他五 混合，配在一起；合起，合併；加在一起 |
| あわせ 3 | 【合（わ）せ】名 合在一起；（釣魚）拉鉤<br>⇨ 顔合(かおあ)わせ（碰頭） ⇨ 歌合(うたあ)わせ（比詩歌遊戲） |
| あわせる 3 | 【合（わ）せる】他下一 合併，合起；加在一起；混合，配在一起 |
| あわや 1 | 副 眼看就要，差一點，險些 |
| あわれむ 3 | 【哀れむ・憐れむ】他五 可憐，憐憫 |
| あんき 0 | 【暗記】名・他サ 背誦 |
| あんさつ 0 | 【暗殺】名・他サ 暗殺，行刺 |
| あんざん 0 | 【暗算】名・他サ 心算 ⇔筆算(ひっさん)（筆算） |
| あんじ 0 | 【暗示】名・他サ 暗示 |
| あんしょう 0 | 【暗唱・暗誦】名・他サ 背誦 |
| あんじる 3 0 | 【案じる】他上一 擔心；想辦法 ＝案(あん)ずる<br>➡ 案(あん)ずるより産(う)むが易(やす)し（車到山前必有路） |
| あんたい 0 | 【安泰】名・形動 安泰，安寧 |
| あんのじょう 3 | 【案の定】副 果然，正如所料 |
| あんばい 3 0 | 【塩梅】名（料理的）鹹淡，味道；（事情、身體的）情況 |
| あんぴ 1 | 【安否】名 平安與否 |
| あんもく 0 | 【暗黙】名 沈默，緘默 |

## 歷屆考題

＊為方便讀者自學，所以題目中的漢字上注上假名，在正式考題中，不一定會有假名注記。

■ あと……せなかにやけどのあとが残っている。（1998- VI - 4）

① 入学試験まで、あとわずかとなった。

② この種の事故があとを絶たなくて、警察でも困っている。

③ この作文は何回も書き直したあとがある。

④ 僕は山本君の 2 か月あとに入会した。

答案③

**解**「あと」在各項中的用法分別為：（題目）印記，痕跡；①剩下，還剩；②「後を絶たない」是慣用語，意思是「接連不斷地發生，不停地發生」；③印記，痕跡；④之後。其中在題目和選項③中的表記為「跡」，在其他選項中的表記為「後」。

**譯**（題目）背上還殘留著燙傷的疤痕；①離入學考試時間很近了；②這種事故不斷地發生，員警也感到很為難；③這篇作文有多次修改的痕跡；④我在山本之後 2 個月入會。

■ 優勝戦は、意外に＿＿＿＿＿勝負が決まった。（1999- V - 2）

① あっけなく　② そっけなく　③ はかなく　④ ものたりなく

答案①

**解** ②素っ気なく（冷淡，無情，不客氣）；③儚く（無常；不可靠；可憐，悲慘）；④物足りなく（不能令人十分滿意，美中不足，不夠充足）。題目中的 4 個選項都是形容詞用作連用修飾語。

**譯** 沒想到決賽中輕而易舉地分出了勝負。

■ テレビが洪水の状況を＿＿＿＿＿に映し出している。（2000- V - 9）

① ありかた　② ありさま　③ ありのまま　④ ありよう

答案③

**解** 選項③除了名詞用法以外，後接「に」還可以作副詞。答案以外的選項意思分別為：①應有的狀態，理想狀態；②樣子，光景，狀態；④實情，現實狀態。這些詞都是名詞，沒有副詞的用法。

**譯** 電視上如實地播放著洪水的情況。

■ あざやか（2001-Ⅶ-5）

① あざやかな畳のいいにおいがする。

② 病気があざやかに治ってうれしい。

③ 取ったばかりの野菜は、あざやかでとてもおいしい。

④ あざやかな色が好きだ。地味な色、暗い色は好きではない。

答案④

解「あざやか」在修飾或說明具體物件時，是「色彩鮮豔，漂亮，輪廓清晰」的意思，因此它不能修飾①中的「畳」，可以修飾④中的「色」。另外，在②當中修飾動詞「治る」也不妥。因為修飾動詞時應該是指「做事巧妙，乾淨俐落，熟練」，如「仕事を鮮やかにこなした」（工作幹得乾淨俐落）。「あざやか」沒有「新鮮」的含義，所以③應該改為「新鮮で」。

譯 ④喜歡鮮豔的顏色。不喜歡素淡、灰暗的色彩。

■ この薬は使い方を＿＿＿＿と危険だから、注意が必要だ。

（2002-Ⅴ-3）

① あやまる　② ことなる　③ まぎれる　④ くいちがう

答案①

解 其他選項：②異なる（不同，不一樣）；③紛れる（混同，混淆；混雜；忘懷）；④食い違う（不一致，有分歧）。

譯 誤用這種藥物很危險，要加以注意。

■ 案の定（2006-Ⅶ-5）

① 今回の結論は彼の案の定だ。

② 空が曇ってきたなと思っていたら、案の定雨が降り出した。

③ 夢が案の定になってうれしい。

④ 代表チームの案の定な優勝に、国中が沸いた。

答案②

解「案の定」意為「果然；果如所料」。選項①、③、④為誤用。①可改為「予想した通りだ」（與預想的相同）；③可改為「夢が叶って」（夢想實現）；④可改為「期待通りの」（期待中的）。

譯 剛覺得天陰起來，果然不出所料下起了雨。

■ 熱(ねつ)が下(さ)がるまでしばらく________にしていてください。（2007- V -5）

① 穩やか　② 安静　③ 平静　④ 健やか

答案②

解 其他選項：①穩(おだ)やか（平穩，平靜；溫和，恬靜；穩妥，妥當）；③平静(へいせい)（安靜；鎮靜，冷靜）；④健(すこ)やか（健壯，健康）。

譯 請靜養一段時間，直到退燒為止。

# い

♬ 008

| | |
|---|---|
| いあつ 0 | 【威圧】名・他サ（以威權、權力）壓迫，威攝，壓制<br>⇨ 威圧感(いあつかん)（壓迫感）　⇨ 威圧的(いあつてき)（壓迫的） |
| いあわせる 4 | 【居合わせる】自下一 正好在場，在座 |
| いいあう 3 | 【言（い）合う】他五 互相說，異口同聲地說；各說各的，各說一套；口角，爭吵<br>⇨ 言(い)い合(あ)い（口角，爭吵） |
| いいかえす 3 | 【言（い）返す】他五 反覆說；回答；還嘴，頂嘴 |
| いいがかり 0 | 【言い掛（か）り】名 找碴；（以「言(い)いがかり上(じょう)」慣用表現）一旦說出口　➡ 言(い)いがかりをつける（找碴） |
| いいなおす 4 | 【言（い）直す】他五 重說；改口；換個說法說 |
| いいなり 0 | 【言（い）成り】名・形動 人云亦云，沒有主見，任人擺佈，唯命是從 |
| いいのこす 4 | 【言（い）残す】他五 沒說完，未說盡 |
| いいまわし 0 | 【言（い）回し】名 措辭，說法 |
| いいはる 3 | 【言（い）張る】他五 固執己見，堅決主張，硬說 |
| いいぶん 0 | 【言い分】名 不滿，有意見；個人的主張 |
| いいよう 0 | 【言（い）様】名 說法，措詞，表達方式 |

| | |
|---|---|
| いいよどむ 4 | 【言いよどむ】自五 吞吞吐吐<br>⇨言(い)いよどみ（〔說話；唸台詞〕吃螺絲；吞吞吐吐） |
| いいわけ 0 | 【言（い）訳】名 解釋，辯解 |
| いいわたす 4 | 【言（い）渡す】他五 宣佈；（法）宣告，宣判 |
| いいん 1 | 【医院】名（個人、小規模）診所，醫院 |
| いえがら 0 | 【家柄】名 門第，名門 |
| いえで 0 | 【家出】名・自サ 離家出走，逃出家門 |
| いおう 0 | 【硫黄】名 硫黃 |
| いかつい 0 3 | 【厳つい】形 嚴肅，冷酷；不柔軟，不光滑 |
| いかにも 2 | 【如何にも】副 的的確確；實在，非常；誠然，果然 |
| いかほど 0 | 【如何程】副 怎麼樣，無論多麼；多少，多少錢 |
| いかり 3 | 【怒り】名 怒氣，憤怒，憤慨，氣憤 |
| いかん 1 | 【如何】名・副（由「いかに」而來）如何，怎麼樣 |
| いかん 0 | 【遺憾】名・形動 遺憾 |
| いき 0 | 【粋】名・形動（沒有土味）瀟灑，氣質不凡；通曉人情<br>⇔野暮(やぼ)（土氣） ⇔無粋(ぶすい)（不風雅） |
| いき 1 | 【意気】名 意氣，氣概，氣勢<br>⇨意気込(いきご)み（幹勁，熱情） |
| いぎ 1 | 【異議】名 異議，不同意見 |
| いきがい 0 3 | 【生き甲斐】名 生存的意義、價值 |
| いきかえる 3 0 | 【生き返る】自五 復活，甦醒 |
| いきき 2 0 | 【行（き）来】名・自サ 往返，往來；交往，來往<br>＝ゆきき |
| いきぎれ 0 4 | 【息切れ】名・自サ 氣喘吁吁，喘不過氣來；（因疲勞、厭煩等）氣力不繼，後繼無力 |
| いきごむ 3 | 【意気込む】自五 幹勁十足，鼓起幹勁；興致勃勃，振奮 |
| いきさつ 0 | 【経緯】名 事情的原委，來龍去脈　＝けいい |

| | |
|---|---|
| **いきすぎる** ④ | 【行（き）過ぎる】自上一 經過；走過站；過分，過火<br>＝ゆきすぎる<br>⇨行（い）き過（す）ぎ（＝ゆきすぎ　走過頭；過分） |
| **いきちがい** ⓪ | 【行（き）違い】名 錯過（沒遇上）；（意見等）分歧，不一致；（感情）失和 |
| **いきどおる** ③ | 【憤る】自五（文章用語）憤怒，氣憤，憤慨 |
| **いきのこる** ④⓪ | 【生（き）残る】自五 倖存 |
| **いぎょう** ⓪ | 【偉業】名 偉大的事業，豐功偉績 |
| **いくじ** ① | 【意気地】名 志氣，骨氣，自尊心<br>⇨意気地（いくじ）なし（沒志氣〔的人〕，不爭氣，懦夫） |
| **いくせい** ⓪ | 【育成】名・他サ 培育，培養，培訓，扶植 |
| **いくた** ① | 【幾多】副 許多，無數 |
| **いける** ② | 【生ける・活ける】他下一 插花；栽花 |
| **いけん** ⓪ | 【異見】名 異議，不同意見 |
| **いこい** ⓪ | 【憩い】名 休息，休憩，休閒 |
| **いこう** ⓪ | 【移行】名・自サ（制度、管轄等）過渡，轉變；轉移，移交 |
| **いごこち** ⓪ | 【居心地】名（入住、坐臥或就職後的）心情，感覺 |
| **いこじ** ⓪ | 【意固地・依怙地】名・形動 執拗，固執，頑固 |
| **いざ** ① | 感・副（感）喂，好啦，來吧；（副）一旦<br>⇨いざというとき～（緊急的時候）<br>⇨いざとなれば～（一旦緊急，一旦有情況）<br>⇨いざ知（し）らず～（不得而知） |
| **いさぎよい** ④ | 【潔い】形 清高，清白，純潔；勇敢，果斷，乾脆，毫不留戀， |
| **いざこざ** ⓪ | 名（親人或熟人之間的）糾葛，小爭執，不合 |
| **いささか** ②⓪ | 【些か・聊か】副・形動 很少，僅僅；（接否定）毫無<br>➡いささかの疑（うたが）いもない（毫無疑問）<br>➡いささかもひけをとらない（毫無遜色） |
| **いさん** ⓪ | 【遺產】名 遺產 |

| | |
|---|---|
| いじ 2 | 【意地】名 固執，倔強；心術，用心；志氣，氣魄，要強心；嘴饞<br>⇨ 意地悪（心眼壞） ⇨ 意地汚い（嘴饞，貪吃）<br>➡ 意地を張る（意氣用事） |
| いしつ 0 | 【異質】名 相異性；性質不同 |
| いじゅう 0 | 【移住】名・自サ 移居；（候鳥）定期遷徙，（魚）回游 |
| いしょう 1 | 【衣裝・衣裳】名（新娘、演員等穿的）服裝 |
| いしょく 0 | 【移植】名・他サ（植物、器官、文化、制度等）移植 |
| いすわる 3 | 【居座る】自五 坐著不動；（職位）留任，蟬聯 |
| いせい 0 | 【威勢】名 威勢；朝氣，有精神 |
| いせい 0 1 | 【異性】名 異性；不同性質 |
| いせき 0 | 【遺跡・遺蹟】名 遺址，遺跡；故人遺留下來的領地、地位；繼承人 |
| いぜん 0 | 【依然】副・形動 依然 ⇒相変わらず |
| いそいそ 1 3 | 副 高高興興，興高采烈 |
| いぞく 1 | 【遺族】名 遺族 |
| いぞん 0 | 【依存】名・自サ 依賴，依靠 ＝いそん |
| いだい 0 | 【偉大】形動 偉大；宏偉 |
| いたく 0 | 【委託】名・他サ 委託，託付；寄售，代銷 |
| いたたまれない 5 0 | 連語 無地自容，如坐針氈，十分尷尬 |
| いたって 0 2 | 【至って】副 極其，很，甚是 |
| いたで 0 | 【痛手】名 沉重的打擊，創傷，損害 |
| いたましい 4 | 【痛ましい】形 淒慘，令人心酸，慘不忍睹 |
| いたむ 2 | 【悼む】他五 哀悼 |
| いためる 3 | 【痛める】他下一 弄疼；令人痛苦 |
| いためる 3 | 【傷める】他下一 損壞；使食品腐爛 |

| | |
|---|---|
| いためる 3 | 【炒める】他下一 炒 |
| いたわる 3 | 【労わる】他五 照顧，照拂；慰勞，安慰<br>⇨ 労（いた）わり（照顧；安慰） |
| いち 1 | 【市】名 市場；市街　➡ 門前市（もんぜんいち）をなす（門庭若市） |
| いちえん 0 | 【一円】名（接在場所名詞後）～一帶；一塊日幣 |
| いちがいに 0 2 | 【一概に】副 一概，無例外地；籠統地（下接否定） |
| いちじ 2 | 【一事】名 一件事　➡ 一事（いちじ）が万事（ばんじ）（以一知萬） |
| いちじるしい 5 | 【著しい】形 明顯的，顯著的；非常 |
| いちどう 3 2 0 | 【一同】名 大家，全體　➡ 職員一同（しょくいんいちどう）（全體職員） |
| いちにんまえ 0 | 【一人前】名（食物）一人份；成年人；夠格的，像樣 |
| いちめん 0 | 【一面】名 一片，全面；事物的一個方面；報紙頭版 |
| いちもく 0 2 | 【一目】名 單一眼；一看；（圍棋）一子；（項目）一項<br>➡ 一目散（いちもくさん）に（一溜煙地跑）<br>➡ 一目瞭然（いちもくりょうぜん）（一目瞭然）　➡ 一目置（いちもくお）く（另眼相待） |
| いちやづけ 0 | 【一夜漬（け）】名 一夜醃好的鹹菜；趕寫的文章，趕編的劇目；臨陣磨槍的學習 |
| いちよう 0 | 【一様】名・形動（文章用語）一樣，同樣；平常，普通；平等，公平　➡ 尋常一様（じんじょういちよう）（尋常普通） |
| いちらん 0 | 【一覧】名・他サ 一覽表；閱覽，看 |
| いちりつ 0 | 【一律】名・形動 一律，一樣；同樣的音律 |
| いちれん 0 | 【一連】名 一連串，一系列；一串 |
| いっか 1 | 【一家】名 一家；全家；一家，一派；一所房 |
| いっかく 0 4 | 【一角】名 一隅，一個角落；（數）一個角；（中國貨幣）一角 |
| いっかつ 0 | 【一括】名・他サ 匯總，總括起來 |
| いっかん 0 | 【一貫】名・自サ 一貫，貫徹到底 |
| いっきょに 1 | 【一挙に】副 一舉，一下子 |
| いっこう 0 | 【一向】副 完全，全然地；一點也（不） |

| | |
|---|---|
| いっけん 0 | 【一見】名·他サ·副 看一次；稍微一看；乍看 |
| いっこく 4 0 | 【一刻】名 一刻，短時間，片刻 |
| いっさい 1 | 【一切】名·副 一切；(下接否定)全然(～不) |
| いつしか 1 | 【何時しか】副 不知不覺；遲早，早晚 |
| いっしん 3 | 【一心】名 專心，齊心　⇨ 一心不乱(いっしんふらん)(專心致志) |
| いっそ 1 0 | 副 索性，倒不如　⇒むしろ(乾脆) |
| いったい 0 | 【一帯】名 一帶；一道，一片 |
| いっとう 0 3 | 【一等】名·副 一等，頭等，冠軍；一個等級；最 |
| いっぺん 0 | 【一変】名·自サ 一變，完全改變，突然改變 |
| いっぺんに 3 | 【一遍に】副 一次，一下子，同時 |
| いでん 0 | 【遺伝】名 遺傳　⇨ 遺伝性(いでんせい)　⇨ 遺伝的(いでんてき)　⇨ 遺伝子(いでんし) |
| いと 1 | 【意図】名·自他サ 意圖，企圖 |
| いとう 2 | 【厭う】他五 厭，嫌；保重，珍重<br>⇨ いとわず(不辭，不嫌)<br>➡ 水火(すいか)もいとわない(不辭辛苦) |
| いとなむ 3 | 【営む】他五 營，辦，從事；經營；營造，建造<br>⇨ 営(いとな)み(營生，行為，活動；工作；準備)<br>➡ 商売(しょうばい)を営(いとな)む(做生意) |
| いどむ 2 | 【挑む】自他五 挑戰，挑釁；(一心要)征服～；挑逗<br>➡ 困難(こんなん)に挑(いど)む(向困難挑戰) |
| いとま 3 0 | 【暇】名 餘暇，閒暇；告辭；休假<br>⇨ お暇(いとま)(告辭)　➡ 暇(いとま)がない(無暇) |
| いな 1 | 【否】名·感(名)不同意；(感)不　⇒いや |
| いなむ 2 | 【否む・辞む】他五 拒絕；否定，否認<br>⇨ 否(いな)めない(不可否認；不能拒絕) |
| いなや 1 | 【否や】連語 可否，是否；不同意，異議；(～的同時)馬上，立刻；是～還是～ |
| いにん 0 | 【委任】名·他サ 委任 |
| いびき 3 | 【鼾】名 鼾聲　➡ 鼾(いびき)をかく(打鼾) |

| | |
|---|---|
| **いぶつ** 0 1 | 【異物】名 異物 |
| **いほう** 0 | 【異邦】名 外國，異國　⇒外国（がいこく） |
| **いまいましい** 5 | 【忌々しい】形 可恨，可惡 |
| **いまさら** 0 1 | 【今更】副 現在才；現在重新，再次；事到如今，事已至此 |
| **いましめる** 4 0 | 【戒める】他下一 告誡，禁止；警戒，警惕 |
| **いまだ** 0 1 | 【未だ】副（與否定呼應）尚未，還沒<br>⇨いまだかつて～（前有未有的）<br>⇨いまだに～（還，仍然） |
| **いまどき** 0 | 【今時】名 現代，現今；這時候，這種時候 |
| **いまひとつ** 4 | 【今ひとつ】連語 再多一個，再一個；差一點兒<br>⇨いまいち |
| **いまわしい** 4 | 【忌まわしい】形 不吉利，不祥；討厭，可惡，可憎 |
| **いみん** 0 | 【移民】名・自サ 移民；僑民 |
| **いやがらせ** 0 | 【嫌がらせ】名 騷擾 |
| **いやみ** 3 0 | 【嫌味】名・形動 令人不快的言談、態度；挖苦；討厭，令人生厭 |
| **いやいや** 0 4 | 【嫌嫌】名・副（名）（不滿時）左右搖頭；（副）勉勉強強，滿心不情願 |
| **いやいや** 1 0 | 【否否】感 不不，不是 |
| **いやしい** 3 0 | 【卑しい】形 卑賤的，卑微的；破舊的，寒磣的；卑鄙的，粗俗的；嘴饞，貪婪的<br>⇨卑（いや）しめる（輕視，鄙視）<br>➡出身（しゅっしん）が卑（いや）しい（出身貧寒） |
| **いやす** 2 | 【癒す】他五 治療，醫治，療癒<br>⇨癒（いや）し（養心，靜心；療癒） |
| **いやに** 2 | 副（與一般不同）非常，真，過於　⇒ひどく |
| **いやらしい** 4 | 【嫌らしい】形 可憎，令人討厭的；下流，猥褻 |
| **いらいら** 1 | 副・自サ 心神不安，情緒急躁　⇒苛立（いらだ）つ（焦躁） |
| **いり** 0 | 【入り】名（客人、觀眾等的）進入人數 |

| | |
|---|---|
| いりよう 0 | 【入り用】名・形動 必要的費用，需要；費用，開支 |
| いりょく 1 | 【偉力】名 偉大的力量，威力，強大的作用 |
| いりょく 1 | 【威力】名 威力 |
| いる 1 | 【射る】他五 射（箭） |
| いるい 1 | 【衣類】名 衣類（衣服的總稱） |
| いるす 2 0 | 【居留守】名 假裝不在家 |
| いろ 2 | 【色】名 色彩；臉色，氣色；表情；景象，樣子；種類；女色 ➡ 色(いろ)をなす（勃然變色）<br>➡ 色(いろ)を付(つ)ける（加色；賣東西時讓價）<br>➡ 十人十色(じゅうにんといろ)（〈諺語〉各有所好） |
| いろあい 0 | 【色合い】名 顏色的配合；感覺，傾向 |
| いろづく 3 | 【色付く】自五（樹葉）變紅，（果實）逐漸成熟而顏色加深 |
| いろとりどり 4 | 【色取り取り】名・形動 五顏六色，各種各樣 |
| いろどる 3 | 【彩る】他五 上色，塗上顏色；點綴，裝飾，化妝 |
| いろは 2 | 【伊呂波】名 初步，入門，基本知識；古時日本假名順序的前三個 |
| いろめがね 3 | 【色眼鏡】名 太陽眼鏡，墨鏡；偏見，有色眼鏡 |
| いろん 0 | 【異論】名 異議，不同意見 |
| いわかん 2 | 【違和感】名 整體上不協調，不和諧 |
| いわし 0 | 【鰯】名 沙丁魚 |
| いんき 0 1 | 【陰気】名・形動（心情）憂鬱，陰鬱，不開朗；（天氣、氣圍）陰沈，陰暗，陰森森 ⇔陽気(ようき) |
| いんきょ 0 | 【隠居】名・自サ 隱居；（法 舊）放棄戶主權力；閒居的人，已退休的老人 |
| いんそつ 0 | 【引率】名・他サ 率領 |
| いんちき 3 | 名・形動（比賽、賭博等）作弊，耍老千；假的，假冒 |
| いんぺい 0 | 【隠蔽】名・他サ 隱瞞，隱藏 |

**いんよう** ⓪ 【飲用】名・他サ 飲用 ⇨飲用水（いんようすい）

**いんりょく** ① 【引力】名 引力 ⇔斥力（せきりょく）（排斥力）

## 歴屆考題

■ 今日（きょう）は＿＿＿＿＿秋（あき）らしい、いい天気（てんき）だ。（1998-V-1）

① いかにも　② つとめて　③ とかく　④ まるで

答案①

解 這 4 個選項都是副詞。答案以外的選項意思分別為：②儘量；盡力，努力；③種種；動不動，總是；④好像，宛如；完全，簡直。「いかにも～らしい」的意思是「確實有～的樣子，不愧是～」。而選項④「まるで」一般和「ようだ」連用，構成「まるで～ようだ」，意思是「彷彿，宛如」，是一種比喻的說法。

譯 今天真是一個秋高氣爽的好天氣。

■ いろ……仕事（しごと）と家事（かじ）のほかに親（おや）の看病（かんびょう）が一月（ひとつき）も続（つづ）けば、疲労（ひろう）のいろは隠（かく）せない。（1999-VI-3）

① こちらがしっかり守（まも）って得点（とくてん）を許（ゆる）さないので、相手（あいて）チームにあせりのいろがでてきた。

② 日（ひ）に焼（や）けていろが黒（くろ）くなった。

③ 開会式（かいかいしき）では、地元（じもと）の小学生（しょうがくせい）が歌（うた）を歌（うた）っていろをそえた。

④ にじのいろがいくつあるか、国（くに）によって数（かぞ）え方（かた）がちがう。

答案①

解 「色（いろ）」在各項中的用法為：（題目）神色，氣色；①情緒，神色；②膚色；③情趣；④顏色，色彩。

譯 （題目）除了工作和做家務之外，如果再照顧生病的父母一個月的話，難免疲憊不堪；①我方防守嚴密，對方無法得分，顯出焦躁的樣子；②受到日曬，膚色變黑了；③在開幕式上，當地的小學生唱歌助興；④彩虹有多少種色彩？不同的國家有不同的算法。

■ いためる……どうしたら家族みんなが喜ぶ休みになるか、頭をいためている。（2001-Ⅵ-4）

① 弟はいためた野菜が好きだ。
② 親の仲が悪いと、子どもは小さな胸をいためる。
③ 準備運動をしないでテニスをして、ひじをいためてしまった。
④ 乱暴に扱うと、機械をいためるおそれがある。

答案②

解「いためる」在各中的用法分別為：（題目）使～傷神，痛苦；①炒，煎；②傷心，痛苦；③使（肉體）損傷，疼痛；④損害，弄壞。其中漢字形式在題目以及選項②中為「痛める」，在選項①中為「炒める」，在選項③、④中為「傷める」。

譯（題目）怎麼做才能讓家人渡過一個愉快的假期呢，真是讓人傷腦筋；①弟弟喜歡吃炒過的蔬菜；②父母關係不好，會令孩子幼小的心靈受到傷害；③沒有做暖身運動就打網球，把胳膊肘弄傷了；④胡亂操作，恐怕會弄壞機械吧。

■ 一見（2002-Ⅶ-5）

① 彼が普通の人ではないことは一見だ。
② オフィスに人がいるかどうか一見してください。
③ 一見、あの人は日本人だとわかる。
④ 彼女は一見おとなしそうだが、実はそうでもない。

答案④

解「一見」意為「乍看」。選項①、②、③為誤用。①可改為「言うまでもない」（自不待言）；②可改為「ちょっと見て」（看一看）；③可改為「一瞬」（一瞬間）。

譯 她乍看很老實，實際上並不是那樣。

■ 彼がなぜそのような発言をしたのか、＿＿＿＿がわからない。（2003-Ⅴ-4）

① 意志　② 意識　③ 意図　④ 意欲

答案③

**解** 其他選項：①意志（意志）；②意識（意識）；④意欲（熱情）。

**譯** 他說出那種話，不知道是什麼意思。

■ いやに（2004-Ⅶ-4）

① いいカメラだけど、高いからいやに買いたくない。

② 毎日勉強したので、いやに成績が上がって嬉しい。

③ 最近いやに元気がないね。悩みでもあるの？

④ いやにだんだんあたたかくなって、過ごしやすくなりました。

答案③

**解**「いやに」意為「非常；過於」。選項①、②、④為誤用。①可改為「別に」（並不）；②、④中修飾不當，刪除即可。

**譯** 你最近無精打采的，有什麼煩惱嗎？

■ つまらない意地を張るな。（2005-Ⅱ-5）

① 一致　② 医師　③ 位置　④ 維持

答案④

**解** 選項中漢字的讀音和意思分別為：①一致（一致）；②医師（醫生）；③位置（位置）；④維持（維持）。其中與「意地」讀音相同的是④。

**譯** 不要賭無聊氣。

■ 他人の失敗を利用するとは________やり方だ。（2006-Ⅴ-8）

① いやらしい　② みすぼらしい

③ いちじるしい　④ すがすがしい

答案①

**解** 答案以外的選項其漢字形式和意思分別為：②見窄らしい（寒酸，破舊）；③著しい（顯著）；④清清しい（清爽）。

**譯** 利用他人的失敗是一種卑鄙的行為。

■ 彼は肉も魚も一切食べない。（2007-Ⅱ-4）

① 一冊　② 一説　③ 一歳　④ 一斉

答案③

解 選項中漢字的讀音和意思分別為：①一冊（いっさつ）（一冊，一本）；②一説（いっせつ）（一說，一種說法）；③一歳（いっさい）（一歲）；④一斉（いっせい）（一齊，同時）。其中與「一切（いっさい）」讀音相同的是③。

譯 他完全不吃肉和魚。

# う

♫ 016

| | |
|---|---|
| ういういしい 5 | 【初々しい】形（年輕）未經世故，天真爛漫，純真 |
| うえつける 4 | 【植え付ける】他下一（植物苗等）移栽，移植；插秧；灌輸，深植 |
| うえる 2 | 【飢える・餓える】自下一 饑餓；渴望，渴求<br>➡ 飢（う）えては食（しょく）を択（えら）ばず（飢不擇食） |
| うかつ 0 | 【迂闊】名・形動 愚蠢，無知；糊裡糊塗，粗心大意 |
| うかれる 0 | 【浮かれる】自下一 快活高興，醉心神往；漂泊流浪 |
| うきしずみ 0 3 | 【浮き沈み】名・自サ 浮沉；榮辱盛衰，人生的幸與不幸 |
| うけあう 3 | 【請（け）合う・受（け）合う】他五 保證，打包票；承擔，負責 |
| うけおう 3 | 【請（け）負う】他五 承辦，承包；承擔，負責 |
| うけいれる 0 4 | 【受（け）入れる】他下一 接收，採納；領取；承認；接納 ⇨ 受（う）（け）入（い）れ（接納；收進；答應） |
| うけこたえ 0 | 【受け答え】名・自サ 對答，應答，應付 |
| うけつぐ 0 3 | 【受（け）継ぐ】他五 繼承，接替 |
| うけとめる 0 4 | 【受（け）止める】他下一 接住，擋住；阻止，防止；理解，認識 |
| うけみ 0 3 2 | 【受（け）身】名 被動，守勢；消極；（語法）被動態 |
| うけもつ 3 | 【受（け）持つ】他五 掌管，負責；擔任（課程）<br>⇨ 受（う）（け）持（も）ち（擔任，主管；主管的人或事） |

| | |
|---|---|
| うける ② | 【受ける】自・他下一 接住，擋住；接受（邀請、要求）；上課，接受考試；遭到；響應，接受，接到；繼承；受歡迎，獲好評 |
| うしろぐらい ⑤⓪ | 【後ろ暗い】形 心中有愧，內疚，虧心 |
| うず ① | 【渦】名 漩渦；混亂狀態，難以脫身的處境 |
| うすうす ⓪ | 【薄薄】副 略略，稍稍，模模糊糊 |
| うずうず ① | 副 躍躍欲試狀；（想得）憋不住 |
| うずまき ② | 【渦巻（き）】名 漩渦；螺旋形 |
| うすまる ③⓪ | 【薄まる】自五（濃度）變淡 |
| うずまる ⓪ | 【埋まる】自五（上方某物覆上）埋，掩埋，填上；（人、物）充塞，擠滿 |
| うすめる ⓪③ | 【薄める】他下一 弄淡，稀釋 |
| うずめる ⓪ | 【埋める】他下一（將某物覆上）埋，掩埋；塞滿，擠滿 |
| うすれる ③⓪ | 【薄れる】自下一 變薄，減弱 |
| うたがわしい ⑤⓪ | 【疑わしい】形 有疑問的，不確定的，可疑的；說不定 |
| うたたね ⓪ | 【転（た）寝】名・自サ 打盹，假寐 |
| うたん ①⓪ | 【右端】名 右端 |
| うちあける ⓪④ | 【打（ち）明ける】他下一 坦白說出，毫不隱瞞地說出 |
| うちき ⓪ | 【内気】名・形動 羞怯，怯生，靦腆 |
| うちきる ③⓪ | 【打（ち）切る】他五 中止，停止；（圍棋等）下完 ⇨打（ち）切り（中止，停止） |
| うちこむ ⓪③ | 【打（ち）込む】他五 打進，砸進；澆灌（混凝土）；熱衷於，迷戀，埋頭 |
| うちだす ③⓪ | 【打（ち）出す】他五 提出；開始打，打起來；打出，敲出；打出凸紋 |
| うちたてる ④⓪ | 【打（ち）立てる】他下一 樹立，建立，奠定 |
| うちわ ② | 【団扇】名 團扇；相撲的裁判扇 |

| | |
|---|---|
| うちょうてん [2][0] | 【有頂天】名·形動 得意洋洋 |
| うちわけ [0] | 【内訳】名 明細，細目，詳細內容 |
| うつしだす [4][0] | 【映し出す】他五 放映出；突出地顯示 |
| うっとうしい [5] | 【鬱陶しい】形 煩悶；討厭，不痛快 |
| うっとり [3] | 副 陶醉，消魂；發呆，出神 |
| うつぶせ [0] | 【俯せ】名 臉朝下趴著，俯臥，伏著；扣置，倒置 |
| うっぷん [0] | 【鬱憤】名 鬱憤，積憤，積恨 |
| うつむく [3][0] | 【俯く】自五 俯首，低頭；往下垂著<br>⇔仰向く（仰頭） |
| うつりかわる [5][0] | 【移り変（わ）る】自五 變遷，變化<br>⇨移り変（わ）り（變遷，變化） |
| うつる [2] | 【写る】自五 照相，映現 |
| うつる [2] | 【映る】自五 映，照，顯像；相配，相稱；看上去～ |
| うつろ [0] | 【空ろ・虚ろ】名·形動 空虛，發呆；空洞，空心 |
| うつわ [0] | 【器】名 器皿；才能，器量 |
| うでまえ [0][3] | 【腕前】名 本事，能力，才幹，手藝 |
| うてん [1] | 【雨天】名 雨天 |
| うとい [2] | 【疎い】形 疏遠；生疏，不瞭解 |
| うとうと [1] | 副·自サ 打瞌睡，打盹，迷糊地（睡） |
| うながす [0][3] | 【促す】他五 催促，敦促；促進，勸說 |
| うなる [2] | 【唸る】自五（猛獸、犬類）叫，吼，嘯；呻吟，哼哼；發出嗚嗚聲；讚嘆，叫好<br>⇨うなり（呻吟聲；呼嘯聲；節拍；響笛） |
| うねうね [1] | 副·自サ 彎彎曲曲，蜿蜒起伏 |
| うぬぼれる [0] | 【自惚れる・己惚れる】自下一 自負驕傲，自我陶醉<br>⇨うぬぼれ（驕傲，自滿）<br>⇨うぬぼれもの（驕傲自大的人） |
| うばいとる [4][0] | 【奪い取る】他五 奪取，搶奪 |

| | |
|---|---|
| **うねる** ② | 自五 彎曲，彎蜒；(波濤)洶湧，起伏 |
| **うみだす** ③ | 【生み出す・産み出す】他五 產生出，創造出；生，產 |
| **うみべ** ⓪③ | 【海辺】名 海邊，海濱 |
| **うめたてる** ④ | 【埋め立てる】他下一(海、河、湖等)埋填造地<br>⇨ 埋(う)め立(た)て地(ち)(人造陸地，海埔新生地) |
| **うめぼし** ⓪ | 【梅干】名 醃的梅子，鹹梅乾 |
| **うやうやしい** ⑤ | 【恭しい】形 恭敬的，彬彬有禮的 |
| **うやまう** ③ | 【敬う】他五 尊敬，尊重 |
| **うやむや** ⓪ | 【有耶無耶】名・形動 含糊不清，糊裡糊塗 |
| **うよく** ① | 【右翼】名(飛機、鳥)右翼，右側；右派；右外野<br>⇔左翼(さよく) |
| **うらづけ** ⓪ | 【裏付け】名・他サ 證據，證明，根據；保證 |
| **うらどおり** ③ | 【裏通り】名 小道，小路　⇔表通り(おもてどおり) |
| **うらめ** ⓪③ | 【裏目】名 骰子的背面；尺背面的刻度<br>➡ 裏目(うらめ)に出(で)る(適得其反，事與願違) |
| **うららか** ② | 【麗らか】形動(天氣)明媚，晴朗；(心)開朗，舒暢 |
| **うりこむ** ③ | 【売(り)込む】他五 促銷，推銷；(給對方)留下印象；出賣(情報、秘密)；出名，著名 |
| **うりだす** ③ | 【売(り)出す】他五(開始)發售；賤賣；剛出名，初露頭角　⇨ 売(う)り出(だ)し(發售；減價出售；初露頭角) |
| **うるうづき** ② | 【閏月】名 閏月　⇨ うるう年(どし)(閏年) |
| **うるおう** ③ | 【潤う】自五 濕潤；受益，受惠<br>⇨ 潤(うるお)い(濕潤；情趣；貼補)<br>➡ 懐(ふところ)が潤(うるお)う(手頭寬裕) |
| **うるし** ⓪ | 【漆】名 漆樹；漆 |
| **うれい** ③② | 【憂い・愁い】名 擔憂，擔心；憂慮，憂鬱，苦惱 |
| **うれえる** ③ | 【憂える・愁える】他下一 憂慮，擔憂；憂傷，悲嘆 |
| **うろうろ** ① | 副・自サ 徘徊，徬徨；心神不安，不知所措<br>⇨ うろつく(徘徊) |

| | |
|---|---|
| うろこ 0 | 【鱗】名（魚、蟲等）鱗<br>➡ 目(め)から鱗(うろこ)が落(お)ちる（恍然大悟） |
| うろたえる 0 4 | 自下一 驚惶失措，著慌 |
| うろつく 0 | 自五 徘徊，走來走去 |
| うわき 0 | 【浮気】名 對愛情不專一，見異思遷 |
| うわまわる 4 | 【上回る】自五 超過，超出　⇔下回(したまわ)る |
| うわむく 3 0 | 【上向く】自五 朝上，仰；趨漲 |
| うわやく 0 | 【上役】名 上司，長官　⇔下役(したやく) |
| うわる 0 | 【植わる】自五 栽種，植栽 |
| うんきゅう 0 | 【運休】名・自サ（交通工具）停駛 |
| うんこう 0 | 【運行】名・自サ（天體）運行；（交通工具）行駛 |
| うんざり 3 | 副・形動・自サ 厭煩，膩，受夠了 |
| うんどう 0 | 【運動】名・自サ（物體、身體）運動；（政治、社會）活動　⇨ 運動資金(うんどうしきん)（活動資金） |
| うんぬん 0 | 【云々】名・他サ 說長道短，說三道四；云云，等等 |
| うんぱん 0 | 【運搬】名・他サ 搬運，運輸 |
| うんよう 0 | 【運用】名・他サ 運用，活用 |

## 歷屆考題

■ 年(とし)をとると、だんだん新(あたら)しい考(かんが)え方(かた)が＿＿＿＿＿にくくなる。

（1998-Ⅴ-6）

① うけあい　② うけいれ　③ うけとり　④ うけもち

答案②

解 4 個選項都是動詞的連用形，後接「にくい」表示「難以～」。答案以外的選項其漢字形式和意思分別為：①「請(う)け合(あ)う」（承擔，負責；保證）；③「受(う)け取(と)る」（收到，領；理解；相信）；④「受(う)け持(も)つ」（主管，擔任）。

譯 年紀大了，就慢慢變得難以接受新想法了。

■ うつる……夕日(ゆうひ)が窓(まど)にうつっている。（2003-Ⅵ-5）

① 湖(みずうみ)にうつった紅葉(こうよう)がきれいです。

② これは暗(くら)くてもうつるフィルムです。

③ この部屋(へや)には白(しろ)いカーテンがよくうつりますね。

④ 彼(かれ)のふるまいは大人達(おとなたち)の目(め)に自分勝手(じぶんかって)にうつった。

答案①

解「うつる」在各項中的用法分別為：（題目）映照；①映照；②照相；③相配；④看上去～。

譯（題目）夕陽映照在窗戶上；①映在湖面的紅葉很漂亮；②這個膠卷光線暗也能拍攝；③白色的窗簾和這個房間很相配；④他的行為在大人的眼裏看起來很任性。

■ 運動……住民(じゅうみん)の運動で、新(あたら)しい公園(こうえん)ができた。（2004-Ⅵ-5）

① 星(ほし)の運動を観察(かんさつ)している。

② 選挙(せんきょ)に向(む)けて地元(じもと)で運動ができなかったことが敗因(はいいん)だ。

③ 健康(けんこう)のために、少(すこ)しは運動したほうがいいですよ。

④ 新(あたら)しく市民(しみん)のための運動施設(しせつ)が作(つく)られるらしい。

答案②

解「運動(うんどう)」在各項中的用法分別為：（題目）社會運動；①物體的運動；②社會運動；③體育運動；④體育運動。

譯（題目）因為居民的奔走，新公園建造起來了；①觀察星星的運動；②失敗的原因在於沒有為選舉和在當地奔走；③為了健康，稍微做一些運動比較好；④據說要新建供市民使用的運動設施。

■ 受ける……今日(きょう)のスピーチはあまり受(う)けなかったなあ。（2007-Ⅵ-2）

① 彼(かれ)は大衆(たいしゅう)に受けている。

② 検査(けんさ)は受けても受けなくてもいいですよ。

③ 委員会(いいんかい)の決定(けってい)を受けて、新(あたら)しい計画(けいかく)がスタートした。

④ そのニュースにはショックを受けた。

答案①

解「受(う)ける」在各項中的用法為：（題目）受歡迎；①受歡迎；②接受；③接到；④受到。

譯（題目）今天的演講不太受歡迎啊；①他受到大眾的歡迎；②接不接受檢查都可以；③採納了委員會的決定，新的計畫啟動了；④那條新聞讓我很震驚。

# え

♫ 021

| | |
|---|---|
| えいが 1 | 【栄華】名 榮華，富貴；奢華，奢侈 |
| えいこう 0 | 【栄光】名 榮光，榮耀，光榮 |
| えいじ 0 | 【英字】名 英文 |
| えいしゃ 0 | 【映写】名・他サ 放映　⇨ 映写時間(えいしゃじかん)（放映時間） |
| えいしん 0 | 【栄進】名・自サ 榮升，晉升 |
| えいせい 0 | 【衛星】名 衛星<br>⇨ 衛星放送(えいせいほうそう)（衛星轉播）　⇨ 人工衛星(じんこうえいせい)（人造衛星） |
| えいぞう 0 | 【映像】名（電影、電視）影像，映射；（腦海）形象 |
| えいゆう 0 | 【英雄】名 英雄 |
| えいり 1 | 【営利】名 營利 |
| えき 1 | 【液】名 汁液，液體　⇨ 液状(えきじょう)（液態，液體狀態） |
| えきか 0 | 【液化】名・他サ 液化　⇨ 液化天然(えきかてんねん)ガズ |
| えぐい 2 | 形（澀味強烈）嗆喉嚨；（俗）厲害；（殘忍得）令人不快，夠嗆的 |
| えくぼ 1 | 名 酒窩 |
| えぐる 2 | 【抉る】他五 挖，（用刀子）剜；深究；（痛苦）刺痛<br>➡ 肺腑(はいふ)をえぐる（深入肺腑） |
| えしゃく 1 | 【会釈】名・自サ 點頭打招呼 |
| えたい 0 | 【得体】名 本來面目，原形<br>➡ 得体(えたい)が知(し)れない（莫名其妙的） |

| | |
|---|---|
| えつらん [0] | 【閲覧】 名・他サ 閲覽 ⇨ 閲覧室(えつらんしつ) |
| えて [2] | 【得手】 名・形動 拿手，擅長 ⇔ 不得手(ふえて)(不擅長) |
| えみ [1] [2] | 【笑み】 名 笑臉；開花；(果實成熟後的)裂口<br>⇨ 笑(え)む（微笑；開花；〔果實成熟後〕裂開）<br>➡ 笑(え)みを浮(う)かべる（面帶笑容） |
| えもの [0] | 【獲物】 名 獵獲物；戰利品 |
| えり [2] | 【襟・衿】 名 衣襟 ➡ 襟(えり)を正(ただ)す（正襟） |
| えん [1] | 【縁】 名 緣分；關係；(日式)屋簷下走廊<br>➡ 縁(えん)を切(き)る（斷絕關係）<br>➡ 縁(えん)もゆかりもない（毫無關係） |
| えんか [0] | 【塩化】 名・自サ(化學)氯化(作用) |
| えんかつ [0] | 【円滑】 名・形動 圓滑；順利，圓滿 |
| えんがわ [0] | 【縁側】 名(日式房屋)屋簷下的走廊 |
| えんがん [0] | 【沿岸】 名 沿岸，沿海 |
| えんき [0] | 【延期】 名・他サ 延期 |
| えんきょく [0] | 【婉曲】 形動 委婉，婉轉 |
| えんきり [0] [4] | 【縁切り】 名・自サ(親緣關係等)斷絕 |
| えんげき [0] | 【演劇】 名 演劇，戲劇 |
| えんせん [0] | 【沿線】 名 沿線，沿途 |
| えんたい [0] | 【延滞】 名・自サ 拖延，拖欠<br>⇨ 延滞金(えんたいきん)(過期未付的欠款)<br>⇨ 延滞料(えんたいりょう)（過期罰款）<br>⇨ 延滞利子(えんたいりし)(過期利息) |
| えんだん [0] | 【縁談】 名 親事，說媒 |
| えんとう [0] | 【円筒】 名 圓筒；圓柱，圓柱體 |
| えんぽう [0] | 【遠方】 名 遠方，遠處 |
| えんまん [0] | 【円満】 名・形動 圓滿，美滿；和睦，完善 |
| えんむすび [3] | 【縁結び】 名 結婚，結親；祈結緣 |

## 歷屆考題

■ 話(はな)し合(あ)いは＿＿＿＿＿終(お)わった。（1997-Ⅴ-7）

① 健全に　② 寛容に　③ 精巧に　④ 円満に

答案④

解 這 4 個選項都是形容動詞的連用形。其他選項：①健全(けんぜん)（健全，穩固；健康）；②寛容(かんよう)（寬容；寬恕）；③精巧(せいこう)（精巧，玲瓏；精密）。

譯 協商圓滿結束。

■ 図書館(としょかん)の＿＿＿＿＿室(しつ)で本(ほん)を読(よ)む。（2003-Ⅴ-13）

① 一覧　② 閲覧　③ 回覧　④ 観覧

答案②

解 其他選項：①一覧(いちらん)（一覽）；③ 回覧(かいらん)（傳閱）；④ 観覧(かんらん)（觀看，參觀）。

譯 在圖書館的閱覽室看書。

## お

♪ 023

| | |
|---|---|
| おいそれと ① | 副 輕易簡單地，貿然地 |
| おいこむ ③ | 【追（い）込む】他五 趕進；逼入困境；(賽跑)最後衝刺 |
| おいしげる ④ | 【生（い）茂る】自五 茂盛，叢生 |
| おいだす ③ | 【追（い）出す】他五 趕出某地；逐出某組織、集團等 |
| おいたち ⓪ | 【生（い）立ち】名 成長(的經歷) |
| おいたてる ④ | 【追（い）立てる】他下一 驅趕，驅逐；催著搬家 |
| おいつめる ④ | 【追（い）詰める】他下一 窮追，追逼；追獵物 |
| おいぬく ③ | 【追（い）抜く】他五 趕過，超過；勝過 |

| | |
|---|---|
| **おいはらう** ④ | 【追(い)払う】他五 驅趕；轟走 |
| **おいめ** ⓪ | 【負い目】名 欠債，欠帳；(人情)欠情；內疚 |
| **おいもとめる** ⑤ | 【追(い)求める】他下一 追求 |
| **おいる** ② | 【老いる】自上一 老，年老，衰老；(季節等)將盡，快要結束 ➡ 老(お)いてますます盛(さか)ん(老而益壯) |
| **おう** ⓪ | 【負う】他五 背負；擔負責任；遭受，蒙受；多虧，借助於；受傷 ➡ 負(お)うた子(こ)に教(おし)えられて浅瀬(あさせ)を渡(わた)る(有時可以從愚者處得到教導)<br>➡ 負(お)うた子(こ)より抱(だ)いた子(こ)(前面抱的孩子比後面背的孩子親近) |
| **おうきゅう** ⓪ | 【応急】名 應急 ⇨ 応急処置(おうきゅうしょち)(緊急措施) |
| **おうごん** ⓪ | 【黄金】名 黃金；金錢 |
| **おうじょう** ① | 【往生】名・自サ(佛教)往生；死亡；；屈從，屈服；難以應付，進退兩難<br>⇨ 極楽往生(ごくらくおうじょう)(往生極樂)<br>⇨ 立(た)ち往生(おうじょう)(進退不得；站著死去) |
| **おうしょく** ⓪ | 【黄色】名 黃色 |
| **おうしん** ⓪ | 【往診】名・自サ 出診 |
| **おうせい** ⓪ | 【旺盛】名・形動 旺盛，充沛 |
| **おうちゃく** ③④ | 【横着】名・自サ 偷懶，怠惰；厚臉皮，狡滑不老實 |
| **おうてん** ⓪ | 【横転】名・自サ 橫滾，翻滾，翻轉 |
| **おうとう** ⓪ | 【応答】名・自サ 應答，應對<br>⇨ 質問応答(しつもんおうとう)(問題回答) |
| **おうぼ** ⓪ | 【応募】名・自サ 應徵，應聘 |
| **おうぼう** ⓪ | 【横暴】名・形動 蠻橫 |
| **おうらい** ⓪ | 【往来】名・自サ 往來；通行；(行人往來的)街道 |
| **おうりょう** ⓪ | 【横領】名・他サ 侵占，私吞，盜用 |
| **おえる** ③⓪ | 【終える】他下一 完成，結束 |
| **おおがかり** ③ | 【大掛かり】形動 大規模 |

| | |
|---|---|
| おおかた 0 | 【大方】名・副（名）大部分，大半；一般人，大家；（副）基本上，幾乎全部；大概，也許 |
| おおがら 0 | 【大柄】名・形動 個頭大，骨架大；大花紋 |
| おおぐち 0 | 【大口】名 大口；（誇口）大話；大宗 |
| おおざっぱ 3 | 【大雑把】形動 粗糙，草率；粗略，大致 |
| おおすじ 0 | 【大筋】名（事情的）梗概，主要內容，概略 |
| おおぞら 3 | 【大空】名 廣闊的天空 |
| おおだい 0 | 【大台】名（股市、數量等）大關 |
| おおて 1 | 【大手】名（城的）正門，前門；大企業，大公司；（軍）正面進攻部隊 |
| おおまか 3 0 | 【大まか】形動 不拘小節；粗略，大致 |
| おおみず 3 1 | 【大水】名 大水，洪水 |
| おおむね 0 | 【大旨・概ね】名・副 大意，大要；基本上，大致 |
| おおもの 0 | 【大物】名 大的東西；大作品；大的獵物；大人物，大亨 |
| おおやけ 0 | 【公】名 公家，政府；公共；公開<br>➡ おおやけにする（將～公開、發表）<br>➡ おおやけになる（公開，公開化） |
| おかす 2 0 | 【侵す】他五 侵犯（國土、領域、人權等） |
| おかす 2 0 | 【冒す】他五 冒著，不顧；侵襲；生病；冒充 |
| おかん 0 | 【悪寒】名（發燒時）發冷，惡寒 |
| おきあがる 0 4 | 【起き上（が）る】自五 起來，站起來，爬起來 |
| おきわすれる 5 0 | 【置（き）忘れる】他下一（忘在某處）忘記帶回來，遺失 |
| おきて 0 | 【掟】名（人們應遵守的）成規，規矩 |
| おきもの 0 | 【置物】名 擺設；無實際作用的人 |
| おくする 3 | 【臆する】自サ 畏懼，畏縮，膽怯 |
| おくび 0 | 名 打嗝，噯氣 |

あ か さ た な は ま やゆよ ら わ

| | |
|---|---|
| おくびょう ③ | 【臆病】名・形動 膽怯 |
| おくぶかい ④ | 【奥深い】形 深邃，深，幽深；深遠，深奧 |
| おくゆかしい ⑤ | 【奥床しい】形 優美，嫺靜，典雅 |
| おくゆき ⓪ | 【奥行（き）】名（房屋、土地、東西等）縱深；深度 |
| おくらす ⓪ | 【遅らす・後らす】他五 拖延，推遲；（把鐘錶）撥回，撥慢 |
| おくりかえす ④ | 【送り返す】他五 送回，退回，運回；遣送回國 |
| おくりとどける ⑥ | 【送り届ける】他下一 送達，送到，送來 |
| おける ② ③ | 連語 在～中，（表示地點、時間）在，於；（表示關係）對於 |
| おこし ⓪ | 【お越し】名（敬語）來，去，駕臨，光臨 |
| おこす ② | 【興す】他五 興辦，創辦，創建；振興 |
| おごそか ② | 【厳か】形動 莊嚴，肅穆　⇒厳粛（げんしゅく） |
| おこたる ⓪ ③ | 【怠る】自・他五 怠惰，鬆懈，大意，疏忽 |
| おこる ② | 【興る】自五 興起，振興，興盛 |
| おごる ⓪ | 【奢る】自他五（自五）奢侈，鋪張；（他五）請客，做東 |
| おごる ⓪ | 【驕る】自五 驕傲，傲慢<br>➡ おごるものは久（ひさ）しからず（驕者必敗） |
| おさえこむ ④ | 【押え込む】他五（柔道）壓制，按住；控制住 |
| おさまる ③ | 【収まる・納まる】自五 收納；繳上；心滿意足；恢復 |
| おさまる ③ | 【治まる】自五 安定；平息，結束；心情平靜 |
| おさめる ③ | 【修める】他下一 修養，修；學習，鑽研<br>➡ 身（み）を修（おさ）める（修身） |
| おさん ⓪ | 【御産】名 生產，分娩，生孩子 |
| おしきる ③ | 【押（し）切る】他五 不顧反對，堅持到底；切斷 |
| おしこむ ③ | 【押（し）込む】自・他五 塞進，硬往裏裝；闖進，硬擠進去；闖進去搶劫　➡ 押（お）（し）込（こ）み（壁廚；強盜） |

| | |
|---|---|
| おしっこ 2 | 名（幼兒用語）小便，撒尿 |
| おしつけがましい 7 | 【押し付けがましい】形 命令式的，強迫性的 |
| おしつぶす 4 | 【押（し）潰す】他五 擠破，壓破，壓碎，壓壞；弄垮 |
| おして 0 | 名 勉強，硬要 |
| おしはかる 4 | 【押（し）量る・押（し）測る】他五 推測，揣測 |
| おしむ 2 | 【惜しむ】他五 珍惜；認為可惜；惋惜 |
| おしめり 2 0 | 【お湿り】名 少量的雨水；小雨，下雨 |
| おしもんどう 3 | 【押し問答】名・自サ（互不相讓）爭論，爭吵 |
| おしゃく 0 | 【お酌】名・自サ 斟酒 |
| おしょく 0 | 【汚職】名 貪污，瀆職　⇒瀆職（とくしょく） |
| おしよせる 4 | 【押（し）寄せる】自・他下一（他下一）推到一旁，挪到一旁；（自下一）湧來，蜂擁而至 |
| おす 2 | 【雄】名 雄性　⇔雌（めす） |
| おす 0 | 【推す】他五 推斷，推測；推薦，推舉 |
| おせじ 0 | 【お世辞】名 恭維（話），奉承（話），獻殷勤（的話） |
| おせっかい 2 | 【お節介】名・形動 多管閒事，多事<br>⇨節介焼き（せっかいや）（愛管閒事的人） |
| おそくとも 4 | 【遅くとも】副 最晚，最遲 |
| おそるおそる 4 | 【恐る恐る】副 戰戰兢兢，提心吊膽；小心翼翼，誠惶誠恐 |
| おそれいる 2 | 【恐れ入る】自五 十分抱歉；折服，佩服；吃驚，感到意外 |
| おそれる 3 | 【恐れる】他下一 畏懼，害怕；擔心；敬畏<br>⇨恐（おそ）れるべき（可怕的；驚人的，不得了的） |
| おそわる 0 | 【教わる】他五 接受（別人的）教導 |
| おたち 0 | 【お立ち】名（敬語）動身，啟程；（客人）回去 |
| おだてる 0 | 【煽てる】他下一 煽動，挑唆；討好，取悅 |

| | |
|---|---|
| おちいる 0 3 | 【陥る】自五 落入，掉進；陷入(不良)狀態；中計 ➡ 五里霧中(ごりむちゅう)に陥(おちい)る(如墜五里霧中) |
| おちこぼれ 0 | 【落ち零れ】名 學習落後的兒童(小學生)；散出來的東西 |
| おちぶれる 0 4 | 【落ちぶれる】自下一 衰敗，落魄，窮途潦倒 |
| おつ 1 0 | 【乙】名・形動(名)乙；第二位；(形動)別緻，俏皮；奇怪，奇特　⇨ 甲乙(こうおつ)(優劣，差別) |
| おっかない 4 | 形 可怕，令人害怕，讓人提心吊膽 |
| おっくう 3 | 【億劫】名・形動 嫌麻煩，懶得做，提不起勁 |
| おどおど 1 | 副・自サ 心虛，膽怯 |
| おとしあな 3 | 【落(と)し穴】名 陷阱；陰謀，詭計，圈套 |
| おとしめる 4 | 【貶める】他下一 貶低；藐視，輕蔑 |
| おどす 0 2 | 【脅す】他五 威脅　⇒脅(おど)かす |
| おとしいれる 5 0 | 【陥れる】他下一 陷害，使陷入；(城池等的)攻陷 |
| おとも 2 | 【お供・御伴】名・自サ 作伴，陪同，隨從；陪同人員，隨員；(飯店等)為客人叫來的汽車 |
| おどりでる 4 | 【躍り出る】自下一 跳到，躍進到；跳著出去 |
| おとる 0 2 | 【劣る】自五 不如，劣，次，不及，比不上　⇔優(まさ)る ⇨ 劣(おと)らない(不遜色，不亞於，不輸給) |
| おとろえる 4 3 | 【衰える】自下一 衰退　⇔栄(さか)える |
| おのずから 0 | 【自ずから】副 自然而然地 |
| おのずと 0 | 【自ずと】副 自然 |
| おびえる 0 3 | 【怯える・脅える】自下一 害怕，膽怯；夢魘，做噩夢 |
| おびただしい 5 | 【夥しい】形 很多的，大量的；(以「形容詞＋こと＋おびただしい」)特別，非常 |
| おびやかす 4 | 【脅かす】他五 威脅；逼迫，強迫 |
| おびる 2 | 【帯びる】他上一 帶，佩帶；包含，帶有；承擔 |
| おべっか 2 | 名 奉承，恭維，拍馬屁 |

| | |
|---|---|
| おぼつかない 0 5 | 【覚束ない】形 没有把握，可疑，幾乎没有；靠不住，不穩當，不安定 |
| おみや 0 | 【御宮】名 神社；難破的複雜案件 |
| おも 1 | 【主】形動 主要的<br>⇨ 主（おも）に（主要；大部分，多半） |
| おもい 0 | 【重い】形 重的；（心情）沉重的；（行動）遲緩的；（情況、程度等）重大的，嚴重的<br>⇨ 重々（おもおも）しい（沉重；嚴肅） |
| おもいあがる 5 0 | 【思い上がる】自五 狂妄自大 |
| おもいあたる 5 0 | 【思い当たる】自五 想到，猜想到 |
| おもいとどまる 6 0 | 【思い止まる】他五 打消主意，放棄念頭 |
| おもいなおす 5 0 | 【思い直す】他五 重新考慮 |
| おもいなやむ 5 0 | 【思い悩む】自五 苦惱，發愁，傷腦筋 |
| おもいまどう 5 2 | 【思い惑う】他五（左思右想）躊躇，感到為難，猶豫不決 |
| おもいやり 0 | 【思いやり】名 同情心，體諒，體貼，關心 |
| おもいやる 4 0 | 【思いやる】他五 體貼，體諒，表同情；想像；遙想；（設身處地）可想而知 |
| おもうぞんぶん 2 | 【思う存分】副 盡情地，恣意地 |
| おもかげ 0 3 | 【面影】名（心中浮現的）身影，面貌；（能引起聯想的）印象，氣氛，跡象 |
| おもくるしい 5 | 【重苦しい】形 鬱悶，沉悶，不舒暢 |
| おもてむき 0 | 【表向き】名 表面上，外表上；公開，正式；政府，官廳 |
| おもむき 0 | 【趣】名 要點，旨趣；內容，情況；風趣，雅趣；風格，韻味；局面，樣子 |
| おもむく 3 | 【赴く】自五 奔赴，前往；趨向，傾向 |

| | |
|---|---|
| おもり 0 | 【重り・錘】名（壓東西的）重物；（漁具）鉛墜；秤砣，砝碼 |
| おもわく 0 | 【思惑】名 想法，意圖，居心；（別人的）看法，評價；投機（買賣）<br>⇨ 思惑売り（投機拋售） ⇨ 思惑買い（投機買進）<br>⇨ 思惑違い（打錯主意，打錯如意算盤） |
| おもわしい 3 | 【思わしい】形（後接否定）（不）理想，（不）令人滿意 |
| おもんじる 4 0 | 【重んじる】他上一 重視，注重；敬重 ＝重んずる<br>➡ 軽んじる |
| おもんぱかる 5 | 【慮る】他五 思慮，考慮，謀劃 |
| およぼす 3 0 | 【及ぼす】他五 影響到，使遭到 |
| おり 2 | 【折】名 折疊（的東西）；紙盒；機會，時機，時候；（書本）開數<br>⇨ 折も折とて（偏巧） ⇨ 折にふれて（偶爾，有時） |
| おりかえし 0 | 【折（り）返し】名·副（名）衣服等翻摺的部分；折返（的地點）；（詩、歌）重複句，疊句；（副）立即 |
| おりかえす 3 0 | 【折（り）返す】自他五 折起，翻折；返回，折回；反覆 |
| おりから 2 | 【折柄】名·副 恰好那時；正當～的時候 |
| おりたたむ 4 0 | 【折（り）畳む】他五 疊，折疊 |
| おりめ 3 0 | 【折（り）目】名 折痕，折線；規矩，禮貌；段落 |
| おりもの 2 3 | 【織物】名 紡織品，織品 |
| おる 1 | 【織る】他五 織，編織 |
| おれ 0 | 【俺】代（對平輩或晚輩的自稱）我，咱，俺 |
| おろおろ 1 | 副（因擔心、悲傷等）慌亂狀，不知所措狀；抽泣，啜泣 |
| おろか 1 | 【疎か】形動 不用說，豈止 |
| おろか 1 | 【愚か】形動 愚蠢，笨，糊塗，傻<br>⇨ 愚か者（糊塗蟲） |

| | |
|---|---|
| おろそか ② | 【疎か】形動 粗心大意，馬虎 |
| おんぎ ① | 【恩義】名 恩情，恩義 |
| おんけい ⓪ | 【恩恵】名 恩惠 |
| おんけん ⓪ | 【穩健】形動（想法、性格等）穩重，穩健　⇔過激（かげき） |
| おんしつ ⓪ | 【音質】名 音質 |
| おんせい ① | 【音声】名 聲音 |
| おんぶ ① | 【負んぶ】名・自他サ（兒童用語）背負；讓別人負擔，依靠別人 |
| おんわ ⓪ | 【穏和・温和】名・形動（氣候）溫和，（性情）溫柔，柔和 |

## 歷屆考題

■ 自然（しぜん）のおんけいを受（う）ける。（1999-Ⅳ-5）

① ラジオにざつおんが入って、聞（き）き取（と）りにくい。

② 厚（あつ）くおんれい申（もう）し上（あ）げます。

③ この地方（ちほう）はおんたいに位置（いち）している。

④ このごおんは、決（けっ）して忘（わす）れません。

答案④

解 題目畫線部分的漢字是「恩恵（おんけい）」。選項畫線部分的漢字及其意思分別為：①雑音（ざつおん）（雜音）；②御礼（おんれい）（＝御礼（おれい）　謝意）；③温帯（おんたい）（溫帶）；④ご恩（おん）（恩情）。題目和選項④中雙畫線處的漢字都是「恩」，因此選④。

譯（題目）接受大自然的恩惠；①收音機裏有雜音，聽不清；②向您表示深摯的感謝；③這地區位於溫帶；④決不會忘記您的恩情。

■ あの店員（てんいん）は、来（き）たばかりのころは自信（じしん）なさそうに＿＿＿＿＿していたが、今（いま）はすっかり落（お）ち着（つ）いた。（2000-Ⅴ-4）

① いやいや　② おどおど　③ ぐずぐず　④ だらだら

答案②

**解** 答案以外的選項意思分別為：①いやいや（不願意，勉強，不得已），此詞一般後面不直接搭配「する」；③ぐずぐず（慢吞吞，嘮嘮叨叨）；④だらだら（滴滴答答，緩緩，冗長）。

**譯** 那個店員剛來的時候好像沒有自信，忐忑不安的，但是現在完全穩定下來了。

■ この企画（きかく）の成功（せいこう）は大野（おおの）さんの働（はたら）きに＿＿＿＿ところが大（おお）きい。

（2001-Ⅴ-9）

① 負う　② おどす　③ 借りる　④ おかす

答案①

**解**「～に負（お）うところが大（おお）きい」是一個慣用法，表示「多虧」。答案以外的選項讀音、漢字和意思分別為：②脅（おど）す（威脅，威嚇，脅迫）；③借（か）りる（借）；④犯（おか）す（犯，違犯）或侵（おか）す（侵犯；侵害）、冒（おか）す（冒，不顧；冒充）。

**譯** 多虧大野先生的功勞，這次計畫很成功。

■ <u>おろか</u>（2002-Ⅶ-2）

① 基本（きほん）は<u>おろか</u>応用（おうよう）も大事（だいじ）だ。
② わからない単語（たんご）は、辞書（じしょ）を調（しら）べるも<u>おろか</u>質問（しつもん）しなさい。
③ 腰（こし）をいためて、歩（ある）くことは<u>おろか</u>立（た）つことも難（むずか）しい。
④ 祖父（そふ）は80歳（さい）を過（す）ぎているが、一年中（いちねんじゅう）水泳（すいえい）は<u>おろか</u>冬（ふゆ）はスキーだ。

答案③

**解**「おろか」一般用「XはおろかYさえ／も／すら～」的形式，表示「不用說X了，連Y都～」的意思，其中X是較高級或程度較深的事物，Y是較基本或程度相對較輕的事物，後項一般含有否定或消極的表達方式。選項①、②、④為誤用。①可改為「もちろん」（當然）；②可改為「調（しら）べるまでもなく」（用不著查，不用查）；④可改為「水泳（すいえい）するばかりでなく」（不僅僅游泳）。

**譯** 腰部受傷，不要說走路，就連站起來都吃力。

■ 自分(じぶん)の経験(けいけん)だけですべてを判断(はんだん)するのは＿＿＿＿なことだ。

（2005- V - 13）

① おろか　② かすか　③ のどか　④ はるか

答案①

解 答案以外的選項其漢字形式和意思分別為：②微(かす)か（微弱，朦朧，模糊；可憐，貧窮）；③長閑(のどか)（悠閒；晴朗）；④遥(はる)か（遙遠）。

譯 根據自己的經驗來判斷一切是愚蠢的。

■ 趣味(しゅみ)に熱中(ねっちゅう)するあまり、仕事(しごと)が＿＿＿＿になってしまった。

（2006- V - 4）

① おごそか　② おろそか　③ なだらか　④ なめらか

答案②

解 選項①、④的漢字形式和意思分別為：①厳(おごそ)か（莊嚴，嚴肅，鄭重）；④滑(なめ)らか（光滑，滑溜；說話流利，文章通順）。選項③沒有漢字形式，意為「坡度小；順利；流暢」。

譯 因為太熱衷於興趣愛好，工作變得有些馬虎。

■ 重い……重い地位(ちい)につくほどストレスも増(ふ)える。（2007- VI - 1）

① 重い病気(びょうき)で入院(にゅういん)している。

② 重い荷物(にもつ)を持(も)って手(て)が疲(つか)れた。

③ 私(わたし)に与(あた)えられた任務(にんむ)は非常(ひじょう)に重かった。

④ 今日(きょう)は体(からだ)が重くて思(おも)うように動(うご)けない。

答案③

解 「重(おも)い」在各項中的用法為：（題目）重要；①嚴重；②重量重；③重要；④遲鈍，不靈活。

譯 （題目）身處的地位越是重要，壓力就越大；①因為生重病而住院了；②拿著很重的行李，手很累；③分配給我的任務很重要；④今天身體倦怠，不能敏捷地活動。

# か

| | |
|---|---|
| かいあく 0 | 【改悪】名・他サ 越改越差，改壞了 ⇔改善（かいぜん） |
| かいうん 0 | 【海運】名 海運 |
| かいおき 0 | 【買（い）置き】名・他サ 預先買下，儲購 |
| がいか 1 | 【外貨】名 外國貨，進口貨；外幣，外匯 |
| がいかい 0 | 【外界】名 外界，外部 |
| かいかく 0 | 【改革】名・他サ 改革 |
| かいかつ 0 | 【快活】名・形動 爽快，開朗，爽朗 |
| かいかぶる 4 | 【買い被る】他五 評價過高，高估 |
| かいがら 3 4 | 【貝殼】名 貝殼 |
| がいかん 0 | 【外観】名 外觀，外表，外形 |
| かいき 1 | 【怪奇】名・形動 怪異，奇異，奇怪 |
| かいぎ 1 | 【懐疑】名・他サ 懷疑 ⇨懐疑的（かいぎてき） ⇨懐疑心（かいぎしん） |
| がいき 1 | 【外気】名 戶外的空氣 |
| かいきゅう 0 | 【階級】名（社會）階級，等級，階層；（軍）級別 |
| かいきょう 0 | 【海峡】名 海峽 |
| かいぎょう 0 | 【開業】名・自他サ 開業 |
| かいけん 0 | 【会見】名・自サ 會見，接見，面晤<br>⇨記者会見（きしゃかいけん）（記者招待會） |
| がいけん 0 | 【外見】名 外觀，外表 |
| かいこ 1 | 【解雇】名・他サ 解雇 |
| かいこ 1 | 【回顧】名・他サ 回顧，回憶 |
| かいご 1 | 【介護】名・他サ 照顧病人 |
| かいごう 0 | 【会合】名・自サ 集合，集會，聚集 |
| がいこつ 1 | 【骸骨】名 骸骨，屍骨 |
| かいざん 0 | 【改ざん・改竄】名・他サ 竄改，塗改，刪改 |

| | |
|---|---|
| がいして [1] | 【概して】副 大概，一般；總的來說，一般來說 |
| かいしめる [4] | 【買い占める】他下一 全部買下，買斷<br>⇨ 買(か)い占(し)め（囤積） |
| かいしゅう [0] | 【改修】名・他サ 修理，修復 |
| かいじゅう [0] | 【怪獣】名 怪獸 |
| かいじょ [1] | 【解除】名・他サ 解除；廢除 |
| かいじょう [0] | 【海上】名 海上 |
| がいしょう [0] | 【外相】名 外交大臣，外交部長，外長　＝外務大臣(がいむだいじん) |
| がいしょく [0] | 【外食】名・自サ 在外吃飯　⇨ 自炊(じすい) |
| かいしん [0] | 【会心】名 滿足，得意　⇨ 会心(かいしん)の笑(え)み（滿足的笑容） |
| かいしん [1] | 【改心】名・自サ 悔改，洗心革面 |
| がいする [3] | 【害する】他サ 損害，傷害，毀壞；妨礙；危害；殺害，陷害 |
| かいせき [0] | 【解析】名・他サ（數學用語）解析；分析，剖析 |
| かいせつ [0] | 【開設】名・他サ 開設 |
| がいせつ [0] | 【概説】名・他サ 概述，概論 |
| かいそう [0] | 【回送】名・他サ 開回（空車等）；轉寄，轉送；運送，輸送　⇨ 回送車(かいそうしゃ)（回程空車） |
| かいそう [0] | 【回想】名・他サ 回想，回憶 |
| かいそう [0] | 【階層】名（社會）階層；（建築）樓層　⇒階級(かいきゅう) |
| かいたい [0] | 【解体】名・自他サ 拆卸，拆開，卸除；（組織等）解散，瓦解；解剖 |
| かいたく [0] | 【開拓】名・他サ 開墾，開荒；開拓，開闢 |
| かいだん [0] | 【会談】名・自サ 會談，談判 |
| かいちく [0] | 【改築】名・他サ 改建，重建 |
| がいちゅう [0] | 【害虫】名 害蟲 |
| かいちょう [0] | 【快調】名・形動 情況良好，狀況順利；（身體）舒服 |

| | |
|---|---|
| かいつけ [0] | 【買(い)付け】名 經常去買；大量收購，採購 |
| かいてい [0] | 【海底】名 海底 |
| がいてき [0] | 【外敵】名 外敵 |
| かいてん [0] | 【開店】名・自他サ 開設店鋪，開張；開始營業 |
| かいとう [0] | 【回答】名・自サ 回答，答覆 |
| かいどう [0] | 【街道】名 大街，大道 |
| がいとう [0] | 【該当】名・自サ 適合，符合，相當<br>⇨ 該当者(がいとうしゃ)(符合條件的人) |
| がいとう [0] | 【街頭】名 街頭 |
| かいどく [0] | 【解読】名・他サ 解讀；譯解 |
| かいどく [0] | 【買(い)得】名 買得便宜，買得划算 |
| かいにゅう [0] | 【介入】名・自サ 介入，插手 |
| かいばつ [0] | 【海抜】名 海拔 |
| かいひ [1] | 【回避】名・他サ 回避 |
| かいほう [1] | 【介抱】名・他サ 護理，服侍，照顧 |
| かいぼう [0] | 【解剖】名・他サ 解剖；分析 |
| かいまく [0] | 【開幕】名・自サ 開幕　⇔閉幕(へいまく)　⇒幕開(まくあ)き |
| かいめい [0] | 【解明】名・他サ 解釋清楚，闡明，弄清楚 |
| がいめん [0] [3] | 【外面】名(物體的)外側；外表，表面　⇔内面(ないめん) |
| かいやく [0] | 【解約】名・他サ 解約，廢約 |
| かいよう [0] | 【潰瘍】名 潰瘍　⇨ 胃潰瘍(いかいよう)　⇨ 悪性潰瘍(あくせいかいよう) |
| がいよう [0] | 【概要】名 概略，概要，大略 |
| がいらい [0] | 【外来】名 外來；舶來；門診病人 |
| かいらく [1] [0] | 【快楽】名(官感上的)快樂，快感 |
| かいらん [0] | 【回覧】名・他サ 傳閱；(古)巡視<br>⇨ 回覧板(かいらんばん)(傳閱留言本) |
| がいりゃく [0] | 【概略】名 概況，概略，梗概 |

| | |
|---|---|
| **かいりゅう** 0 | 【海流】名 海流 |
| **かいりょう** 0 | 【改良】名・他サ 改良 |
| **かいろ** 1 | 【回路】名 電路，線路　⇨ 集積回路（しゅうせきかいろ）（積體電路） |
| **かえりみる** 4 | 【顧みる】他上一 回頭看；回顧；顧慮，牽掛 |
| **かえりみる** 4 | 【省みる】他上一 反省 |
| **かおだち** 0 | 【顔立ち】名 相貌，長相；臉龐 |
| **かおつき** 0 | 【顔付き】名 表情，神色，樣子；相貌，臉形 |
| **かおなじみ** 3 0 | 【顔馴染み】名 熟人，相識的人 |
| **かおぶれ** 0 | 【顔触れ】名（參加的）成員，人們；（列名的）人員 |
| **かがい** 0 | 【加害】名 加害　⇨ 加害者（かがいしゃ） |
| **かがい** 0 1 | 【課外】名 課外 |
| **かかえこむ** 4 | 【抱え込む】他五 雙手抱，夾；擔負，承擔 |
| **かかげる** 0 | 【掲げる】他下一 懸掛，升起；高舉；掀，挑，撩起；登載；提出方針等 |
| **かかす** 0 | 【欠かす】他五 缺，缺少 |
| **かがやかしい** 5 | 【輝かしい】形 輝煌的，光輝的 |
| **かかりつけ** 0 | 【掛か（り）付け】名 經常就診 |
| **かかわらず** 3 | 【拘わらず】連語 儘管；不問，不管<br>⇨ にもかかわらず（儘管；雖然～可是） |
| **かき** 1 | 【下記】名 下列，記載在下面 |
| **かき** 2 | 【垣】名 籬笆，柵欄；隔閡<br>➡ 垣（かき）に耳（みみ）（隔牆有耳）➡ 垣（かき）を作（つく）る（製造隔閡） |
| **かき** 1 | 【夏季】名 夏天的期間　⇒ 夏期（かき） |
| **かきとる** 3 0 | 【書（き）取る】他五 記錄，記下來，抄錄<br>⇨ 書（か）（き）取（と）り（抄寫，記錄；聽寫，默寫） |
| **かきなおす** 4 0 | 【書（き）直す】他五 改寫，重新寫；重抄，謄清 |
| **かきまわす** 0 4 | 【搔き回す】他五 攪拌，混合；翻弄；擾亂 |
| **かきょく** 1 | 【歌曲】名 歌曲，曲調 |

あ か さ た な は ま やゆよ ら わ

| | |
|---|---|
| かく ①⓪ | 【角】名・形動・接尾 四角形，四方形；（數學）角；日本象棋的其中一子 |
| かく ⓪② | 【画】名・接尾 筆劃；畫 |
| かく ⓪② | 【格】名 資格，等級；品格，格調；格式，規格，規定；究明；方格；（語法中的）格<br>⇨ リーダー格（かく）（〔位於〕領導地位） |
| かく ①② | 【核】名 果核；核武器；要害，重點<br>⇨ 核家族（かくかぞく）（小家庭） ⇨ 核兵器（かくへいき）（核子武器） |
| がくぎょう ②⓪ | 【学業】名 學業 |
| がくげい ⓪② | 【学芸】名 文藝；學術和藝術 |
| かくさ ① | 【格差】名 差別，差距 |
| かくさん ⓪ | 【拡散】名・自サ 擴散；漫射 |
| がくし ① | 【学資】名 學費 |
| がくしき ⓪ | 【学識】名 學識 |
| かくしつ ⓪ | 【確執】名・自サ 固執己見；不睦 |
| かくじつ ⓪ | 【隔日】名 隔日 |
| かくしゅう ⓪ | 【隔週】名 隔週，每隔一週 |
| かくしん ⓪ | 【核心】名 核心 |
| かくする ③ | 【画する】名・他サ 畫（線），寫（字）；劃分，區別；策劃，計劃 |
| かくせい ⓪ | 【覚醒】名・自サ 覺醒；清醒 ⇨ 覚（かく）せい剤（ざい）（興奮劑） |
| がくせつ ⓪ | 【学説】名 學說 |
| がくぜん ⓪ | 【愕然】形動タルト 愕然 |
| かくだん ⓪ | 【格段】名・副・形動 格外，特別，非常 |
| かくてい ⓪ | 【確定】名・自他サ 確定 |
| かくとう ⓪ | 【格闘・挌闘】名・自サ 格鬥，搏鬥<br>⇨ 格闘技（かくとうぎ）（格鬥競技） |
| かくとく ⓪ | 【獲得】名・他サ 獲得 |

| | |
|---|---|
| がくふ [0] | 【楽譜】名 樂譜，簡譜 |
| かくほ [1] | 【確保】名・他サ 確保 |
| かくめい [0] | 【革命】名 革命；革新，改革 |
| かくりつ [0] | 【確立】名・自他サ 確立 |
| かくりょう [0] [2] | 【閣僚】名（內閣）閣員；部長 |
| がくんと [2] | 副 猛然，喀嚓一聲；狀態突然變化的樣子 |
| かけ [2] | 【掛】名・接尾 賒帳；欠款；重量，分量；清湯麵；掛；（「ます形＋かけ」）沒～完　⇨ 掛け時計（掛鐘） |
| かけ [2] | 【賭】名 打賭，賭（財物）　⇨ 賭（け）事（賭博） |
| かけあう [3] [0] | 【掛（け）合う】他五（水）相互潑；相互搭話；（懷有某要求跟對方）交涉，談判<br>⇨ 掛け合い（相互潑；相互搭話；交涉；對口相聲）<br>⇨ 掛け合い漫才（對口雙人相聲） |
| かけあし [2] | 【駆（け）足】名・自サ 快跑，跑步；走馬看花，急急忙忙；策馬疾馳　⇨ かけっこ（〔少兒用語〕賽跑） |
| かけい [0] | 【佳景】名 佳景，美景 |
| かけがえのない [6] | 【掛（け）替えのない】連語 無可替代的，無比寶貴的 |
| かげき [0] | 【過激】名・形動 太過激烈，急進；過火，過度<br>⇔穩便　⇨ 過激派 |
| かけこむ [0] [3] | 【駆け込む】自五 跑進；到提供援助、保護的地方<br>⇨ 駆け込み乗車（強行衝進車內） |
| かけつける [4] [0] | 【駆（け）付ける】自下一 跑去，跑來；跑到；急忙趕到（目的地） |
| かけら [0] | 【欠けら・欠片】名 殘片，斷片；（多與否定形呼應）極少，一點點 |
| かける [2] | 【賭ける】他下一 賭；拚上　⇨ 賭け（賭，賭博） |
| かける [2] | 【駆ける】自下一 跑，快跑；騎馬跑<br>⇨ 駆けっこ（賽跑）　⇨ 駆け寄る（跑過來〔去〕） |
| かこう [0] | 【囲う】他五 圍上，圍起來；（蔬果）貯藏；納妾；隱匿，藏匿 |

あ か さ た な は ま やゆよ ら わ

| | |
|---|---|
| かこう 0 | 【加工】名・他サ 加工 |
| かごう 0 | 【化合】名・自サ（化學）化合<br>⇨ 化合物（かごうぶつ）（化合物） |
| かこく 0 | 【過酷】名・形動 嚴酷，苛刻，殘酷 |
| かこつける 0 4 | 【託つける】自・他下一 藉口，托詞 |
| かごん 0 | 【過言】名 誇張，誇大，說得過火 |
| かさかさ 0 1 | 副・形動 乾燥狀；（乾燥）沙沙作響；不圓滑 |
| がさがさ 0 1 | 副・形動 乾燥狀，粗糙；（乾燥）沙沙作響（聲音較「かさかさ」大而雜亂）；（性格、態度）堅硬，粗野 |
| かざかみ 0 | 【風上】名 上風，上風處　⇔風下（かざしも）<br>➡ 風上（かざかみ）に置（お）けない（惡臭的東西在上風處時，下風處也會臭不可聞；〔喻〕某人卑劣） |
| かさばる 3 | 【嵩張る】自五 增大，體積大 |
| かさむ 0 2 | 【嵩む】自五 增大，增多 |
| かざむき 0 | 【風向き】名 風向；形勢；心情 |
| かじ 1 | 【舵・柁・楫・梶】名 舵<br>➡ かじを取（と）る（掌舵；掌握方向，操縱） |
| かしげる 3 | 【傾げる】他下一 歪，斜　➡ 首（くび）を傾（かし）げる（側首） |
| かしましい 4 | 【姦しい】形 喧鬧，嘈雜 |
| かしゃ 1 | 【貨車】名 貨車 |
| かじょう 0 | 【箇条】名・接尾（名）條款，專案；（接尾）條項<br>⇨ 箇条書（かじょうが）き（分項寫，分條寫） |
| かしら 3 | 【頭】名 頭，腦袋；頭髮；首領，頭目；頂端，最上<br>⇨ 頭文字（かしらもじ）（英語等字彙的第一個大寫字母） |
| かじる 2 | 【齧る】他五 咬，啃；稍微學過一點 |
| かず 1 | 【数】名 數目，數 |
| かすか 1 | 【微か】形動 微弱，隱隱約約；貧苦，微賤 |
| かずかず 1 | 【数数】名・副 許多，種種 |

| | |
|---|---|
| かすみ 0 | 【霞み】名 霞，靄；朦朧，迷濛 |
| かすむ 0 | 【霞む・翳む】自五 籠罩著雲靄或薄霧；模糊；不顯眼；眼睛朦朧看不清楚；長眼翳 |
| かすめる 0 3 | 【掠める】他下一 掠取，掠奪；掠過，擦過；騙過，瞞過 |
| かする 2 | 【掠る・擦る】他五 掠過，擦過；抽頭，揩油，剝削；(畫)畫出飛白<br>⇨ かすり傷(きず)(擦傷，輕傷) |
| かする 2 | 【課する】他サ 課徵，使負擔；使擔任，派任做某事；出(習題)　＝課(か)す |
| かぜい 0 | 【課税】名・自サ 課稅，徵收賦稅<br>⇨ 累進課税(るいしんかぜい)(累進稅)　⇨ 課税率(かぜいりつ)(課稅率) |
| かせき 0 | 【化石】名 化石；指落伍的人；變石頭似的 |
| かせつ 0 | 【仮説】名 假說 |
| かせつ 0 | 【仮設】名・他サ 假定；臨時設立<br>⇨ 仮設(かせつ)テント(臨時帳篷) |
| かせん 0 | 【下線】名 下畫線 |
| かせん 0 | 【化繊】名 化纖，化學纖維 |
| かせん 1 | 【河川】名 河川 |
| かそ 1 | 【過疎】名(人口)過少，過稀<br>⇨ 過疎化(かそか)(〔人口〕過少化，過稀化) |
| がぞう 0 | 【画像】名 畫像；(電視、電腦)畫面，影像 |
| かそく 0 | 【加速】名・自サ 加速，增加速度<br>⇨ 加速度(かそくど)(加速，加快；加速度) |
| かた 1 | 【過多】名・形動 過多 |
| かだい 0 | 【過大】形動 過大 |
| かだい 0 | 【課題】名 課題，任務；題目 |
| かたおもい 3 | 【片思い】名 單戀，單相思 |
| かたがき 0 4 | 【肩書き】名(表示地位、身分的)頭銜，稱呼 |

あ か さ た な は ま やゆよ ら わ

| | |
|---|---|
| かたがた 2 | 接尾 順便，同時做別的 ⇒がてら（順便） |
| がたがた 1 | 副・自サ（聲音）咯嗒咯嗒；（不安定）搖晃，動盪不穩；（發抖狀）哆嗦；嘮叨 |
| かたき 3 | 【敵】名 敵手；（＝仇（かたき））仇人 ⇨ 敵（かたき）を討（う）つ（報仇） |
| かたくるしい 5 | 【堅苦しい】形 嚴格，嚴厲；呆板，拘謹 |
| かたこと 0 | 【片言】名 不完整的單詞、話語；一言半語 |
| かたすみ 0 3 | 【片隅】名 一個角落，一隅 |
| かたちづくる 5 | 【形作る】他五 形成，構成，組成 |
| かたて 0 | 【片手】名 一隻手 |
| かたみ 0 | 【形見】名 遺物；紀念（品） |
| かたむく 3 | 【傾く】自五 傾斜，傾，偏，歪；偏西，西斜；有～傾向；衰落；傾心於 ⇨ 傾（かたむ）き（傾斜；傾向） |
| かたむける 4 | 【傾ける】他下一 使～傾斜；傾注；使（國家）滅亡，敗（家） |
| かためる 0 | 【固める】他下一 凝固；堆在一處；使鞏固；加強防守；用～把全身武裝起來；歸攏到一起 |
| かたよる 3 | 【偏る・片寄る】自五 偏重；失去平衡；偏向；偏頗；不公正 ⇨ 偏（かたよ）り（偏向一方，偏頗，偏重） |
| かたりかける 5 | 【語（り）掛ける】他下一 搭話 |
| かたわら 0 | 【傍ら】名 旁邊；（作接續助詞用）同時，一邊～一邊 |
| かたん 0 | 【加担・荷担】名・自サ 袒護；支持；參與，參加；挑負貨物 |
| かだん 1 | 【花壇】名 花圃 |
| がたんと 2 | 副（重而堅硬的東西發出的聲音）喀咚；（力量、性能、數量急速下降狀）驟然， |
| かちかち 1 0 | 形動・副（形動）硬邦邦；固執，頑固；（因緊張）無法動彈；（副）（聲音）嘀答嘀答，咔嚓咔嚓 |
| がちがち 1 0 | 形動・副（形動）堅硬；頑固；（因緊張）無法動彈；（副）（牙齒相碰聲）喀喀地；貪婪地 |

| | |
|---|---|
| かちく 0 | 【家畜】名 家畜，牲口 |
| かつ 1 | 【且つ】副・接續 並且，而且；同時 |
| がっかい 0 | 【学界】名 學術界 |
| かっき 0 | 【活気】名 生氣，活力 |
| かっきてき 0 | 【画期的】形動 劃時代的 |
| かっさい 0 | 【喝采】名・自サ 喝彩，歡呼；喝彩聲 |
| がっしゅく 0 | 【合宿】名・自サ（同住一處）集中訓練，集中研修<br>⇨ 強化合宿（きょうかがっしゅく）（集訓） |
| がっしり 3 | 副・自サ 健壯，結實；堅固，堅實；嚴整，嚴密，緊密 |
| がっする 0 3 | 【合する】自他サ 匯合，匯聚 |
| かっせい 0 | 【活性】名 活性　⇨ 活性化（かっせいか）（活性化，增加活力） |
| かっそう 0 | 【滑走】名・自サ 滑行，溜　⇨ 滑走路（かっそうろ）（飛行跑道） |
| がっち 0 | 【合致】名・自サ 一致，符合，吻合 |
| がっちり 3 | 副・自サ 堅固，牢固；健壯；周密；精打細算 |
| かつて 1 | 副 曾經，以前；從來　⇨ かつてない（從未） |
| かっと 3 1 | 副（熱度、亮度等）強烈；（用「かっとする」「かっとなる」「かっとくる」等形式）勃然大怒狀；（眼、口）突然大張狀 |
| がっぺい 0 | 【合併】名・自他サ 合併　⇨ 合併症（がっぺいしょう）（併發症） |
| かつら 0 | 【鬘】名 假髮 |
| かて 2 1 | 【糧】名 糧食<br>⇨ 糧（かて）を捨（す）てて船（ふね）を沈（しず）む（破斧沉舟） |
| がてら 1 | 接尾（以「名詞／ます形＋がてら」的形式）～的同時，順便 |
| がてん 0 2 | 【合点】名・自サ 理解，領會；同意，認可，點頭<br>＝がってん　⇨ 一人合点（ひとりがてん）（自以為是）<br>⇨ 合点（がてん）がいく（可以理解） |
| かとき 2 | 【過渡期】名 過渡期 |

| | |
|---|---|
| **かなう** ② | 【叶う・適う】自五（願望）實現；符合，合乎；能做到；比得上，敵得過<br>➡ 叶(かな)わぬ時(とき)の神頼(かみだの)み（臨時抱佛腳） |
| **かなえる** ③ | 【叶える・適える】他下一 使～達到目的；滿足～的願望 |
| **かなた** ① | 【彼方】代 遠方的那邊；遙遠的過去（或未來） |
| **かなづち** ③ ④ | 【金槌】名 榔頭，錘子；旱鴨子，不會游泳的人 |
| **かなめ** ⓪ | 【要】名 要點，要害；扇軸 |
| **かなわない** ③ | 連語 敵不過，比不上；經不起，受不了 |
| **かにゅう** ⓪ | 【加入】名・自サ 加入，參加 |
| **かねあい** ⓪ | 【兼（ね）合い】名 保持均衡，兼顧 |
| **かねそなえる** ⑤ | 【兼（ね）備える】他下一 兼備 |
| **かねつ** ⓪ | 【加熱】名・他サ 加熱 |
| **かねて** ① | 【予て】副 事先，以前，老早，原先 |
| **かねん** ⓪ | 【可燃】名 可燃，易燃　⇨ 可燃性(かねんせい)（⇔不燃性(ふねんせい)）<br>⇨ 可燃物(かねんぶつ)　⇨ 可燃(かねん)ゴミ（可燃垃圾） |
| **かばう** ② | 【庇う】他五 庇護，袒護　⇒庇護(ひご)する |
| **かはんすう** ② ④ | 【過半数】名 過半數 |
| **がぶがぶ** ① ⓪ | 副（大口喝酒、喝水狀）咕嘟咕嘟；（胃中有水狀）咕嚕咕嚕 |
| **がぶり** ② ③ | 副 一口吞（喝）下狀 |
| **かぶれる** ⓪ | 【気触れる】自下一（由於過敏而）起炎症，起斑疹；沾染（惡習、影響） |
| **かふん** ⓪ | 【花粉】名 花粉　⇨ 花粉症(かふんしょう) |
| **かへい** ① | 【貨幣】名 貨幣 |
| **かへん** ⓪ | 【可変】名 可變　⇨ 可変蓄電器(かへんちくでんき)（可變電容器） |
| **かみ** ① | 【加味】名・他サ 調味，加佐料；放進，採納，採取 |

| | |
|---|---|
| かみあう 3 0 | 【噛み合う】自五 互相咬，搏鬥；爭吵，意見不一致；（齒輪等）咬合，卡住 |
| かみきる 0 3 | 【噛み切る】他五 咬斷，咬破 |
| かみつ 0 | 【過密】名・形動 過密，高度集中　⇔過疎（かそ）（過稀）⇨過密化（かみつか）（集中化） |
| かみわざ 0 | 【神業】名 絕技，鬼斧神工，絕活 |
| かもく 0 | 【課目】名 課程，學科 |
| かもつ 1 | 【貨物】名 貨物；行李；（「貨物列車（かもつれっしゃ）」之略）載貨列車 |
| かめい 0 | 【加盟】名・自サ 加盟，加入（團體等） |
| かめん 0 | 【仮面】名 假面具；偽裝 |
| がやがや 1 | 副・自サ 吵吵嚷嚷，喧囂吵鬧 |
| かよわい 3 | 【か弱い】形 柔弱的，纖弱的 |
| からから 0 1 | 名・形動・副 乾燥的東西相碰的聲音；極其乾燥貌；空洞貌；爽朗的笑聲 |
| からす 0 | 【枯らす】他五 使枯乾，使枯萎 |
| からだつき 3 0 | 【体付き】名 體格，體形，姿態 |
| からむ 2 | 【絡む】自五 纏繞；密切聯繫；糾纏 |
| からり（と）2 3 | 副（硬物聲）匡啷；開闊狀；（個性）爽朗直率；乾透 |
| がらり（と）2 3 | 副（重重地打開門窗聲）嘩地；（態度）突然改變；（硬物聲）轟隆 |
| がらん（と）2 | 副（金屬聲）匡啷，噹啷；空蕩蕩 |
| かり 1 | 【狩（り）】名 打獵；採集，觀賞；追捕 |
| かりこむ 3 | 【刈り込む】他五 修剪；（文章）修改，增減 |
| かりに 0 | 【仮に】副 臨時；假定　⇨仮（かり）（臨時，暫時） |
| かりゅう 0 | 【下流】名 下游；下層，底層 |
| かるはずみ 0 3 | 【軽はずみ】名・形動 輕率，草率 |
| かれい 0 | 【華麗】名・形動 華麗；（動作）優美，明快 |

あ か さ た な は ま やゆよ ら わ

| | |
|---|---|
| **かれる** 0 | 【枯れる】自下一 枯萎；技藝等造詣精深，成熟 |
| **かれる** 0 | 【涸れる】自下一 乾涸，乾；（能力、感情等）枯竭 |
| **かろう** 0 | 【過労】名 勞累過度　⇨ 過労死（かろうし）（勞累過度而死） |
| **かろうじて** 0 2 | 【辛うじて】副 好不容易，勉強 |
| **かわきり** 0 4 | 【皮切り】名 開頭，開始，開端，初次 |
| **かわす** 0 | 【交わす】他五 交換，交互；互相；交叉，交錯 |
| **かわら** 0 | 【河原・川原】名 河灘 |
| **かわるがわる** 4 | 【代（わ）る代（わ）る】副 輪流，輪換，依次 |
| **かんい** 1 0 | 【簡易】名・形動 簡易，簡單，簡便 |
| **かんいっぱつ** 1 | 【間一髪】名 毫釐之差，差一點 |
| **かんか** 1 | 【感化】名・他サ 感化 |
| **がんか** 0 1 | 【眼科】名 眼科 |
| **かんがい** 0 | 【灌漑】名・他サ 灌溉<br>⇨ 灌漑工事（かんがいこうじ）（灌溉工程）　⇨ 灌漑用水（かんがいようすい） |
| **かんがえこむ** 5 0 | 【考え込む】自五 沉思，苦想 |
| **かんがえだす** 5 0 | 【考え出す】他五 想起，想出；開始想 |
| **かんかつ** 0 | 【管轄】名・他サ 管轄 |
| **かんがみる** 4 | 【鑑みる】他上一 鑑於，以～為戒 |
| **がんがん** 1 | 副（金屬聲）匡啷；（頭痛、耳鳴嚴重）嗡嗡；喋喋不休地 |
| **かんき** 1 | 【乾季】名 旱季，乾季 |
| **かんき** 1 | 【寒気】名 寒氣 |
| **かんき** 1 | 【換気】名・自他サ 通風，使空氣流通，換換空氣 |
| **がんきゅう** 0 | 【眼球】名 眼球，眼珠子 |
| **かんきん** 0 | 【監禁】名・他サ 監禁 |
| **がんぐ** 1 | 【玩具】名 玩具　⇒ おもちゃ |
| **かんけつ** 0 | 【完結】名・自サ 完結，完成，完了 |

| | |
|---|---|
| かんけつ 0 | 【簡潔】名・形動 簡潔 |
| かんげん 0 | 【還元】名・自他サ（化學等）還原；返還，回饋 |
| かんご 0 1 | 【監護】名・他サ 監督保護，監護 |
| かんご 0 | 【漢語】名（日語中的）漢語詞彙　⇔和語（わご） |
| がんこ 1 | 【頑固】名・形動 頑固；（疾病）難治 |
| かんこう 0 | 【刊行】名・他サ 發行，出版　⇨刊行物（かんこうぶつ）（出版物） |
| かんこう 0 | 【慣行】名 慣例，常規，習俗；例行，習以為常的行動 |
| かんこんそうさい 0 | 【冠婚葬祭】名 成年、結婚、喪葬、祭祀等人生四大儀禮，婚喪嫁娶 |
| かんこく 0 | 【勧告】名・他サ 勸告 |
| かんさつ 0 | 【観察】名・他サ 觀察，仔細察看 |
| かんさん 0 | 【換算】名・他サ 換算，折合 |
| かんし 0 | 【監視】名・他サ 監視 |
| かんじゅ 1 0 | 【感受】名・他サ 感受　⇨感受性（かんじゅせい） |
| かんしゅう 0 | 【慣習】名 習慣，慣例 |
| かんしゅう 0 | 【観衆】名 觀眾 |
| がんしょ 1 | 【願書】名 志願書；申請書 |
| かんしょう 0 | 【観賞】名・他サ 觀賞，欣賞 |
| かんしょう 0 | 【干渉】名・自サ 干涉；干預；（物理上的）干擾 |
| かんじょう 0 3 | 【勘定】名・他サ 結帳，付賬；計算；考慮，估計 |
| がんじょう 0 | 【頑丈】形動 結實，堅固；強健，健壯 |
| かんしょく 0 | 【感触】名 觸感，手感；感覺 |
| かんしょく 0 | 【間食】名・自サ（吃）零食　⇨おやつ |
| かんすう 3 | 【関数・函数】名 函數 |
| かんせい 0 | 【歓声】名 歡聲，歡呼聲 |
| かんせい 1 0 | 【感性】名 感性　⇨感性的（かんせいてき） |
| かんせい 0 | 【慣性】名（物體運行的）慣性 |

| | |
|---|---|
| かんぜい 0 | 【関税】名 關稅 |
| がんせき 1 | 【岩石】名 岩石 |
| かんせん 0 | 【感染】名・自サ 感染；受影響 |
| かんせん 0 | 【幹線】名 幹線，主線<br>⇔支線（支線） ⇨ 新幹線（新幹線） |
| かんそ 1 | 【簡素】名・形動 簡樸，簡單樸素 |
| かんそう 0 | 【乾燥】名・自他サ 乾燥；枯燥 |
| かんだい 0 | 【寛大】名・形動 寬大 |
| かんたん 0 | 【感嘆】名・自サ 感嘆，讚嘆 |
| かんだんけい 03 | 【寒暖計】名（氣溫）溫度計 |
| かんち 1 | 【関知】名・自サ 與～有關（有關係），牽扯到 |
| かんちがい 3 | 【勘違い】名・自サ 誤解 |
| かんてい 0 | 【官邸】名 官邸 |
| かんてい 3 | 【鑑定】名・他サ 鑑定 |
| かんてん 3 1 | 【観点】名 觀點，看法 |
| かんでん 0 | 【感電】名・自サ 觸電 ⇨ 感電死（觸電死亡） |
| かんど 1 | 【感度】名 靈敏度，靈敏性 |
| かんねん 1 | 【観念】名・自サ 觀念；斷念，死心；徹悟<br>➡ 観念のほぞを固める（下定決心） |
| かんぬし 1 | 【神主】名（神社的）神官，祭司 |
| かんぱ 1 | 【寒波】名（氣象）寒流 |
| かんび 1 | 【完備】名・自サ 完備，齊全，俱全，完善 |
| かんぶ 1 | 【幹部】名 幹部 |
| かんぺき 0 | 【完璧】名・形動 完整，完善，完美無缺 |
| かんべん 1 | 【勘弁】名・他サ 寬恕；容忍 |
| かんむりょう 1 | 【感無量】形動 感慨萬千，無限感慨，深感 |
| かんめい 0 | 【感銘・肝銘】名・自サ 感動，銘記 |

| | |
|---|---|
| かんもん 0 | 【喚問】名・他サ 傳喚，傳訊 |
| かんもん 0 | 【関門】名 關卡，關口；難關 |
| かんゆう 0 | 【勧誘】名・他サ 勸誘 |
| かんよ 1 | 【関与】名・自サ 參與，干預 |
| かんよう 0 | 【肝要】名・形動 非常要緊，很重要 ⇨ 肝腎（かんじん） |
| かんよう 0 | 【寛容】名・形動・他サ 寬容，容許，容忍 |
| かんよう 0 | 【慣用】名・他サ 慣用 |
| がんらい 1 | 【元来】副 原來，本來，生來 |
| かんらん 0 | 【観覧】名・他サ 參觀，觀看 |
| かんりょう 0 | 【完了】名・自他サ 完了，完結；完成 |
| かんりょう 0 | 【官僚】名 官僚，官員 |
| かんれい 0 | 【慣例】名 慣例，習慣 |
| かんれい 0 | 【寒冷】名・形動 寒冷 |
| かんれん 0 | 【関連・関聯】名・他サ 關聯 |
| かんろく 0 | 【貫祿】名 威嚴，尊嚴，威信 |
| かんわ 0 | 【緩和】名・自他サ 緩和 |

## 歷屆考題

■ 空気（くうき）がかんそうしている。（1998-Ⅳ-5）

① 新（あたら）しいかんでんちをテープレコーダーに入（い）れた。

② このかんばんは大（おお）きいので、遠（とお）くからでも目立（めだ）つ。

③ しんかんせんで京都（きょうと）へ行（い）った。

④ かんきょう問題（もんだい）について話（はな）す。

答案①

解 題目中畫線部分的漢字是「乾燥（かんそう）」。選項中畫線部分的漢字分別是：①乾電池（かんでんち）（乾電池）；②看板（かんばん）（招牌；廣告牌）；③新幹線（しんかんせん）（新幹線）；④環境（かんきょう）（環境）。題目和選項①中雙畫線處的漢字都是「乾」，因此選①。

譯 （題目）空氣乾燥；①把新的乾電池放進錄音機裡；②這招牌很大，因此即使離得很遠也很醒目；③坐新幹線去京都；④談論環境問題。

■ レストランで勘定を払（はら）う。（1999-Ⅱ-4）

① 現状　② 校庭　③ 感情　④ 前提

答案③

解 選項中漢字的讀音和意思分別為：①現状（げんじょう）（現狀）；②校庭（こうてい）（校園）；③感情（かんじょう）（感情）；④前提（ぜんてい）（前提）。其中與「勘定（かんじょう）」讀音相同的是③。

譯 在西餐廳結賬。

■ さまざまな規制（きせい）を緩和しようという動（うご）きがある。（2000-Ⅱ-5）

① 神話　② 童話　③ 漢和　④ 温和

答案③

解 選項中漢字的讀音和意思分別為：①神話（しんわ）（神話）；②童話（どうわ）（童話）；③漢和（かんわ）（漢語和日語）；④温和（おんわ）（溫和，溫暖；溫柔，柔和）。其中與「緩和（かんわ）」讀音相同的是③。

譯 有放寬各種管制的動向。

■ 仮に（2001-Ⅶ-3）

① 仮に勉強（べんきょう）したら、成績（せいせき）が上（あ）がった。

② 仮に努力（どりょく）をすれば、成功（せいこう）するかもしれない。

③ 仮に自分（じぶん）が病気（びょうき）になったことを一度（いちど）は考（かんが）えるべきだ。

④ 仮に１ドルを１２０円（えん）として費用（ひよう）を計算（けいさん）してみよう。

答案④

解「仮に」常和「として」搭配使用，表示假定。其他 3 項為誤用，刪除「仮に」即可。

譯 把 1 美元算作 120 日圓來算一下費用吧！

■ 病気に感染しないように注意している。（2003-II-2）

① 換算　② 幹線　③ 簡素　④ 乾燥

答案②

解 選項中漢字的讀音和意思分別為：①換算（換算，折合）；②幹線（幹線）；③簡素（簡樸，樸素）；④乾燥（乾燥）。其中與「感染」讀音相同的是②。

譯 請注意不要感染上疾病。

■ かんぺき（2004-VII-2）

① あの俳優のかんぺきな演技には驚いた。

② 彼はいつも任務をかんぺきします。

③ この薬の取りあつかいにはかんぺき気をつけること。

④ この書類はかんぺき的でどこにも間違いがありません。

答案①

解「かんぺき」是名詞兼形容動詞，意思是「完美，十全十美」。選項②、③、④為誤用。②可改為「かんぺきに達成」（完美地完成），因為「かんぺき」後面不能接「します」；③可改為「十分」（充分，足夠）；④應該把「かんぺき」後面的「的」去掉，因為它本身就是形容動詞，不需要再加「的」。

譯 那個演員的完美演技令人驚歎。

■ かんちがいをしてみんなに笑われた。（2005-IV-4）

① 輸入の規制がかんわされた。

② 時間がありませんので、質問はごかんべんください。

③ 火山活動に対するかんし今も続いている。

④ 私たちの会社は、利益を社会にかんげんしていきます。

答案②

解 題目中畫線部分的漢字是「勘違い」。選項中畫線部分的漢字及其意思分別為：①緩和（緩和，放寬）；②勘弁（原諒，寬恕）；③監視（監視，監視人）；④還元（還原，返還，恢復原狀）。題目和選項②中雙畫線處的漢字都是「勘」，因此選②。

譯（題目）發生誤會，被大家笑了；①進口的限制得到緩和；②沒有時間了，請原諒不能接受提問；③對火山活動的監視還在持續；④我們公司將把收益回報於社會。

■ あの人は、一度決めたら他人の意見を聞かない＿＿＿＿＿な人だ。
（2006- V - 7）

① 強力 ② 強行 ③ 頑丈 ④ 頑固

答案④

解 其他選項：①「強力」（強有力，強大）或「強力」（力氣大，臂力大；登山嚮導）；②「強行」（強行，硬幹）；③「頑丈」（堅固，結實；強健，健壯）。選項②後面不能接「な」。選項①、③、④是形容動詞。

譯 那個人是一旦決定下來就聽不進他人意見的頑固者。

■ これらすべての条件にがっちした人を募集している。（2007- IV - 5）

① 偶然のいっちに驚いた。
② 研究室に新しいエアコンをせっちした。
③ かつてその地は国王によってとうちされていた。
④ 太田さんはいつも私のぐちを聞いてくれる。

答案①

解 題目中畫線部分的漢字是「合致」。選項中畫線部分的漢字和意思分別為：①一致（一致）；②設置（設置，安裝）；③統治（統治）；④愚癡（牢騷，抱怨）。題目和選項①中雙畫線處的漢字都是「致」，因此選①。

譯（題目）招募符合以上全部條件的人；①對偶然的一致感到驚訝；②在研究室安裝了新空調；③那片土地過去由國王統治；④太田先生總是聽我發牢騷。

# き

| | |
|---|---|
| きあい 0 | 【気合（い）】名（集中精神做某事）氣勢，吆喝；步調，氣息　⇨気合い負け（被對方氣勢壓倒）<br>➡気合いを掛ける（運氣；吆喝）<br>➡気合いが通じ合う（步調一致；合得來） |
| ぎあん 0 | 【議案】名 議案 |
| きいん 0 | 【起因】名・自サ 起因，原因 |
| きうつり 2 4 | 【気移り】名・自サ 心裡搖擺不定，見異思遷 |
| きえさる 3 | 【消え去る】自五 消失；（希望等）破滅，落空；（霧等）消散 |
| きおち 0 | 【気落ち】名・自サ 氣餒，沮喪 |
| きか 1 2 | 【帰化】名・自サ 入（某國）國籍 |
| きが 1 | 【飢餓】名 饑餓　⇨飢餓感 |
| きかい 2 | 【器械】名 器械，器具，儀器 |
| きがい 1 | 【危害】名 危害；災禍，災害 |
| きがかり 2 0 | 【気掛かり】名・形動 牽掛，掂記，擔心　⇒心配 |
| きかく 0 | 【規格】名 規格，格式 |
| きかざる 3 | 【着飾る】自他五 打扮，盛裝 |
| きかせる 0 | 【利かせる】他五 發揮（功效）; 起作用 |
| きがね 0 | 【気兼ね】名・自サ 顧慮，多心，拘束，客氣 |
| きがまえ 2 0 | 【気構え】名（作某事的）心理準備，心態；（行市漲落）期待，預期　⇒心構え |
| きがる 0 | 【気軽】形動 輕鬆愉快，爽快；隨隨便便 |
| きかん 0 | 【季刊】名 季刊 |
| きかん 1 2 | 【器官】名 器官　⇨消化器官（消化器官） |
| ききめ 0 | 【利（き）目・効（き）目】名 效用，效力 |
| ききゃく 0 | 【棄却】名・自サ 不予採納；（法院）駁回 |

**ぎきょく** 0　【戲曲】名 戲曲　⇒ドラマ

**ききん** 2 1　【基金】名 基金

**きぐ** 1　【危惧】名・他サ 擔心，畏懼

**きくばり** 2　【気配り】名・自サ 操心

**きげき** 1　【喜劇】名 喜劇　⇔悲劇(ひげき)（悲劇）

**ぎけつ** 0　【議決】名・他サ 議決，表決

**きけん** 0　【棄権】名・他サ 棄權

**きげん** 1　【期限】名 期限

**きげん** 1　【起源】名 起源　⇒始原(しげん)　⇒本流(ほんりゅう)

**きこう** 0　【機構】名 機構；組織；（機）結構，構造

**きごころ** 2　【気心】名 脾氣，性情，稟性

**ぎごちない** 4　形（動作）笨拙，不靈活；（語言）不通順，不流暢　＝ぎこちない　＝ぎこつない

**きこん** 0　【既婚】名 已婚　⇔未婚(みこん)

**きざ** 1　【気障】名・形動（俗語）矯情，矯飾，裝模作樣；令人討厭，可憎，令人作嘔；（花樣、顏色等）過於華麗，刺眼　⇨きざっぽい（做作令人作嘔）

**きさい** 0　【記載】名・他サ 記載，寫上，刊登

**ぎざぎざ** 0 4 1　名・形動・副 鋸齒狀（物）；（山）嶙峋

**きさく** 0　【気さく】形動 坦率，直爽

**きざし** 0　【兆し】名 兆頭，預兆

**きしつ** 0　【気質】名 氣質，風度；（某身份、職業特有的）派頭　⇒気質(かたぎ)

**きじつ** 1　【期日】名 日期，期限

**ぎじどう** 0　【議事堂】名 會議廳；國會大廈

**きしべ** 3 0　【岸辺】名 岸邊

**きしむ** 2　【軋む】自五（兩物相摩擦）吱吱嘎嘎響；（拉門）不好拉

| | |
|---|---|
| きしょう [0] | 【気性】名 氣質，性情，秉性 |
| きしょう [0] | 【気象】名 氣象；天性，性情，脾氣　⇨ 気象台（きしょうだい） |
| きしょう [0] | 【起床】名・自サ 起床　⇨ 起床（きしょう）ベル（起床鈴） |
| きずきあげる [5] | 【築き上げる】他下一 築成，建成；積累 |
| きずつく [3] | 【傷付く】自五 受傷，負傷；弄出瑕疵；（名譽等）遭受損害；受到創傷 |
| きずつける [4] | 【傷付ける】他下一 弄傷；損壞；敗壞 |
| きずな [0] | 【絆】名（血緣、愛情等）牽絆，羈絆，束縛 |
| きせい [0] | 【既成】名 既成<br>⇨ 既成概念（きせいがいねん）（既有概念）　⇨ 既成事実（きせいじじつ）（既成事實） |
| きせい [0] | 【寄生】名・自サ 寄生　⇨ 寄生虫（きせいちゅう）（寄生蟲） |
| ぎせい [0] | 【犠牲】名 犧牲（品）；代價 |
| きせき [0] [2] | 【奇跡】名 奇跡 |
| きせずして [2] | 【期せずして】連語 不期，偶然 |
| きぜつ [0] | 【気絶】名・自サ 昏厥，暈倒 |
| きせん [0] | 【汽船】名（蒸氣機動力）大型輪船 |
| きそいあう [4] | 【競い合う】自五 互相比賽，相互競爭 |
| きそう [2] | 【競う】他五 競爭，競賽 |
| きぞう [0] | 【寄贈】名・他サ 贈送，捐贈 |
| ぎそう [0] | 【擬装・偽装】名・他サ 偽裝 |
| ぎぞう [0] | 【偽造】名・他サ 偽造，造假　⇨ 偽造紙幣（ぎぞうしへい）（偽鈔） |
| きぞく [1] | 【貴族】名 貴族 |
| ぎだい [0] | 【議題】名 議題，討論題目 |
| きたえる [3] | 【鍛える】他下一 鍛煉；鍛，冶煉<br>➡ 腕（うで）を鍛（きた）える（練本領） |
| きたる [2] | 【来る】自五・連體 來，來到；引起，發生；下（次的） |
| きち [2] [1] | 【既知】名 已知　⇔未知（みち） |

| | |
|---|---|
| きちがい [3] | 【気違い】名 精神不正常，瘋狂，發瘋的人；狂熱者 |
| きちっと [2] | 副 整潔，整整齊齊；恰當；準時，如期；好好地，牢牢地　＝きちんと |
| きちょうめん [0][4] | 【几帳面】名・形動 規規矩矩，一絲不苟；嚴格；周到 |
| きつい [0][2] | 形 強烈，厲害；嚴厲，苛刻；累人；剛強，要強；嚴格，嚴正；緊，擠 |
| きつえん [0] | 【喫煙】名・自サ 抽菸　⇨ 喫煙室（吸煙室） |
| きづかい [2] | 【気遣い】名 擔心，掛慮，牽掛，顧慮 ⇨ 気遣う（擔心，操心） |
| きっかり [3] | 副 正好，正，整，恰，恰好；明顯，分明 |
| きづく [2] | 【気付く】自五 注意到，意識到；甦醒 |
| きづけ [3] | 【気付け】名 提起精神，使振作起來；（意識）蘇醒；（藥）興奮劑　⇨ 気付け薬（興奮劑） |
| きづけ [3] | 【気付】名 請～轉交給～ |
| きっちり [3] | 副・自サ 恰好，正好，正合適；滿滿的；（加數量詞）整整 |
| きっぱり [3] | 副・自サ 斷然，乾脆，斬釘截鐵，明確；不猶豫 |
| きづよい [3] | 【気強い】形（心裡）踏實；堅毅，剛強 |
| きてい [0] | 【規定】名・他サ 規定；（法律）規範；（化學）濃度單位 |
| きてん [0] | 【起点】名 起點，出發點 |
| きてん [0] | 【機転】名 機智，靈機　➡ 機転が利く（機靈） |
| きどう [0] | 【軌道】名（事物運行的、天體運行的）軌道；鐵軌，路軌 |
| きどうりょく [2] | 【機動力】名 機動能力　⇨ 機動性（機動性） |
| きとく [0] | 【危篤】名 病危，危篤 |
| きどる [0] | 【気取る】他五 做作，裝模作樣；模仿，假裝 ⇨ 気取り屋（裝模作樣的人） |
| ぎのう [1] | 【技能】名 技能，本領 |
| きはく [0] | 【希薄・稀薄】名・形動 稀薄；不足　⇔ 濃密 |

| | |
|---|---|
| きはん 0 | 【規範・軌範】名 規範，模範，標準 |
| きひん 0 | 【気品】名（人的容貌、藝術作品的）品格，氣度，意境 |
| きびん 0 | 【機敏】名・形動 機敏，機智，機靈 |
| きふ 1 | 【寄付・寄附】名・他サ 捐贈，捐助 |
| きふう 0 | 【気風】名 風氣，風尚，習氣　⇒気性(きしょう)　⇒気質(きしつ) |
| きふく 0 | 【起伏】名・自サ 起伏，高低；盛衰，沉浮，起落 |
| きまえ 0 | 【気前】名 氣度，大方；氣質，稟性<br>➡気前(きまえ)がよい／いい（氣度大方；闊氣） |
| きまじめ 2 | 【生真面目】名・形動 非常認真，一本正經；過於耿直 |
| きまずい 0 3 | 【気まずい】形 尷尬，發窘 |
| きまりわるい 5 | 【極り悪い】形 不好意思，害羞，難為情 |
| きみょう 1 | 【奇妙】形動 奇妙，奇怪，出奇，奇異，怪異 |
| きむずかしい 5 0 | 【気難しい】形 難伺候的 |
| きめい 0 | 【記名】名・自サ 記名，簽名 |
| きめこむ 3 | 【決（め）込む・極め込む】他五（獨自）斷定，認定；自居，自封；假裝，佯裝 |
| きめつける 4 0 | 【決め付ける】他下一（不容分說地）指責，申斥，斥責；一口咬定，認定 |
| きも 2 | 【肝】名 肝；膽量；心，內心深處<br>➡肝(きも)が小(ち)さい（膽子小）　➡肝(きも)が太(ふと)い（膽子大）<br>➡肝(きも)に銘(めい)じる（刻骨銘心）<br>➡肝(きも)を据(す)える（壯起膽子來；穩如泰山）<br>➡肝(きも)を潰(つぶ)す（嚇破膽，喪膽）<br>➡肝(きも)を冷(ひ)やす（嚇得提心吊膽） |
| きもいり 0 | 【肝煎り・肝入り】名 關照，照顧；斡旋，撮合；操持者，主辦人　⇨肝煎(きもい)る（關照；斡旋） |
| きやく 0 | 【規約】名 章程，規章，協約 |
| ぎゃくさつ 0 | 【虐殺】名・他サ 虐殺，屠殺 |

ぎゃくしゅう 0 【逆襲】名・自他サ 反擊，反攻

ぎゃくじょう 0 【逆上】名・自サ（因激憤、悲痛等）氣上心頭，狂亂，勃然大怒

きゃくしょく 0 【脚色】名・他サ 改編成（戲劇或電影劇本）；添枝加葉，誇大其詞，渲染

ぎゃくたい 0 【虐待】名・他サ 虐待

ぎゃくてん 0 【逆転】名・自他サ 逆轉

きゃくほん 0 【脚本】名 腳本，劇本　⇨ 脚本家（きゃくほんか）（劇作家）

きゃしゃ 0 【華奢】名・形動（人）纖細，苗條；（物）薄弱，不結實；別緻華麗

きゃっか 1 0 【却下】名・他サ 不受理，駁回

きゃっかん 0 【客観】名 客觀

ぎゃっきょう 0 【逆境】名 逆境，困境　⇔ 順境（じゅんきょう）

きゃっこう 0 【脚光】名 舞台前的燈光
➡ 脚光（きゃっこう）を浴（あ）びる（登台；受到注目；嶄露頭角）

ぎゃっこう 0 【逆行】名・自サ 逆行，倒行，開倒車

きゅうえん 0 【救援】名・他サ 救援，支援
⇨ 救援物資（きゅうえんぶっし）（救援物資）　⇨ 救援作業（きゅうえんさぎょう）（救災工作）
⇨ 救援（きゅうえん）センター（救援中心）

きゅうがく 0 【休学】名・自サ 休學

きゅうきょ 1 【急遽】副 慌忙，倉皇

きゅうきょく 0 【究極】名・自サ 終極，最終

きゅうくつ 1 【窮屈】名・形動 不富裕；狹小；拘泥於形式；壓抑

きゅうけつ 0 【吸血】名 吸血

きゅうこん 0 【球根】名 球根，鱗莖

きゅうさい 0 【救済】名・他サ 救濟

きゅうじ 1 【給仕】名・自サ（機關、公司等的）打雜的人，工友；伺候～吃飯

きゅうしょ 0 3 【急所】名（身體的）要害；（事物的）關鍵

| | |
|---|---|
| きゅうじょう 0 | 【窮状】名 窘態，窮困狀況，窘境 |
| きゅうしょく 0 | 【給食】名・他サ 提供伙食，供給飲食 |
| きゅうする 0 | 【窮する】自サ 不知如何，啞口無言；窮困，貧困 |
| きゅうせい 0 | 【急性】名 急性 ⇨ 急性肺炎（急性肺炎） |
| きゅうせん 0 | 【休戦】名・自サ 停戰 ⇨ 休戦協定 |
| きゅうぞう 0 | 【急増】名・自サ 劇增，猛增，陡增 |
| きゅうち 1 | 【旧知】名 故知，老友 |
| きゅうでん 0 | 【宮殿】名 宮殿；（廟宇）大殿 |
| きゅうへん 0 | 【急変】名・自サ 急遽變化，突然變化；突發事件 |
| きゅうぼう 0 | 【窮乏】名・自サ 貧窮，貧困 |
| きゅうむ 1 | 【急務】名 緊急任務，當務之急 |
| きゅうめい 0 | 【究明】名・他サ 究明，追求（真理），追究（真相） |
| きゅうよう 0 | 【急用】名 急事 |
| きゅうりゅう 0 | 【急流】名 急流 |
| きゅうりょう 0 | 【丘陵】名 丘陵 |
| きよ 1 | 【寄与】名・自サ 貢獻，有助於 |
| きよ 1 | 【毀誉】名 毀譽 ⇨ 毀誉褒貶（毀譽褒貶） |
| きょう 1 | 【強】名・接尾（名）強，強者；（接尾）～多 ⇔ 弱 |
| きょうあく 0 | 【凶悪・兇悪】名・形動 兇惡（的人），兇狠，窮凶極惡 |
| きょうい 1 | 【驚異】名 驚異，驚奇；不可思議的事 |
| きょうか 1 | 【教科】名 課程，教授科目 |
| きょうかい 0 | 【境界】名 界限，地界 |
| ぎょうかい 0 | 【業界】名 同業界 |
| きょうがく 0 | 【共学】名・自サ（男女生）同校，同班 |
| きょうかん 0 | 【共感】名・自サ 同感，共鳴，同情 |
| きょうき 1 | 【凶器・兇器】名 兇器 |

あ か さ た な は ま やゆよ ら わ

| | |
|---|---|
| きょうぎ 1 | 【協議】名・他サ 協議，商議，協商，磋商 |
| きょうぐう 0 | 【境遇】名 處境 |
| きょうくん 0 | 【教訓】名・他サ 教訓，訓示<br>➡ 教訓(きょうくん)を得(え)る（得到教訓） |
| ぎょうこ 0 1 | 【凝固】名・自サ 凝固 |
| きょうこう 0 | 【強攻】名・他サ 強攻，強行進攻 |
| きょうこう 0 | 【強硬】形動 強硬 |
| きょうざい 0 | 【教材】名 教材 |
| きょうさく 0 | 【凶作】名 歉收，災荒 |
| きょうじ 0 | 【教示】名・他サ 指點，指教，示範 |
| きょうじゅ 1 | 【享受】名・他サ 享受，享有 |
| きょうしゅう 0 | 【教習】名・他サ 講習，訓練 |
| きょうしゅう 0 | 【郷愁】名 鄉愁；懷念，思念 |
| きょうじる 0 3 | 【興じる】自上一 對～感覺有趣，以～自娛自樂<br>＝興(きょう)ずる |
| きょうせい 0 | 【強制】名・他サ 強制，強迫 |
| きょうせい 0 | 【矯正】名・他サ 矯正，教育感化 |
| ぎょうせい 0 | 【行政】名 行政；政務 |
| ぎょうせき 0 | 【業績】名 成果，功績，業績 |
| きょうそん 0 | 【共存】名・自サ 共存，共處　＝きょうぞん |
| きょうち 1 | 【境地】名 境地，境界；處境 |
| きょうちょう 0 | 【協調】名・自サ 協調 |
| きょうてい 0 | 【協定】名・自サ 協定 |
| きょうばい 0 | 【競売】名・他サ 拍賣 |
| きょうはく 0 | 【脅迫】名・他サ 脅迫；威脅，恐嚇 |
| きょうふう 0 3 | 【強風】名 強風，大風 |

| | |
|---|---|
| ぎょうむ 1 | 【業務】名 業務，工作 |
| きょうめい 0 | 【共鳴】名・自サ 共鳴；同情，同感<br>➡ 共鳴(きょうめい)を誘(さそ)う（引起共鳴） |
| きょうゆ 0 1 | 【教諭】名（大學以下學校的）教員 |
| きょうゆう 0 | 【共有】名・他サ 共有，共同所有 |
| きょうよ 1 | 【供与】名・他サ 供給，提供 |
| きょうよう 0 | 【共用】名・他サ 共同使用，公用 |
| きょうよう 0 | 【強要】名・他サ 硬要，強行要求，勒索 |
| きょうり 1 | 【郷里】名 故鄉，家鄉　⇒ふるさと |
| きょうれつ 0 | 【強烈】形動 強烈 |
| きょうわ 0 | 【共和】名 共和 |
| きょえいしん 2 | 【虚栄心】名 虛榮心 |
| きょくげん 0 | 【局限】名・他サ 局限，限定 |
| きょくげん 0 | 【極言】名・自サ 極端地說；坦率地說 |
| きょくげん 0 3 | 【極限】名 極限，最大限度 |
| きょくたん 3 | 【極端】名・形動 極端，極限；頂端 |
| きょくめん 0 3 | 【局面】名 局面，局勢；棋的局面 |
| きょくりょく 2 0 | 【極力】名 極力，盡量，盡可能 |
| きょじゅう 0 | 【居住】名・自サ 居住；住址，住處<br>⇨居住者(きょじゅうしゃ)　⇨居住地(きょじゅうち)　⇨居住権(きょじゅうけん) |
| きょぜつ 0 | 【拒絶】名・他サ 拒絕　⇒拒否(きょひ)　⇒謝絶(しゃぜつ)<br>⇨拒絶反応(きょぜつはんのう)（排斥反應） |
| ぎょっと 0 1 | 副（因吃驚）嚇得心怦怦地跳，大吃一驚 |
| きょてん 0 | 【拠点】名 據點 |
| きょひ 1 | 【拒否】名・他サ 謝絕，拒絕，否決　⇒拒絶(きょぜつ) |
| きょよう 0 | 【許容】名・他サ 容許，允許 |
| きよらか 2 | 【清らか】形動 清潔，乾淨；純潔 |

| | |
|---|---|
| きらう 0 | 【嫌う】他五 憎惡；忌避，忌諱；（用否定式表示）不拘 |
| きらきら 1 | 副・自サ 耀眼，閃爍 |
| きらびやか 3 | 形動 燦爛奪目，華麗 |
| きらめく 3 | 【煌めく】自五 閃耀，閃閃發光；盛裝，打扮漂亮 |
| きり | 助・接尾 只，僅；表示在某種行為之後再無下文 |
| きり 2 | 【切り・限り】名 限度，終結；段落<br>➡ きりがつく／きりをつける（〔工作〕告一段落）<br>➡ きりがない（沒有終結，沒完沒了） |
| ぎり 2 | 【義理】名 對人的情義；道理，情理；非血緣關係的親戚 |
| きりかえる 4 3 0 | 【切（り）替える・切（り）換える】他下一 轉換，掉換；兌換 |
| ぎりがたい 4 | 【義理がたい】形 講義氣夠交情 |
| きりくずす 4 0 | 【切（り）崩す】他五 瓦解，破壞；砍低，削平 |
| きりさめ 0 | 【霧雨】名 濛濛細雨 |
| きりたおす 4 0 | 【切（り）倒す】他五 砍倒 |
| きりつ 0 1 | 【起立】名・自サ 起立 |
| きりつめる 0 4 | 【切（り）詰める】他五 剪短；縮減，削減 |
| きりとる 3 0 | 【切（り）取る】他五 切下，砍下，剪下；（用武力）侵佔 |
| きりぬく 0 4 | 【切（り）抜く】他五 剪下，取下 |
| きりぬける 0 4 | 【切（り）抜ける】自五 逃出，闖過；突破（包圍、限制） |
| きりはなす 0 3 | 【切（り）離す】他五 割開，斷開 |
| きりゅう 0 | 【気流】名 氣流 |
| きりょう 1 | 【器量】名 才幹，才能；（女性）姿色，容貌；（男人）面子，臉面<br>➡器量（きりょう）を上（あ）げる／下（さ）げる（有面子／丟面子） |
| ぎれい 0 | 【儀礼】名 禮儀，儀禮 |

| | |
|---|---|
| **きれめ** ③ | 【切（れ）目】名 斷開處，裂縫；間斷，中斷；段落 |
| **ぎわく** ⓪ | 【疑惑】名 疑惑，疑心，疑慮 |
| **きわだつ** ③ | 【際立つ】自五 顯著，明顯，突出 |
| **きわどい** ③ | 【際疾い】形 間不容髮，差(一)點兒，危險萬分；近於猥褻，近於下流<br>➡ きわどいところで～(千鈞一髮；差一點)<br>➡ きわどい話(はなし)／小説(しょうせつ)(下流話／小說) |
| **きわまりない** ⑤ | 【極まりない】形 極其，～極了 |
| **きわまる** ③ | 【極まる・窮まる】自五 極限，之至；困窘，難辦<br>⇨ 極(きわ)み(極限) ⇨ 進退窮(しんたいきわ)まる(進退兩難)<br>➡ 不愉快窮(ふゆかいきわ)まる(非常不愉快) |
| **きわめて** ② | 【極めて】副 極為，非常 |
| **きわめる** ③ | 【極める・窮める・究める】他下一 徹底弄清，窮其究竟，徹底查明；達到極限，達到頂峰 |
| **きん** ① | 【菌】名・造語 菌，蘑菇；細菌，黴菌，病菌 |
| **きんいつ** ⓪ | 【均一】名・形動 全部一様，均等 ⇨ 均一化(きんいつか)(平均化) |
| **ぎんが** ① | 【銀河】名 銀河 ⇒天(あま)の川(がわ) |
| **きんがん** ⓪ | 【近眼】名 近視，近視眼 ＝近視(きんし) |
| **きんきゅう** ⓪ | 【緊急】名・形動 緊急 |
| **きんく** ⓪ | 【禁句】名 避諱的言詞，禁忌 ⇒タブー |
| **きんこう** ⓪ | 【近郊】名 近郊 |
| **きんこう** ⓪ | 【均衡】名・自サ 均衡，平衡<br>➡ 均衡(きんこう)を保(たも)つ(保持均衡) |
| **きんし** ⓪ | 【近視】名 近視，近視眼 ⇔遠視(えんし) |
| **きんしつ** ⓪ | 【均質】名 均質，等質 |
| **きんじつ** ⓪ ① | 【近日】名 近日 |
| **きんせい** ⓪ | 【均整・均斉】名 均勻，勻稱 |
| **きんせん** ① | 【金銭】名 金錢 |

| | |
|---|---|
| **きんだん** ⓪ | 【禁断】 名・他サ 禁止，嚴禁<br>⇨ 禁断症状(きんだんしょうじょう)（犯癮症狀）<br>➡ 禁断(きんだん)の木(き)の実(み)（禁果；誘人而不應追求的快樂） |
| **きんちょう** ⓪ | 【緊張】 名・自サ（身心）緊張；（關係）緊張對立 |
| **きんとう** ⓪ | 【均等】 名・形動 均等，均勻 |
| **きんぱく** ⓪ | 【緊迫】 名・自サ 緊迫，緊急<br>➡ 緊迫(きんぱく)した国際情勢(こくさいじょうせい)（緊迫的國際形勢） |
| **ぎんみ** ① | 【吟味】 名・他サ 玩味；斟酌，揀選 |
| **きんみつ** ⓪ | 【緊密】 名・形動 緊密，密切 |
| **きんもつ** ⓪ | 【禁物】 名 禁止的事情，忌諱的東西 |
| **きんりん** ⓪ | 【近隣】 名 近鄰，鄰近 |
| **きんろう** ⓪ | 【勤労】 名・自サ 勤勞，勞動 |

## 歷屆考題

■ <u>丘陵</u>を切(き)り開(ひら)いて住宅地(じゅうたくち)にした。（1998-II-2）

① 休憩　② 急流　③ 宮殿　④ 給料

答案④

解 其他選項：①休憩(きゅうけい)（休息，歇）；②急流(きゅうりゅう)（急流）；③宮殿(きゅうでん)（宮殿）；④給料(きゅうりょう)（工資，薪水）。與「丘陵(きゅうりょう)」的讀音相同的為④。

譯 把丘陵開發成住宅區。

■ 病院(びょういん)は日曜(にちよう)と祝日(しゅくじつ)は休(やす)みだが、________の場合(ばあい)は診(み)てもらえる。

（1999-V-12）

① 異常　② 緊急　③ 多忙　④ 不意

答案②

解 其他選項：①異常(いじょう)（異常，不尋常，反常）；③多忙(たぼう)（繁忙，忙碌）；④不意(ふい)（冷不防；突然；意外；出其不意）。

譯 醫院星期日和節日休息，但是可以看急診。

■ 極端（2000- Ⅶ - 2）

① 極端なダイエットはからだに悪い。

② あの人は、大好きか大嫌いかで中間がない。極端的だ。

③ 南極と北極は地球の極端だ。

④ 極端ぶって過激なことばかりする。

答案①

解 「極端」是形容動詞，意為「極端」。選項②、③、④的用法有誤。②應把「的」字去掉；③可改為「両端」（兩端）；④與表示「冒充，假裝，裝作，擺～樣子」含義的接尾語「ぶる」連用不自然，可改為「極端に走る」。

譯 過分減肥有害身體健康。

■ きんちょうして、胃が痛くなった。（2001- Ⅳ - 5）

① 田中先生の「経済学入門」をちょうこうしている。

② その記事はこちょうされている。

③ 銀行のつうちょうをなくしてしまった。

④ あの人はきょうちょう性がない。

答案②

解 題目畫線部分的漢字是「緊張」。選項畫線部分的漢字分別是：①聴講（聽講）；②誇張（誇張）；③通帳（存摺）；④協調（協調）。題目和選項②中雙畫線處的漢字都是「張」，因此選②。

譯 （題目）緊張得胃痛起來了；①聽田中老師的「經濟學入門」課；②那篇報導被誇大了；③把銀行的存摺弄丟了；④那個人缺乏合作精神。

■ ＿＿＿＿＿的な立場から見ると、そのことばづかいは正しいとは言えない。（2002- Ⅴ - 2）

① 規格　② 規準　③ 規定　④ 規範

答案④

**解** 其他選項：①規格（〈產品的〉規格，標準）；②規準（規範，標準；準則，準繩）；③規定（規定）。

**譯** 從規範的角度來看，這個詞的用法不能說是對的。

■ 彼の入れた1点がゲームの均衡を破った。（2003-II-5）

① 金庫　② 近郊　③ 勘定　④ 鑑賞

答案②

**解** 選項中漢字的讀音和意思分別為：①金庫（保險櫃；金庫）；②近郊（近郊）；③勘定（計算；付賬，買單；考慮，估計）；④鑑賞（欣賞，鑑賞）。其中與「均衡」讀音相同的是②。

**譯** 他取得的1分打破了比賽的僵局。

■ 失敗から多くの__________を学んだ。（2004-V-7）

① 教科　② 教訓　③ 教材　④ 教習

答案②

**解** 其他選項：①教科（所教科目，課程）；③教材（教材）；④教習（講習，訓練）。

**譯** 從失敗中學到了很多教訓。

■ 子どもたちが仲良く川遊びに__________いる。（2006-V-15）

① 案じて　② 報じて　③ 演じて　④ 興じて

答案④

**解** 答案以外的選項動詞基本形的讀音和意思分別為：①案じる（擔心，掛念）；②報じる（報答；報知；報導）；③演じる（扮演；作出，造成）。

**譯** 孩子們很要好地在河裏開心地玩著。

■ 禁物（2007-VII-2）

① 飛行機にうっかり禁物を持ち込もうとして注意された。

② ここで魚を捕ることは禁物されています。

③ 自信があっても油断は禁物です。

④ 銃は許可なく持ち歩いてはいけない<u>禁物</u>なものの一つだ。

答案③

解 「禁物」的意思是「需要謹慎避免的事情」。選項①、②、④為誤用。①可改為「危険物」（危險物品）；②可改為「禁止」（禁止）；④可改為「危険」（危險）。

譯 即使有自信，也不能大意。

# く

♫059

| | |
|---|---|
| く ① | 【苦】名 苦，苦味；痛苦；苦惱，擔心；勞苦，辛苦 |
| ぐ ⓪ | 【具】名（做菜、料理的）配料 |
| くい ①② | 【悔い】名 後悔，遺憾<br>➡ 悔いを千載に残す（遺恨千古） |
| くいき ① | 【区域】名 區域 |
| くいこむ ⓪③ | 【食い込む】自五 陷入（某物中）；深入，侵入，進入（某領域、領地）；蝕本，虧本<br>➡ 地盤に食い込む（侵入地盤） |
| くいしばる ④⓪ | 【食い縛る】他五 咬緊；拼命忍耐<br>➡ 歯を食い縛る（咬緊牙關） |
| くいちがう ⓪④ | 【食い違う】自五 不一致；相互不同<br>⇨ 食い違い（不吻合，不一致） |
| くいつく ③⓪ | 【食い付く】自五 緊緊咬住不放；不放手；魚上鉤；起勁，熱心 |
| くいとめる ⓪④ | 【食い止める】他五 阻止，防止 |
| くうきょ ① | 【空虚】名・形動 空洞，空虛 |
| くうしゅう ⓪ | 【空襲】名・他サ 空襲　⇨ 空襲警報 |
| くうはく ⓪ | 【空白】名・形動（紙等）空白處；空空，空白，空虛 |
| くうふく ⓪ | 【空腹】名・形動 空腹，空肚子 |
| くかく ⓪ | 【区画】名・他サ 區劃；區，地區 |

| | |
|---|---|
| **くかん** 1 2 | 【区間】名 區間，段 ⇨ 乗車区間（乘車區段） |
| **くくる** 0 | 【括る】他五 捆在一起；紮，綁；總結<br>➡ 首を括る（上吊）<br>➡ 木で鼻を括る（傲慢，冷淡；愛理不理） |
| **くぐる** 2 | 【潜る】自五 從下面穿過；潛水；鑽漏洞 |
| **くさび** 0 | 【楔】名 楔子；連繫接合<br>➡くさびを差す（把事情談妥）<br>➡くさびを打ち込む（把敵人分成兩部分） |
| **くじく** 2 | 【挫く】他五 扭傷；受挫，失敗；阻撓，抑制，打擊<br>➡ 出鼻を挫く（打擊，挫其銳氣） |
| **くしゃくしゃ** 0 | 副・形動・自サ（搓揉得）皺巴巴；亂蓬蓬；；心煩意亂 |
| **ぐしゃぐしゃ** 1 0 | 副・形動・自サ（被壓）壓爛；（濕透）泡爛；亂蓬蓬 |
| **ぐずぐず** 1 | 【愚図愚図】副・自サ・形動（副・自サ）（慢手慢腳的樣子）磨蹭；（發牢騷的樣子）嘟囔，叨叨；（形動）搖晃，鬆動 |
| **くすぐったい** 0 5 | 【擽ったい】形 發癢；難為情，不好意思 |
| **くたくた** 0 2 1 | 副・形動 筋疲力盡，疲憊不堪；（衣服等）鬆垮；咕嘟咕嘟（地煮） |
| **くだす** 0 | 【下す】他五 賜予，給予；作出判斷，下達命令；實行，實施；拉肚子；打敗<br>➡ 判断を下す（下判斷） ➡ 腹を下す（腹瀉） |
| **くたばる** 3 | 自五（俗）死；累得半死 |
| **くち** 0 | 【口】名 口，嘴；語言，說法；傳聞；味覺；撫養的人數；工作等安定之處；種類<br>⇨ 口癖（口頭禪） ⇨ 口車（花言巧語）<br>⇨ 口コミ（口碑） ⇨ 口紅（口紅）<br>➡ 口がうまい（能說善道） ➡ 口がうるさい（話多）<br>➡ 口が重い（寡言） ➡ 口が堅い（嘴緊）<br>➡ 口が酸っぱくなる（磨破嘴皮，苦口婆心）<br>➡ 口が滑る（說溜嘴） ➡ 口が減らない（頂嘴）<br>➡ 口も八丁、手も八丁（又能說又能幹）<br>➡ 口を揃える（異口同聲）<br>➡ 口と腹が違う（口是心非，表裏不一） |

| | |
|---|---|
| ぐち 0 | 【愚癡】名 牢騷，怨言<br>➡ 愚痴(ぐち)をこぼす（發牢騷） |
| くちかず 0 | 【口数】名 話語數量；人數；件數<br>➡ 口数(くちかず)が少(すく)ない（話少） |
| くちきき 0 4 | 【口利き】名 中間人，掮客，調停人；斡旋，調停，關說 |
| くちぐちに 2 0 | 【口々に】副（許多人你一句我一句）各自；各個出入口 |
| くちごたえ 3 0 | 【口答え】名・自サ 頂嘴 |
| くちごもる 4 | 【口籠る】自五 口吃，結結巴巴；嘟噥；支吾，含糊不清　⇨ 吃(ども)る |
| くちさき 0 | 【口先】名 鳥嘴，喙；（人）嘴邊<br>➡ 口先(くちさき)だけの約束(やくそく)（只是口頭上的約定） |
| くちずさむ 4 | 【口遊む】他五 吟，誦，哼 |
| くちだし 0 | 【口出し】名・自サ 插嘴 |
| くちどめ 0 | 【口止め】名・自サ 保密，堵嘴；封口費<br>⇨ 口止(くちど)め料(りょう)（封口費） |
| くちばし 0 | 【嘴】名 鳥嘴，喙<br>➡ くちばしが黄色(きいろ)い（不成熟，乳臭未乾）<br>➡ くちばしを入(い)れる（插嘴） |
| くちはてる 4 0 | 【朽（ち）果てる】自下一 腐朽，朽爛；埋沒，默默無聞而終 |
| くちびる 0 | 【唇】名 嘴唇<br>➡ 唇(くちびる)を噛(か)む（懊悔）　➡ 唇(くちびる)を尖(とが)らす（發牢騷）<br>➡ 唇(くちびる)亡(ほろ)びて歯(は)寒(さむ)し（唇亡齒寒） |
| くちる 2 | 【朽ちる】自上一 腐朽，腐爛；埋沒一生；衰敗，衰亡 |
| くつがえす 3 | 【覆す】他五 打翻；推翻 |
| くつがえる 3 | 【覆る】他五 翻過來；（政權等）被推翻 |
| くっきり 3 | 副・自サ 清楚，分明；與眾不同 |
| ぐっしょり 3 | 副 濕漉漉狀 |

| | |
|---|---|
| くっせつ 0 | 【屈折】名・自サ 彎曲；光、電磁波、聲波的反射；扭曲，異常 |
| ぐったり 3 | 副・自サ 筋疲力盡　＝ぐたっと　＝くたくた |
| くっつく 3 | 【くっ付く】自五 附著；緊貼在一起；緊挨著；接觸到；(男女)搞在一起 |
| くっつける 4 | 他下一 貼上，黏上；使靠近，使挨上；拉攏；撮合 |
| くつろぐ 3 | 【寛ぐ】自五(去掉身心的疲累)舒暢，愜意休息；(姿勢、服裝)放鬆，隨意 |
| くどい 2 | 【諄い】形(同一件事反覆說)囉嗦，嘮叨；(味道)過重，濃厚；(色彩或花樣等)過於強烈、艷麗 |
| くどくど 1 | 副 囉哩囉嗦，嘮嘮叨叨 |
| くなん 1 0 | 【苦難】名 苦難，困難；貧困，窮苦 |
| くに 0 2 | 【国】名 國家；地方；故鄉　⇨ 国々(くにぐに)(各國；各地) |
| くになまり 3 | 【国訛り】名 方言；鄉音 |
| くのう 0 1 | 【苦悩】名・自サ 苦惱 |
| くぼみ 0 | 【窪み・凹み】名 坑窪，凹處，(淺)坑洞 |
| くぼむ 0 | 【窪む・凹む】自五 塌陷，凹陷 |
| くまなく 2 3 | 【隈なく】副 徹底，全部，普遍 |
| くみあわせ 0 | 【組み合（わ）せ】名 一套；比賽的編組；(數)組合 |
| くみあわせる 5 0 | 【組み合（わ）せる】他下一 使～合在一起，組合；搭配，編組 |
| くみかわす 4 0 | 【酌（み）交す】他五 互相敬酒，交杯換盞，對飲 |
| くみこむ 3 0 | 【組（み）込む】他五 編入；讓～入夥 |
| くみたてる 4 0 | 【組（み）立てる】他下一 組裝 |
| くみとる 3 | 【汲み取る】他五 汲取，舀出；體諒，理解 |
| くもる 2 | 【曇る】自五 天空多雲；模糊；發愁 |
| くよくよ 1 | 副・自サ 擔心，悶悶不樂，煩惱 |

| | |
|---|---|
| くらむ 0 | 【眩む・暗む】自五 天色暗下來；頭昏眼花，暈眩；(心志)迷失，執迷 ➡欲(よく)にくらむ（利令智昏） |
| くる 1 | 【繰る】他五 陸續抽出；依次數，依次計算；一頁一頁翻 ➡糸(いと)を繰(く)る（抽絲） |
| ぐる 1 | 名 相互勾結、串通起來 ➡ぐるになる（串通） |
| くるしい 3 | 【苦しい】形 痛苦，難受；困難，艱難；苦腦，煩悶；為難，難辦；勉強，不自然<br>⇨苦(くる)しみ（痛苦，苦惱，困難，困苦） |
| ぐるみ | 接尾 連，帶，包括在內 |
| くるむ 2 | 【包む】他五(用布、紙纏著包起來)包，裹 |
| くるり（と）2 3 | 副 快速輕輕回轉狀；(事物)突然變化狀；(眼睛等)圓圓地 ＝くるっと |
| ぐるり 2 3 | 名・副 周圍；(ぐるりと)重物回轉狀；(在周圍)圍繞，環視；(情況)急驟變化 ＝ぐるっと |
| くるわせる 4 | 【狂わせる】他下一 使瘋狂，使精神失常；使(機器等)失常，弄壞；打亂(計劃等) |
| くれぐれ 2 3 | 副 懇切地，衷心地 |
| くろうと 1 2 | 【玄人】名 內行，行家 ⇔素人(しろうと)(外行)<br>⇨玄人(くろうと)はだし（比內行還內行） |
| くわえる 0 3 | 【銜える・啣える】他下一 銜，叼 |
| くわしい 3 | 【詳しい】形 詳細的；精通的 |
| くわだてる 4 | 【企てる】他下一 企圖，計畫，試圖，打算<br>⇨企(くわだ)て（計劃，策劃；打算，試圖） |
| ぐん 1 | 【群】名・造語 群；成群的；數量多的 |
| くんしゅ 1 | 【君主】名 君主，國王，皇帝 |
| ぐんしゅう 0 | 【群衆】名(大批聚集在一起的人)群眾，人群 |

## 歷屆考題

■ くるしい……両親は、くるしい中からできるだけのことをしてくれた。（1999-Ⅵ-6）

① 会社は不況の中でくるしい経営を続けている。

② 友達が悲しんでいるとき何もできないのもくるしいものだ。

③ これだけの根拠でそれほど強い主張をするのは、くるしいのではないか。

④ せきがくるしくて眠れなかった。

答案①

解 「くるしい」在各項中的用法為：（題目）困難，為難，難辦；①困難，艱難，為難；②痛苦，難受；③勉強，不自然；④難受。

譯 （題目）父母雖然窮困艱難，但是竭盡所能養育了我；①公司在不景氣的情況下，艱難地維持著經營；②朋友處在悲痛之中，什麼都做不了，很是痛苦；③僅僅以此為根據提出那麼強烈的主張，不勉強嗎？④咳嗽得很痛苦，難以入睡。

■ くに……都会にいると、くにの親が送ってくれるいなかの食べ物がほんとうにうれしい。（2000-Ⅵ-2）

① この町にはいろいろなくにの人が住んでいる。

② くにをあげて観光事業に取り組んでいる。

③ 仲間が集まると、みんながくにの名物や祭りの自慢をしてにぎやかだ。

④ 子どものときサーカスに行った。何もかもふしぎでおもしろく、夢のくにに来たかと思った。

答案③

解 「国」在各項中的用法為：（題目）故鄉，家鄉，老家；①國，國家；②國家；③家鄉，老家；④國度地方。

譯 （題目）我住在都市裡，收到家鄉父母寄來的食物，真是高興；①這個城市裏住著來自各個國家的人們；②舉國致力於旅遊事業；③朋友們聚集到一起，誇誇自己家鄉的名產、祭典什麼的，很是熱鬧；④小時候去看馬戲團表演，我感到奇異而有趣，好像來到了夢境一樣。

■ 曇る……なんだか顔が曇ってるね。（2004- VI - 2）

① 彼は欲のせいで目が曇っている。

② この鏡は曇らない加工がされている。

③ その話題が出たとたん、田中さんの声が急に曇った。

④ 空が急に曇ってきましたね。

答案③

解「曇る」在各項中的用法為：（題目）暗淡，憂鬱；①模糊，看不清；②模糊；③含糊不清；④天空陰沈，陰天。

譯（題目）你的神情好像有些憂鬱不安；①他被欲望遮蔽了眼睛；②這面鏡子做過防霧加工；③這個話題剛提出來，田中的聲音立刻含糊起來；④天空突然陰起來了。

■ 口……仕事の口が見つかった。（2006- VI - 2）

① 会議中に思わず口がすべってしまった。

② 何かいい口があったら教えてください。

③ 余計なことには口を出さないほうがいい。

④ お口に合うかどうかわかりませんが、どうぞ。

答案②

解「口」在各項中的用法為：（題目）工作，工作的地方；①嘴；②工作，工作的地方；③話，言語；④口味，味覺。

譯（題目）工作找到了；①開會時不經意說漏了嘴；②有什麼好工作請告訴我；③最好是不要多嘴；④不知道是否合您的口味，請嘗嘗吧。

# け

| | |
|---|---|
| けい 1 | 【刑】名・接尾 刑罰 |
| げい 1 | 【芸】名 技能，武藝；演技；曲藝，雜技 |
| けいい 1 | 【経緯】名 經緯；事情的原委 |
| けいい 1 | 【敬意】名 敬意 ➡ 敬意(けいい)を払(はら)う（致敬） |
| けいえん 0 | 【敬遠】名・他サ 敬而遠之；回避躲開 |
| けいか 0 | 【経過】名・自サ 經過；經歷 |
| けいかい 0 | 【警戒】名・他サ 警戒 ⇨ 警戒心(けいかいしん) |
| けいかい 0 | 【軽快】名・形動・自サ 輕快的 |
| けいき 1 | 【計器】名 計量儀器，測量儀錶 |
| けいぐ 1 | 【敬具】名 敬啟，謹啟 |
| けいげん 0 | 【軽減】名・自他サ 減輕 |
| けいし 1 0 | 【軽視】名・他サ 輕視，忽視 ⇔ 重視(じゅうし) |
| けいしゃ 0 | 【傾斜】名・自サ 傾斜；偏向 |
| けいしょう 0 | 【軽傷】名 輕傷 ⇔ 重傷(じゅうしょう) |
| けいしょう 0 | 【継承】名・他サ 繼承 |
| けいせい 0 | 【形勢】名 形勢，局勢 |
| けいそつ 0 | 【軽率】形動 輕率，草率 ⇔ 慎重(しんちょう) |
| けいたい 0 | 【形態】名 形態，樣子，形式 |
| けいはく 0 | 【軽薄】名・形動 輕浮，輕佻 |
| けいばつ 1 | 【刑罰】名 刑罰 |
| けいひん 0 | 【景品】名 贈品；紀念品 |
| けいぶ 1 | 【警部】名（日本員警職稱之一）警部 |
| けいべつ 0 | 【軽蔑】名・他サ 輕蔑，蔑視 ＝見下(みくだ)す ⇔ 尊敬(そんけい) |
| けいほう 0 1 | 【警報】名 警報 ⇨ 警報器(けいほうき) |
| けいもう 0 | 【啓蒙】名・他サ 啟蒙 |

| | |
|---|---|
| **けいむしょ** [3][0] | 【刑務所】名 監獄 |
| **けいり** [1] | 【経理】名 財務管理，會計業務；管理會計事務的人；治理　⇨ 経理部[けいりぶ]（會計部） |
| **けいれき** [0] | 【経歴】名 經歷，來歷 |
| **けいろ** [1] | 【経路・径路】名 路徑，途徑；小道，路 |
| **けいろう** [0] | 【敬老】名 敬老　⇨ 敬老[けいろう]の日[ひ]（敬老日） |
| **けがす** [2] | 【汚す】他五 弄髒；敗壞，損傷；玷汙女性；忝居 |
| **けがらわしい** [5] | 【汚らわしい】形 污穢，骯髒；卑鄙，令人討厭，下流的 |
| **けがれる** [3] | 【汚れる】自下一 變髒，污染；（身體）骯髒；婦女失貞 |
| **げきか** [1][0] | 【激化】名・自サ 加劇，愈演愈烈　＝げっか |
| **げきげん** [0] | 【激減】名・自サ 銳減，猛降 |
| **げきじょう** [0] | 【激情】名 激烈的感情，激動的情緒 |
| **げきぞう** [0] | 【激増】名・自サ 激增，猛增 |
| **げきどう** [0] | 【激動】名・自サ 急劇變化，激盪 |
| **げきれい** [0] | 【激励】名・他サ 激勵，鼓勵 |
| **げきれつ** [0] | 【激烈・劇烈】名・形動 激烈，猛烈；尖銳 |
| **げし** [1][0][2] | 【夏至】名 夏至　⇔ 冬至[とうじ] |
| **けしいん** [0] | 【消印】名 郵戳，戳印；註銷印戳 |
| **けじめ** [0][3] | 名（將必須清楚區別事物）區別；界線，界限<br>⇨ けじめをつける（加以區別，劃界線） |
| **けずる** [3] | 【削る】他五（用刀）削，刨，鏟；刪去；縮減 |
| **けたたましい** [5] | 形 尖銳的，嘈雜的 |
| **けだもの** [0] | 【獣】名 獸類；畜生 |
| **けち** [1] | 名・形動 吝嗇小氣；粗製濫造的；下賤，卑劣<br>➡ けちをつける（挑毛病，潑冷水） |
| **けつ** [1] | 【決】名・造語 決定，表決；決然，毅然；決心，決意；（堤防）決口 |

あ か さ た な は ま やゆよ ら わ

| | |
|---|---|
| けつい 1 | 【決意】名・自サ 決心，堅定自己的想法 |
| けつえん 0 | 【血縁】名 血緣　⇨ 血縁関係（けつえんかんけい） |
| けっかく 0 | 【結核】名 結核，結核病；(礦)凝岩 |
| けっかん 0 | 【欠陥】名 不完全之處，缺陷 |
| けつぎ 1 | 【決議】名・他サ 決議 |
| けっきん 0 | 【欠勤】名・自サ 缺勤，請假 |
| けっこう 0 | 【決行】名・他サ 決定實行，斷然實行 |
| けつごう 0 | 【結合】名・自他サ 結合 |
| けっさん 1 | 【決算】名・他サ 決算，結算，清賬 |
| げっしゃ 0 | 【月謝】名(每月的)學費；本錢，代價 |
| けつじょ 1 | 【欠如】名・自サ 缺乏，缺少 |
| けっしょう 0 | 【決勝】名 決賽，決勝負 |
| けっしょう 0 | 【結晶】名・自サ(物理用語)結晶；事物的成果，結晶 |
| げっしょく 0 | 【月食】名 月食　⇔ 日食（にっしょく） |
| けっせい 0 | 【結成】名・他サ 結成，組成 |
| けっそく 0 | 【結束】名・自他サ 捆紮；團結<br>➡ 結束（けっそく）を固（かた）める(加強團結) |
| げっそり 3 | 副・自サ 急劇失望，掃興；急劇消瘦 |
| けったく 0 | 【結託】名・自サ 勾結 |
| けつだん 0 | 【決断】名・自サ 下定決心　⇒決心（けっしん）　⇨ 決断力（けつだんりょく） |
| けっちゃく 0 | 【決着】名・自サ 終結，了結　⇨ 決着（けっちゃく）がつく(解決) |
| けっぱく 0 | 【潔白】名 清白，清正 |
| げっぷ 0 | 【月賦】名 按月分配；按月分期付款　⇨ 月賦販売（げっぷはんばい）(分月付款式銷售)　⇨ 月賦払い（げっぷばらい）(按月付款) |
| けつぼう 0 | 【欠乏】名・自サ 缺乏 |
| けとばす 0 3 | 【蹴飛ばす】他五 踢；踢開，踢倒；拒絕 |
| けなげ 1 0 | 【健気】形動 堅毅，剛強；值得讚揚 |

| | |
|---|---|
| けなす 0 | 【貶す】他五 誹謗，貶低 ⇒謗る(そし) |
| げねつ 0 | 【解熱】名・自サ 退燒 ⇔ 発熱(はつねつ) ⇨ 解熱剤(げねつざい)（退燒劑） |
| けねん 0 1 | 【懸念】名・他サ 擔心，惦念；（佛）固執己念 ⇒心配(しんぱい)する |
| けむい 0 | 【煙い】形（煙）嗆人 ⇒ 煙(けむ)たい（嗆人；令人害怕） |
| けむたい 3 0 | 【煙たい】形 煙氣熏人，煙霧彌漫；不易親近 |
| けむる 0 | 【煙る】自五 冒煙；模糊不清，朦朧 |
| けらい 1 | 【家来】名 家臣，臣下；僕從 |
| げらげら 1 | 副 哈哈（大笑的樣子） |
| けわしい 3 | 【険しい】形 險峻的；可怕的，險惡的；艱險的 |
| けん 1 | 【圏】造語 區域，範圍 |
| けんあく 0 | 【険悪】名・形動（天氣、形勢等）險惡；（表情等）可怕，猙獰 |
| けんい 1 | 【権威】名 權威 ⇨ 権威的(けんいてき) |
| げんえき 0 | 【現役】名 正在實際做某項工作（的人）；高三學生；（軍）現役 |
| けんお 1 | 【嫌悪】名・他サ 厭惡 ⇨ 嫌悪感(けんおかん)（厭惡感） |
| げんかく 0 | 【幻覚】名 幻覺 |
| げんかく 0 | 【厳格】形動 嚴格 |
| げんきゅう 0 | 【言及】名・自サ 提及到，言及 |
| げんきゅう 0 | 【減給】名・自他サ 減薪 |
| けんぎょう 0 | 【兼業】名・他サ 兼營，副業 ⇨ 兼業農家(けんぎょうのうか)（兼營副業的農戶） |
| げんきん 0 | 【厳禁】名・他サ 嚴禁 |
| げんけい 0 | 【原形・元形】名 原樣，原狀，舊觀 |
| けんけつ 0 | 【献血】名・自サ 捐血 |
| けんげん 3 | 【権限】名 權限，職權範圍 ⇨ 権限外(けんげんがい) |
| げんこう 0 | 【原稿】名 稿子 ⇨ 原稿用紙(げんこうようし)（稿紙） |

| | |
|---|---|
| げんこう ⓪ | 【現行】名 現行，正在實行　⇨ 現行犯（げんこうはん） |
| げんこく ⓪ | 【原告】名 原告　⇔ 被告（ひこく） |
| げんこつ ⓪ | 【拳骨】名 拳頭 |
| けんざい ⓪ | 【健在】名・形動 健在；照常存在 |
| けんさく ⓪ | 【検索】名・他サ 檢索，查詢 |
| げんさく ⓪ | 【原作】名 原著，原作 |
| けんじ ① | 【堅持】名・他サ 堅持 |
| けんじ ① | 【検事】名 檢察官 |
| げんし ① | 【原子】名 原子；原子彈<br>⇨ 原子力（げんしりょく）（原子能，核能）　⇨ 原子核（げんしかく）（原子核）<br>⇨ 原子力発電所（げんしりょくはつでんしょ）（核能電廠）　⇨ 原爆（げんばく）（原子彈爆炸） |
| けんしき ⓪ | 【見識】名 見識，見解，鑑賞力；風度，自尊心 |
| けんじつ ⓪ | 【堅実】名・形動 可靠，穩妥　⇒ 着実（ちゃくじつ） |
| げんしゅ ① | 【元首】名（國家的）元首 |
| げんしゅ ① ⓪ | 【厳守】名・他サ 嚴守 |
| けんしゅつ ⓪ | 【検出】名・他サ 檢驗、化驗出來 |
| げんしょ ① ⓪ | 【原書】名 原版書，原書；（外語的）原文書 |
| けんしょう ⓪ | 【懸賞】名 懸賞；獎賞（金），賞品 |
| けんじょう ⓪ | 【謙譲】名・形動 謙讓，謙遜　⇨ 謙譲語（けんじょうご） |
| げんじょう ⓪ | 【現状】名 現況；原狀 |
| けんしん ⓪ | 【検診】名・他サ 診察，檢查疾病 |
| けんすう ③ | 【件数】名 件數 |
| けんぜん ⓪ | 【健全】形動 健全，身心健康；堅實 |
| げんそ ① | 【元素】名 元素 |
| げんぞう ⓪ | 【現像】名・他サ（攝影）顯影，沖洗 |
| げんそく ⓪ | 【原則】名 原則 |
| げんそく ⓪ | 【減速】名・自サ 減速　⇔ 加速（かそく） |

| | |
|---|---|
| けんち 1 | 【見地】名 見地，觀點，立場 |
| げんち 1 | 【現地】名 現場；現居的地方，當地<br>⇨ 現地調査（現場調查） |
| けんちょ 1 | 【顕著】形動 顯著，明顯 |
| けんてい 0 | 【検定】名・他サ 審定，審查認定 |
| げんてん 0 1 | 【原典】名（被引用翻譯的）原著，原來的文獻 |
| げんてん 1 0 | 【原点】名 基準點；（問題的）出發點，根源 |
| げんてん 0 3 | 【減点】名・他サ 扣分；減少的分數 |
| げんどう 0 | 【言動】名 言行 |
| げんどう 0 | 【原動】名 原動，產生動力的根源<br>⇨ 原動力（原動力，動力） |
| けんまく 1 | 【剣幕】名 氣勢洶洶，兇暴的神色、態度 |
| けんぶん 0 | 【見聞】名・他サ 見聞，耳聞目睹 |
| げんぶん 0 | 【原文】名（未經刪改或翻譯的）原文 |
| けんめい 0 | 【賢明】名・形動 賢明，高明 |
| けんもほろろ 1 | 形動 極其冷淡，毫不理睬 |
| けんやく 0 | 【倹約】名・他サ 節約，節儉 |
| げんゆ 0 | 【原油】名 原油，尚未精製的石油 |
| けんよう 0 | 【兼用】名・他サ 兼用，兩用 |
| げんりょう 0 | 【減量】名・自他サ 分量減少；（運動員）減輕體重 |
| げんろん 0 | 【原論】名 原論，根本理論 |
| げんろん 0 | 【言論】名 言論 |

## 歷屆考題

■ この歌(うた)は<u>軽快</u>なリズムと歌(うた)いやすさで人気(にんき)がある。（1999-II-1）

① 経済　② 掲載　③ 警戒　④ 携帯

答案③

**解** 選項中漢字的讀音和意思分別為：①経済(けいざい)（經濟，節省）；②掲載(けいさい)（刊登）；③警戒(けいかい)（警備，警惕）；④携帯(けいたい)（攜帶）。其中與「軽快(けいかい)」讀音相同的是③。

**譯** 這首歌曲因為節奏輕快、容易上口而很受歡迎。

■ この辞書(じしょ)は、今(いま)いちばん＿＿＿＿があるの日本語(にほんご)の辞書(じしょ)と言(い)われている。（2000-Ⅴ-2）

① 威力　② 迫力　③ 権威　④ 権限

答案③

**解** 其他選項：①威力(いりょく)（威力）；②迫力(はくりょく)（動人的力量，扣人心弦）；④権限(けんげん)（許可權）。

**譯** 據說這本辭典是現在最有權威的日語辭典。

■ その話(はなし)を断(ことわ)ったのは賢明だった。（2002-Ⅱ-5）

① 巧妙　② 姓名　③ 同盟　④ 懸命

答案④

**解** 選項中漢字的讀音和意思分別為：①巧妙(こうみょう)（巧妙）；②姓名(せいめい)（姓名）；③同盟(どうめい)（同盟）；④懸命(けんめい)（拼命，竭盡全力）。其中與「賢明(けんめい)」讀音相同的是④。

**譯** 拒絕那件事情是明智的。

■ レストランで、隣(となり)の人(ひと)がたばこをすっていたので、＿＿＿＿。（2003-Ⅴ-7）

① くもりだった　② くもった

③ けむりだった　④ けむたかった

答案④

**解** 答案以外的選項其漢字形式和意思分別為：①曇(くも)りだった（是陰天）；②曇(くも)った（天陰了）；③煙(けむり)だった（是煙）。其中①、③是「名詞＋斷定助動詞過去式」的形式，②是動詞過去式的常體，④是形容詞過去式的常體。

**譯** 在餐廳，坐在旁邊的人抽煙，很嗆。

■ 子どもに見せたい＿＿＿＿＿な番組が少なくなった。（2004-Ⅴ-9）

① 保健　② 状健　③ 健全　④ 健在

答案③

**解** 其他選項：①保健（保健）；②壮健（健壯，硬朗）；④健在（健在）。其中①、④是名詞，後面不能接「な」。②、③是形容動詞，但②不符合題意。

**譯** 想給孩子們看的有益身心健康的節目變少了。

■ 同じ英語＿＿＿＿＿の国といっても、そこで使われている英語はさまざまだ。（2005-Ⅴ-15）

① 圏　② 産　③ 界　④ 派

答案①

**解** 其他選項：②産（生產）；③界（各界）；④派（派別，派）。「英語圏」指所有說英語的國家組成的一個地區。

**譯** 雖說同樣是英語圈的國家，但在那裏所使用的英語各有不同。

■ 一生懸命作った作品を＿＿＿＿＿、とても悲しくなった。

（2006-Ⅴ-5）

① けなされて　② いじめられて

③ おいこまれて　④ おびやかされて

答案①

**解** 其他選項中動詞基本形的漢字形式和意思分別為：②「苛める（欺負，折磨）；③追い込む（趕進，攆進；逼入；最後衝刺）；④脅かす（威脅；脅迫）。這 4 個選項都是動詞被動態的「て」形。

**譯** 努力創作的作品受到貶斥，非常傷心。

# こ

| | |
|---|---|
| こい 1 | 【故意】名 故意，蓄意 |
| こいする 3 1 | 【恋する】自他サ 戀愛 |
| こう 1 | 【甲】名 甲等，第一位；甲冑，鎧甲；甲殼 |
| こうあつ 0 | 【高圧】名 高壓　⇔低圧　⇨ 高圧線（高壓電線） |
| こうい 1 | 【行為】名 行為 |
| こうい 1 | 【好意】名 好意，善意　⇒好感 |
| こうい 1 | 【厚意】名 厚意，盛情 |
| ごうい 0 | 【合意】名・自サ 同意，達成協定 |
| こういしょう 0 3 | 【後遺症】名 後遺症 |
| こういん 0 | 【工員】名 工人，產業工人 |
| ごういん 0 | 【強引】形動 強行，強迫 |
| こううん 0 | 【幸運】形動 幸運　⇔不運　⇔非運<br>⇨ 幸運にも（幸虧，幸而） |
| こうえき 0 | 【交易】名・自サ 交易，貿易 |
| こうえん 0 | 【公演】名・自サ 公演 |
| こうえん 0 | 【後援】名・自サ 後援，（經濟上的）支援；（軍）後援<br>⇨ 後援会　⇨ 後援者（支持者，贊助者） |
| こうおん 0 | 【恒温】名 恆溫 |
| こうか 1 0 | 【硬化】名・自サ（東西）變硬；（態度）強硬起來 |
| こうかい 0 | 【公開】名・他サ 公開，開放 |
| こうかい 1 | 【後悔】名・他サ 後悔<br>➡ 後悔先に立たず（事到臨頭後悔也來不及了） |
| こうかい 1 | 【航海】名・自サ 航海　⇨ 遠洋航海（遠航） |
| こうがく 0 1 | 【工学】名 工學 |
| こうかん 0 | 【好感】名 好感 |
| こうき 1 | 【後記】名 後記 |

| | |
|---|---|
| こうぎ ①③ | 【抗議】名・自サ 抗議 |
| ごうぎ ① | 【合議】名・自サ 協議，協商 |
| こうきゅう ⓪ | 【恒久】名 長久，永久　⇨ 恒久的(こうきゅうてき) |
| こうきょ ① | 【皇居】名 天皇居所，皇宮 |
| こうきょう ⓪ | 【好況】名 繁榮，好景象　⇔不況(ふきょう) |
| こうぎょう ⓪ | 【興行】名・他サ 公演，演出，上演，上映 |
| こうぎょう ⓪ | 【興業】名・自サ 振興工業（事業） |
| こうきょうきょく ③ | 【交響曲】名 交響曲，交響樂 |
| こうけん ⓪ | 【貢献】名・自サ 貢獻 |
| こうげん ⓪③ | 【公言】名・他サ 公然地聲明，公開說 |
| こうげん ⓪ | 【高原】名 高原；（統計圖中高峰部分延續）平穩時期 |
| こうご ① | 【交互】名 互相，交替 |
| こうご ⓪ | 【口語】名 口語 |
| こうこう ⓪ | 【煌煌】形動トタル 光亮，耀眼 |
| こうこがく ③ | 【考古学】名 考古學 |
| こうさく ⓪ | 【耕作】名・他サ 耕種 |
| こうさく ⓪ | 【工作】名・自サ（機器的）製作；（土木）修補工程；（學校）木工課；（有計劃、目的）行為，活動<br>⇨ 裏工作(うらこうさく)（暗地裏活動，幕後活動） |
| こうし ① | 【行使】名・他サ 行使　⇨ 武力行使(ぶりょくこうし)（行使武力） |
| こうじ ⓪① | 【公示】名・他サ 公告，公示；（日本）議院選舉通告 |
| こうじつ ⓪ | 【口実】名 藉口，口實 |
| こうしゅう ⓪ | 【講習】名・他サ 講習，學習 |
| こうじゅつ ⓪ | 【口述】名・他サ 口述 |
| こうじょ ① | 【控除・扣除】名・他サ 扣除 |
| こうしょう ⓪ | 【交渉】名・自サ 交涉，談判；（有）關係 |

| | |
|---|---|
| こうしょう 0 | 【考証】名・他サ 考證，考據 |
| こうしょう 0 | 【高尚】名・形動 高尚；高深 |
| こうじょう 0 | 【向上】名・自サ 提高，進步 ⇔低下(ていか)<br>⇨向上心(こうじょうしん)（上進心） |
| ごうじょう 0 | 【強情】名・形動 固執，倔強<br>⇨強情(ごうじょう)っ張(ぱ)り（倔強〔的人〕） |
| こうしん 0 | 【行進】名・自サ（列隊）行進，遊行 |
| こうしんりょう 3 | 【香辛料】名 調味料 |
| こうず 0 | 【構図】名（畫、照片）構圖；結構布局 |
| こうすい 0 | 【降水】名 降水，降雨 ⇨降水量(こうすいりょう) ⇨降水率(こうすいりつ) |
| こうずい 0 1 | 【洪水】名 洪水 |
| こうせい 1 | 【後世】名 後世，將來；後半生 |
| こうせき 0 | 【鉱石】名 礦石 ⇨天然鉱石(てんねんこうせき) |
| こうせん 0 | 【光線】名 光線 |
| こうぜん 0 | 【公然】形動 公然，公開 |
| こうそ 1 | 【控訴】名・自サ 上訴 |
| こうそう 0 | 【抗争】名・自サ 抗爭，反抗，對抗 |
| こうそう 0 | 【構想】名・他サ 構想，構思 |
| こうそく 0 | 【拘束】名・他サ 約束，束縛，限制 ⇨拘束力(こうそくりょく) |
| こうそつ 0 | 【高卒】名 高中畢業 |
| こうだい 0 | 【広大】名・形動 廣大，廣闊，宏大 ⇔狭小(きょうしょう) |
| こうたい 0 | 【後退】名・自サ 後退；衰退，倒退 ⇒退歩(たいほ) ⇔前進(ぜんしん) |
| こうたく 0 | 【光沢】名 光澤 ⇨金属光沢(きんぞくこうたく) |
| こうだん 0 | 【公団】名 政府與地方公共團體經營的特種公用事業組織 |
| こうちく 0 | 【構築】名・他サ 構築，建構 |
| こうちょう 0 | 【好調】名・形動 順利，情況良好 ⇔不調(ふちょう)（不順利）<br>⇒快調(かいちょう)（順利） ⇨絶好調(ぜっこうちょう)（極為順利，情況非常好） |

| | |
|---|---|
| こうつごう 3 | 【好都合】名・形動（對做某事）合適，方便 ⇔不都合（ふつごう） |
| こうてい 0 | 【公定】名 法定，政府規定 ⇨ 公定歩合（こうていぶあい）（公定利率） |
| こうてい 0 1 | 【高低】名・自サ 高低，凹凸，起伏；漲落 |
| ごうてい 0 | 【豪邸】名 豪宅 |
| こうてき 0 | 【好適】名・形動 適合，適宜 |
| こうてつ 0 | 【鋼鉄】名（＝鋼（こう））鋼；（意志）剛強 |
| こうてん 0 | 【好転】名・自サ 好轉 |
| こうてん 0 | 【後天】名 後天　⇨ 後天性（こうてんせい）　⇨ 後天的（こうてんてき） |
| こうとう 0 | 【口頭】名 口頭 |
| こうとう 0 | 【高騰】名・自サ 物價高漲 |
| こうどく 0 | 【講読】名・他サ 講解（文章） |
| こうどく 0 | 【購読】名・他サ 訂閱（報紙） |
| こうにん 0 | 【公認】名・他サ 公認，正式許可 |
| こうのう 0 | 【効能】名 功能，效力；效果 |
| こうはい 0 | 【荒廃】名・自サ 荒蕪；（精神）頹廢 |
| こうばい 0 3 | 【勾配】名 傾斜；坡度 |
| こうばい 0 | 【購買】名・他サ 購買，收購 |
| こうはく 1 | 【紅白】名 紅與白，紅白 |
| こうばしい 4 0 | 【香ばしい・芳ばしい】形 香，芳香 |
| こうひ 1 | 【公費】名 公費，官費　⇔私費（しひ） |
| こうひょう 0 | 【好評】名 好評　⇔不評（ふひょう）　⇔悪評（あくひょう） |
| こうふ 0 1 | 【交付】名・他サ 交付，發給 |
| こうふく 0 | 【降伏・降服】名・自サ 降服，投降 |
| こうふん 0 | 【興奮】名・自サ 激動，激昂；興奮 |
| こうぼ 1 0 | 【公募】名・他サ 公開招募，公開徵集 |

| | |
|---|---|
| こうほう ①⓪ | 【広報】名・他サ 報導，宣傳<br>⇒宣伝（せんでん）　⇨広報活動（こうほうかつどう）（宣傳活動） |
| ごうほう ⓪ | 【合法】名 合法　⇔不法（ふほう）　⇨合法性（ごうほうせい）　⇨合法的（ごうほうてき） |
| こうほしゃ ③ | 【候補者】名 候補者，候選人 |
| こうみょう ⓪ | 【巧妙】名・形動 巧妙 |
| こうむる ③ | 【被る・蒙る】他五 遭受損害或屈辱；得到恩惠；承蒙 |
| こうめい ⓪① | 【高名】名・形動 有名，著名；大名 |
| こうめい ⓪ | 【公明】名・形動 正大光明　⇨公明正大（こうめいせいだい）（光明正大） |
| こうやく ⓪ | 【公約】名・他サ（政黨或候選人向選民）公開承諾 |
| こうよう ⓪ | 【公用】名 公用；公事，公務　⇔私用（しよう） |
| こうよう ⓪ | 【高揚】名・自他サ 高昂，高漲 |
| こうり ⓪ | 【小売（り）】名・他サ 零售 |
| こうりつ ⓪ | 【公立】名 公立　⇔私立（しりつ）　⇔国立（こくりつ） |
| こうりつ ⓪ | 【効率】名 效率 |
| こうりょう ③① | 【香料】名（化妝品、食品的）香料；奠儀 |
| こうれい ⓪ | 【恒例】名 慣例，常規 |
| こうれい ⓪ | 【高齢】名 高齢，年邁　⇨高齢化（こうれいか） |
| こうろん ①⓪ | 【口論】名・自サ 爭論，口角，爭吵 |
| ごえい ⓪ | 【護衛】名・他サ 護衛，保衛 |
| こえる ② | 【肥える】自下一 肥胖；肥沃；（味覺、視覺）判斷能力提高；（財產等）增加　➡目（め）が肥（こ）える（有眼力）<br>➡口（くち）が肥（こ）える（口味要求高） |
| こがら ⓪ | 【小柄】名・形動 身材矮小；（布料、裝飾等）小花樣，碎花紋 |
| こがらし ② | 【木枯らし】名（秋末冬初的）瑟瑟寒風，秋風 |
| ごかん ⓪ | 【五感】名 五感（視、聽、嗅、味、觸覺） |
| こぎつける ④⓪ | 【漕ぎ着ける】自他下一 划到；努力做到，努力達到～目標 |

| | |
|---|---|
| こぎって 2 | 【小切手】名 支票 |
| こきゃく 0 | 【顧客】名 顧客，主顧 |
| ごく 1 | 【語句】名 語句，詞語 |
| こくいっこく 1 | 【刻一刻】副 一刻一刻地，時時刻刻 |
| こくさん 0 | 【国産】名 國產　⇨ 国産品（こくさんひん） |
| こくそ 1 | 【告訴】名・他サ（法）控告，起訴　⇒告発（こくはつ） |
| こくてい 0 | 【国定】名 國家制定，國家規定 |
| こくど 1 | 【国土】名 國土，領土<br>⇨ 国土交通省（こくどこうつうしょう）（〔日本〕中央省廳之一） |
| こくどう 0 | 【国道】名 國道，公路 |
| こくはく 0 | 【告白】名・他サ 坦白（罪行等），自白；公開宣布，抒發愛情等 |
| ごくひ 0 | 【極秘】名 極端秘密 |
| こくぼう 0 | 【国防】名 國防　⇨ 国防費（こくぼうひ）　⇨ 国防予算（こくぼうよさん） |
| こくめい 0 | 【克明】形動 一絲不苟，細緻，綿密 |
| こくゆう 0 | 【国有】名 國有　⇨ 国有地（こくゆうち） |
| ごくらく 0 4 | 【極楽】名 極樂世界；安樂無憂的處境<br>⇔ 地獄（じごく）　⇨ 極楽浄土（ごくらくじょうど）（極樂淨土）<br>➡ 聞いて極楽、見て地獄（きいてごくらく、みてじごく）（聽來是天堂，一見是地獄） |
| こくりょく 2 | 【国力】名 國力 |
| こくれん 0 | 【国連】名 聯合國 |
| こげちゃ 0 2 | 【焦茶】名 深棕色，濃茶色，古銅色 |
| ごげん 0 | 【語源】名 語源，詞源 |
| ここ 1 | 【個々】名 各個，每個　⇨ 個々別々（ここべつべつ）（個別） |
| ここち 0 | 【心地】名 感覺，心境　⇨ 心地（ここち）よい（舒適） |
| こころがける 5 | 【心掛ける】他下一 記在心裏；留心，注意<br>⇨ 心掛け（こころがけ）（留心，牽掛） |

| | |
|---|---|
| こころくばり ④ | 【心配り】名 關懷，照料，操心 |
| こころざし ⓪ | 【志】名 志向；盛情，厚意；表達心意的禮品 |
| こころざす ④ | 【志す】他五 以～為目標，下決心 |
| こころならずも ④ | 【心ならずも】副 出於無奈，迫不得已 |
| こころみる ④ | 【試みる】他上一 嘗試　⇨ 試み（試，嘗試） |
| こころゆく ⓪④ | 【心行く】自五 盡情，盡興 |
| こころよい ④ | 【快い】形 舒服，高興；病情轉好 |
| ごさ ① | 【誤差】名 誤差；差錯 |
| こじ ① | 【故事・古事】名 典故；古代傳說 |
| こじ ① | 【孤児】名 孤兒 |
| ごじ ①⓪ | 【誤字】名 誤字，（印刷）誤植 |
| ごしごし ① | 副 用力摩擦狀 |
| こしつ ⓪ | 【固執】名・自他サ 固執　＝こしゅう |
| こしぼね ⓪ | 【腰骨】名 腰椎骨；耐性，毅力 |
| こじれる ③ | 【拗れる】自下一 彆扭，乖僻；複雜，（病）久治不癒 |
| こじん ① | 【故人】名 故人，舊友；死者 |
| こす ⓪① | 【濾す・漉す】他五 濾，過濾 |
| こずえ ⓪ | 【梢・杪】名 樹梢，枝頭 |
| こせき ⓪ | 【戸籍】名 戶籍，戶口 |
| こせこせ ① | 副・自サ 小氣，不大方；狹窄 |
| こぜに ⓪ | 【小銭】名 零錢；少量資金 |
| こせん ⓪ | 【古銭】名 古錢 |
| こそこそ ① | 副 偷偷地 |
| こたい ⓪ | 【個体】名 個體 |
| こだわる ③ | 【拘る】自五 講究，在乎，固執 |

| | |
|---|---|
| こちこち 0 | 形動・副（形動）硬邦邦；（因緊張）僵硬，拘束；頑固，倔強；（副）（鐘錶聲）滴答滴答 |
| こちょう 0 | 【誇張】名・他サ 誇張 |
| こつ 2 0 | 【骨】名 死者的骨灰；要領，秘訣　⇒ ほね |
| こっけい 0 | 【滑稽】名・形動 滑稽，詼諧；可笑 |
| こっこう 0 | 【国交】名 邦交 |
| こつこつ 1 | 副 勤奮，刻苦；（硬物接觸聲）叩叩，咯噔咯噔 |
| こっとうひん 0 | 【骨董品】名 古玩，古董 |
| ごて 1 0 | 【後手】名 後下手，被動，落後；（下棋）後手，後着 |
| こてい 0 | 【固定】名・自他サ 固定 |
| ごてごて 1 | 副・自サ 雜亂；絮絮叨叨，囉唆 |
| ごと | 【共】接尾 連同，連～一起 |
| こどく 0 | 【孤独】名・形動 孤獨　⇨ 孤独感（こどくかん） |
| ことごとく 3 | 【悉く】名・副 一切，全都 |
| ことさら 0 | 【殊更】副・形動 故意；特別，格外 |
| ごとし 1 | 【如し】助動 如同，像<br>⇨ 如き（ごとき）（〔如し（ごとし）的連體形〕如，像） |
| ことづて 0 4 | 【言伝】名 傳聞，傳言；寄語，致意，捎口信 |
| ことなかれしゅぎ 6 | 【事勿れ主義】名（但求平安無事的消極主義）息事寧人，得過且過，多一事不如少一事 |
| ことに 1 | 【殊に】副 特別地 |
| ことによると 0 | 連語（多與「かもしれない」呼應，也可說成「ことによったら」「ことによれば」）也許，或許，說不定 |
| こなごな 3 0 | 【粉々】形動 粉碎 |
| こなす 0 | 【熟す】他五 搗碎，壓碎；消化；運用自如；（劇）扮演很好；（商）暢銷　➡ 動詞ます形＋こなす（熟練） |
| こなれる 0 3 | 【熟れる】自下一 消化；熟練；世故，練達 |

| | |
|---|---|
| **こねる** 2 | 【捏ねる】他下一 揉，和，攪拌；強詞奪理；（小孩）撒嬌 ➡ 駄々(だだ)をこねる（小孩撒嬌，磨人）<br>➡ 理屈(りくつ)をこねる（強辭奪理） |
| **このかた** 4 2 | 【この方】名（從過去的某一時間到現在為止）～以來<br>➡ 10 年(ねん)このかた（10 年以來） |
| **このは** 1 | 【木の葉】名（冬天散落、留在樹的）樹葉 |
| **こばむ** 2 | 【拒む】他五 拒絕；阻止，阻擋 |
| **ごばん** 0 | 【碁盤】名 棋盤 |
| **ごび** 1 | 【語尾】名 詞尾，結尾詞；句子的結尾　⇔語幹(ごかん) |
| **こぶ** 2 | 【瘤】名（東西表面鼓起的部分）瘤；（跌打的）腫包；（麻煩物）障礙物，累贅<br>⇨ こぶつき（累贅；拖油瓶） |
| **ごぶ** 1 | 【五分】名 五分，半寸；百分之五；（全體的）一半；（實力等）不分上下，旗鼓相當；一點，多多少少<br>➡ 五分(ごぶ)の理(り)（多少有點道理） |
| **ごへい** 0 | 【語弊】名 語病 |
| **こべつ** 0 | 【個別】名 個別　⇨ 個別指導(こべつしどう) |
| **こまやか** 2 | 【細やか・濃やか】形動（說明、想法等）細膩，細緻；濃厚，深厚 |
| **こみあげる** 4 0 | 【込（み）上げる】自下一 湧現，湧上來；想吐 |
| **こもる** 2 | 【籠る・隠る】自五 閉門不出；隱藏；煙等瀰漫於某場所；包含；聲音不清楚 |
| **こやす** 2 | 【肥やす】他五 使（土地）肥沃；使（家畜）肥胖；增強判斷力等；發不義之財<br>⇨ 肥(こ)やし（肥料，糞）<br>➡ 口(くち)を肥(こ)やす（飽口福）<br>➡ 目(め)を肥(こ)やす（培養鑑賞能力）<br>➡ 私腹(しふく)を肥(こ)やす（中飽私囊） |
| **こゆう** 0 | 【固有】名 固有，天生；特有 |
| **こよう** 0 | 【雇用】名・他サ 雇用　⇔ 解雇(かいこ) |

| | |
|---|---|
| こよみ 3 | 【暦】名 暦法；日曆，月曆　⇨ 掛け暦（かけごよみ）（掛曆）<br>⇨ 剥ぎ取り暦（はぎとりごよみ）（按天撕下的日曆） |
| こらい 1 | 【古來】名 古來，自古以來 |
| こらす 2 | 【凝らす】他五 使凝固，使僵硬；使集中<br>➡ 瞳（ひとみ）を凝（こ）らす（凝視）　➡ 耳（みみ）を凝（こ）らす（傾聽）<br>➡ 思（おも）い／工夫（くふう）を凝（こ）らす（費盡心思，苦心） |
| こりつ 0 | 【孤立】名・自サ 孤立 |
| こりる 2 | 【懲りる】自上一（接受了～的教訓，吃了苦頭不想再做第二次）氣餒，灰心<br>⇨ こりごり（真夠了〔吃了苦頭不想再幹〕） |
| ころころ 1 | 副・自サ 小而輕的東西滾動狀；（鈴聲、笑聲等清脆）格格（笑）；圓滾滾狀；容易改變的 |
| ごろごろ 1 | 副・自サ（汽車、打雷等聲音）隆隆；滾動的樣子；隨處可見；混入異物、沙子等；懶洋洋，無所事事 |
| ころも 0 | 【衣】名 衣服，外衣；（裹在食品外部的）糖衣、麵衣 |
| こわき 0 | 【小脇】名 腋下，腋窩 |
| こわごわ 0 | 副・自サ 提心吊膽，心驚膽顫 |
| こわばる 3 | 【強張る】自五 變僵硬 |
| こんいん 0 | 【婚姻】名 婚姻，結婚　⇨ 婚姻届（こんいんとどけ）（結婚文書） |
| こんかん 0 | 【根幹】名 樹根和樹幹；根本，基本，原則 |
| こんき 0 | 【根気】名 韌性，毅力　⇨ 根気負け（こんきまけ）（堅持不住了） |
| こんきょ 1 | 【根拠】名 理由，根據 |
| こんけつ 0 | 【混血】名 混血　⇨ 混血児（こんけつじ） |
| こんげん 3 0 | 【根源・根元・根原】名 根源 |
| ごんごどうだん 1 | 【言語道断】名・形動 荒謬絕倫，豈有此理 |
| こんしゅん 0 | 【今春】名 今年春天，今春 |
| こんじょう 1 | 【根性】名（天生的）性質，氣質；毅力；骨氣<br>⇒根気（こんき）　⇨ 島国根性（しまぐにこんじょう）（島國人民特有的氣質） |

あ か さ た な は ま やゆよ ら わ

| | |
|---|---|
| **こんせん** [0] | 【混戦】名・自サ 混戰 |
| **こんちゅう** [0] | 【昆虫】名 昆蟲 |
| **こんてい** [0] | 【根底】名 根底，基礎 |
| **こんぽん** [0][3] | 【根本】名 基本，根本，本質 |
| **こんめい** [0] | 【混迷】名・自サ 混亂，紛亂 |
| **こんりんざい** [3] | 【金輪際】名・副（副）決不，無論如何也不；（名）大地底層 |
| **こんわく** [0] | 【困惑】名・自サ 困惑，為難，不知如何是好 |

## 歷屆考題

■ 仕事(しごと)はできるだけ早(はや)めに始(はじ)めるように＿＿＿＿＿いる。（1999- V -7）

① いどんで　② とりくんで　③ こころがけて　④ はかどって

答案③

解 答案以外的選項其漢字形式和意思分別為：①挑(いど)む（挑戰，挑逗；征服；打破）；②取(と)り組(く)む（同～比賽；努力；埋頭，專心致志）；④捗(はかど)る（進展）。這 4 個選項用的都是動詞的「て」形。

譯 注意要儘早開始工作。

■ 学生(がくせい)のときもっと勉強(べんきょう)しておけばよかったと後悔している。

（2000-II-1）

① 古米　② 国会　③ 誤解　④ 航海

答案④

解 選項中漢字的讀音和意思分別為：①古米(こまい)（舊米）；②国会(こっかい)（國會）；③誤解(ごかい)（誤解，誤會）；④航海(こうかい)（航海）。其中與「後悔(こうかい)」讀音相同的是④。

譯 我後悔著，學生時代要是再多努力唸書就好了。

■ 写真を上手に撮るには、ちょっとした＿＿＿がある。（2001-Ⅴ-14）

① うで　② かん　③ こつ　④ のう

答案③

解 答案以外的選項其漢字形式和意思分別為：①腕（手腕；本領，技能，本事）；②勘（直覺，直感，靈感；理解力）；④脳（腦，智力，腦力）。

譯 要照好照片，是有些小訣竅的。

■ あの人もあんなにわがままばかり言っていたら、周囲から＿＿＿＿してしまうだろう。（2002-Ⅴ-8）

① 孤独　② 孤立　③ 独立　④ 自立

答案②

解 其他選項：①孤独（孤獨）；③独立（獨立）；④自立（自立，自食其力）。這 4 個選項中②、③、④是名詞兼サ行變格動詞；①是名詞兼形容動詞，其後面不能接「する」。

譯 如果那個人也盡說些任性話的話，會被周圍的人孤立。

■ 値引きしてくれるよう店の人と交渉した。（2003-Ⅱ-4）

① 高尚　② 好評　③ 公募　④ 候補

答案①

解 其他選項：①高尚（高尚；高深）；②好評（好評）；③公募（公開招募）；④候補（候補）。其中與「交渉」讀音相同的是①。

譯 跟店裏的人殺價。

■ この新聞はこうどくしゃが多い。（2004-Ⅳ-3）

① 新しい辞書は外国人学習者にこうひょうのようだ。

② 世界の平和にこうけんするような仕事をしたい。

③ パソコンのこうしゅうかいに参加した。

④ マンションのこうにゅうを考えている。

答案④

解　題目畫線部分的漢字是「購読」。選項畫線部分的漢字及其意思分別為：①好評（好評）；②貢献（貢獻）；③講習（講習，學習）；④購入（購入，購買）。題目和選項④中雙畫線處的漢字都是「購」，因此選④。

譯　（題目）訂閱這份報紙的人很多；①新辭典好像很受外國學習者的歡迎；②想從事對世界和平有貢獻的工作；③參加了學習電腦的講座；④考慮購買高級公寓。

■ 交付（2005- Ⅶ - 2）

① 国から各大学に補助金が交付された。
② 国民には国に金を交付する義務がある。
③ 今月の給料が交付されたら、新しいくつを買うつもりだ。
④ 隣の人に旅行のおみやげを交付した。

答案①

解　「交付」的意思是「交付，發給」，一般指國家或政府撥款或者發放證書之類的東西。選項②、③、④為誤用。②可改為「払う義務」（繳的義務）；③可改為「渡されたら」（領到，拿到）；④可改為「あげた」（送給）。

譯　政府給各大學撥了款。

■ 数々の実験を行ったが＿＿＿＿＿失敗し、一度も成功しなかった。（2006- Ⅴ - 6）

① とかく　② つくづく　③ ようやく　④ ことごとく

答案④

解　答案以外的選項意思是：①種種；動輒，總是；②仔細；痛切，深切；③漸漸；好不容易。這 4 個選項都是副詞，雖然①也有「總是」的意思，但通常用來描述一般的、整體的情況，不能用於描述某個過去的事實。

譯　進行了多次實驗，但都失敗了，一次都沒有成功。

# さ

| | |
|---|---|
| さい ① | 【差異・差違】名 差異，區別 |
| ざい ① | 【財】名 錢財，財寶；財產，財富 |
| さいあく ⓪ | 【最悪】名・形動 最糟，最不利<br>⇔最良　⇔最善 |
| さいおう ⓪ | 【最奥】名 最裏面 |
| さいかい ⓪ | 【再会】名・自サ 再會，重逢 |
| さいがい ⓪ | 【災害】名 災害<br>⇨ 災害保険　⇨ 災害補償 |
| ざいかい ⓪ | 【財界】名 金融界，經濟界，工商業界<br>⇨ 財界人（財界人士） |
| さいき ① | 【再起】名・自サ（失敗、挫折後）再起；（病）痊癒 |
| さいきょう ⓪ | 【最強】名 最強　⇨ 史上最強 |
| さいきん ⓪ | 【細菌】名 細菌 |
| さいく ⓪③ | 【細工】名・自他サ 工藝，手工藝品；弄虛作假，做了手腳　➡ 細工を見破る（識破花招） |
| さいくつ ⓪ | 【採掘】名・他サ 開採，採礦 |
| さいけつ ⓪① | 【採決】名・他サ 表決 |
| さいけつ ⓪ | 【採血】名・他サ 抽血 |
| さいけつ ⓪① | 【裁決】名・他サ 裁決 |
| さいげつ ① | 【歳月】名 歲月　➡ 歳月が経つ（歲月流逝） |
| さいけん ⓪ | 【再建】名・他サ 重建，改造 |
| さいげん ⓪③ | 【再現】名・自他サ 再現；使重新出現 |
| さいげん ③ | 【際限】名 止境，盡頭 |
| ざいげん ⓪③ | 【財源】名 財源 |
| さいご ① | 【最期】名 臨終，死亡前夕 |
| ざいこ ⓪ | 【在庫】名・自サ 庫存　⇨ 在庫品（庫存品） |

| | |
|---|---|
| さいさん 0 | 【採算】名（會計）核算，核對 ➡ 採算(さいさん)が合(あ)う（合算）<br>➡ 採算(さいさん)が取(と)れない（不划算） |
| さいじ 1 | 【祭事】名 祭神儀式，祭祀 |
| さいしゅ 1 0 | 【採取】名・他サ 提取，採 |
| さいしゅう 0 | 【採集】名・他サ 採集 |
| さいしゅう 0 | 【最終】名 最終<br>⇨ 最終駅(さいしゅうえき)（終點站） ⇨ 最終楽章(さいしゅうがくしょう)（最終樂章） |
| さいじょう 0 | 【最上】名 最上面，最頂上；最好<br>⇨ 最上段(さいじょうだん)（最上層） ➡ 最上(さいじょう)の喜(よろこ)び（無上的喜悅） |
| さいしょく 0 | 【菜食】名・自サ 素食；吃素 ⇨ 菜食主義(さいしょくしゅぎ)（素食主義） |
| さいしん 0 | 【細心】名・形動 精心，細心；小心謹慎 |
| さいせい 0 | 【再生】名・自他サ 起死回生；重新作人；廢物利用；重新生長；想起；錄音等的播放 |
| ざいせい 0 | 【財政】名 財政；家庭經濟情況，家計 |
| ざいせき 0 | 【在籍】名・自サ 在冊，在編，學籍所在 |
| さいぜん 0 | 【最善】名 最好；全力<br>➡ 最善(さいぜん)を尽(つ)くす（竭盡全力） |
| さいたく 0 1 | 【採択】名・他サ 採納；通過 |
| さいたる 1 | 【最たる】連體 最～ |
| さいてき 0 | 【最適】名・形動 最適合，最合適 |
| さいど 1 | 【再度】名・副 再度，再次 |
| さいはい 0 | 【采配】名 指揮；作戰指揮用具（旗）<br>➡ 采配(さいはい)をふるう（發號施令） |
| さいばい 0 | 【栽培】名・他サ 栽培；種植 |
| さいはつ 0 | 【再発】名・自サ 復發；再度發生 |
| さいぶ 1 | 【細部】名 細節，細微部分 |
| さいぶん 0 | 【細分】名・他サ 細分，詳細劃分 |
| さいぼう 0 | 【細胞】名 生物的細胞；活動的最小單位，基層組織 |

| | |
|---|---|
| ざいらい [1][0] | 【在来】名 原來，本來　⇨ 在来的(ざいらいてき)(原生種的)<br>⇨ 在来魚(ざいらいぎょ)(原生種的魚)　⇨ 在来種(ざいらいしゅ)(原生種) |
| さいりょう [0] | 【最良】名 最好，最完善　⇔最悪(さいあく) |
| さえかえる [0][3] | 【冴え返る】自五 清徹，寒澈；又寒冷起來 |
| さえぎる [3] | 【遮る】他五 遮擋；阻擋，打斷(談話等) |
| さえずる [3] | 【囀る】自五 鳴叫；講個不停 |
| さえる [2] | 【冴える】自下一 寒冷，冷峭；(光、色、音)清晰，明亮；清爽，清醒；反應快，敏銳；心情爽快<br>⇨ さえない(洩氣，失望，不夠滿意，垂頭喪氣)<br>➡ 頭(あたま)がさえる(頭腦清新敏銳) |
| さお [2] | 【竿・棹】名 竹竿；釣魚竿；船篙<br>⇨ 物干し竿(ものほしざお)(曬衣竿)　⇨ つりざお(釣魚竿) |
| さかえる [3] | 【栄える】自下一 繁榮　⇔ 衰える(おとろえる) |
| さがく [0] | 【差額】名 差額 |
| さがしだす [4] | 【探し出す】他五 找出，發現，查出 |
| さかずき [0][4] | 【杯・盃】名 酒杯　➡ 杯(さかずき)をもらう(交杯結盟)<br>➡ 杯(さかずき)をかえす(與師傅斷絕關係) |
| さかだつ [3] | 【逆立つ】自五 倒立，倒豎<br>⇨ 逆立ち(さかだち)(倒立；顛倒) |
| さかや [0] | 【酒屋】名 酒店，酒鋪；釀酒廠，酒坊；賣酒的人 |
| さからう [3] | 【逆らう】自五 逆行；反抗 |
| さかん [0] | 【左官】名(建築)泥水匠　⇨ 左官工事(さかんこうじ)(泥水工程) |
| さき [0] | 【先】名 尖端，末梢；前頭，最前部；前方，前面，往前；去處，目的地；對方；將來，未來，以後；前途；下文，以後的情況，後來，其餘；先，早，最先，首先；事先，預先；以前，從前 |
| さぎ [1] | 【詐欺】名 欺詐，詐騙　⇨ 詐欺師(さぎし)(騙子，詐騙犯) |
| さきがける [4] | 【先駆ける】自下一 打頭陣，當先鋒；比～早一步，先於 |
| さきごろ [2][0] | 【先頃】名・副 最近，前些日子 |

あ か さ た な は ま やゆよ ら わ

| | |
|---|---|
| さきざき 2 | 【先々】名 過去，很早以前；將來；到處；每個尖端 |
| さきもの 0 | 【先物】名 期貨　⇨ 先物市場（さきものしじょう）（期貨市場） |
| さきゆき 0 | 【先行き】名 將來，前途；（商）未來行情 |
| さく 2 | 【柵】名 柵欄 |
| さく 1 2 | 【策】名 計策，策略；手段，方法 |
| さくげん 0 | 【削減】名・自他サ 削減，減少 |
| さくご 1 | 【錯誤】名 錯誤；不相符　＝ミス |
| さくせん 0 | 【作戦】名 作戰；策略 |
| さくもつ 2 | 【作物】名 農作物　⇨ 経済作物（けいざいさくもつ） |
| さくりゃく 0 2 | 【策略】名 策略，計謀　⇨ 策略家（さくりゃくか）（策士，謀士） |
| さげすむ 3 | 【蔑む・貶む】他五 輕蔑，輕視，鄙視<br>⇨ 蔑み（さげすみ）（輕蔑，輕視） |
| さける 2 | 【裂ける】自下一 裂開 |
| ささげる 0 | 【捧げる】他下一 捧起，（高）舉；（向神佛或高貴的人）供奉；獻給，奉獻 |
| さしあたり 0 | 【差し当（た）り】副 眼下，當前，目前，當下<br>＝さしあたって |
| さしおさえる 5 0 | 【差（し）押（さ）える】他下一 扣押，查封，沒收；按住，扣住 |
| さしかかる 4 0 | 【差（し）掛る】自五 垂懸，籠罩；來到，靠近；逼近，鄰近 |
| さしず 1 | 【指図】名・他サ 指示，指使 |
| さしだす 3 0 | 【差（し）出す】他五 拿出，伸出；提交；寄信 |
| さしのべる 4 0 | 【差（し）延べる】他下一 伸出 |
| さしひかえる 5 0 | 【差（し）控える】自・他下一 控制，節制；在旁等候 |
| さす 1 | 【注す】他五 注入，倒進；加進，摻進；塗抹 |
| さずかる 3 | 【授かる】自五 被授予，被賜予；受孕；受教，領教 |

| | |
|---|---|
| さずける [3] | 【授ける】他下一 授予；傳授 |
| さする [0] | 【摩る】他五 擦，摩擦　⇒なでる |
| さぞ [1] | 副 想必，諒必，一定的　＝さぞかし　＝さぞや |
| さだまる [3] | 【定まる】自五 決定；穩定，安定；沉靜，平穩；明確 |
| さだめる [3] | 【定める】他下一（目標等）決定；制定，規定；使~安定，穩定；鎮壓，鎮撫；評定；明確<br>⇨ 定め(さだめ)（規定，定數，固定）<br>➡ 心(こころ)を定(さだ)める（打定主意，下定決心）<br>➡ 態度(たいど)を定(さだ)める（表明態度） |
| さたん [0] [1] | 【左端】名 左端　⇔ 右端(うたん) |
| ざつ [0] [1] | 【雜】名・形動 雜類，雜項；雜，混雜；粗雜，雜亂無章 |
| ざっか [0] | 【雜貨】名 雜貨 |
| さっかく [0] | 【錯覚】名・自サ 錯覺，幻覺，妄想；誤認為 |
| さっきゅう [0] | 【早急】名・形動 火速，緊急，趕忙　＝そうきゅう |
| さっし [1] [0] | 【冊子】名 冊子，本子 |
| さつじん [0] | 【殺人】名 殺人　⇨ 殺人犯(さつじんはん) |
| さっする [0] [3] | 【察する】他サ 推測；體諒；想像 |
| さっそう [0] | 【颯爽】形動 瀟灑，精神抖擻 |
| ざつだん [0] | 【雜談】名・自サ 閒談，閒聊 |
| さっち [1] [0] | 【察知】名・他サ 察覺 |
| さっと [1] [0] | 副 突然，忽地，很快，一下子 |
| さっとう [0] | 【殺到】名・自サ 蜂擁而至，湧來 |
| ざっとう [0] | 【雜踏】名・自サ（聚集的人群）人多擁擠，人山人海 |
| さてい [0] | 【査定】名・他サ 核定，審定，評定 |
| さどう [0] | 【作動】名・自サ 工作，運轉 |
| さとす [2] [0] | 【諭す】他五 教誨，教導；曉諭 |
| さとる [0] [2] | 【悟る】自・他五 覺悟，醒悟；感覺，認識 |

| | |
|---|---|
| さなか 1 | 【最中】名 正當～中，最盛期，方酣 |
| さばく 2 | 【裁く】他五 審判，判決 |
| ざひょう 0 | 【座標】名 座標 |
| さほど 0 | 【然程】副 並不那麼 |
| さぼる 2 | 自五 怠工，偷懶；翹課，曠課 |
| さまがわり 3 | 【様変（わ）り】名・自サ 情況發生變化 |
| さまよう 3 | 【彷徨う】自五（無目的地）徘徊；流浪 |
| さむけ 3 | 【寒気】名 發冷，寒顫 |
| さむらい 0 | 【侍】名（日本）武士；了不起的人物 |
| さめる 2 | 【褪める】自下一 褪色，掉色 |
| さも 1 | 副 實在，很，非常；彷彿，好像 |
| さらう 0 | 【攫う・掠う】他五 拐走，奪取，搶；贏得，拿走 |
| さらさら 1 | 副（物體輕接觸聲）唰唰，沙沙；（流水）潺潺；乾爽；（事物）順利 |
| ざらざら 1 | 副（沙、石子等顆粒狀相互接觸聲）唰唰，沙沙；粗糙，粗澀 |
| さらりと 2 3 | 副 光滑，滑溜；（態度）爽朗，乾脆 |
| さる 1 | 【然る】連體 某；那樣，那種<br>⇨ 然（さ）ることながら（儘管那樣） |
| ざわざわ 1 | 副（人聲）嘈雜，亂哄哄；（樹葉等）沙沙作響 |
| ざわめく 3 | 自五 嘈雜 |
| さわる 0 | 【障る】自五 妨礙，有害　⇨ 癪（しゃく）に障（さわ）る（令人生氣） |
| さんか 0 | 【酸化】名・自サ 酸化，氧化<br>⇨ 二酸化炭素（にさんかたんそ）（二氧化碳）　⇨ 酸化物（さんかぶつ）（氧化物） |
| さんがく 0 | 【山岳】名 山嶽 |
| さんぎいん 3 | 【参議院】名 参議院　⇔ 衆議院（しゅうぎいん） |
| さんきゅう 0 | 【産休】名 產假 |
| ざんきん 1 | 【残金】名 餘額；剩餘的欠款 |

| | |
|---|---|
| ざんこく 0 | 【残酷・残刻】名・形動 殘酷<br>➡ 残酷極まりない（慘絕人寰） |
| さんざん 3 0 | 副・形動 狠狠地，徹底地，大大地；狼狽，淒慘 |
| さんじ 1 | 【惨事】名 悲慘事件，慘案 ⇨ 大惨事 |
| さんしゅつ 0 | 【産出】名・他サ 生產，產出 |
| ざんしょ 1 | 【残暑】名 餘暑；秋老虎 |
| さんしょう 0 | 【参照】名・他サ 參照，參考 |
| さんじょう 0 | 【参上】名・自サ 拜訪，造訪 |
| ざんしん 0 | 【斬新】形動 嶄新，新穎 |
| さんせい 0 | 【参政】名 參政 ⇨ 参政権 |
| さんせい 0 | 【賛成】名・自サ 贊成 |
| さんせき 0 | 【山積】名・自サ 堆積如山 |
| さんちょう 0 | 【山頂】名 山頂 ⇒ 頂上 |
| ざんてい 0 | 【暫定】名 暫定 |
| さんぱい 0 | 【参拝】名・自サ 參拜 |
| さんばし 0 | 【桟橋】名 碼頭；（為了上下高處而搭的）斜木板 |
| さんぱつ 0 | 【散髪】名・自サ 理髮 |
| さんび 1 | 【賛美・讃美】名・他サ 讚美，歌頌 |
| さんぴ 1 | 【賛否】名 是否贊成 ⇨ 賛否両論（正反兩種意見） |
| さんぷく 0 | 【山腹】名 山腰 |
| ざんまい 1 | 【三昧】接尾 一心不亂，聚精會神；盡，隨心所欲<br>⇨ 仕事三昧（專心工作）<br>⇨ ぜいたく三昧（極其奢侈） |

## 歷屆考題

■ 油が酸化して、味が落ちた。（2000-II-2）

① 参加　② 噴火　③ 眼科　④ 豪華

答案①

**解** 其他選項：①参加（參加，加入）；②噴火（噴火；爆發）；③眼科（眼科）；④豪華（豪華，奢華）。其中與「酸化」讀音相同的是①。

**譯** 油氧化後變味了。

■ 妻は、＿＿＿＿＿いやそうに「よっぱらい！」と言った。

（2001-V-3）

① いかに　② さも　③ どうにか　④ もっぱら

答案②

**解**「さも」常與「～そうな」「～そうに」搭配使用，表示「彷彿～樣子」的意思。答案以外的選項意思分別為：①いかに（如何，怎樣；無論多麼，無論怎樣）；③どうにか（想點法子，好歹想個辦法；總算，好歹；勉強，湊合）；④もっぱら（主要；專心致志，一心；專門，淨；獨攬）。這4個選項都是副詞。

**譯** 妻子顯出很厭惡的樣子說：「醉鬼！」

■ さき……妹の結婚もそうさきの話ではない。（2002-VI-5）

① できる問題からさきにやる。

② その件はさきの会議で決定した。

③ この仕事はさきが見えなくて不安だ。

④ わたしの車はこのさきの駐車場にとめてある。

答案③

**解**「さき」在各項中的用法為：（題目）將來，以後；①先，首先；②剛才；③將來，未來；④前方，前面。

**譯**（題目）妹妹結婚並不是那麼遙遠的事情；①先從會的題目開始做；②這個問題在剛剛的會議上定下來了；③這個工作的前途不明，有些不安；④我的車子停在前方的停車場。

■ 事故の＿＿＿＿＿を防ぐために様々な努力がなされている。

（2003-Ⅴ-6）

① 再現　② 再発　③ 復活　④ 復旧

答案②

解 其他選項：①再現（再現）；③復活（復活；恢復，復興）；④復旧（恢復原狀，修復）。

譯 為了防止事故再次發生，做出了各種各樣的努力。

■ 昨日はぐっすり眠れたので、今日は頭が＿＿＿＿＿いる。

（2005-Ⅴ-14）

① たえて　② すえて　③ さえて　④ うえて

答案③

解 答案以外的選項動詞基本形的漢字形式和意思分別為：①堪える・耐える（忍耐，容忍；擔負，經得住；耐，抗）或絶える（斷絕，停止）；②据える（安放，放置；不動；讓～坐某個位置）；④植える（種植；培植，培育）或飢える（饑餓；渴望得到）。這 4 個選項中只有③能和「頭」連用。

譯 昨天睡得很香甜，所以今天頭腦清醒。

■ こんなに安く売っては採算がとれない。（2006-Ⅱ-1）

① 鉱山　② 財産　③ 拡散　④ 再三

答案④

解 其他選項：①鉱山（礦山）；②財産（財產）；③拡散（擴散；漫射）；④再三（再三，屢次）。其中與「採算」讀音相同的是④。

譯 賣得這麼便宜，會虧本的。

■ 彼の現在の苦しい立場を＿＿＿＿＿いただきたい。（2007-Ⅴ-1）

① 制して　② 称して　③ 察して　④ 即して

答案③

解 其他選項中動詞基本形的讀音和意思分別為：①制（せい）する（制止；控制）；②称（しょう）する（稱為，叫；假稱，偽稱；稱讚）；④即（そく）する（就，結合，符合）。

譯 希望您能體諒他現在的痛苦處境。

# し

♬ 087

| | |
|---|---|
| し ① | 【師】名 老師；有專門技能的人；軍隊 |
| し ① | 【死】名・造語・自サ 死亡；死罪；無生氣，無活力；殊死 ⇨ 死（し）の商人（しょうにん）（〔喻〕軍火商人） |
| しあがる ③ | 【仕上（が）る】自五 做完，完成；做好準備 ⇨ 仕上（しあ）（が）り（做完，完成；完成的情況） |
| しあげる ③ | 【仕上げる】他下一 結束，完成 ⇨ 仕上（しあ）げ（做完，收尾） |
| しいく ⓪ | 【飼育】名・他サ 飼養，養 |
| しいて ① | 【強いて】副 強迫，勉強 |
| しいる ② | 【強いる】他上一 強迫，迫使，強行，強制 ⇒ 強要（きょうよう）する ⇒ 強制（きょうせい）する |
| しいれる ③ | 【仕入れる】他下一 進貨；學到，獲得 ⇨ 仕入（しい）れ（購買；採購，採辦） |
| じえい ⓪ | 【自営】名・他サ 獨立經營，個體經營 ⇨ 自営業（じえいぎょう） |
| しえん ⓪ | 【支援】名・他サ 支援 ⇨ 支援団体（しえんだんたい）（支援團體） |
| しおれる ⓪ | 【萎れる】自下一（植物）枯萎；（因被罵等原因）消沉，洩氣，沮喪 |
| じが ① | 【自我】名 自我，自己；個性，自我主張 ⇔非我（ひが） ⇨ 自我意識（じがいしき） ⇨ 超自我（ちょうじが） |
| しがい ⓪ | 【死骸】名 屍體，死屍，遺骸 |
| しがい ① | 【市街】名 城市的街道 |
| しかえし ⓪ | 【仕返し】名・自サ 報復，報仇 |

**しかく** 0
【視覚】名 視覺

**じかく** 0
【自覚】名・自他サ 自我意識，覺悟；自己所感覺的
⇨ 自覚症状(じかくしょうじょう)（〔患者〕自己能感覺到的病狀）

**しかけ** 0
【仕掛（け）】名 做到中途；裝置，結構；規模；手法，訣竅；煙火　⇨ 仕掛(しか)け事(ごと)（〔做好的〕圈套）
⇨ 仕掛(しか)け小道具(こどうぐ)（有特殊裝置的小道具）
➡ 別(べつ)に種(たね)も仕掛(しか)けもない（既沒有弄虛，也沒有作假）

**しかける** 3
【仕掛ける】他下一 開始做；做到一半；主動作；挑釁；裝置　➡ 話(はなし)を仕掛(しか)ける（主動搭話）
➡ わなを仕掛(しか)ける（設陷阱）

**しかしながら** 4
接續 但是，然而

**じかに** 1
【直に】副 直接，親自；貼身　⇒ 直接(ちょくせつ)に

**しかりつける** 5
【叱り付ける】他下一 斥責，狠狠責備

**しがん** 1
【志願】名・他サ 志願　⇨ 志願者(しがんしゃ)

**じき** 0
【直】名・形動・副 直接；就在眼前，很近；立刻，馬上

**じき** 1
【磁器】名 瓷器

**じき** 1
【磁気】名 磁力，磁
⇨ 磁性(じせい)（磁性）　⇨ 磁石(じしゃく)（磁鐵）

**しきい** 0
【敷居】名 門檻　➡ 敷居(しきい)が高(たか)い（不好意思登門）
➡ 敷居(しきい)をまたぐ（跨過門檻；登門）

**しきさい** 0
【色彩】名 色彩，色調；傾向

**しきじょう** 0
【式場】名 舉行儀式的場所，會場，禮堂

**しきたり** 0
【仕来り】名 慣例，常規

**しきべつ** 0
【識別】名・他サ 識別，辨別

**じきゅう** 0
【自給】名・他サ 自給　⇨ 自給自足(じきゅうじそく)

**じぎょう** 1
【事業】名 事業，功業；企業

**しきりに** 0
【頻りに】副 頻繁地，屢次，再三；熱心地；強烈地

**しきる** 2
【仕切る】他五 隔開；結賬，清賬；（相撲）擺架式
➡ 仕切(しき)り（〔時間、空間〕隔開；決算）

| | |
|---|---|
| じく 2 0 | 【軸】名 軸心；卷軸，書畫；坐標軸；活動的中心；（植物）桿，莖　➡ じくとなる（以～為中心） |
| しぐさ 1 0 | 【仕草・仕種】名 行為，姿勢；（舞台演員的）動作，表情 |
| しくしく 2 1 | 副 抽泣狀；（肚子等不停地痛）隱隱作痛 |
| しくじる 3 | 他五 搞砸，失敗；被解雇 |
| しくはっく 3 | 【四苦八苦】名・自サ 千辛萬苦；（佛教）四苦八苦 |
| しぐれ 0 | 【時雨】名（秋冬之際）陣雨，驟雨<br>⇨ 時雨(しぐ)れる（秋冬之際下陣雨） |
| しけい 2 | 【死刑】名 死刑 |
| しける 2 0 | 【湿気る】自五 潮濕，發潮 |
| じげん 0 1 | 【次元】名（數學中用於表示空間範圍的）次元；（思考問題的）層次，級別，高低水準 |
| じげん 0 1 | 【時限】名 定時，時限；（課堂）節<br>⇨ 時限爆弾(じげんばくだん)（定時炸彈） |
| しご 1 | 【死後】名 死後；後事 |
| しこう 0 | 【志向】名・他サ 志向 |
| しこう 0 | 【指向】名・他サ 指向，面向，定向；志向，意向<br>⇨ 指向性(しこうせい)アンテナ（定向性天線） |
| しこう 0 | 【試行】名・他サ 試行，試辦　⇨ 試行期間(しこうきかん)（試辦期間） |
| しこう 0 | 【嗜好】名・他サ 嗜好，喜好　⇒ たしなみ |
| しこう 0 | 【施行】名・他サ 實施；生效 |
| じこう 1 | 【事項】名 事項　⇨ 協議事項(きょうぎじこう) |
| じこう 0 | 【時効】名 時效；（機器）老化；（化）熟化<br>➡ 時効(じこう)になる（〔權力〕因時效而喪失；失效） |
| じごく 0 3 | 【地獄】名 地獄　⇔ 極楽(ごくらく)　⇨ 地獄耳(じごくみみ)（過耳不忘）<br>➡ 地獄(じごく)で仏(ほとけ)（絕路逢生，枯木逢春）<br>➡ 地獄(じごく)の一丁目(いっちょうめ)（險些遇難） |
| しさ 1 | 【示唆】名・他サ 暗示，示意，啟發 |

| | |
|---|---|
| じさ [1] | 【時差】名 時差；錯開時間<br>⇨ 時差(じさ)ぼけ（時差導致的不舒服） |
| しざい [1] | 【資財】名 資產，財產 |
| じざい [0] | 【自在】名・形動 自由自在，自如　⇨ 自由自在(じゆうじざい) |
| しさつ [0] | 【視察】名・他サ 視察，考察 |
| しさん [0] [1] | 【資産】名 資產　⇨ 資産家(しさんか)（擁有許多資產的人） |
| しじ [1] | 【支持】名・他サ 支持　⇔ 反対(はんたい)<br>⇨ 支持者(しじしゃ)（支持者）　⇨ 支持率(しじりつ)（支持率） |
| ししつ [0] | 【資質】名（天生的）資質，素質 |
| ししゃ [1] [2] | 【死者】名 死者 |
| じしゅ [1] | 【自主】名 自主　⇨ 自主(じしゅ)トレーニング（自主鍛練） |
| じしゅ [0] [1] | 【自首】名・自サ 自首 |
| ししゅう [0] | 【刺繍】名・他サ 刺繡 |
| じしゅく [0] | 【自粛】名・自サ 自我約束，自慎 |
| ししゅんき [2] | 【思春期】名 青春期，懷春期 |
| ししょう [0] | 【支障】名 故障，障礙　⇨ さしつかえ |
| ししょう [0] | 【死傷】名・自サ 死傷，傷亡；傷亡者<br>⇨ 死傷者(ししょうしゃ)（死傷者） |
| しじょう [0] | 【市場】名 市場　⇨ 取引市場(とりひきしじょう)（交易市場） |
| じしょう [0] | 【事象】名 事態，現象　⇨ 社会的事象(しゃかいてきじしょう)（社會現象） |
| しすう [2] | 【指数】名 指數 |
| しずく [3] | 【滴・雫】名 水滴 |
| しずまりかえる [5] | 【静まり返る】自五 鴉雀無聲，萬籟俱寂 |
| しずまる [0] [3] | 【鎮まる】自五 氣勢變弱；（疼痛等）有所緩和，平息 |
| しずめる [0] [3] | 【鎮める】他下一（疼痛等）鎮，止住；使～鎮定，使平息 |
| じせい [0] | 【自制】名・自他サ 自我克制　⇨ 自制心(じせいしん) |

あ か さ た な は ま やゆよ ら わ

| | |
|---|---|
| じせい 0 | 【自省】名・自サ 自省　⇨ 自省心（じせいしん） |
| しせん 0 | 【視線】名 視線 |
| しそく 1 2 | 【子息】名（敬語）令郎；兒子 |
| じぞく 0 | 【持続】名・自他サ 持續，延續，保持 |
| じそんしん 2 | 【自尊心】名 自尊心 |
| しだい 0 | 【次第】名・接尾 順序；理由，情況；順其自然；根據～情況而定；立即，一～就～<br>⇨ 次第（しだい）に（逐漸地，漸漸地） |
| じたい 0 1 | 【自体】名・副 自身；原來，（從根本上）說起來 |
| じたい 1 | 【辞退】名・他サ 辭退；謝絕 |
| したう 0 2 | 【慕う】他五 愛慕；懷念；敬慕；（想見到而）追隨 |
| したうけ 0 | 【下請け】名・他サ（工程等）承包，轉包 |
| したごころ 3 | 【下心】名 內心；企圖，壞心腸 |
| したじ 0 | 【下地】名 底子，基礎；素質，資質；醬油；底色 |
| したじき 0 | 【下敷き】名 墊子；墊在底下；（創作等的）基礎，藍本；（寫字的）墊板 |
| したしらべ 3 0 | 【下調べ】名・他サ 預先調查；預習 |
| したたか 0 2 | 【強か】形動・副（形動）不易對付，不易擊敗；（副）厲害；大大地，非常 |
| したて 3 0 | 【下手】名 下方，下風處；（棋）棋藝較低的一方<br>➡ 下手（したて）に付（つ）く（拜下風；居於人下）<br>➡ 下手（したて）に出（で）る（採取謙遜的態度） |
| したてる 3 | 【仕立てる】他下一 做衣服；預備好；培養；把～當成 |
| したどり 0 | 【下取り】名・他サ 以舊換新，用舊物折價貼錢換取新物 |
| したび 0 | 【下火】名 火勢漸微；（流行、勢力等）衰退，不流行 |
| したまわる 4 3 | 【下回る】自五 在～以下，低於～，減少 |
| したみ 0 | 【下見】名・他サ 預先查看，預先檢查；預先瀏覽 |
| しち 0 | 【質】名 典當　⇨ 質屋（しちや）（當鋪）　➡ 質（しち）に入（い）れる（典當） |

| | |
|---|---|
| じつ 2 | 【実】名 實體，實際；誠意；真實；成果，成績<br>⇨ 実名(じつめい)（真名）<br>➡ 実(じつ)を言(い)うと～（說實話，說真的）<br>➡ 実(じつ)を尽(つ)くす（竭盡誠意） |
| じつえき 0 | 【実益】名 實際利益，現實利益 |
| じつえん 0 | 【実演】名・他サ 實際演出；當場表演 |
| じっか 0 | 【実家】名 娘家；出生的家 |
| しっかく 0 | 【失格】名・自サ 喪失資格；不配，不稱職 |
| しつぎ 1 2 | 【質疑】名・自サ 質疑，提出疑問 |
| しっきゃく 0 | 【失脚】名・自サ 下臺，垮臺，沒落 |
| じっきょう 0 | 【実況】名 實況　⇨ 実況録音(じっきょうろくおん)（實況錄音） |
| じつぎょうか 0 | 【実業家】名 實業家 |
| じっくり 3 | 副 仔細地，不慌不忙 |
| しつけ 0 | 【躾】名 教養，管教，訓練<br>⇨ 躾(しつ)ける（教養，管教，訓練） |
| しっけい 3 | 【失敬】名・形動・自サ 失禮，沒禮貌；分手，告別；強行拿走 |
| しつける 3 | 【仕付ける】他下一 習慣，慣用；插秧，種植；粗縫，假縫　⇨ 仕付(しつ)け（粗縫，假縫；插秧，種植） |
| しっこう 0 | 【失効】名・自サ（法律、權力等）失去效力 |
| しっこう 0 | 【執行】名・他サ 執行 |
| じつざい 0 | 【実在】名・自サ 實際存在　⇨ 実在論(じつざいろん)（〔哲〕實在論） |
| じっしつ 0 | 【実質】名 實質，本質 |
| じつじょう 0 | 【実情・実状】名 實際情況，實情；真情 |
| じっせいかつ 3 | 【実生活】名 實際生活 |
| じっせん 0 | 【実践】名・他サ 實踐 |
| しっそ 1 | 【質素】名・形動 樸素，簡樸，簡陋 |
| しっちょう 0 | 【失調】名 失調，不平衡；出毛病 |

| | |
|---|---|
| しっと 0 1 | 【嫉妬】名・他サ 嫉妒　⇨嫉妬心（しっとしん） |
| じつどう 0 | 【実働】名・自サ 實際勞動 |
| しっとり 3 | 副・自サ 濕潤；安詳，安靜 |
| じっぴ 0 | 【実費】名（不含手續費等的）實際費用，成本 |
| しっぺい 0 | 【疾病】名 疾病 |
| しつよう 0 | 【執拗】名・形動 固執，執拗 |
| じつり 1 | 【実利】名 實際利益；實效 |
| しつりょう 2 | 【質量】名（物理）質量 |
| してき 0 | 【指摘】名・他サ 指出，指摘 |
| してき 0 | 【私的】形動 個人的，私人的　⇔公的（こうてき） |
| してん 0 | 【視点】名 觀點；視線所至；（繪畫遠近法中的）視點 |
| じてん 0 | 【事典】名 百科全書 |
| じてん 1 0 | 【時点】名 時間經過的某一點 |
| じてん 0 | 【自転】名・自サ 自轉；自行轉動 |
| しとやか 2 | 【淑やか】形動 嫻淑，安詳，端莊 |
| しなびる 0 3 | 【萎びる】自上一 枯萎 |
| しなやか 2 | 形動 柔軟；顫顫巍巍，有彈性；優美，柔和，溫柔 |
| しなん 1 0 | 【至難】名・形動 最難，極難 |
| しにょう 0 | 【屎尿】名 屎尿，大小便 |
| じにん 0 | 【辞任】名・他サ 辭職 |
| じぬし 0 | 【地主】名 地主 |
| しのぐ 2 | 【凌ぐ】他五 忍耐，忍受；凌駕，勝過；躲避；克服困難 |
| しのぶ 0 2 | 【忍ぶ】自他五 隱藏，躲避；偷偷地（做）；忍耐，忍受<br>➡人目（ひとめ）を忍（しの）ぶ（避人耳目） |
| しのぶ 0 2 | 【偲ぶ】他五 回憶，追憶，想念；欣賞 |
| しば 0 | 【芝】名（鋪草坪用的）多年生短草，結縷草<br>➡隣（となり）の芝（しば）は青（あお）い（〔喻〕總是羨慕別人比較好） |

| | |
|---|---|
| じはく 0 | 【自白】名・他サ 自白，坦白說出 |
| しどろもどろ 4 0 | 形動 語無倫次，雜亂無章 |
| しはつ 0 | 【始発】名 最先出發；頭班（車） ⇔ 終発（しゅうはつ）<br>⇨ 始発駅（しはつえき）（起點站） ⇨ 始発電車（しはつでんしゃ）（頭班電車） |
| じはつ 0 | 【自発】名 自發，自願，主動 ⇨ 自発的（じはつてき） |
| しばりつける 5 | 【縛り付ける】他下一 綁到～上，捆結實，綁住 |
| しはん 0 | 【市販】名・他サ 在市面（市場、商店等）出售 |
| じびか 0 | 【耳鼻科】名 耳鼻科 |
| じひょう 0 | 【時評】名 時事評論；當時的評論 |
| しぶい 2 | 【渋い】形 古樸的，素雅的；苦澀；不高興的，陰沉的；小氣的 |
| しぶつ 0 | 【私物】名 個人私有物 |
| しぶとい 3 | 形 頑固，倔強；有耐性，頑強 |
| じぶん 1 0 | 【時分】名 時期，時候；時機，機會<br>⇨ 時分（じぶん）をうかがう（伺機） |
| しほう 0 1 | 【司法】名 司法 ⇨ 司法裁判（しほうさいばん）（司法審判） |
| しぼう 0 | 【志望】名・他サ 願望，志願 |
| しぼう 0 | 【脂肪】名 脂肪 |
| しぼむ 0 | 【萎む・凋む】自五（花）凋謝；洩氣，萎縮，（氣勢）衰弱 |
| しまつ 1 | 【始末】名・他サ（事情的）始末；（壞結果）情況，地步；處理；節約<br>⇨ 始末書（しまつしょ）（檢討書） ⇨ 始末屋（しまつや）（節儉的人）<br>➡ 後始末（あとしまつ）をする（善後） |
| しみこむ 3 | 【染み込む】自五 滲透，滲入；刻骨銘心；（想法、習慣）根深蒂固 |
| しみじみ 3 | 副 深切，痛切；親密地，懇切地，感慨地；仔細地，認真地 |
| じみち 0 | 【地道】名・形動 勤勤懇懇，踏踏實實 |

| | |
|---|---|
| しみる [0] | 【染みる・沁みる・浸みる・滲みる】自上一 染上，沾染；滲，浸；（刺激身體）刺痛；（好意）銘刻 |
| しむける [3] | 【仕向ける】他下一（設法）促使，故意安排，唆使；對應，處理 |
| しめい [1] | 【使命】名 使命；天職　⇨ 使命感（使命感） |
| じめい [0] | 【自明】名・形動 不言自明，當然 |
| しめくくる [4] | 【締め括る】他五 繫緊，扎緊；管束，管理；總結 |
| じめじめ [1] | 副・自サ 濕潤；憂鬱 |
| しめつ [0] | 【死滅】名・自サ 絕種，死絕 |
| じめつ [0] | 【自滅】名・自サ 自取滅亡；自然消滅 |
| しめやか [2] | 形動 肅靜；寂靜；肅穆；（心情）冷清，陰鬱 |
| しめる [0] | 【湿る】自五 濕；氣氛陰鬱<br>⇨ 湿り（濕氣，潮濕；雨水）<br>⇨ 湿り気（濕氣；水分）　⇨ 湿り声（嗚咽聲） |
| しめる [2] | 【締める】他下一 勒緊，繫緊；結算；縮減，節約；鼓掌 |
| じめん [1] | 【地面】名 地面，地上；土地，地皮 |
| しもん [0] | 【指紋】名 指紋 |
| じもん [0] | 【自問】名・自他サ 自問　⇨ 自問自答 |
| しや [1] | 【視野】名 視野；眼界，眼光 |
| じゃく [1] | 【弱】名・接尾 弱；不足，將近 |
| じゃくしゃ [1] | 【弱者】名 弱者 |
| しゃくぜん [0] | 【釈然】形動 釋然，釋懷<br>➡ 釈然としない（無法釋懷） |
| しゃくほう [0] | 【釈放】名・他サ 釋放，恢復人身自由 |
| しゃくめい [0] | 【釈明】名・他サ 闡明，說明，解釋，辯明 |
| じゃけん [1] | 【邪険】名・形動 無情，狠毒，沒有憐憫之心 |
| しゃこう [0] | 【社交】名 社交，交際　⇨ 社交的（善於社交的） |

| | | |
|---|---|---|
| しゃざい | 0 | 【謝罪】名・他サ 謝罪，道歉 |
| しゃぜつ | 0 | 【謝絶】名・他サ 謝絕，拒絕 |
| しゃたく | 0 | 【社宅】名 公司的職工宿舍 |
| しゃだん | 0 | 【遮断】名・他サ 隔絕，阻絕，阻斷，隔離<br>⇨ 遮断器(しゃだんき)（〔電〕斷路開關）<br>⇨ 遮断機(しゃだんき)（〔鐵路〕截路機） |
| じゃっかん | 0 | 【若干】名・副 若干，多少 |
| しゃみせん | 0 | 【三味線】名 三弦琴 |
| しゃめん | 1 0 | 【斜面】名 斜面；斜坡 |
| じゃり | 0 | 【砂利】名 砂石，碎石子；（俗）小孩兒，小兔崽子 |
| しゃりょう | 0 | 【車両・車輛】名 車輛；客車 |
| しゆう | 0 | 【私有】名・他サ 私有 |
| じゅうあつ | 0 | 【重圧】名 重壓，沉重的壓力；壓迫 |
| しゅうえき | 0 1 | 【収益】名 收益 |
| しゅうがく | 0 | 【修学】名・自サ 學習，修業<br>⇨ 修学年限(しゅうがくねんげん)（修業年限） |
| しゅうき | 1 | 【周期】名 周期　⇨ 周期運動(しゅうきうんどう) |
| しゅうぎいん | 3 | 【衆議院】名 眾議院 |
| じゅうぎょう | 0 | 【従業】名 工作，幹活　⇨ 従業員(じゅうぎょういん)（工作人員） |
| しゅうけい | 0 | 【集計】名・他サ 統計 |
| しゅうげき | 0 | 【襲撃】名・他サ 襲擊 |
| しゅうさい | 0 | 【秀才】名 優秀人才 |
| しゅうし | 1 | 【修士】名 碩士；修道士　⇒マスター |
| しゅうし | 1 | 【収支】名 收支 |
| しゅうし | 1 | 【終始】副・自サ 始終；一直　⇨ 終始一貫(しゅうしいっかん) |
| じゅうじ | 1 | 【従事】名・自サ 從事 |
| しゅうじつ | 0 | 【終日】副 終日，整天 |

| | |
|---|---|
| じゅうじつ 0 | 【充実】名・自サ 充實　⇨気力充実（精力充沛） |
| しゅうしふ 3 | 【終止符】名 終止符　⇒ピリオド<br>➡終止符を打つ（結束） |
| しゅうしゅう 0 | 【収拾】名・他サ 收拾，整頓 |
| しゅうしゅう 0 | 【収集】名・他サ 蒐集，收集；收藏，收藏品 |
| じゅうしょう 0 | 【重症】名 重症，重病　⇔軽症 |
| じゅうしょう 0 | 【重傷】名 重傷　⇔軽傷 |
| しゅうしゅく 0 | 【収縮】名・自他サ 收縮　⇔膨張 |
| しゅうしょく 0 | 【修飾】名・他サ 修飾；修辭 |
| じゅうじろ 3 | 【十字路】名 十字路口；歧路 |
| じゅうしん 0 | 【重心】名 重心 |
| しゅうせき 0 | 【集積】名・自他サ 集積，集聚<br>⇨集積回路（集成電路） |
| しゅうせん 0 | 【終戦】名 戰爭結束 |
| じゅうそう 0 | 【重層】名 多層，複層 |
| しゅうそく 0 | 【収束】名・自他サ 結束；（數）收斂；收集成束 |
| じゅうそく 0 | 【充足】名・他サ 充足，滿足；補充 |
| しゅうち 1 | 【周知】名・他サ 周知 |
| しゅうちゃく 0 | 【執着】名・自サ 執著，留戀　＝しゅうじゃく |
| しゅうと 0 | 【舅】名（丈夫或妻子的父親）公公，岳父<br>⇨姑（〔丈夫或妻子的母親〕婆婆，岳母） |
| しゅうとく 0 | 【拾得】名・他サ 拾得，撿到<br>⇨拾得物（撿到的失物） |
| しゅうとく 0 | 【習得】名・他サ 學到知識，掌握技術 |
| じゅうなん 0 | 【柔軟】形動 柔軟；有靈活性<br>⇨柔軟性（靈活性）<br>⇨柔軟体操（柔軟體操，自由體操） |
| じゅうにん 0 | 【住人】名 居民 |

| | |
|---|---|
| しゅうねん 1 | 【執念】名 執著的念頭，執著<br>⇨ 執念深い（しゅうねんぶか）（執著深）<br>➡ 執念に取り付かれる（しゅうねん と つ）（耿耿於懷，念念不忘） |
| しゅうのう 0 | 【収納】名・他サ 收納；收割；徵收 |
| しゅうふく 0 | 【修復】名・他サ 修復 |
| じゅうふく 0 | 【重複】名・自サ 重複　＝ちょうふく |
| じゅうまん 0 | 【充満】名・自サ 充滿 |
| しゅうよう 0 | 【収容】名・他サ 收容，容納；(法)拘留，監禁 |
| じゅうらい 1 | 【従来】名 素來，一向 |
| しゅうりょう 0 | 【修了】名・他サ 學習完(規定課程) |
| しゅえい 0 | 【守衛】名 門衛，守衛 |
| じゅえき 0 | 【受益】名 受益　⇨ 受益者（じゅえきしゃ） |
| しゅえん 0 | 【主演】名・自サ 主演，主角 |
| しゅかん 0 | 【主観】名 主觀　⇨ 主観的（しゅかんてき） |
| じゅく 1 | 【塾】名 補習班，私塾 |
| しゅくが 1 0 2 | 【祝賀】名・他サ 慶祝，祝賀 |
| じゅくす 2 | 【熟す】自五(果實、時機等)成熟；熟練；(語詞等)普遍使用，廣為使用 |
| しゅくでん 0 | 【祝電】名 賀電　⇨ 弔電（ちょうでん）(弔問電報) |
| しゅくめい 0 | 【宿命】名 宿命 |
| じゅくりょ 1 | 【熟慮】名・他サ 熟慮，深思 |
| じゅくれん 0 | 【熟練】名・自サ 熟練 |
| しゅげい 1 0 | 【手芸】名 手工藝　⇨ 手芸品（しゅげいひん） |
| しゅけん 0 | 【主権】名 主權 |
| しゅし 1 | 【趣旨】名 宗旨 |
| しゅし 1 | 【種子】名 種子 |
| しゅじゅ 1 | 【種種】名・形動 種種，各種各樣<br>⇨ 種種雑多（しゅじゅざった）(多種多樣)　⇨ 種種様様（しゅじゅさまざま）(各種各樣) |

| | |
|---|---|
| じゅしょう 0 | 【受賞】名・他サ 獲獎，得獎 ⇨受賞者（じゅしょうしゃ） |
| しゅしょく 0 | 【主食】名 主食 ⇔副食（ふくしょく） |
| じゅしん 0 | 【受診】名・自サ 接受診療 |
| じゅしん 0 | 【受信】名・他サ（郵件）收信，收報；接收（信號）<br>⇔送信（そうしん）（發送，發信號） ⇔発信（はっしん）（發信件） |
| しゅじんこう 2 | 【主人公】名（男、女）主角 |
| しゅすい 0 | 【取水】名・他サ 取水 ⇨取水施設（しゅすいしせつ） |
| しゅたい 0 | 【主体】名 主體，主要部分；核心 ⇔客体（きゃくたい）<br>⇨主体性（しゅたいせい）（主體性，自主性） |
| しゅだい 0 | 【主題】名 主題，主要內容；（音）主旋律 |
| しゅたる 1 2 | 【主たる】連體 主要的 |
| じゅつ 2 1 | 【術】名 技術，技藝；手段；謀略，策略；魔術，法術 |
| しゅつえん 0 | 【出演】名・自サ 演出，出場，登台 ⇨出演者（しゅつえんしゃ） |
| しゅっか 0 | 【出荷】名・他サ 出貨，上市 ⇔入荷（にゅうか） |
| しゅつがん 0 | 【出願】名・他サ 申請 ⇨出願書（しゅつがんしょ）（申請書） |
| しゅっきん 0 | 【出勤】名・自サ 出勤，上班 ⇔欠勤（けっきん） |
| しゅっけつ 0 | 【出血】名・自サ 出血；犧牲血本，虧本 |
| しゅつげん 0 | 【出現】名・自サ 出現 |
| じゅつご 0 | 【術語】名 術語，專門詞彙 |
| しゅっさん 0 | 【出産】名・自他サ 出生，生孩子 |
| しゅっしゃ 0 | 【出社】名・自サ（到公司）上班 |
| しゅっしょう 0 | 【出生】名・自サ 出生，誕生 ＝しゅっせい<br>⇨出生年月日（しゅっしょうねんがっぴ） ⇨出生届（しゅっしょうとどけ）（出生申報表格書） |
| しゅっせ 0 | 【出世】名・自サ 有出息，成功，發跡；出生；出家<br>⇨立身出世（りっしんしゅっせ）（發跡，飛黃騰達） |
| しゅつだい 0 | 【出題】名・自サ（考試、作詩的）出題 |
| しゅつどう 0 | 【出動】名・自サ 出動 |
| しゅっぴ 0 | 【出費】名・自サ 費用，開支；支出 |

| | |
|---|---|
| しゅっぴん [0] | 【出品】名・自サ 展出作品，展出產品 |
| しゅつりょく [2] | 【出力】名・自サ（發電機等）輸出功率；（電算）輸出 |
| しゅどう [0] | 【主導】名 主導　⇨ 主導権（しゅどうけん）（主導權） |
| じゅどうてき [0] | 【受動的】形動 被動的 |
| しゅとく [0] | 【取得】名・他サ 取得 |
| しゅとして [1] [2] | 【主として】副 主要 |
| しゅのう [0] | 【首脳】名 首腦　⇨ 主要国首脳会議（しゅようこくしゅのうかいぎ）（G8 高峰會） |
| しゅほう [0] | 【手法】名 手法，技巧 |
| じゅめい [0] | 【受命】名・自サ 接受命令；（古）受天命當天子 |
| じゅもく [1] | 【樹木】名 樹木　⇨ 樹齢（じゅれい） |
| じゅりつ [0] | 【樹立】名・自他サ 樹立；建立，確立 |
| しゅりゅう [0] | 【主流】名（江河的）幹流；（思潮等的）主流 |
| じゅんい [1] | 【順位】名 順序，席次，等級 |
| じゅんえき [0] [1] | 【純益】名 淨利，純利 |
| じゅんかい [0] | 【巡回】名・自サ 巡迴；巡視<br>⇨ 巡回図書館（じゅんかいとしょかん）（流動圖書館） |
| じゅんきゅう [0] | 【準急】名 平快車 |
| しゅんじ [1] | 【瞬時】名 瞬時，瞬息，轉瞬間 |
| じゅんじ [1] | 【順次】副 依次，按順序 |
| しゅんじゅう [0] [1] | 【春秋】名 春和秋；年月，歲月；年齡；將來；（五經之一的）《春秋》 |
| じゅんずる [0] | 【準ずる】自上一 按照；以～為標準　＝ 準（じゅん）じる |
| しゅんと [0] | 副 默不作聲；沮喪 |
| しゅんぱつ [0] | 【瞬発】名 一下子發出，爆發 |
| じゅんろ [1] | 【順路】名（依順序前進的）路線 |
| しょ [0] [1] | 【書】名 書籍；書法；書信；書寫；字跡 |
| しょう [1] | 【証】名 證明，證據；證件，證明書 |

| | |
|---|---|
| しょう ⓪ | 【使用】名・他サ 使用 |
| しよう ⓪ | 【仕様】名 方法，做法；規格<br>⇨ 仕様書（説明書；規格明細單）<br>➡ 仕様がない（沒辦法） |
| しよう ⓪ | 【私用】名・他サ 私事；私人使用 |
| じょう ⓪ | 【情】名 感情；同情；情感，情意；情欲；情況；實情；心情；情理，常情 |
| じょう ① | 【条】名・接尾 項，條款；條，縷 |
| じょう ① | 【嬢】名・接尾 姑娘；（敬語）小姐，女士 |
| じょうい ① | 【上位】名 上位，上座<br>⇨ 上位打者（排在前面的打擊者） |
| しょういん ⓪ | 【勝因】名 勝利的原因 |
| じょうえん ⓪ | 【上演】名・他サ 上演，演出 |
| じょうか ①⓪ | 【浄化】名・他サ 淨化　⇨ 浄化設備 |
| じょうか ①⓪ | 【城下】名 城下；（以諸侯的城堡為中心發展起來的）城邑　⇨ 城下町（城外城） |
| しょうかい ⓪ | 【照会】名・他サ 詢問，質詢 |
| しょうがい ① | 【生涯】名 生涯；一生 |
| しょうがい ⓪ | 【傷害】名・他サ 傷害　⇨ 傷害致死 |
| しょうきょ ①⓪ | 【消去】名・自他サ 消去，塗掉 |
| じょうきょう ⓪ | 【上京】名・自サ 進京，去首都；到東京去 |
| じょうくう ⓪ | 【上空】名 高空；天空 |
| じょうけい ⓪ | 【情景】名 情景 |
| しょうげき ⓪ | 【衝撃】名・他サ 衝擊，撞擊；刺激，打擊；衝擊力<br>⇒ショック（衝擊，打擊）　⇨ 衝撃的 |
| しょうげん ⓪③ | 【証言】名・他サ 作證，證詞 |
| しょうこ ⓪ | 【証拠】名 證據 |
| しょうごう ⓪ | 【照合】名・他サ 對照，核對 |

| | |
|---|---|
| しょうさい 0 | 【詳細】名・形動 詳情；詳細的 |
| しょうさん 0 | 【称賛・称讃】名・他サ 稱讚，讚揚<br>➡ 称賛(しょうさん)を博(はく)する（博得稱讚） |
| じょうしき 0 | 【常識】名 常識　⇨ 非常識(ひじょうしき)（沒常識，不合乎常理） |
| しょうしゃ 1 | 【勝者】名 勝者　⇔敗者(はいしゃ) |
| じょうじゅ 1 | 【成就】名・自他サ 成就，成功，完成，實現 |
| しょうしょ 0 | 【証書】名 證明（書），證書<br>⇨ 卒業証書(そつぎょうしょうしょ)（畢業證書）　⇨ 借用証書(しゃくようしょうしょ)（借據） |
| しょうすう 3 | 【少数】名 少數　⇔多数(たすう) |
| しょうする 3 | 【称する】他サ 稱為；自稱；假稱；稱頌 |
| しょうずる 0 3 | 【生ずる】自上一 生長；發生；產生；造成<br>＝生(しょう)じる |
| じょうずる 0 3 | 【乗じる】自他上一 乘機，乘勢；算乘法　＝乗(じょう)じる |
| じょうせい 0 | 【情勢・状勢】名 狀況，事態，形勢 |
| じょうそう 0 | 【上層】名 上層，上流　⇔下層(かそう) |
| しょうぞう 0 | 【肖像】名 肖像，畫像；彫像 |
| じょうそう 0 | 【情操】名 情操 |
| しょうそく 0 | 【消息】名 消息，信息；動靜，情況 |
| しょうたい 1 | 【正体】名 原形，真面目；清醒的意識 |
| しょうだく 0 | 【承諾】名・他サ 應允，同意，承諾 |
| しょうだん 0 | 【商談】名（商貿）洽談 |
| じょうちょ 1 | 【情緒】名 風趣，情趣；感緒　＝じょうしょ<br>⇨ 情緒不安定(じょうちょふあんてい) |
| しょうちょう 0 | 【象徴】名・他サ 象徵 |
| しょうとう 0 | 【消灯】名・自サ 熄燈　⇔点灯(てんとう) |
| しょうどう 0 | 【衝動】名 衝動　⇨ 衝動的(しょうどうてき) |
| しょうにか 0 | 【小児科】名 小兒科 |
| しょうにん 1 | 【商人】名 商人 |

| | |
|---|---|
| しょうにん [0] | 【証人】名 證人 |
| じょうねつ [0] | 【情熱】名 熱情，激情 |
| しょうふだ [0] | 【正札】名 商品標簽<br>⇨ 正札付き(しょうふだつ)（有明確標著價格的商品；惡名昭彰） |
| しょうび [1] | 【焦眉】名 燃眉，緊迫的<br>➡ 焦眉(しょうび)の急(きゅう)（燃眉之急） |
| しょうへき [0] | 【障壁】名 間隔牆壁，間隔屏風；障礙，隔閡 |
| じょうほ [1] | 【譲歩】名・自サ 讓步 |
| しょうみ [1] | 【正味】名 實質內容，淨剩部分；淨重；實際數量；實際價格 |
| じょうやく [0] | 【条約】名 條約 |
| しょうよう [0] | 【小用】名 小事；小便 |
| じょうよう [0] | 【常用】名・他サ 常用，經常使用 |
| しょうり [1] | 【勝利】名・自サ 勝利　⇔敗北(はいぼく) |
| じょうりく [0] | 【上陸】名・自サ 登陸，上岸 |
| じょうりゅう [0] | 【蒸留・蒸溜・蒸餾】名・他サ 蒸餾 |
| じょうりゅう [0] | 【上流】名 河流的上游；社會的上層　⇔中流(ちゅうりゅう) |
| しょうりょう [3][0] | 【少量】名 少量　⇔多量(たりょう)　⇔大量(たいりょう) |
| しょうれい [0] | 【奨励】名・他サ 獎勵 |
| じょうれい [0] | 【条例】名 條例 |
| しょか [1] | 【初夏】名 初夏 |
| しょき [1] | 【初期】名 初期，早期　⇨初期化(しょきか)（〔電〕格式化） |
| じょがい [0] | 【除外】名・他サ 除外，不在此限 |
| しょくしゅ [1][0] | 【職種】名 職業的種類，工作的種類 |
| しょくにん [0] | 【職人】名 手藝人<br>⇨ 職人気質(しょくにんかたぎ)（手藝人的特性） |
| しょくはつ [0] | 【触発】名・自他サ 觸發；刺激，激發 |
| しょくみんち [3] | 【植民地】名 殖民地 |

| | |
|---|---|
| しょくむ 1 | 【職務】名 職務 |
| しょくれき 0 | 【職歴】名 工作經歷，履歴 |
| しょくん 1 | 【諸君】名 諸君；各位 |
| しょけい 0 | 【処刑】名・他サ 處以死刑，處死 |
| じょこう 0 | 【徐行】名・自サ 徐行，慢行　⇨ 徐行区間(じょこうくかん)（減速區間） |
| しょざい 0 | 【所在】名 所在地；下落；各處，各地；工作，做事　⇨ 所在地(しょざいち)　➡ 所在(しょざい)ない（無事可做，無聊） |
| しょさん 0 | 【所産】名（製作出、出產的）產物，成果 |
| じょし 0 | 【助詞】名 助詞 |
| しょじょ 1 | 【処女】名 處女　⇨ 処女作(しょじょさく) |
| しょせん 0 | 【所詮】副 終究，最終；總之，反正 |
| しょぞく 0 | 【所属】名・自サ 屬於；附屬 |
| じょちょう 0 | 【助長】名・他サ 助長；促進 |
| しょっちゅう 1 | 副 經常，總是 |
| しょてい 0 | 【所定】名 指定，規定　⇨ 所定用紙(しょていようし)（指定用紙） |
| じょどうし 2 | 【助動詞】名 助動詞 |
| しょばつ 1 0 | 【処罰】名・他サ 處罰 |
| しょはん 0 | 【初版】名 初版　⇔ 重版(じゅうはん)（再版）　⇔ 絶版(ぜっぱん) |
| しょひょう 0 | 【書評】名 書評 |
| しょみん 1 | 【庶民】名 庶民，平民，老百姓 |
| しょむ 1 | 【庶務】名 庶務，總務；雜務　⇨ 庶務課(しょむか) |
| しょゆう 0 | 【所有】名・他サ 所有 |
| しょんぼり 3 | 副 無精打采狀 |
| しらしら 3 1 | 【白々】副（天亮）東方發白地；白得發亮地 |
| しらじらしい 5 | 【白々しい】形 佯裝不知，裝傻；明顯的；掃興的；發白 |
| しらずしらず 4 0 | 【知らず知らず】名・副 不知不覺，不由得，無形中 |

| | |
|---|---|
| じりき 0 | 【地力】名 原本實力 |
| じりじり 1 | 副・自サ（鈴聲、油炸等的）吱吱聲；一步一步地逼近；（太陽光）灼熱；坐立不安 |
| しりぞく 3 | 【退く】自五 後退；回避，退下；引退，辭職；讓步 |
| じりつ 0 | 【自立】名・自サ 自立，獨立 |
| しりめ 0 3 | 【尻目】名 斜視，蔑視<br>➡ 人(ひと)を尻目(しりめ)に見(み)る（斜眼看人；蔑視人）<br>➡ 尻目(しりめ)にかける（斜眼看；蔑視；輕蔑） |
| しりょう 1 | 【飼料】名 飼料　⇨ 飼料用穀物(しりょうようこくもつ) |
| しりょく 1 | 【視力】名 視力 |
| しるす 0 2 | 【記す】他五 寫下；記述；做記號，標記；記住 |
| しれい 0 | 【指令】名・他サ 指令，指示 |
| しろうと 1 2 | 【素人】名 外行（人）；業餘劇團　⇔玄人(くろうと)（內行） |
| しろもの 0 | 【代物】名（有價值的）東西；（人）傢伙<br>➡世界(せかい)に二(ふた)つとない代物(しろもの)（獨一無二的東西） |
| じろりと 2 3 | 副 銳利地毫無顧忌地盯著看的樣子 |
| しわざ 0 | 【仕業】名 搗鬼，搞鬼，幹～勾當 |
| じん 1 | 【陣】名 陣勢；陣地；戰鬥，戰役 |
| しんあい 0 | 【親愛】名・形動（以「親愛なる」形式）親愛 |
| しんい 1 | 【真意】名 真心，本意；真正的意思（意義） |
| じんいん 0 | 【人員】名 人員，人數 |
| しんか 1 | 【深化】名・自他サ 深化，加深 |
| しんか 1 | 【進化】名・自サ 進化　⇔退化(たいか)　⇨ 進化論(しんかろん) |
| しんがい 0 | 【侵害】名・他サ 侵害 |
| じんかく 0 | 【人格】名 人格；（法）個人，公民資格 |
| しんがた 0 | 【新型・新形】名 新型，新式 |
| しんぎ 1 | 【審議】名・他サ 審議　⇨ 審議会(しんぎかい)（審議會） |
| しんぎ 1 | 【真偽】名 真偽　⇨ 真偽不明(しんぎふめい) |

| | |
|---|---|
| じんぎ 1 | 【神器】名（象徵皇位的）三種神器 |
| しんきん 0 | 【親近】名・自サ 親近；親信　⇨ 親近感（しんきんかん） |
| しんぐ 1 | 【寝具】名 就寢用品 |
| じんけん 0 | 【人権】名 人權 |
| しんこう 0 | 【振興】名・自他サ 振興　⇨ 科学技術振興会（かがくぎじゅつしんこうかい） |
| しんこう 0 | 【新興】名 新興　⇨ 新興国（しんこうこく）　⇨ 新興都市（しんこうとし） |
| じんこう 0 | 【人工】名 人造　⇨ 人工衛星（じんこうえいせい） |
| しんこく 0 | 【申告】名・他サ 申報 |
| しんこん 0 | 【新婚】名 新婚　⇨ 新婚旅行（しんこんりょこう） |
| しんさ 1 | 【審査】名・他サ 審査 |
| しんじつ 1 | 【真実】名・形動 真實；真的，的確；（佛）真如 |
| しんじゃ 1 | 【信者】名 信徒；愛好者 |
| しんじゅ 0 | 【真珠】名 珍珠 |
| しんじゅう 0 | 【心中】名・自サ 一起自盡，殉情<br>⇨ 無理心中（むりしんじゅう）（強迫別人一起自盡） |
| しんじょう 0 | 【心情】名 心情 |
| しんじん 0 | 【新人】名 新手，新人　⇔ 旧人（きゅうじん） |
| じんしん 0 | 【人心】名 人心；民心 |
| しんせい 0 | 【神聖】名・形動 神聖 |
| しんせい 0 | 【申請】名・他サ 申請 |
| しんぜん 0 | 【親善】名 親善，搞好關係，友誼，友好 |
| しんそう 0 | 【真相】名 真相，真實，事實 |
| じんそく 0 | 【迅速】名・形動 迅速 |
| しんそつ 0 | 【新卒】名 應屆畢業（生） |
| じんたい 1 | 【人体】名 人體 |
| じんだい 0 | 【甚大】形動 甚大的，極大的 |
| じんち 1 | 【人知・人智】名（人的）智慧 |

| | |
|---|---|
| しんちく 0 | 【新築】名・他サ 新建；新建的房屋；重蓋（老房子） |
| しんちゅう 1 | 【心中】名 心中，內心 |
| しんちょう 0 | 【伸長】名・自他サ 伸長，延長 |
| しんてい 0 | 【進呈】名・他サ（謙讓語）贈送，奉送 |
| しんてん 0 | 【進展】名・自サ 進步，發展 |
| しんでん 0 | 【神殿】名 神殿 |
| しんと 0 | 副・自サ 寂靜無聲，安靜下來　＝しいんと |
| しんど 1 | 【進度】名 進度 |
| しんどう 0 | 【振動】名・自サ 振動，搖晃；（物）擺動；（數）振動 |
| しんどう 0 | 【震動】名・自サ 震動，晃動 |
| じんどう 1 0 | 【人道】名 人道；人行道　⇨ 人道的（じんどうてき）（合乎人道的） |
| しんなり 3 | 副・自サ（草木）萎軟下垂貌；柔軟；精神委靡不振 |
| しんに 1 | 【真に】副 真正地 |
| しんにん 0 | 【信任】名・他サ 信任 |
| しんねん 1 | 【信念】名 信念，信心 |
| しんぴ 1 | 【神秘】名・形動 神秘 |
| しんぴん 0 | 【新品】名 新貨，新的 |
| しんぷ 1 | 【神父】名（天主教、東正教的）神父 |
| しんぼう 1 | 【辛抱】名・自サ 忍耐，耐性<br>⇨ 辛抱強い（しんぼうづよ）（有耐心，能忍耐） |
| しんぼく 0 | 【親睦】名・自サ 親睦，親近　⇨ 親睦会（しんぼくかい）（聯誼會） |
| しんみつ 0 | 【親密】名・形動 親密，密切 |
| じんみゃく 0 | 【人脈】名 人的關係，人脈 |
| しんみり 3 | 副・自サ 心平氣和地，沉靜地；悄然，肅靜 |
| じんみん 3 | 【人民】名 人民 |
| しんり 1 | 【真理】名 真理；正確的道理；合理 |
| しんりゃく 0 | 【侵略・侵掠】名・他サ 侵略 |

| | |
|---|---|
| **しんりょう** 0 | 【診療】名・他サ 診療，診治　⇨診療所 |
| **じんりょく** 1 0 | 【尽力】名・自サ（多數為別人的事情）盡最大的努力，盡力 |
| **しんりん** 0 | 【森林】名 森林 |
| **しんるい** 0 | 【親類】名 親戚，家族　⇒親戚 |
| **じんるい** 1 | 【人類】名 人類 |
| **しんろ** 1 | 【針路】名（船、飛機等的）航向，路線 |
| **しんろう** 0 | 【心労】名・自サ 操勞，操心 |

## 歷屆考題

■ この<u>商店</u>街には、人がおおぜい買い物に来る。（1998-II-1）

① 進展　② 晴天　③ 原典　④ 焦点

答案④

解 其他選項：①進展（進展，發展，進步）；②晴天（晴天）；③原典（原著，原書）；④焦点（焦點）。其中與「商店」的讀音相同的為④。

譯 許多人來這條商店街購物。

■ <u>しだい</u>……相手の言い方<u>しだいで</u>、こちらの態度も変わってくる。（1999-VI-4）

① 医者は、検査結果が分かり<u>しだい</u>連絡すると言ってくれた。

② まことにはずかしい<u>しだい</u>だが、電車で居眠りをして、終点まで行ってしまった。

③ あした何をするかはそのときの気分<u>しだいだ</u>。まだ決めていない。

④ 晴れていた空が<u>しだい</u>にくもってきた。

答案③

解「しだい」用法：（題目）要看，取決於；①一～就，立刻；②情形，情況，經過；③取決於，要看；④逐漸，漸漸地。

譯（題目）這邊的態度依對方的說法而定；①醫生說，檢查結果出來後立刻跟我們聯繫；②真是太難為情了，我在電車裏打了個盹，一直睡到了終點站；③明天做什麼，要看那時的心情，現在還沒決定；④晴朗的天空逐漸變陰起來。

■ この土地(とち)は国(くに)がしょゆうしている。（2000-Ⅳ-3）

① ゆうやけが美(うつく)しい。

② アルバイトをする時間的(じかんてき)よゆうがない。

③ 先生(せんせい)からゆうえきなご意見(いけん)をいただいた。

④ 今(いま)はアルバイトより勉強(べんきょう)をゆうせんさせたい。

答案③

解 題目畫線部分的漢字是「所有」。選項畫線部分的漢字分別是：①夕焼け(ゆうやけ)（夕陽）；②余裕(よゆう)（富餘；充裕）；③有益(ゆうえき)（有益）；④優先(ゆうせん)（優先）。題目和選項③中雙畫線處的漢字都是「有」，因此選③。

譯（題目）這塊土地歸國家所有；①夕陽很美麗；②沒有打工的空閒；③聽老師說了有益的意見；④與打工相比，現在想先專注唸書。

■ この会場(かいじょう)は400人(にん)＿＿＿＿＿できる。（2001-Ⅴ-5）

① 許容　② 収容　③ 収集　④ 占領

答案②

解 其他選項：①許容(きょよう)（允許，容許；寬容）；③収集(しゅうしゅう)（收集，搜集；收藏）；④占領(せんりょう)（佔領，佔據）。

譯 這個會場可以容納400人。

■ 終日（2003-Ⅶ-4）

① この駅(えき)は終日禁煙(きんえん)だ。

② 1月(がつ)は31日(にち)が終日です。

③ 明日(あした)はレポート提出(ていしゅつ)の終日です。

④ 昨日(きのう)の終日は音楽(おんがく)を聴(き)いてゆっくりした。

答案①

解 「終日(しゅうじつ)」是副詞，不能當名詞用，是「整天地，終日地」的意思。選項②、③、④為誤用。②可改為「最後(さいご)の日(ひ)」（最後一天）；③可改為「締(し)め切(き)り」（截止日期）；④可改為「一日(いちにち)」（一天）。

譯 這個車站終日禁菸。

■ 彼(かれ)がじゅりつした記録(きろく)は、まだ破(やぶ)られていない。（2004-Ⅳ-1）

① じゅもくは手入(てい)れが大変(たいへん)だ。

② 最近(さいきん)はコメのじゅようがへっている。

③ 電話(でんわ)の内容(ないよう)に驚(おどろ)いて、じゅわきを落(お)とした。

④ 犬(いぬ)と猫(ねこ)ではどちらのじゅみょうが長(なが)いのだろう。

答案①

解 題目畫線部分的漢字是「樹立(じゅりつ)」。選項畫線部分的漢字及其意思分別為：①樹木(じゅもく)（樹木）；②需要(じゅよう)（需求）；③受話器(じゅわき)（聽筒）；④寿命(じゅみょう)（壽命）。題目和選項①中雙畫線處的漢字都是「樹」，因此選①。

譯（題目）他創造的紀錄還沒被打破；①樹木的修剪很累人；②最近稻米的需求量正在減少；③聽了電話的內容嚇了一跳，把聽筒掉在地上了；④狗和貓誰的壽命長呢？

■ 「白(しろ)い花(はな)」の「白(しろ)い」は「花(はな)」を修飾する形容詞(けいようし)だ。（2005-Ⅱ-4）

① 主食　② 収集　③ 首相　④ 就職

答案④

解 其他選項：①主食（主食）；②収集（收集，收藏）；③首相（首相）；④就職（就職，就業）。其中與「修飾」讀音相同的是④。

譯 「白花」中的「白」是修飾「花」的形容詞。

■ 彼はアルバイトだが、社員にじゅんずる給料をもらっている。

（2006-Ⅳ-3）

① 去年は天候がふじゅんだった。

② 170センチのひょうじゅん体重は何キロだろう。

③ 来月のじょうじゅんにスキーに行くつもりだ。

④ あんなじゅんすいな人は見たことがない。

答案②

解 題目畫線部分的漢字是「準ずる」。選項畫線部分的漢字及其意思分別為：①不順（異常）；②標準（標準）；③上旬（上旬）；④純粋（純粹，純真）。題目和選項②中雙畫線處的漢字都是「準」，因此選②。

譯 （題目）他雖然是兼職的，但拿著與職員相當的工資；①去年氣候不正常；②身高170公分的人的標準體重是多少公斤；③打算下個月上旬去滑雪；④沒有見過那麼純真的人。

■ ご来場の皆様に記念品を＿＿＿＿いたしますので、ぜひお越しください。（2007-Ⅴ-9）

① 交付　② 進呈　③ 寄付　④ 配給

答案②

解 其他選項：①交付（〈國家或政府向一般民眾〉交付，發給）；③寄付（捐贈）；④配給（配給）。

譯 我們會向到場的各位贈送紀念品，請大家一定要出席。

# す

| | |
|---|---|
| すい 1 | 【粋】名・形動 精粋，精華；通曉人情世故；瀟灑，風流 ➡粋(すい)は川(かわ)へはまる（善泅者溺）<br>➡粋(すい)は身(み)を食(く)う（風流足以傷身） |
| すいい 1 | 【推移】名・自サ 推移，演變，變遷 |
| ずいいち 1 | 【随一】名 首屈一指 |
| すいあげる 4 | 【吸（い）上げる】他下一 吸上來，抽上來；吸吮 |
| すいがい 0 | 【水害】名 水災 |
| すいがら 0 | 【吸（い）殻】名 菸蒂；灰燼，殘渣 |
| すいきゅう 0 | 【水球】名（體育）水球　⇒ウォーターポロ |
| すいげん 0 3 | 【水源】名 水源 |
| すいこう 0 | 【推敲】名・他サ 推敲 |
| すいこう 0 | 【遂行】名・他サ 完成 |
| すいこむ 3 | 【吸い込む】他五 吸入 |
| すいじょうき 3 | 【水蒸気】名 水蒸氣；水霧 |
| すいしん 0 | 【推進】名・他サ 推進，推動 |
| すいせん 0 | 【水洗】名・他サ 水洗，沖水式<br>⇨水洗便所(すいせんべんじょ)（抽水馬桶） |
| すいそう 0 | 【吹奏】名・他サ 吹奏　⇨吹奏楽(すいそうがく)　⇨吹奏楽器(すいそうがっき) |
| すいそく 0 | 【推測】名・他サ 推測 |
| すいでん 0 | 【水田】名 水田，稻田 |
| すいとう 0 | 【出納】名・他サ 收支（錢物） |
| すいり 1 | 【推理】名・他サ 推理<br>⇨推理小説(すいりしょうせつ)　⇨推理力(すいりりょく)（推斷力） |
| すいりょう 0 | 【推量】名・他サ 推測 |
| すうち 1 | 【数値】名 數值；得數 |
| すうはい 0 | 【崇拝】名・他サ 崇拜，崇敬 |

| | |
|---|---|
| すうりょう③ | 【数量】名 數量 |
| すえおき⓪ | 【据（え）置き】名 不變動，安定；擱置；凍結<br>⇨ 一年間据え置き（一年定存） |
| すえおく⓪③ | 【据（え）置く】他五 安置；使安定；擱置；凍結；定存 |
| すえつける④ | 【据（え）付ける】他下一 安裝，設置 |
| すえる⓪ | 【据える】他下一 安置；擺放；讓～坐下；使就～職位；沉著（不動）<br>⇨ 据え膳（擺好的飯菜；一切準備好的〔事物〕）<br>⇨ 上げ膳据え膳（茶來伸手，飯來張口；坐享其成）<br>➡ 目を据える（凝視） ➡ 腹を据える（忍耐）<br>➡ 腰を据える（坐下來；沉下心來） |
| ずかい⓪ | 【図解】名・他サ 圖解 |
| すがお① | 【素顔】名 未化妝的容貌；真面目 |
| すがすがしい⑤ | 【清清しい】形 空氣清爽的；心情爽快的 |
| すがる⓪ | 【縋る】自五 扶，撐，纏住；依賴，依靠 |
| すきずき② | 【好き好き】名（人）各有所好；（人）不同的愛好 |
| すく①② | 【好く】他五 愛慕；喜歡，愛好，喜好 |
| すく⓪ | 【透く】自五 有空隙；透出，映出 |
| すくなくとも③ | 【少なくとも】副 至少，最低 |
| すくなからず④⑤ | 【少なからず】副 不少，非常；屢屢 |
| ずくめ | 接尾 清一色，完全是，淨是<br>⇨ 黒ずくめ（全是黑色的） |
| すこやか② | 【健やか】形動 健壯，健康，健全 |
| すさまじい④ | 【凄まじい】形 可怕，駭人；猛烈，厲害；荒唐透頂 |
| ずさん⓪ | 【杜撰】名・形動 杜撰的，無根據的；粗糙，馬馬虎虎 |
| ずし① | 【図示】名・他サ 圖示，用圖說明 |
| すじょう⓪ | 【素性・素姓】名 出身，血統；來歷，身世；稟性 |
| すすぐ⓪ | 【漱ぐ】他五 嗽口 |

| | |
|---|---|
| **すすぐ** 0 | 【濯ぐ】他五 洗滌；洗掉，雪除（冤屈等）<br>⇨すすぎ（用清水洗涮） ➡恥(はじ)をすすぐ（雪恥） |
| **すずむ** 2 | 【涼む】自五 納涼，乘涼 |
| **すそ** 0 | 【裾】名 下擺，下襟；山腳；下游；靠近頸部的頭髮<br>⇨裾分(すそわ)け（將得來的利益〔東西〕分給別人） |
| **すたれる** 3 0 | 【廃れる】自下一 成廢物，廢除；過時，不流行；衰微 |
| **すっぽり** 3 | 副 全盤，整個；剛好；完全脫落 |
| **すね** 2 | 【脛・臑】名 小腿，脛　⇨すねあて（護腿）<br>⇨すねかじり（靠父母供給的人，啃老族）<br>➡脛(すね)が流(なが)れる（腳底沒力氣）<br>➡脛(すね)に傷(きず)を持(も)つ（心中有鬼）<br>➡脛(すね)をかじる（靠人養活） |
| **すねる** 2 | 【拗ねる】自下一 執拗，鬧彆扭<br>⇨拗(す)ね者(もの)（性情乖戾的人） |
| **ずのう** 1 | 【頭脳】名 頭腦，腦筋；智力，智慧<br>⇨頭脳明晰(ずのうめいせき)（頭腦清晰） |
| **すばしこい** 4 | 形（行動）敏捷，俐落，靈活 |
| **ずばり** 2 | 副 鋒利切下；擊中要害，一語道破 |
| **ずぶとい** 3 | 【図太い】形 大膽；莽撞冒失；厚臉皮 |
| **ずぶぬれ** 0 | 【ずぶ濡れ】名 全身濕透　⇒びしょぬれ |
| **ずぼら** 0 | 名・形動 懶散，吊兒郎當；馬馬虎虎 |
| **すべすべ** 0 | 【滑々】形動・副・自サ 光滑，滑溜 |
| **すます** 2 | 【澄ます・清ます】自他五（他五）（使液體）清澄；使淨化，使通澈；（自五）裝作與自己無關狀<br>➡（ます形＋）澄ます（專心地做，聚精會神地做）<br>➡心(こころ)を澄(す)ます（靜心） ➡耳(みみ)を澄(す)ます（傾聽） |
| **すみずみ** 2 1 | 【隅々】名 各個角落，各處 |
| **すみやか** 2 | 【速やか】形動 快速，迅速　⇒すぐ |
| **すやすや** 1 | 副 香甜地、安靜地睡眠狀 |
| **すら** 1 | 助 連，甚至，尚且 |

| | |
|---|---|
| する 1 | 【掏る】他五 扒竊　⇨すり（小偷，扒手） |
| する 1 | 【擦る・磨る・擂る】他五 擦，摩擦；揉，搓；磨；（財產）敗光，損失 |
| ずるがしこい 5 | 【ずる賢い】形 奸詐，狡猾 |
| ずるずる 1 0 | 副・形動 拖拉；滑溜；拖延不決 |
| するどい 3 | 【鋭い】形 尖銳的；鋒利的；敏捷的　⇔鈍(にぶ)い<br>➡ 耳(みみ)が鋭(するど)い（耳朵尖）<br>➡ 頭(あたま)が鋭(するど)い（頭腦靈活） |
| すれすれ 0 | 名・形動 幾乎接觸，逼近；勉勉強強，差一點就不能 |
| すれる 2 | 【摩れる・擦れる】自下一 摩擦；磨破皮；世故，滑頭 |
| ずんずん 1 | 副 不停滯地，飛快地 |
| すんぜん 0 | 【寸前】名 臨近；迫在眉睫 |
| すんなり 3 | 副・自サ 苗條；痛快，順利 |

## 歷屆考題

■ するどい……あの子(こ)は、年(とし)のわりになかなかするどい。

（1997-V-5）

① 筆者(ひっしゃ)のするどい目(め)が、一流(いちりゅう)の評論(ひょうろん)につながっている。

② 相手(あいて)コートにするどいボールを打(う)ち込(こ)んだ。

③ この件(けん)で、両者(りょうしゃ)がするどく対立(たいりつ)している。

④ 被害者(ひがいしゃ)は、するどいナイフのようなもので刺(さ)されたようだ。

答案①

解「するどい」在各項中的用法為：（題目）敏銳，靈敏；①敏銳，靈敏；②速度很快；③尖銳；④鋒利。

譯（題目）就那個年齡上來看，那孩子已經是極其敏銳了；①一流的評論與作者敏銳的洞察力息息相關；②把球快速打入對方場地；③在這件事上，兩者針鋒相對；④被害人好像是被鋒利的小刀一樣的東西刺到了。

■ 彼(かれ)の言葉(ことば)からすいそくすると、仕事(しごと)はうまく行(い)っているらしい。

（2004-Ⅳ-4）

① すいじ、洗濯(せんたく)など、すべて機械(きかい)がやってくれる時代(じだい)が来(く)るかもしれない。

② ますいのおかげで、手術(しゅじゅつ)はちっとも痛(いた)くなかったよ。

③ いつもすいみんは十分(じゅうぶん)にとるようにしている。

④ 街(まち)の緑化(りょくか)をすいしんしている。

答案④

解 題目畫線部分的漢字是「推測(すいそく)」。選項畫線部分的漢字及其意思分別為：①炊事(すいじ)（烹調，做飯）；②麻酔(ますい)（麻醉）；③睡眠(すいみん)（睡眠）；④推進(すいしん)（推進）。題目和選項④中雙畫線處的漢字都是「推」，因此選④。

譯 （題目）從他的話來推測，工作似乎進行得很順利；①也許做飯、洗衣服等所有的事都可以由機器來做的時代會到來；②因為打了麻藥，所以手術一點也不疼；③我總是讓自己有足夠的睡眠時間；④正在推進街道綠化。

■ ずらっと（2007-Ⅶ-4）

① 本(ほん)にずらっと目(め)を通(とお)した。

② 東京(とうきょう)は、明日(あした)はずらっと晴れるようですよ。

③ あの人(ひと)はずらっと背(せ)が高(たか)い。

④ 店(みせ)の前(まえ)にずらっと人(ひと)が並(なら)んでいる。

答案④

解 「ずらっと」的意思是「很多東西或人排成一列的樣子」。選項①、②、③為誤用。①可改為「ざっと」（大概，粗略）；②可改為「からりと」（天放晴貌）；③可改為「ずっと」（～得多）。

譯 商店前很多人排成一列。

# せ

| | |
|---|---|
| せいい 1 | 【誠意】名 誠意 |
| せいいく 0 | 【生育】名・自サ 生育，繁殖 |
| せいいん 0 | 【成員】名 成員　⇒メンバー |
| せいか 1 | 【成果】名 成果 |
| せいかい 0 | 【政界】名 政界 |
| せいがん 0 | 【請願】名・他サ（法）請願；請求，申請 |
| せいき 1 | 【生気】名 朝氣，生機 |
| せいき 1 | 【正規】名 正規　⇒正則（せいそく） |
| せいぎ 1 | 【正義】名 正義　⇨ 正義感（せいぎかん） |
| せいきゅう 0 | 【性急】名・形動 性急，急躁 |
| せいぎょ 1 | 【制御】名・他サ 駕馭，控制；操縱，調節<br>⇒コントロール |
| せいけい 0 | 【生計】名 生計　➡ 生計（せいけい）を立（た）てる（謀生） |
| せいけん 0 | 【政権】名 政治權力；政府　⇨ 新政権（しんせいけん） |
| せいげん 3 | 【制限】名・他サ 限制 |
| せいご 1 0 | 【生後】名 出生以後，生後 |
| せいこう 0 | 【精巧】名・形動 精巧，精細 |
| せいざ 0 1 | 【正座・正坐】名・自サ 端坐 |
| せいさい 0 | 【制裁】名・他サ 制裁　⇨ 経済制裁（けいざいせいさい） |
| せいさく 0 | 【政策】名 政策 |
| せいさん 0 | 【成算】名（成功的）把握，成算 |
| せいさん 0 | 【清算】名・他サ 結賬，結算；清理財產；賠償；清算，<br>了結；斷絕關係 |
| せいさん 0 | 【精算】名・他サ 精算，細算；（電車等）補票<br>⇔概算（がいさん）　⇨ 精算機（せいさんき） |
| せいし 0 | 【制止】名・他サ 制止 |

| | |
|---|---|
| せいし 1 | 【生死】名 生死　⇨生死不明(せいしふめい) |
| せいし 0 | 【静止】名・自サ 靜止，不動　⇨静止状態(せいしじょうたい) |
| せいじつ 0 | 【誠実】名・形動 誠實，正直 |
| せいじゃく 0 | 【静寂】名・形動 寂靜 |
| せいしゅく 0 | 【静粛】名・形動 肅靜，靜穆 |
| せいじゅく 0 | 【成熟】名・自サ（果物、穀物等）成熟；發育，成熟；時機成熟　⇔未熟(みじゅく) |
| せいじゅん 0 | 【清純】名・形動 純真，清秀 |
| せいしょ 0 | 【清書】名・他サ 謄寫，謄寫，抄寫清楚<br>⇒じょうしょ |
| せいしょ 1 | 【聖書】名（基督教的）聖經；古代聖人的著述 |
| せいじょう 0 | 【正常】名・形動 正常　⇔異常(いじょう) |
| せいず 0 | 【製図】名・他サ 製圖 |
| せいする 3 | 【制する】他サ 制止，抑制；制定；限制<br>➡ 食(しょく)を制(せい)する（節制飲食） |
| ぜいせい 0 | 【税制】名 納稅制度，稅制 |
| せいせいどうどう 3 0 | 【正々堂々】形動 堂堂正正，正大光明 |
| せいぜん 0 | 【整然】形動 整齊，井然 |
| せいそう 0 | 【正装】名・自サ（指西服、禮服等）正統服裝 |
| せいそう 0 | 【盛装】名・自サ 盛裝，華麗的裝束 |
| せいたい 0 | 【生態】名 生態；生活的狀態<br>⇨生態学(せいたいがく)　⇨生態系(せいたいけい) |
| せいたい 0 | 【静態】名 靜態 |
| せいだい 0 | 【盛大】名・形動 盛大，隆重 |
| せいだく 1 0 | 【清濁】名（水的）清濁；（人的）正邪，好壞；清音和濁音 |
| せいたん 0 | 【生誕】名・自サ 誕生，誕辰 |

| | |
|---|---|
| せいちょう 0 | 【生長】名・自サ（草木、莊稼等）生長，發育 |
| せいつう 0 | 【精通】名・自サ 精通 |
| せいてい 0 | 【制定】名・他サ 制定 |
| せいてき 0 | 【性的】形動 性的，性別（上）的　⇨ 性的特徴（せいてきとくちょう） |
| せいてき 0 | 【静的】形動 靜態的，不動的 |
| せいてつ 0 | 【製鉄】名 煉鐵，製鐵 |
| せいてん 0 | 【晴天】名 晴天 |
| せいとう 0 | 【正答】名・自サ 正確的回答 |
| せいとう 0 | 【正当】名・形動 公當，合理；合法　⇨ 正当防衛（せいとうぼうえい） |
| せいどう 0 | 【生動】名・自サ 生動，栩栩如生 |
| せいとん 0 | 【整頓】名・他サ 整頓，整理，收拾 |
| せいひ 1 | 【成否】名 成功與否，成敗 |
| せいふく 0 | 【制服】名 制服　⇔私服（しふく） |
| せいふく 0 | 【征服】名・他サ 征服，克服，攻佔 |
| せいみつ 0 | 【精密】名・形動 精密，精細　⇨ 精密機械（せいみつきかい） |
| ぜいむしょ 3 4 | 【税務署】名 稅務局 |
| せいめい 1 | 【姓名】名 姓名 |
| せいめい 0 | 【声明】名・他サ 聲明，宣告　⇨ 共同声明（きょうどうせいめい） |
| せいやく 0 | 【制約】名・他サ 制約，限制；必要條件 |
| せいり 1 | 【生理】名 生理；月經 |
| せいれつ 0 | 【整列】名・自サ（整齊地）排隊，排列；（電）校正 |
| せかす 2 | 【急かす】他五 催促 |
| せかせか 1 | 副・自サ 急忙，慌慌張張；小器貌（⇒こせこせ） |
| せがむ 2 | 他五 纏磨，求，央求，死乞白賴地要求 |
| せきせつ 0 | 【積雪】名 積雪 |
| せきのやま 0 | 【関の山】名 最大限度，充其量，至多只能～ |

| | |
|---|---|
| せきぶん [0] | 【積分】名（數學用語）積分　⇨ 積分方程式（せきぶんほうていしき） |
| せきむ [1] | 【責務】名 職責，責任和義務 |
| せきめん [0] | 【赤面】名・自サ 臉紅，害臊，慚愧 |
| せじ [0] | 【世辞】名 奉承，討好<br>➡ お世辞（せじ）を言（い）う（說奉承話） |
| せじ [1] | 【世事】名 世事，俗事（＝せいじ）；奉承（＝世辞（せじ））<br>➡ 世事（せじ）に疎（うと）い（不懂人情世故） |
| ぜせい [0] | 【是正】名・他サ 訂正，更正，矯正 |
| せそう [0] [2] | 【世相】名 世態，世風 |
| せたい [1] [2] | 【世帯】名（共同居住、生活的）家庭，家族<br>⇒しょたい |
| せつ [1] | 【節】名・造語 季節，節令；時期，時候；節操；（語法中的）從句；段落；節制，節約 |
| ぜつえん [0] | 【絶縁】名・自サ 斷絕關係；（物理）絕緣 |
| せっかい [1] | 【切開】名・他サ（手術）切開；解剖 |
| せっかち [1] | 名・形動 性急，急急忙忙（的人） |
| せっきょう [3] [1] | 【説教】名・他サ 說教，教訓；傳教，傳道 |
| せっく [0] [3] | 【節句】名 傳統節日　⇨ 端午（たんご）の節句（せっく）（端午節） |
| ぜっこう [0] | 【絶好】名・形動 絕佳，極好 |
| せつじつ [0] | 【切実】形動 切實，迫切；懇切 |
| せっしゅ [1] | 【摂取】名・他サ 攝取，吸收 |
| せっせん [0] | 【接戦】名・自サ 交戰，短兵相接；難分勝負的激烈比賽或戰鬥 |
| せったい [1] | 【接待】名・他サ 接待，招待，款待（客人）<br>⇨ 接待費（せったいひ）（應酬費）　⇨ 接待要員（せったいよういん）（接待人員） |
| せつだん [0] | 【切断】名・他サ 切斷，截斷　⇨ 切断面（せつだんめん）（剖面） |
| せっちゅう [0] | 【折衷・折中】名・他サ 折衷，合璧<br>⇨ 和洋折衷（わようせっちゅう）（日西合璧，日本和西方折衷） |
| せってい [0] | 【設定】名・他サ 設定，制定；擬定 |

| | |
|---|---|
| せっとく 0 | 【説得】名・他サ 說服，勸導　⇨説得力（說服力） |
| せつない 3 | 【切ない】形（因寂寞、悲傷等）難過，苦惱；痛苦 |
| せっぱく 3 | 【切迫】名・自サ 逼近（某期限）；（事態）緊迫，緊張 |
| せつぼう 0 | 【切望】名・他サ 殷切期望；熱切渴望 |
| ぜつぼう 0 | 【絶望】名・自サ 絕望　⇨絶望的 |
| ぜつみょう 0 | 【絶妙】名・形動 絕妙 |
| せつりつ 0 | 【設立】名・他サ 設立，開設，成立 |
| せばまる 3 | 【狭まる】自五 變窄；（間隔、距離）縮小 |
| せばめる 3 | 【狭める】他下一（把距離、範圍等）縮短，縮小 |
| せぼね 0 | 【背骨】名 脊椎 |
| せろん 1 0 | 【世論】名 輿論　＝よろん |
| せわしい 3 | 形 忙忙碌碌；焦急，心神不定 |
| ぜん 1 0 | 【禪】名 禪（靜坐默念） |
| ぜん 0 | 【膳】名・接尾 擺在飯桌上的飯菜；小飯桌；（飯的）碗數；一雙（筷子） |
| ぜんあく 1 | 【善悪】名 善惡，好壞 |
| ぜんい 1 | 【善意】名 善意，好意　⇔悪意 |
| せんい 1 | 【繊維】名 纖維 |
| ぜんかい 0 | 【全快】名・自サ 傷病痊癒 |
| ぜんき 1 | 【前記】名・他サ 前述，前記 |
| せんきゃく 0 | 【先客】名 先來的客人 |
| せんきょう 0 | 【宣教】名・自サ 傳教，佈道 |
| せんけつ 0 | 【先決】名・他サ 先決，首先解決 |
| せんけん 0 | 【先見】名 先見，預見 |
| せんげん 3 | 【宣言】名・他サ 宣言；宣告，宣稱 |
| せんこう 0 | 【先行】名・自サ 先行；佔先；優先實行<br>⇨先行条件（優先條件） |

| | |
|---|---|
| せんこう 0 | 【選考】名・他サ 選拔人才<br>⇨ 選考委員会（せんこういいんかい）（選拔委員會）<br>⇨ 選考（せんこう）テスト（選拔考試） |
| せんこく 0 | 【宣告】名・他サ（法）宣判；宣告 |
| せんさい 0 | 【戦災】名 戰禍 |
| せんさい 0 | 【繊細】名・形動 纖細；細膩 |
| せんざい 0 | 【潜在】名・自サ 潛在　⇨ 潜在意識（せんざいいしき） |
| せんさばんべつ 1 | 【千差万別】名 千差萬別 |
| せんしゅう 0 | 【専修】名・他サ 專修，專攻 |
| せんしゅつ 0 | 【選出】名・他サ 選出 |
| せんじゅつ 0 | 【戦術】名 戰術；策略 |
| せんしょく 0 | 【染色】名・他サ（紡織品）染色 |
| せんしん 0 | 【先進】名 先進　⇨ 先進国（せんしんこく） |
| せんじん 0 | 【先人】名 先人，前人；祖先，先父 |
| ぜんしん 0 | 【前進】名・自サ 前進；進展　⇔ 後進（こうしん）　⇔ 後退（こうたい） |
| せんすい 0 | 【潜水】名・自サ 潛水 |
| ぜんせい 1 0 | 【全盛】名 全盛　⇨ 全盛時代（ぜんせいじだい）　⇨ 全盛期（ぜんせいき） |
| せんぞ 1 | 【先祖】名 祖先；始祖　⇒祖先（そせん）　⇔子孫（しそん） |
| せんだい 0 | 【先代】名 上一代；上一個時代 |
| せんだって 0 5 | 【先達て】名・副 前幾天，那一天 |
| せんちゃく 0 | 【先着】名・自サ 先到（的人） |
| せんてい 0 | 【選定】名・他サ 選定 |
| ぜんてい 0 | 【前提】名 前提 |
| せんてんてき 0 | 【先天的】形動 先天的 |
| ぜんと 1 | 【前途】名 前途，將來；前面的路<br>⇨ 前途有望（ぜんとゆうぼう）（前途有望）　⇨ 前途洋々（ぜんとようよう）（前途光明） |
| せんとう 0 | 【戦闘】名・自サ 戰鬥 |

| | |
|---|---|
| せんにゅう 0 | 【潜入】名・自サ 潛入，溜進 |
| せんにゅうかん 0 3 | 【先入観】名 先入之見，成見 |
| せんねん 0 | 【専念】名・自サ 專心致志；一心期盼 |
| せんぱく 1 | 【船舶】名 船舶 |
| せんぽう 0 | 【先方】名（人物）對方；（地點）前方，目的地 |
| ぜんめつ 0 | 【全滅】名・自他サ 全滅，全毀，全死 |
| ぜんら 1 0 | 【全裸】名 赤裸，一絲不掛 |
| せんりょう 0 | 【占領】名・他サ 佔據，佔領；壟斷，霸佔 |
| ぜんりょう 0 | 【善良】名・形動 善良，正直 |
| せんりょく 1 | 【戦力】名 軍事力量，作戰能力 |
| せんれい 0 | 【先例】名 先例 |
| ぜんれい 0 | 【前例】名 前例；上述例子，前面所舉之例 |
| せんれん 0 | 【洗練】名・他サ 洗練，精練；高雅，有教養的 |

## 歷屆考題

■ 母（はは）は病気（びょうき）のせいで食（た）べるものにいろいろ＿＿＿＿がある。

（1998-V-14）

① 拘束　② 制限　③ 束縛　④ 統制

答案②

解 其他選項：①拘束（こうそく）（拘束；束縛，約束）；③束縛（そくばく）（束縛，不自由）；④統制（とうせい）（統制；統一；統管）。

譯 生病害得媽媽有很多東西都不能吃。

■ 清掃（しゃ）車が来（き）て、通（とお）りをきれいにしている。（1999-II-5）

① 症状　② 制裁　③ 詳細　④ 盛装

答案④

解 其他選項：①症状（症狀）；②制裁（制裁）；③詳細（詳細）；④盛装（盛裝）。其中與「清掃」讀音相同的是④。

譯 清潔車來把道路打掃乾淨。

■ この国では、せいみつ機械を輸出している。（2000-Ⅳ-5）

① この学校にはせいふくがある。

② 子どもたちを校庭にせいれつさせた。

③ 災害にあい、外国に援助をようせいした。

④ 買い物をしてせいさんをすませたら、お金がなくなった。

答案④

解 題目畫線部分的漢字是「精密」。選項畫線部分的漢字分別是：①制服（制服）；②整列（排隊）；③要請（請求，要求）；④精算（結賬，算賬；清算，清除）。題目和選項④中雙畫線處的漢字都是「精」，因此選④。

譯 （題目）這個國家出口精密機械；①這所學校有制服；②讓孩子們在校園裏排隊；③遇到災害，向外國請求援助；④買東西結賬之後就沒錢了。

■ 政府が新しい政策を発表した。（2002-Ⅱ-2）

① 性格　② 清掃　③ 製作　④ 制裁

答案③

解 其他選項：①性格（性格）；②清掃（清掃，打掃）；③製作（製造，生產）；④制裁（制裁）。其中與「政策」讀音相同的是③。

譯 政府宣佈了新的政策。

■ そのころは日本映画がぜんせいの時代だった。（2005-Ⅳ-2）

① せいだいな結婚式で、招待客がおおぜい来ていた。

② 日本では、二十歳になるとせいじんとみなされる。

③ 今は世界のじょうせいをすぐに知ることができる。

④ 子どもたちはスタートの合図でいっせいに走り出した。

答案①

解 題目畫線部分的漢字是「全盛（ぜんせい）」。選項畫線部分的漢字及其意思分別為：①盛大（せいだい）（盛大，隆重）；②成人（せいじん）（成年人）；③情勢（じょうせい）（形勢）；④一斉（いっせい）（一齊，同時）。題目和選項①中雙畫線的漢字都是「盛」，因此選①。

譯（題目）那時是日本電影的全盛時代；①結婚儀式很隆重，來了很多客人；②在日本，到了二十歲就被看成是成年人了；③如今可以很快知道世界形勢；④孩子們看見出發的信號便同時起跑了。

■ 失恋（しつれん）した人（ひと）の＿＿＿＿＿気持（きも）ちは、私（わたし）にもよくわかります。

（2007-Ⅴ-14）

① たやすい　② あくどい　③ せつない　④ いやしい

答案③

解 答案以外的選項其漢字、意思分別為：①容易（たやす）い（容易，輕易）；②悪（あく）どい（顏色過濃，味道太膩，惡劣）；④卑（いや）しい（貪婪；下流；破舊；卑鄙，卑劣）。

譯 失戀者的難過心情我也很了解。

# そ

♬ 119

| | |
|---|---|
| そう ① | 【僧】名 僧人，僧侶 |
| そう | 【艘】接尾（用來數比較小的船隻）艘，條，只 |
| そう ⓪ | 【添う】自五 陪伴；結為夫婦；增添；吻合，能實現 |
| そうい ① | 【創意】名 獨特的見解，創見 |
| ぞうお ① | 【憎悪】名・他サ 憎惡 |
| そうおう ⓪ | 【相応】名・形動・自サ 相稱，適合　＝つりあう<br>⇨ 不相応（ふそうおう）（不相稱，不合適） |
| そうかい ⓪ | 【総会】名 全體大會，全會 |
| そうかん ⓪ | 【送還】名・他サ 遣返，送還　⇨ 強制送還（きょうせいそうかん）（強制遣返） |

| | |
|---|---|
| そうかん 0 | 【相関】名・自サ 相關 |
| そうかん 0 | 【創刊】名・他サ 創刊　⇔ 廃刊（はいかん） |
| そうき 1 | 【早期】名 早期 |
| そうぎ 1 | 【争議】名 爭議 |
| ぞうき 0 | 【雑木】名 雜木，不成材的樹木 |
| ぞうき 1 | 【臓器】名 內臟器官　⇨ 臓器移植（ぞうきいしょく）（器官移植） |
| そうきゅう 0 | 【早急】名・形動 火速，趕快 |
| そうぎょう 0 | 【創業】名・自サ 創業，創建 |
| そうぎょう 0 | 【操業】名・自サ 操作，機械作業 |
| ぞうきょう 0 | 【増強】名・他サ 增強，強化 |
| そうきん 0 | 【送金】名・自サ 匯款 |
| そうけん 0 | 【壮健】名・形動 健壯，硬朗 |
| そうこう 0 | 【走行】名 行車　⇨ 走行距離（そうこうきょり）（行車距離） |
| そうごう 0 | 【総合・綜合】名・他サ 綜合 |
| そうさ 1 | 【捜査】名・他サ 搜查；尋找 |
| そうさい 0 | 【相殺】名・他サ 相抵，抵消　＝そうさつ |
| そうさく 0 | 【捜索】名・他サ 搜索，搜查；尋找 |
| ぞうさく 0 4 | 【造作】名・他サ（建築）修建，蓋；室內裝修 |
| そうしつ 0 | 【喪失】名・他サ 喪失　⇨ 自我喪失（じがそうしつ）（喪失自我） |
| そうじて 0 1 | 【総じて】副 一般來說，通常，概括地 |
| そうじゅう 0 | 【操縦】名・他サ 駕駛；操縱，控制　⇨ 操縦室（そうじゅうしつ） |
| そうしょく 0 | 【装飾】名・他サ 裝飾 |
| ぞうしょく 0 | 【増殖】名・自他サ 增殖，繁殖 |
| ぞうしん 0 | 【増進】名・自他サ 增進，增加 |
| そうぜん 0 | 【騒然】副 騷動，騷然 |
| そうそう 0 | 【早々】名・副（名）剛～就；（副）匆忙，急急忙忙 |

| | |
|---|---|
| そうたい [0] | 【相対】名 相對　⇔絶対(ぜったい)　⇨相対的(そうたいてき) |
| そうだい [0] | 【壮大】形動 雄壮，宏大 |
| そうちょう [0] | 【早朝】名 早晨，清晨 |
| そうてい [0] | 【想定】名・他サ 設想，假想 |
| そうどう [1] | 【騒動】名・自サ 騷動，暴亂；爭吵，鬧事 |
| そうなん [0] | 【遭難】名・自サ 遇難，遇險<br>⇨ 遭難信号(そうなんしんごう)（遇險信號） |
| ぞうに [0] | 【雑煮】名（日本過年吃的）年糕什錦湯 |
| そうにゅう [0] | 【挿入】名・他サ 插入 |
| そうば [0] | 【相場】名 行情；投機；一般的看法，常例<br>⇒寄(よ)り付(つ)き（開盤〔價〕）　⇒大引(おおび)け（收盤〔價〕） |
| そうび [1] | 【装備】名・他サ 裝備 |
| そうふ [1] [0] | 【送付】名・他サ（貨物）發送，（郵件）寄送，（錢款）匯款 |
| ぞうよ [1] | 【贈与】名・他サ（個人對個人）贈與（財物）⇨ 贈与税(ぞうよぜい) |
| そうりつ [0] | 【創立】名・他サ 創立，創建 |
| そうろん [0] | 【総論】名 總論　⇔ 各論(かくろん) |
| そえる [0] | 【添える】他下一 添加，補充；附加，附上 |
| そえん [0] | 【疎遠】名・形動 疏遠　⇔ 親密(しんみつ) |
| そがい [0] | 【疎外】名・他サ 疏遠　⇨ 疎外感(そがいかん)（疏離感，孤獨感） |
| ぞくご [0] | 【俗語】名 俗話，俚語；白話 |
| そくざ [1] | 【即座】副 立即，馬上 |
| ぞくしゅつ [0] | 【続出】名・自サ 連續發生，不斷發生，層出不窮 |
| そくしん [0] | 【促進】名・他サ 促進，助長 |
| そくする [3] | 【即する】自サ 即，就，適應，結合 |
| そくせき [0] | 【即席】名 即席，當場（做） |
| そくばい [0] | 【即売】名・他サ 現場出售，現場促售<br>⇨ 展示即売会(てんじそくばいかい)（現場展售會） |

| | |
|---|---|
| そくばく 0 | 【束縛】名・他サ 束縛，抑制；限制，拘束 |
| そくめん 0 3 | 【側面】名 側面；旁邊，側翼；方面 |
| そぐわない 3 | 連語 不相稱；不切合；違背 |
| そこそこ 0 2 | 副・接尾（接尾）大約，左右；（副）草草了事，慌慌張張 |
| そこなう 3 | 【損なう】他五 損壞，破壞；傷害；死傷<br>➡（動詞ます形＋）損（そこ）なう（沒成功；耽誤，漏掉；差一點） |
| そこねる 3 | 【損ねる】他下一 損害，傷害<br>➡ ご機嫌（きげん）を損（そこ）ねる（得罪人） |
| そこら 2 | 【其処ら】代 那一帶，那裏；那樣，那種程度 |
| そざい 0 | 【素材】名 素材，原材料；題材 |
| そしょう 0 | 【訴訟】名・自サ 訴訟，起訴 |
| そそのかす 4 | 【唆す】他五 教唆，挑撥，挑唆；勸誘，慫恿 |
| そそる 2 0 | 他五 激起，引起　➡ 欲望（よくぼう）をそそる（引起欲望） |
| そだい 2 | 【粗大】名・形動 笨重又大的<br>➡ 粗大（そだい）ごみ（大型垃圾） |
| そっけない 4 | 【素っ気無い】形 冷淡，冷漠；不客氣 |
| そっこく 0 | 【即刻】副 即刻，立即 |
| そっせん 0 | 【率先】名・自サ 率先 |
| そっぽ 1 | 【外方】名 一邊，旁邊　＝そっぽう |
| そなえつける 5 0 | 【備え付ける】他下一 備置，安置，配備 |
| そなえる 3 | 【備える】他下一 準備，防備；備置，備有；（也寫作「具える」）具備，具有 |
| そなわる 3 | 【備わる】自五 備有，備置；具備 |
| そびえる 3 | 【聳える】自下一 高聳，聳立 |
| そまる 0 | 【染まる】自五 染上；感染，沾染 |

| | |
|---|---|
| そむく ② | 【背く】自五 背向；違背，不遵從，違反；背叛，辜負；背離，棄 |
| そめる ⓪ | 【染める】他下一 染色；映成；著手；留下印象；臉紅害羞 |
| そよそよ ① | 副（和風）微微地吹 |
| そらす ② | 【逸らす】他五 轉移，移向；錯過，丟掉；岔開，分散；偏離　➡ 目（め）をそらす（移開視線） |
| そり ① | 【橇】名 橇，雪橇 |
| そりゃく ⓪ | 【粗略・疎略】名・形動 疏忽，怠慢 |
| そる ① | 【反る】自五 翹起來，反翹；身體向後仰<br>⇨ 反（そ）り（彎翹，〔刀〕彎度）<br>➡ そりが合（あ）わない（脾氣合不來；刀彎放不進刀鞘裡） |
| それどころか ③ | 接續 豈止如此，根本談不上 |
| それとなく ④ | 副 暗中，婉轉地，不露痕跡地 |
| それゆえ ⓪③ | 【其れ故】接續 因此 |
| それる ② | 【逸れる】自下一（目標、方向、話題）偏離 |
| ぞろぞろ ① | 副（很多人不斷）一個跟著一個；（蟲）到處爬狀；後面拖長狀 |
| そわそわ ① | 副 不沉著，心神不寧，慌張 |
| そんえき ① | 【損益】名 損益，得失 |
| ぞんざい ③⓪ | 形動 粗魯，草率，不禮貌　⇔丁寧（ていねい） |
| そんしつ ⓪ | 【損失】名 損失　⇔利益（りえき） |
| そんしょう ⓪ | 【損傷】名・自他サ 損傷，損壞 |
| そんぞく ⓪ | 【存続】名・自他サ 繼續存在，永存，延續 |
| ぞんち ① | 【存知】名・他サ 知道，瞭解　＝ぞんじ |
| そんとく ① | 【損得】名 損益，得失；利害 |
| ぞんぶん ⓪③ | 【存分】副・形動 盡量，充分，盡情<br>➡ 思（おも）う存分（ぞんぶん）（盡情地） |
| そんらく ⓪① | 【村落】名 村落，村莊 |

## 歷屆考題

■ 田中さんは目上の人にはていねいだが、下の人にはとても＿＿＿＿なる。（1999-V-8）

① おろかに　② おろそかに　③ ぞんざいに　④ つきなみに

答案③

解 答案以外的選項其漢字形式和意思分別為：①愚か（愚蠢，愚笨；糊塗）；②疎か（疏忽；不認真，馬虎，草率）；④月並みに（每月，按月；平庸，平凡；陳腐）。這 4 項用的都是形容動詞的連用形。

譯 田中對上司畢恭畢敬，對下屬卻非常粗魯。

■ もともと体には、けがや病気と闘う力が＿＿＿＿いる。（2001-V-10）

① すえつけて　② すえて　③ 備えつけて　④ 備わって

答案④

解 其他選項基本形和意思分別為：①据え付ける（安裝，裝配；固定）；②据える（安設，安放）；③備え付ける（備置，裝置，配備）。上述 3 個選項都是他動詞，前面應該用格助詞「を」表示受詞。只有選項④是自動詞，前面接格助詞「が」表示主語。

譯 身體本身就有抵禦疾病和癒合傷口的能力。

■ 事故で行方がわからなくなった人の<u>捜索</u>が続いている。（2003-II-3）

① 検査　② 審査　③ 創作　④ 操作

答案③

解 其他選項：①検査（檢查，檢驗）；②審査（審查）；③創作（創造；創作）；④操作（操縱，操作）。其中與「捜索」讀音相同的是③。

譯 繼續搜索因事故而失蹤的人。

■ せっかく「一緒に行こう」と言ったのに、＿＿＿＿＿断られた。

（2004-Ⅴ-12）

① ばかばかしく　② そっけなく　③ すまなく　④ いやしく

答案②

解 各選項都是形容詞的連用形。答案以外的選項形容詞基本形和意思分別為：①馬鹿馬鹿しい（無聊，荒謬，愚蠢）；③済まない（對不起）；④卑しい（卑微；破舊；卑鄙）。

譯 我好不容易說「一起去吧」，可是卻被他毫不客氣地拒絕了。

■ 相応（2006-Ⅶ-2）

① 月の引力は地球の６分の１に相応する。

② この条件に相応する人は少ないだろう。

③ 砂糖と相応のしょうゆを入れてください。

④ 会社に貢献した人には相応の待遇を考えるべきだ。

答案④

解 「相応」是「相應，相稱」的意思。選項①、②、③為誤用。①可改為「相当」（相當於）；②可改為「合う」（符合）；③可改為「同じぐらい」（差不多）。

譯 應該考慮給予對公司作出貢獻的人相應的待遇。

■ そらす（2007-Ⅶ-3）

① 木村はちょっと席をそらしております。

② 古くなった看板をそらして、新しいのにかえた。

③ 忙しくて昼ご飯をそらした。

④ 彼は都合が悪くなると、いつも話題をそらす。

答案④

解 「そらす」的意思是「故意將事情引向不同的方向，岔開」。選項①、②、③為誤用。①可改為「外して」（離開）；②可改為「捨てて」（扔掉）；③可改為「抜いた」（省去）。

譯 他一旦遇到不利於自己的情況，總是會岔開話題。

# た

| | |
|---|---|
| たいか ① | 【大家】名（某領域）大師，巨匠；名門，望族；大房子 |
| たいか ①⓪ | 【退化】名・自サ 退化；退步 |
| だいか ①⓪ | 【代価】名 價錢，貨款；代價，損失 |
| たいがい ⓪ | 【対外】名 對外<br>⇔対内（たいない） ⇨ 対外援助（たいがいえんじょ） |
| たいがく ⓪ | 【退学】名・自サ 退學 |
| たいき ⓪① | 【待機】名・自サ 待命；等待時機，伺機<br>⇨ 自宅待機（じたくたいき）（在自家待命） |
| だいぎ ⓪ | 【台木】名 砧木；做台架用的木頭 |
| だいぎし ③ | 【代議士】名（眾議院）議員 |
| たいきゅう ⓪ | 【耐久】名 耐久<br>⇨ 耐久力（たいきゅうりょく） ⇨ 耐久性（たいきゅうせい） |
| たいきょく ⓪ | 【大局】名 大局，全局；（圍棋）全局形勢 |
| たいきん ⓪ | 【大金】名 鉅款 |
| たいぐう ⓪ | 【待遇】名・他サ 待遇，報酬，工資；接待，款待 |
| たいぐう ⓪ | 【対偶】名 對偶；兩個，一對；配偶；夥伴；（修詞）對偶法 |
| たいけつ ⓪ | 【対決】名・自サ（法廷）對證，對質；決戰，交鋒；明辨熟是熟非 |
| たいこう ⓪ | 【対抗】名・自サ 對立；競爭 |
| だいこう ⓪ | 【代行】名・他サ 代行，代辦 |
| たいじ ①⓪ | 【対峙】名・自サ 相對而立；對抗，相持 |
| たいじ ⓪ | 【退治・対治】名・他サ 懲治，懲辦；消滅，撲滅 |
| たいしゃく ① | 【貸借】名・他サ 借貸，借出和借入 |
| たいしゅう ⓪ | 【大衆】名 大眾 |
| たいしょ ① | 【対処】名・自サ 處理，應付 |

| | |
|---|---|
| たいしょう ① | 【大将】名 大將，大將軍；首領；（譏諷）傢伙<br>⇨ 餓鬼大将（孩子頭） |
| たいしょう ⓪ | 【対症】名 針對症狀 |
| たいしょう ⓪ | 【対称】名 對稱，相稱；（語法）第二人稱；（數）對稱現象 |
| だいしょう ⓪ | 【代償】名 賠償，補償；替人賠償；代價 |
| たいじん ⓪ | 【対人】名 對人，對別人 |
| だいする ③ | 【題する】他サ 命題，以～為標題；題字，題詞 |
| たいせい ⓪ | 【大勢】名 潮流，時勢 |
| たいせい ⓪ | 【耐性】名 耐受性；抗藥性 |
| たいせい ⓪ | 【態勢】名 態勢，姿態<br>➡ 態勢をととのえる（準備好；擺好架勢） |
| たいせき ⓪ | 【堆積】名・自他サ 堆積　⇨ 堆積岩　⇨ 堆積物 |
| たいせん ⓪ | 【対戦】名・自サ 對戰；競賽，比賽 |
| たいだ ① | 【怠惰】名・形動 怠惰，懶惰 |
| だいだい ① | 【代々】名 世世代代，歷代 |
| だいだいいろ ⓪ | 【橙色】名 橙黃色 |
| たいだん ⓪ | 【対談】名・自サ 會談，對話 |
| だいたん ③ | 【大胆】名・形動 大膽，有勇氣；無畏的<br>⇨ 大胆不敵（大膽無畏，天不怕地不怕） |
| だいち ① | 【大地】名 大地，陸地 |
| たいとう ⓪ | 【対等】名・形動 對等，不相上下，平等 |
| たいとく ⓪ | 【体得】名・他サ 體會，領會 |
| だいなし ⓪ | 【台無し】名 毀了，弄壞，搞砸，糟蹋，斷送 |
| たいのう ⓪ | 【滞納】名・他サ 拖欠（款項），滯納 |
| たいは ① | 【大破】名・自他サ 嚴重毀壞 |
| たいはい ⓪ | 【退廃・頽廃】名・自サ 墮落，頹廢 |
| たいひ ⓪① | 【堆肥】名 堆肥 |

| | |
|---|---|
| たいひ 0 1 | 【対比】名・他サ 對比，對照 |
| たいひ 0 1 | 【退避】名・自サ 躲避（危險），避難 |
| たいぶ 1 | 【大部】名 大部分；大部頭著作 |
| たいべつ 0 | 【大別】名・他サ 大致區別，大致區分　⇔細別（さいべつ） |
| だいべん 0 | 【代弁】名・他サ 代替賠償；代辦事務，代理；代為辯護　⇨代弁者（だいべんしゃ）（代言人） |
| だいべん 3 | 【大便】名 大便　⇔小便（しょうべん） |
| たいぼう 0 | 【待望】名・他サ 盼望已久 |
| だいほん 0 | 【台本】名 劇本，腳本 |
| たいまん 0 | 【怠慢】名・形動 怠慢；鬆懈 |
| たいめん 0 | 【対面】名・自サ 會面，見面<br>⇨初対面（しょたいめん）（初次見面） |
| だいよう 0 | 【代用】名・他サ 代用，代替 |
| たえまない 4 | 【絶え間ない】形 不間斷 |
| だかい 0 | 【打開】名・他サ 打開，開闢（途徑）；解決（問題） |
| たがいちがい 4 2 | 【互い違い】名 交互，交錯，交替 |
| たかく 0 | 【多角】名 多角，多邊；多樣 |
| たがく 0 | 【多額】名 大數量，大金額 |
| たかだか 0 2 3 | 副 至多（不過）；高高地；高聲地 |
| たかる 0 | 【集る】自五 聚集；（昆蟲類）爬滿；勒索；迫使請客 |
| たきび 0 | 【焚火】名（在野外架木柴燒起的）篝火 |
| だきょう 0 | 【妥協】名・自サ 妥協 |
| たぐい 0 3 1 | 【類】名 類，類別，同類 |
| たくいつ 0 | 【択一】名 擇一　⇨二者択一（にしゃたくいつ）（二選一） |
| たくす 2 | 【託す】他五 託付，委託；藉口，托詞；寄託<br>＝託（たく）する |
| たくましい 4 | 【逞しい】形 體格健壯的；意志堅定的 |

| | |
|---|---|
| たくみ 0 1 | 【巧み】形動 巧妙，精巧 |
| たくらむ 3 | 【企む】他五 企圖，打壞主意　⇨ 企(たくら)み（詭計） |
| たけ 2 | 【丈】名（人、物等的）高度；（衣服各部位的）長度；所有，全部　⇨ 有(あ)りたけの金(かね)（所有的錢） |
| だげき 0 | 【打撃】名（精神）打擊；損害，損失；（棒球）擊球<br>⇨ 打撃練習(だげきれんしゅう)（棒球的打擊練習） |
| だけつ 0 | 【妥結】名・自サ 妥協 |
| たけなわ 0 | 【酣】名 最盛，高潮<br>➡ たけなわとなる（進入最高潮） |
| たこ 1 | 【胼胝】名（手、腳）起繭，胼胝<br>➡ 耳(みみ)にたこができる（聽膩了） |
| たこう 0 | 【多幸】名・形動 幸福，多福　⇨ ご多幸(たこう) |
| だこう 0 | 【蛇行】名・自サ 蛇行；蜿蜒，河流曲折 |
| ださく 0 | 【駄作】名 拙劣的作品 |
| たさつ 0 | 【他殺】名 他殺 |
| ださん 0 | 【打算】名 算計，盤算<br>⇨ 打算的(ださんてき)（愛斤斤計較的） |
| だしあう 3 0 | 【出し合う】他五 互相拿出，大家一起出（錢、物等） |
| たしつ 0 | 【多湿】名・形動 濕潤，濕度大<br>⇨ 高温多湿(こうおんたしつ)（高溫濕度大） |
| たしなむ 3 | 【嗜む】他五 愛好；謹慎；（技藝）通曉 |
| たじろぐ 3 | 他五（害怕而）退縮，畏縮；蹣跚 |
| だしん 0 | 【打診】名・他サ 探詢，試探；聽診 |
| たすう 2 | 【多数】名 多數<br>⇨ 多数決(たすうけつ)（少數服從多數，採用多數人的意見） |
| たずさえる 4 3 | 【携える】他一 攜帶 |
| たずさわる 4 | 【携わる】自五 參與，從事 |
| たそがれ 0 | 【黄昏】名 黃昏 |
| ただい 0 | 【多大】名・形動 莫大，非常大 |

| | |
|---|---|
| たたえる 0 3 | 【湛える】他下一 裝滿；洋溢著，呈現出 ➡ 顔(かお)に喜(よろこ)びを湛(たた)える（臉上洋溢著喜悅） |
| たたえる 0 3 | 【讃える・称える】他下一 稱讚，誇獎；表彰 |
| ただす 2 | 【正す】他五 訂正，修正；修改；使～端正；弄清，辨明　➡ 態度(たいど)を正(ただ)す（端正態度） |
| ただす 2 | 【糺す】他五（犯罪、真偽）查明，追查，調查 ➡ 罪(つみ)をただす（追究罪責） |
| ただす 2 | 【質す】他五 詢問 |
| たたずむ 3 | 【佇む】自五 佇立 |
| ただでさえ 1 | 連語 本來就已經～，平常就～ |
| ただよう 3 | 【漂う】自五 漂流，飄浮；飄香；洋溢，充滿；徘徊 |
| たたり 1 | 【祟り】名（惡靈）作祟；報應 ➡ 触(さわ)らぬ神(かみ)に祟(たた)りなし（少管閒事免得麻煩） |
| たちあう 0 | 【立（ち）会う】自五 到場，在場，會同；（相撲）站立起來準備爭勝負　⇨ 立(た)ち会(あ)い（列席；見證人） |
| たちい 2 1 | 【立ち居・起ち居】名 起居；舉止，動作 ⇨ 立(た)ち居(い)振(ふ)る舞(ま)い（舉止，動作） |
| たちいり 0 | 【立（ち）入り】名 進入 ⇨ 立(た)ち入(い)り禁止(きんし)（禁止進入） |
| たちきる 3 0 | 【断（ち）切る】他五 切斷，割斷；斷絕；截斷 |
| たちさる 3 0 | 【立（ち）去る】自五 離去，離開 |
| たちつくす 4 0 | 【立ち尽（く）す】自五 站到最後，始終站著 |
| たちなおる 0 4 | 【立（ち）直る】自五 恢復，復原；倒了又站起來；（經濟）好轉 |
| たちならぶ 0 4 | 【立（ち）並ぶ】自五 排列；匹敵 |
| たちのく 0 3 | 【立（ち）退く】自五（因外在因素）搬移，遷移 |
| たちはだかる 5 0 | 【立ちはだかる】自五（手腳大大張開）擋住，堵住 |
| たちまわる 0 | 【立（ち）回る】自五 轉來轉去；行動，鑽營；（犯人）逃跑中途到某地；（劇）武打 |

| | |
|---|---|
| たちよる 0 3 | 【立（ち）寄る】自五 靠近，走近；順便到，順路到 |
| たつ 1 | 【絶つ】他五 斷絕；停止，中斷；結束 |
| たつい 1 | 【達意】名 達意，意思通達 |
| だつい 0 1 | 【脱衣】名・自サ 脫衣<br>⇨ 脱衣所（だついじょ）（更衣室） |
| たっきゅう 0 | 【卓球】名 乒乓球 |
| だっこ 1 | 【抱っこ】名・他サ（幼兒用語）抱抱 |
| たっしゃ 0 | 【達者】名・形動 熟練，嫻熟；健壯；機靈，精明，圓滑 |
| だっしゅつ 0 | 【脱出】名・自サ 逃出，逃脫 |
| たつじん 0 | 【達人】名（某方面的）高人，高手 |
| だっすい 0 | 【脱水】名・自サ 脫水 |
| だっする 0 3 | 【脱する】自他サ 逃脫；脫離，離開；脫落，漏掉 |
| たっせい 0 | 【達成】名・他サ 達成，完成<br>⇨ 達成感（たっせいかん）（成就感） |
| だつぜい 0 | 【脱税】名・自サ 逃稅 |
| だっそう 0 | 【脱走】名・自サ 逃離，逃脫 |
| だったい 0 | 【脱退】名・自サ 脫離，退出 |
| だったら 1 | 接續 要是～的話 |
| だつらく 0 | 【脱落】名・自サ 脫落；脫離 |
| たてかえる 0 4 3 | 【立（て）替える】他下一 墊付，代付 |
| たてこむ 3 0 | 【立（て）込む】自五 擁擠；事情多，繁忙 |
| たてつづけに 6 | 【立（て）続けに】副 接連，連續 |
| たてまえ 2 | 【建前】名（基本的）原則，方針；（建）上樑；場面話<br>➡ 本音（ほんね）と建前（たてまえ）（真心話和場面話） |
| たてまつる 4 | 【奉る】他五 奉，獻上；恭維，捧 |
| だと 1 | 接續 要是～的話 |
| たどりつく 4 | 【辿り着く】自五 好不容易走到 |

| | |
|---|---|
| たどる 0 2 | 【辿る】他五 沿著前進，邊走邊找；追尋，探索；尋訪；走向不好的結局 |
| だは 1 | 【打破】名・他サ 打破，破除 |
| たはつ 0 | 【多発】名・自サ 多發，經常發生，常見；多引擎 |
| たばねる 3 | 【束ねる】他下一 包，捆；管理，整頓；統率 |
| たびだつ 3 | 【旅立つ】自五 啟程，出發 |
| だぶだぶ 0 1 | 副・自サ（衣服等）過於寬大；（人）肥胖；（液體）盈滿盪漾 |
| ダブる 2 | 自五 重疊 |
| たほう 2 | 【他方】名・副 他方，另一方向；其他方面；另一方面 |
| たぼう 0 | 【多忙】名・形動 很忙，非常忙 |
| たまう 2 | 【賜う】他五 給，賜予 |
| だぼく 0 | 【打撲】名・他サ 跌撞，碰撞　⇨ 打撲傷（碰撞傷） |
| たまりかねる 5 | 【堪り兼ねる】自下一 忍耐不住，難以忍受 |
| たまわる 3 | 【賜る・給わる】他五 賞賜，賜予；蒙賜 |
| ためん 0 1 | 【他面】名・副 另一方面 |
| たもつ 2 | 【保つ】自他五 保持，維持；持續，保得住<br>➡ 身を保つ（保身） |
| たやすい 3 0 | 【容易い】形 容易，不難；輕易 |
| たよう 0 | 【多様】名・形動 多種多樣的　⇨ 多種多様 |
| たらたら 1 0 | 副 滴滴答答；喋不休<br>⇨ 文句たらたら（滿口牢騷） |
| だらだら 1 0 | 副 滴滴答答，往下流；傾斜度徐緩；冗長，喋喋不休 |
| だらく 0 | 【堕落】名・自サ 墮落 |
| たりる 0 | 【足りる】自上一 足，夠；值得　＝足る<br>➡ 用が足りる（夠用；管用） |
| たる 0 | 【樽】名 大木桶 |
| だるい 2 | 【怠い】形 倦怠，渾身無力 |

| | |
|---|---|
| たるむ 0 | 【弛む】自五 鬆弛；放鬆，鬆懈<br>⇨ 弛(たる)み（鬆弛，鬆懈） |
| たれる 2 | 【垂れる】自他下一（自下一）懸垂，吊下；垂滴；（他下一）使下垂；排泄；教誨，垂示；留下<br>➡ 名(な)を後世(こうせい)にたれる（名垂後世） |
| たわいない 4 | 【他愛無い】形 不省人事；一下子就～，容易；無聊，不足道；孩子氣 |
| たわむれる 4 | 【戯れる】自下一 游戲；鬧著玩；（男女）挑逗 |
| だんあつ 0 | 【弾圧】名・他サ 打壓，鎮壓 |
| たんいつ 0 | 【単一】名・形動 單一；單獨；簡單 |
| たんか 1 | 【担架】名 擔架 |
| たんか 1 | 【短歌】名 短歌（日本假名 31 個音組成的詩歌） |
| たんき 1 | 【短気】名・形動 性急，性情急躁；沒耐性 |
| たんきゅう 0 | 【探求】名・他サ 深求 |
| たんきゅう 0 | 【探究】名・他サ 深究 |
| だんけつ 0 | 【団結】名・自サ 團結 |
| たんけん 0 | 【探険・探検】名・他サ 探險　⇨ 探検隊(たんけんたい) |
| だんこう 0 | 【断行】名・他サ 斷然實行，堅決實行 |
| だんげん 0 3 | 【断言】名・他サ 斷言 |
| たんさん 0 | 【炭酸】名 碳酸　⇨ 炭酸飲料(たんさんいんりょう) |
| だんじて 0 1 | 【断じて】副（接否定）決不；一定，堅定 |
| たんしょく 0 | 【単色】名 單色，一色；原色 |
| たんしん 0 | 【単身】名 單身，隻身　⇨ 単身赴任(たんしんふにん)（隻身赴任） |
| たんせい 0 | 【嘆声】名 嘆息，慨嘆，讚嘆 |
| だんぜつ 0 | 【断絶】名・自他サ 斷絕，滅絕 |
| たんせん 0 | 【単線】名 一根線，單線；單軌 |
| だんぜん 0 | 【断然】副・形動 斷然，堅決，毅然；顯然，確實，絕對；決（不） |

| | |
|---|---|
| たんそ [1] | 【炭素】名 碳 |
| たんち [1] | 【探知】名・他サ 探查，探知 |
| たんちょう [0] | 【単調】名・形動 單調，平庸 |
| たんてき [0] | 【端的】形動 直截了當的，乾脆的；明顯的 |
| だんとう [0] | 【暖冬】名 暖和的冬天 |
| たんどく [0] | 【単独】名 單獨；孤立 |
| だんとつ [0] | 【断トツ】連語（「断然（だんぜん）トップ」的略寫）遙遙領先 |
| だんどり [4] [3] [0] | 【段取り】名・他サ 步驟，順序；（心中的）打算，計劃 |
| たんねん [1] | 【丹念】名・他サ 精心，細心 |
| だんねん [3] | 【断念】名・他サ 死心，放棄 |
| たんのう [0] | 【堪能】名・形動・自サ（名・自サ）十分滿足；（形動）（學藝、技術）熟練，擅長，精通於 |
| たんぱ [1] | 【短波】名 無線短波 |
| たんぱくしつ [4] [3] | 【蛋白質】名 蛋白質 |
| だんぺん [3] [0] | 【断片】名 片斷，部分 |
| たんぽ [1] | 【担保】名 擔保（人），抵押品 |
| だんまり [0] | 名 沈默不語 |
| だんめん [3] [0] | 【断面】名 斷面，剖面，截面<br>⇨ 一断面（いちだんめん）（一個斷面，一個剖面） |
| だんりょく [0] [1] | 【弾力】名 彈力 |
| だんわ [0] | 【談話】名・自サ 講話，談話 |

## 歷屆考題

■ あの人（ひと）はおとなしそうに見（み）えるが、することが＿＿＿＿でびっくりさせられる。（1998-V-5）

① 盛大　② 膨大　③ 大体　④ 大胆

答案④

解 其他選項：①盛大（盛大，隆重）；②膨大（龐大，膨脹）；③大体（大體，大概）。

譯 他雖然看上去老實，但是做出很大膽的事情，讓大家都很吃驚。

■ 彼は＿＿＿＿から、多少困難な状況にあってもやっていける。

（1999-V-1）

① いやらしい ② このましい ③ たくましい ④ なれなれしい

答案③

解 答案以外的選項其漢字形式和意思分別為：①嫌らしい・厭らしい（討厭，令人作嘔；下流，不正經）；②好ましい（可喜，令人滿意）；④馴れ馴れしい（親密，過分親暱）。這 4 個選項都是形容詞。

譯 他很堅強，即使處於困難的狀況中，也能繼續堅持下去。

■ 祖父は自分は「安全運転だ」と＿＿＿＿するが、私は心配だ。

（2001-V-4）

① 信任 ② 信頼 ③ 断言 ④ 予言

答案③

解 其他選項：①信任（信任）；②信頼（信賴；相信）；④予言（預言）。這 4 個選項都是サ行變格動詞。

譯 祖父斷言自己「駕駛絕對安全」，但是我卻很擔心。

■ たりる……これは、まじめに考えるにたりない、くだらない問題だ。

（2003-VI-2）

① 千円も持っていけば十分にたりる。

② はたして彼は信頼するにたりる人間だろうか。

③ 彼女が怒ったのは私の言葉がたりなかったせいだ。

④ 1日24時間ではやりたいことを全部やるにはたりない。

答案②

解 「たりる」在各項中的用法為：（題目）值得；①夠，足夠；②值得；③夠，到位；④夠，足夠。

譯 （題目）這是不值得認真考慮的無聊問題；①帶一千日圓去就足夠了；②他究竟是不是值得信賴的人呢？；③她生氣是因為我的話沒說到位；④一天只有 24 個小時的話來不及做完所有想做的事情。

■ 研修生を受け入れる<u>態勢</u>ができた。（2004-II-2）

① 体制　② 統制　③ 達成　④ 養成

答案①

解 其他選項：①体制（體制）；②統制（統制，統管）；③達成（達成，完成）；④養成（培養，培訓）。其中與「態勢」讀音相同的是①。

譯 已經做好了接納研修生的準備。

■ この困難な状況を＿＿＿＿し、倒産の危機を乗り越えるために、必要なことは何だろうか。（2006-V-14）

① 打開　② 展開　③ 破棄　④ 破裂

答案①

解 其他選項：②展開（開展；展現）；③破棄（廢除，撕毀；撤銷）；④破裂（破裂）。這 4 個選項都是サ行變格動詞。

譯 為了打破這種困難的狀況，渡過破產的危機，需要做些什麼呢？

■ 彼のせいでせっかくのパーティーが＿＿＿＿だ。（2007-V-4）

① でたらめ　② うつろ　③ 台無し　④ 不適切

答案③

解 答案以外的選項其漢字、讀音和意思分別為：①出鱈目（でたらめ）（荒唐，胡扯，胡說八道）；②空ろ（うつろ）・虚ろ（うつろ）（空洞；空虛）；④不適切（ふてきせつ）（不合適，不確切）。

譯 因為他，難得的晚會變得一團糟。

# ち

♫ 132

| | |
|---|---|
| ちあん 0 1 | 【治安】名 治安 |
| ちかく 0 | 【知覚】名・他サ 知覺；察覺 |
| ちかよせる 2 0 | 【近寄せる】他一 使接近，靠近 |
| ちぎる 2 | 【契る】他五 約定，誓約；發生肉體關係 |
| ちくさん 0 | 【畜産】名 畜產 |
| ちくしょう 3 | 【畜生】名 畜生；混帳東西，混蛋 |
| ちくせき 0 | 【蓄積】名・自他サ 積蓄，積累，儲備 |
| ちぐはぐ 1 0 | 名・形動（成對東西）不成雙，不成對；（事物）不協調 |
| ちけい 0 | 【地形】名 地形，地勢 |
| ちせい 1 2 | 【知性】名 才能，才智，智力，理智 ⇔感性（かんせい） |
| ちぢまる 0 | 【縮まる】自五 縮小，收縮；縮減；起皺 |
| ちぢれる 0 | 【縮れる】自下一 捲曲；起皺，出褶 |
| ちつじょ 2 | 【秩序】名 秩序 |
| ちっそく 0 | 【窒息】名・自サ 窒息 ⇨ 窒息死（ちっそくし）（窒息而死） |
| ちてき 0 | 【知的】形動 智慧的，智力的，理智的，理性的 |
| ちなみに 0 1 | 【因みに】接續 附帶補充一句；順便說一句 |
| ちのけ 0 | 【血の気】名 血色；（容易興奮、激動）血氣方剛<br>➡ 血の気（ちのけ）が多い（おおい）男（おとこ）（血氣方剛的男人） |
| ちめい 0 | 【致命】名 致命 ⇨ 致命的（ちめいてき） |
| ちゃくじつ 0 | 【着実】名・形動 踏實，牢靠，穩健 |

| | |
|---|---|
| ちゃくしゅ ① | 【着手】名・自サ 著手，開始 |
| ちゃくしょく ⓪ | 【着色】名・自サ 著色，上顏色 |
| ちゃくせき ⓪ | 【着席】名・自サ 入席，就座，入座 |
| ちゃくち ⓪ | 【着地】名自サ 著陸；到達地；(體操)著地，落地 |
| ちゃくちゃく ⓪ | 【着着・着々】副 一步一步的，穩步而順利，逐步的 |
| ちゃくもく ⓪ | 【着目】名・自サ 著眼，注目 |
| ちゃくりく ⓪ | 【着陸】名・自サ 著陸，降落　⇔離陸(りりく)(起飛) |
| ちゃっこう ⓪ | 【着工】名・自サ 開工，動工，興工 |
| ちゃのま ⓪ | 【茶の間】名 茶室；餐室，起居室 |
| ちゃのゆ ⓪ | 【茶の湯】名 茶道，品茶會 |
| ちやほや ① | 副・他サ 溺愛，嬌養；奉承 |
| ちゅうかい ⓪ | 【仲介】名・他サ 仲介　⇨仲介者(ちゅうかいしゃ)(仲介人) |
| ちゅうがえり ③ | 【宙返り】名・自サ 空翻，(飛機)上下翻轉，翻筋斗 |
| ちゅうかく ⓪ | 【中核】名 核心 |
| ちゅうけい ⓪ | 【中継】名・他サ 中繼，轉口，中轉；電視或電臺的轉播　⇨中継局(ちゅうけいきょく)(轉播站)　⇨中継放送(ちゅうけいほうそう)(轉播)　⇨中継貿易(ちゅうけいぼうえき)(轉口貿易)　⇨生中継(なまちゅうけい)(實況轉播) |
| ちゅうけん ⓪ | 【中堅】名 中堅 |
| ちゅうこく ⓪ | 【忠告】名・他サ 忠告 |
| ちゅうさい ⓪ | 【仲裁】名・他サ 仲裁　⇨仲裁人(ちゅうさいにん)(調停人) |
| ちゅうし ①⓪ | 【注視】名・他サ 注視，注目 |
| ちゅうじつ ⓪ | 【忠実】名・形動 忠實，忠誠；如實，照原樣 |
| ちゅうじゅん ⓪ | 【中旬】名 中旬　⇔上旬(じょうじゅん)　⇔下旬(げじゅん) |
| ちゅうしょう ⓪ | 【中傷】名・他サ 中傷 |
| ちゅうしょう ⓪ | 【抽象】名・他サ 抽象　⇔具体(ぐたい) |
| ちゅうしょう ⓪ | 【中傷】名・他サ 中傷；誹謗 |
| ちゅうすう ⓪ | 【中枢】名 中樞，中心；樞紐，關鍵 |

| | |
|---|---|
| ちゅうぜつ 0 | 【中絶】自他サ 中斷，打斷；人工流產 |
| ちゅうせん 0 | 【抽選】名・自サ 抽選；抽籤 |
| ちゅうたい 0 | 【中退】名・自サ 中途退學 |
| ちゅうちょ 1 | 【躊躇】名・自他サ 猶豫 |
| ちゅうどく 1 | 【中毒】名・自サ 中毒；上癮<br>⇨ 食中毒(しょくちゅうどく)（食物中毒） |
| ちゅうふく 0 | 【中腹】名 半山腰 |
| ちゅうぼう 0 | 【厨房】名 廚房，伙房 |
| ちゅうや 1 | 【昼夜】名・副 晝夜 |
| ちゅうりつ 0 | 【中立】名・自サ 中立 |
| ちゅうわ 0 | 【中和】名・自サ 中正，溫和；（化）中和；（理）平衡 |
| ちょういん 0 | 【調印】名・自サ（在文件上）簽定，簽字 |
| ちょうえき 0 | 【懲役】名 徒刑　⇨ 無期懲役(むきちょうえき)（無期徒刑） |
| ちょうかく 1 0 | 【聴覚】名 聽覺 |
| ちょうかん 0 | 【長官】名 長官，機關首長<br>⇨ 官房長官(かんぼうちょうかん)（內閣官房長官，內閣秘書長） |
| ちょうこう 0 | 【聴講】名・他サ 聽課，聽講　⇨ 聴講生(ちょうこうせい)（旁聽生） |
| ちょうしゅう 0 | 【徴収】名・他サ 徵收；收費 |
| ちょうしんき 3 | 【聴診器】名 聽診器 |
| ちょうたつ 0 | 【調達】名・他サ 籌措（錢），籌集；（錢物）供應 |
| ちょうてい 0 | 【調停】名・他サ 調停，調解 |
| ちょうてん 1 3 | 【頂点】名 頂點，頂峰 |
| ちょうふく 0 | 【重複】名・自サ 重複　＝じゅうふく |
| ちょうへん 0 | 【長編】名 長篇　⇔短編(たんぺん)　⇔中編(ちゅうぺん) |
| ちょうほう 0 1 | 【重宝】名・形動・他サ 珍寶，至寶；（用起來）便利，方便，順手；珍視 |
| ちょうほんにん 3 0 | 【張本人】名 禍首，罪魁 |

| | |
|---|---|
| **ちょうやく** 0 | 【跳躍】名・自サ 跳躍<br>⇨ 跳躍競技（ちょうやくきょうぎ）（跳高、跳遠、撐桿跳、三級跳遠等比賽的總稱） |
| **ちょうわ** 0 | 【調和】名・自サ 調和，協調；和諧 |
| **ちょくげき** 0 | 【直擊】名・他サ 直接擊中 |
| **ちょくし** 1 | 【直視】名・他サ 注視，直視；正視 |
| **ちょくしん** 0 | 【直進】名・自サ 直向前進 |
| **ちょくちょく** 1 | 副 時常，屢屢，往往 |
| **ちょくつう** 0 | 【直通】名・自サ 直通，直達<br>⇨ 直通（ちょくつう）バス（直達巴士） |
| **ちょくめん** 0 | 【直面】名・自サ 面對，面臨 |
| **ちょくやく** 0 | 【直訳】名・他サ 直譯 |
| **ちょちく** 0 | 【貯蓄・儲蓄】名・他サ 儲蓄 |
| **ちょっかん** 0 | 【直感】名・他サ 直觀，直覺 |
| **ちょっこう** 0 | 【直行】名自サ（交通）直達；直接去；直率 |
| **ちょっぴり** 3 | 副 一丁點 |
| **ちょめい** 0 | 【著名】名・形動 著名，有名，出名 |
| **ちらちら** 1 | 副（輕輕飄狀）紛紛；一閃一閃地；時隱時現；眼花 |
| **ちらつく** 0 | 自五 紛紛落地；不時浮現；閃爍 |
| **ちらっと** 2 | 副 一閃，一晃；略微 |
| **ちらばる** 0 | 【散らばる】名・形動 分散，分布；散亂，零亂 |
| **ちらり** 2 3 | 副 一閃，一晃；稍微，略微（聽到） |
| **ちり** 0 | 【塵】名 灰塵；微不足道；一點，絲毫；塵世，紅塵；骯髒，污垢　⇨ 塵取り（ちりとり）（畚斗，畚箕）<br>⇨ 塵紙（ちりがみ）（粗草紙，手紙，衛生紙）<br>➡ 塵（ちり）も積（つ）もれば山（やま）となる（積少成多，集腋成裘） |
| **ちりょう** 0 | 【治療】名・他サ 治療 |
| **ちんぎん** 1 | 【賃金】名 工資，薪水 |

| | |
|---|---|
| ちんたい ⓪ | 【賃貸】名・他サ 出租<br>⇨ 賃貸(ちんたい)マンション（出租公寓） |
| ちんつう ⓪ | 【沈痛】名・形動 沉痛 |
| ちんでん ⓪ | 【沈殿・沈澱】名・自サ 沉澱　⇨ 沈殿物(ちんでんぶつ) |
| ちんぷ ① | 【陳腐】名・形動 陳腐，腐朽 |
| ちんぼつ ⓪ | 【沈没】名・自サ 沉沒；醉倒 |
| ちんもく ⓪ | 【沈黙】名・自サ 沈默；（不活動）沈潛 |

## 歷屆考題

■ 友達(ともだち)のちゅうこくを素直(すなお)に受(う)け入(い)れた。（1999-Ⅳ-4）

① 彼(かれ)は自分(じぶん)の仕事(しごと)にちゅうじつだ。

② 会議(かいぎ)が突然(とつぜん)ちゅうしになった。

③ ちゅうもんした料理(りょうり)がまだ来(こ)ない。

④ ちゅうしょうてきな言(い)い方(かた)をされても分(わ)からない。

答案①

解 題目畫線部分的漢字是「忠告(ちゅうこく)」。選項畫線部分的漢字分別是：①忠実(ちゅうじつ)（忠實）；②中止(ちゅうし)（中止）；③注文(ちゅうもん)（訂貨；提要求）；④中傷的(ちゅうしょうてき)（中傷性的）。題目和選項①中雙畫線處的漢字都是「忠」，因此選①。

譯（題目）老實聽從朋友的忠告；①他忠於職守；②會議突然中止了；③點的菜還沒有送上來；④被中傷了，自己還不知道。

■ 初(はじ)めて会(あ)った瞬間(しゅんかん)、＿＿＿＿的(てき)にこの人(ひと)とはうまくいくと思(おも)った。（2000-Ⅴ-7）

① 主観　② 悲観　③ 予感　④ 直感

答案④

解 其他選項：①主觀（主觀；個人見解；主觀臆想）；②悲觀（悲觀；失望）；③予感（預感，預兆），它後面一般不接「的」。「的」接在部分名詞後，構成形容動詞，多用來表示事物的性質，表示「關於，～式的，～上的」的意思。

譯 初次見面的一瞬間，我就直覺會和這個人融洽地相處下去。

■ 他人をちゅうしょうしてはいけない。（2001-Ⅳ-2）

① 子どものがっしょうを聞きに行った。

② しゃしょうに切符を見せた。

③ 交通事故でふしょうした人を病院に運んだ。

④ 借りた自転車を壊してしまったので、べんしょうした。

答案③

解 題目畫線部分的漢字是「中傷」。選項畫線部分的漢字分別是：①合唱（合唱）；②車掌（乘務員）；③負傷（負傷）；④弁償（賠償）。題目和選項③中雙畫線處的漢字都是「傷」，因此選③。

譯 （題目）不能中傷別人；①去聽孩子們的合唱；②給乘務員看票；③把在交通事故中受傷的人送到醫院；④把借來的自行車弄壞了，所以賠償對方了。

■ 中毒（2002-Ⅶ-4）

① 彼はお酒に中毒だ。

② ガス中毒で入院した。

③ 公園の彫刻が雨の中毒で溶けてきた。

④ うちの子は、勉強に中毒して熱を出してしまった。

答案②

解 選項①、③、④為誤用。①可改為「お酒に酔った」（喝醉了）；③可改為「浸食」（侵蝕）；④可改為「熱中」（專心致志，入迷）。

譯 因為瓦斯中毒而住院了。

■ 友人(ゆうじん)の＿＿＿＿＿に従(したが)ってよかった。（2003-Ⅴ-1）

① 証言　② 申告　③ 宣言　④ 忠告

答案④

**解** 其他選項：①証言(しょうげん)（證詞）；②申告(しんこく)（申報）；③宣言(せんげん)（宣言，宣佈）。

**譯** 幸虧聽從了朋友的忠告。

■ この文(ぶん)はちゅうしょう的(てき)で、わかりにくい。（2007-Ⅳ-1）

① 犬(いぬ)は人間(にんげん)にちゅうじつだと言(い)われる。

② 矢(や)が的(まと)にめいちゅうした。

③ ちゅうせんに当(あ)たって、CDをもらった。

④ ロケットでうちゅうに行(い)ってみたい。

答案③

**解** 題目畫線部分的漢字是「抽象(ちゅうしょう)」。選項畫線部分的漢字和意思分別為：①忠実(ちゅうじつ)（忠誠，忠實）；②命中(めいちゅう)（命中）；③抽選(ちゅうせん)（抽籤）；④宇宙(うちゅう)（宇宙）。題目和選項③中雙畫線處的漢字都是「抽」，因此選③。

**譯** （題目）這篇文章比較抽象，很難懂；①據說狗對人類很忠誠；②箭命中了靶子；③抽籤抽中了，拿到一張ＣＤ；④我想乘坐火箭去宇宙看看。

## つ

♬ 136

| | |
|---|---|
| ついきゅう ⓪ | 【追及】名・他サ（責任、缺點等）追問，追究；追趕<br>➡ 責任(せきにん)を追及(ついきゅう)する（追究責任） |
| ついきゅう ⓪ | 【追求】名・他サ 追求；追加要求<br>➡ 利潤(りじゅん)を追求(ついきゅう)する（追求利潤） |
| ついきゅう ⓪ | 【追究】名・他サ（學門、未知的事、真理等）探求 |
| ついとう ⓪ | 【追悼】名・他サ 追悼 |

| | |
|---|---|
| ついほう 0 | 【追放】名・他サ 放逐，驅逐，驅趕；驅除，肅清；開除，清除 |
| ついやす 3 0 | 【費やす】他五 耗費，花費；浪費，白費 |
| ついらく 0 | 【墜落】名・自サ 墜落 |
| つうかん 0 | 【痛感】名・他サ 同感，深切地感受到 |
| つうじょう 0 | 【通常】名・副 通常，平常；一般情況下 |
| つうせつ 0 | 【痛切】名・形動 痛切，深切 |
| つうたつ 0 | 【通達】名・自他サ（上級官方等的）通告，通知；通曉，熟知 |
| つうちょう 0 | 【通帳】名 帳簿 |
| つうやく 1 | 【通訳】名・自他サ 口譯，翻譯<br>⇒翻訳（ほんやく）（翻譯，筆譯） |
| つうれつ 0 | 【痛烈】形動 猛烈 |
| つうわ 0 | 【通話】名・自サ 通電話；（通電話的次數）通 |
| つえ 1 | 【杖】名 拐杖，手杖；依靠；刑杖 |
| つかい 0 | 【使い・遣い】名 使用；打發去的人；使者；使用的方法，使用的人　⇨小遣い（こづかい）（零用錢）<br>⇨金遣い（かねづかい）（花錢）　⇨人遣い（ひとづかい）（用人） |
| つかいなれる 5 | 【使い慣れる】他下一 用慣，用熟 |
| つかいみち 0 | 【使い道】名 用法；用途，用處 |
| つかいもの 0 | 【使い物・遣い物】名 有用的東西；禮物，禮品 |
| つかえる 3 0 | 【仕える】自下一 侍奉，侍候，服侍 |
| つかさどる 4 | 【司る・掌る】他五 掌管，控制；服務 |
| つかのま 0 | 【束の間】名 一瞬間，轉眼間 |
| つかる 0 | 【浸かる・漬かる】自五 淹泡；（澡堂等）浸泡；（食物）醃 |
| つきささる 4 | 【突（き）刺さる】自五 刺上，扎入 |
| つきさす 3 | 【突（き）刺す】他五 刺入，插入，扎入；（文章、話語等）打動人心 |

| | |
|---|---|
| **つきそう** 3 0 | 【付（き）添う】自五 照料，陪伴，護理；護送 |
| **つきだす** 3 | 【突（き）出す】他五 推出去；(向前)探出，(向外)伸出，凸出；扭送(到警局等) |
| **つきっきり** 0 | 名 片刻不離左右 |
| **つきつける** 4 | 【突（き）付ける】他下一 擺在眼前；(以強硬的態度)提出 |
| **つきなみ** 0 | 【月並み】名·形動 每月，按月；庸俗，老套<br>➡ 月並文章（つきなみぶんしょう）(平淡的文章) |
| **つきぬける** 4 | 【突（き）抜ける】他下一 穿透，穿過 |
| **つきまとう** 4 0 | 【付き纏う】自五 纏住，糾纏 |
| **つぎめ** 0 | 【継（ぎ）目】名 接縫，焊縫；(家庭)繼承人 |
| **つきる** 2 | 【尽きる】自上一 用盡，用完；結束 |
| **つぐ** 0 | 【接ぐ】他五 連接，嫁接 |
| **つくす** 2 | 【尽くす】他五 竭盡全力；為～效力，報效，貢獻<br>➡（動詞ます形＋）尽（つ）くす（完全～） |
| **つくづく** 3 2 | 副 仔細，細心；深刻地，深切地；實在，切實 |
| **つぐなう** 3 | 【償う】名 補償，賠償；贖罪　⇨ 償（つぐな）い（補償） |
| **つくり** 3 | 【作り・造り】名 構造，結構，樣式；身材，體格；假裝；化妝，打扮；生魚片；耕作；莊稼<br>⇨ 作（つく）り笑（わら）い（強顏歡笑） |
| **つくりあげる** 5 | 【作り上げる】他下一 做完；偽造，虛構，炮製 |
| **つくりなおす** 5 0 | 【作り直す】他五 重新做 |
| **つくる** 2 | 【創る】他五 創造，發明 |
| **つくろう** 3 | 【繕う】他五 縫補，修繕；整理，修飾；敷衍 |
| **つけ** 2 | 【付け】名 賒，賒購；帳單；(歌舞伎)打梆子 |
| **つけくわえる** 0 5 | 【付（け）加える】他下一 增加，添加，附加，補充 |
| **つけこむ** 3 | 【付（け）込む】自他五（自五）乘機，捉住機會；（他五）記帳 |

| | |
|---|---|
| つけたす 0 3 | 【付（け）足す】他五 追加，補足，添加 |
| つじつま 0 | 【辻褄】名 條理，道理<br>⇨ つじつまが合（あ）う（說話有條理） |
| つたない 3 | 【拙い】形 拙劣；愚笨　➡ 運（うん）がつたない（運氣不好） |
| ちゅうぜつ 0 | 【中絶】自他サ 中斷，打斷；人工流產 |
| つつ 2 0 | 【筒】名 筒，炮筒，槍筒；井壁 |
| つっかかる 4 | 【突っ掛かる】自五 頂嘴，頂撞；猛衝，猛撞；絆到 |
| つっかける 4 | 【突っ掛ける】他下一 趿拖著（鞋子）；撞 |
| つつく 2 | 【突く】他五 輕輕地碰、捅；（用筷子夾著）吃；叨，啄；教唆；挑剔；欺侮　＝突（つ）っ突（つ）く |
| つっけんどん 3 | 形動 粗暴，簡慢，冷淡 |
| つつしむ 3 | 【謹む・慎む】他五 謹慎，小心；節制，齋戒 |
| つっぱる 3 | 【突っ張る】自・他五 支撐，頂起，撐起；抽筋；猛烈反駁，堅持己見；抵抗，反抗；不良，學壞 |
| つづる 0 2 | 【綴る】他五 縫補；裝訂；寫作；拼寫 |
| つど 1 | 【都度】名 每次，每回　⇒度（たび） |
| つとまる 3 | 【務まる】自五 能擔任，能勝任，做得來 |
| つとめて 2 | 【努めて】副 努力，特別注意；精良，盡力 |
| つとめる 3 | 【務める】他下一 擔任；做，扮演 |
| つなみ 0 | 【津波】名 海嘯 |
| つねる 2 | 【抓る】他五 擰，捏 |
| つの 2 | 【角】名 牛、羊等動物的角；角狀物，觸角<br>⇨ 角隠（つのかく）し（日式婚禮時新娘所使用的白頭紗）<br>⇨ 角突（つのつ）き合（あ）わせる（吵嘴，吵架）<br>➡ 角（つの）を折（お）る（放棄，屈服，投降，態度軟化）<br>➡ 角（つの）を出（だ）す／生（は）やす（女人嫉妒、吃醋）<br>➡ 角（つの）を矯（た）めて牛（うし）を殺（ころ）す（心欲愛之，實為害之） |
| つのる 2 0 | 【募る】自他五 招募，招聘；（某情況、狀態）越來越厲害 |
| つぶやく 3 | 【呟く】自五 嘰咕，嘮叨 |

| | |
|---|---|
| つぶら [0][1] | 【円ら】名・形動 圓；圓而可愛 |
| つぼまる [0] | 【窄まる】自五 收縮　⇨ 窄(すぼ)まる |
| つぼみ [0][3] | 【蕾み】名 花蕾，蓓蕾；未成年（的人） |
| つまむ [0] | 【撮む・抓む・摘まむ】他五 摘，掐；下筷子，吃；摘要，摘取　⇨ 摘(つ)まみ（抓；把手；下酒菜） |
| つまる [2] | 【詰（ま）る】自五 堵塞，不通；擠滿，堆滿；縮短，縮；窮困；停頓 |
| つみき [0] | 【積木】名 堆積的木材；（玩具）積木 |
| つみたて [0] | 【積み立て】名・他サ 積存，儲蓄 |
| つみに [0] | 【積荷】名 裝載的貨物，載貨 |
| つむ [0] | 【摘む】他五 摘取，掐，採 |
| つめきる [0][3] | 【詰（め）切る】自五 片刻不離地看守（護理），一直待在；裝完；裝滿 |
| つや [1] | 【通夜】名（靈前）守夜 |
| つゆ [1] | 【露】名・副 露水；虛無，短暫；一點也（不）：微不足道　➡ 露(つゆ)の命(いのち)（短暫的一生） |
| つら [2] | 【面】名 臉，面孔 |
| つらなる [3] | 【連なる】自五 成排，成列；連接不斷；列席；有關聯，涉及 |
| つらぬく [3] | 【貫く】他五 穿過，穿透，貫通，貫穿；堅持，貫徹 |
| つらねる [3] | 【連ねる・列ねる】他下一 排成一列；羅列，連接；會同，伴同　➡ 名(な)を連(つら)ねる（連名）<br>➡ 袖(そで)を連(つら)ねる（多數人結伴行動） |
| つるぎ [3] | 【剣】名 劍　⇨ 剣(つるぎ)の山(やま)（（地獄中的）刀山）<br>➡ 諸刃(もろは)の剣(つるぎ)（雙面鋒利的劍；〔喻〕可傷人，亦可能會傷己） |
| つれる [0] | 【吊れる】自下一 吊起來，向上吊 |

## 歷屆考題

■ 何回会議(なんかいかいぎ)をやっても結論(けつろん)が出(で)ないので、________いやになった。

（1996- V -6）

① つくづく　② わざわざ　③ ぞくぞくと　④ くれぐれも

答案①

解 答案以外的選項其意思分別為：②特意，故意；③陸續，不斷；④周到，仔細。這 4 個選項都是副詞。

翻 多次開會也沒有結論，讓人感到非常厭煩。

■ つとめる……この都市(とし)では、「人(ひと)と自然(しぜん)の調和(ちょうわ)した町(まち)」をテーマに、環境(かんきょう)の整備(せいび)につとめている。（1999- VI - 7 ）

① 金田(かねだ)さんは大学(だいがく)を出(で)てからしばらく会社(かいしゃ)につとめていたが、今(いま)は家(いえ)で酒屋(さかや)をやっている。

② 国際会議(こくさいかいぎ)で議長(ぎちょう)をつとめることになった。

③ このごろは女性(じょせい)でもつとめたことがない人(ひと)はめずらしい。

④ 健康(けんこう)のために、からだを動(うご)かすようにつとめている。

答案④

解 「つとめる」在各項中的用法為：（題目）努力，效力，盡力；①工作；②擔任，擔當；③工作，做事；④努力，盡力。其中在題目和選項④中為「努(つと)める」，在選項①、②中為「勤(つと)める」，在選項③中漢字為「務(つと)める」。

翻 （題目）這個城市以「人與自然協調的城市」為主題，致力於整治環境；①金田從大學畢業後在公司裏工作了一段時間，但是現在在家裏經營小酒館；②決定在國際會議中擔任大會主席；③近來就算是女性，沒有工作過的人也是很少見了；④為了健康，努力多活動身體。

■ 田中(たなか)さんは一生(いっしょう)信念(しんねん)を________。（2000- V -11）

① はたした ② うちこんだ ③ やりとげた ④ つらぬいた

答案④

解 答案以外的選項其漢字形式和意思分別為：①果たす（完成，實現，實行）；②打ち込む（熱中，專心致志，埋頭，全神貫注）；③やり遂げる（做完，完成）。

翻 田中一生堅持信念。

- 市民たちは街から犯罪をついほうしようとがんばっている。

（2007-Ⅳ-4）

① この大学の図書館は一般にかいほうされている。
② 従来の経営システムはほうかいしつつある。
③ ボランティアなので、ほうしゅうは受け取っていない。
④ もほうしたものからは独創性が感じられない。

答案①

解 題目畫線部分的漢字是「追放」。選項畫線部分的漢字和意思分別為：①開放（開放）；②崩壊（崩潰）；③報酬（報酬）；④模倣（模仿）。題目和選項①中雙畫線處的漢字都是「放」，因此選①。

翻 （題目）市民們正在努力從城市中消除犯罪；①這所大學的圖書館向一般人開放；②以前的經營系統正在崩潰中；③因為是義工，所以沒拿報酬；④從模仿品中感覺不到獨創性。

## て

♬ 140

| | |
|---|---|
| て ① | 【手】名 手；把手；動物的前腳；人手；手段，計略，策略；象棋等的走法；筆跡；種類；方向；手藝；所有<br>➡ 手が上がる（提高本領，進步）<br>➡ 手が空く（閑著，有空）<br>➡ 手が後ろに回る（被逮捕）<br>➡ 手が掛かる（費事，麻煩）<br>➡ 手が切れる（關係斷絕）<br>➡ 手が込む（手續複雜，工藝精巧）<br>➡ 手が付けられない（無法下手；無法對付） |

➡ 手が出る（做，著手）
➡ 手が届く（夠得著；買得起）
➡ 手が長い（好偷東西）
➡ 手が入る（補充；修改；員警來搜）
➡ 手が離せない（脫不了身）
➡ 手が離れる（已不需要照顧）
➡ 手が早い（手腳伶俐，動作敏捷）
➡ 手がふさがる（手頭沒空）
➡ 手が回る（照顧得周到；佈置）
➡ 手取り足取り（連拉帶扯地；盡心教導）
➡ 手に汗を握る（捏一把汗，提心吊膽）
➡ 手に余る（棘手，力不能及）
➡ 手に入れる（到手，歸自己所有）
➡ 手に負えない（處理不了，力不能及）
➡ 手に落ちる（落到～手裏）
➡ 手に掛かる（落入～之手，遭～的毒手）
➡ 手に掛ける（親自做某事；自己殺死）
➡ 手にする（拿在手裏）
➡ 手に付かない（心不在焉，沉不下心）
➡ 手に手を取る（手牽手）
➡ 手に取るように（非常清晰，非常明顯）
➡ 手に乗る（上當，中計）
➡ 手に入る（到手，得到） ➡ 手の裏を返す（反掌）
➡ 手も足も出ない（無能為力，一籌莫展）
➡ 手もなく（毫無抵抗，輕易地，簡單地）
➡ 手を上げる（舉手；投降）
➡ 手を合わせる（合掌；懇求；作揖）
➡ 手を入れる（修改；加工；逮捕）
➡ 手を打つ（鼓掌；採取措施；成交；和好）
➡ 手を掛ける（照料，費心；身體力行）
➡ 手を貸す（幫助別人）
➡ 手を借りる（求別人幫助）
➡ 手を切る（斷絕關係）
➡ 手を下す（動手，採取行動）
➡ 手を組む（與～聯手，勾結）
➡ 手を出す（參與；動手；與女性私通）

| | |
|---|---|
| | ➡ 手を尽くす（想盡辦法）<br>➡ 手をつける（動；摸；碰；開始使用）<br>➡ 手を取る（拉手；悉心指導）<br>➡ 手を握る（言歸於好；合作）<br>➡ 手を抜く（潦草，偷工減料）<br>➡ 手を濡らさない（不沾手，不費力氣）<br>➡ 手を延ばす（伸手；發展）<br>➡ 手を引く（斷絕關係；洗手不幹；牽手一起行動）<br>➡ 手を広げる（擴大範圍，擴大勢力）<br>➡ 手を回す（佈置，處理）<br>➡ 手を焼く（嘗到苦頭；感到棘手）<br>➡ 手を汚ごす（幹麻煩事，染指；做別人不想做的事） |
| **で** 1 | 【出】名 出來（的狀況）；上班，工作；（事物的）開端，開始；出身<br>➡（動詞ます形＋）出がある（耐用） |
| **てあたりしだい** 5 | 【手当たり次第】副 抓到什麼算什麼，胡亂 |
| **てあつい** 0 3 | 【手厚い】形 熱情，殷勤；豐厚 |
| **てあらい** 0 3 | 【手荒い】形 粗暴，粗魯 |
| **ていおん** 0 | 【低温】名 低溫　⇔ 高温 |
| **ていき** 1 | 【提起】名・他サ 提起 |
| **ていきょう** 0 | 【提供】名・他サ 提供 |
| **ていけい** 0 | 【提携】名・自サ 提攜，合作 |
| **ていけつ** 0 | 【締結】名・他サ 締結 |
| **ていさい** 0 | 【体裁】名 外觀；體裁，格式；體面，體統；奉承話，客套話 |
| **ていさつ** 0 | 【偵察】名・他サ 偵察 |
| **ていじ** 0 | 【提示】名・他サ 提示，出示；向對方提供自己的意見 |
| **ていじ** 1 | 【定時】名 規定的時刻，定時，準時；定期 |
| **ていしょう** 0 | 【提唱】名・他サ 提倡，倡導；（禪宗）講經 |
| **ていしょく** 0 | 【定職】名 一定的職業，安定的工作 |

| | |
|---|---|
| ていする 3 | 【呈する】他サ 呈送；呈現 |
| ていたい 0 | 【停滞】名・自サ 停滯；滯銷；（醫）積食 |
| ていたく 0 | 【邸宅】名 宅邸，公館 |
| ていたらく 3 | 【体たらく】名 狼狽相，（難看的、不好的）樣子，狀態 |
| ていちゃく 0 | 【定着】名・自他サ 紮根，固定，落實；定居；（照像）定影 |
| ていちょう 0 | 【丁重】名・形動 很有禮貌，鄭重其事，殷勤 |
| ていぼう 0 | 【堤防】名 堤壩，堤防 |
| てうす 0 | 【手薄】名・形動（手邊）缺少，不足；人手少；不充分 |
| ていり 1 | 【定理】名（數）定理 |
| ておくれ 2 | 【手遅れ】名 為時已晚，耽誤，錯過時機 |
| ておち 3 | 【手落ち】名 疏漏，過失 |
| でかい 2 | 形（俗）大的，好大　＝でっかい |
| てがかり 2 | 【手掛（か）り・手懸（か）り】名 線索；手抓的地方 |
| てがける 3 | 【手掛ける】他下一 親手做；親自照料，親自管理 |
| てかず 1 | 【手数】名 麻煩，周折；（棋）著數　＝てすう |
| てがた 0 | 【手形】名（期票等）票據；手印<br>⇨ 為替手形(かわせてがた)（匯票）<br>⇨ 約束手形(やくそくてがた)（期票，本票） |
| てがたい 3 | 【手堅い】形 踏實，靠得住 |
| でかでか 3 0 | 副 特別大，特～，大～；顯眼地 |
| てがる 0 | 【手軽】名・形動 簡單，容易　⇨ 手軽い(てがるい)（簡便的） |
| てきおう 0 | 【適応】名・自サ 適應，適合，符合；順應 |
| てきかく 0 | 【的確・適確】形動 確切，準確　＝てっかく |
| てきぎ 1 | 【適宜】名・形動 適當，適宜；隨便，隨意 |
| できごころ 3 | 【出来心】名 一時衝動 |
| てきしゅつ 0 | 【摘出】名・他サ 摘出，摘除，取出；指出 |

| | |
|---|---|
| てきせい [0] | 【適性】名 適合，性質，性格 |
| てきせい [0] | 【適正】名・形動 適當，合理 |
| てきたい [0] | 【敵対】名・自サ 敵對　⇨ 敵対関係(てきたいかんけい) |
| てきちゅう [0] | 【的中】名・自サ 命中；料中 |
| てきとう [0] | 【適当】形動 適當，恰當；適度；馬虎，敷衍 |
| てきぱき [1] | 副 俐落，敏捷；(態度等)明確，果斷 |
| てきはつ [0] | 【摘発】名・他サ 揭發，揭露 |
| できもの [3] [0] | 【出来物】名 腫塊，疙瘩，腫皰　＝お出来(でき) |
| てきよう [0] | 【適用】名・他サ 適用，應用　⇨ 適用範囲(てきようはんい) |
| てきりょう [0] | 【適量】名 適量 |
| てぎわ [3] | 【手際】名 手腕；手法 |
| てぐち [1] | 【手口】名 方法，(犯罪)手段 |
| てくてく [1] | 副(較遠距離步行狀)不住腳地 |
| でくわす [0] [3] | 【出くわす】自五 偶然遇見，碰見 |
| てこ [1] | 【梃子】名 槓桿，撬棍； 成目的的手段<br>⇨ てこでも動(うご)かない（怎麼說也聽不進去） |
| てこいれ [4] [0] | 【梃入れ】名 為了打開困難局面而給予援助或支持；<br>(商)為了防止行情下跌而採取的措施 |
| てこずる [3] | 自五 棘手，難辦 |
| てごたえ [2] | 【手応え】名 手感；反應，效果 |
| てごろ [0] | 【手頃】名・形動 正合手；合適，符合 |
| てごわい [3] [0] | 【手強い】形 不好對付，難以對付 |
| てさき [3] | 【手先】名 手指尖；爪牙，狗腿子；偵探 |
| てさぐり [2] | 【手探り】名 探索；(方法)摸索 |
| てじゅん [0] [1] | 【手順】名 順序，安排；步驟 |
| てじょう [0] | 【手錠】名 手銬 |
| てすう [2] | 【手数】名 費事，麻煩，費心　⇨ 手数料(てすうりょう)(手續費) |

| | |
|---|---|
| てすり ③ | 【手摺（り）】名 扶手，欄杆 |
| てだすけ ② | 【手助け】名・他サ 幫助 |
| てぢか ⓪ | 【手近】形動 手邊，眼前；盡人皆知，常見 |
| てっかい ⓪ | 【撤回】名・他サ 撤回 |
| てっきり ③ | 副 一定，必定，無疑 |
| てっこう ⓪ | 【鉄鋼】名 鋼鐵　⇨ 鉄鋼労連（てっこうろうれん）（日本鋼鐵工會連合會） |
| てっする ③⓪ | 【徹する】自サ 徹，透徹；徹底，始終；徹夜 |
| てっとりばやい ⑥ | 【手っ取り早い】形 迅速，俐落 |
| でっぱる ⓪③ | 【出っ張る】自五 向外面突出 |
| てっぺん ③ | 【天辺】名 頂，頂峰；極點，頂點 |
| てつぼう ⓪ | 【鉄棒】名 鐵棍，鐵棒；單槓 |
| でなおし ⓪ | 【出直し】名・自サ 重新開始；回來一趟後再出去<br>⇨ 出直す（でなおす）（回來再去；重新開始） |
| てのこう ① | 【手の甲】名 手背 |
| てはい ①② | 【手配】名・他サ 安排，籌備；部署，通緝<br>⇨ 指名手配（しめいてはい）（指名通緝） |
| てはず ① | 【手筈】名 事先計畫好的，步驟，準備工作 |
| てばなす ③ | 【手放す】他五 放手；賣掉，轉讓；放下（工作）；讓孩子離開身邊 |
| てぶら ⓪ | 【手ぶら】名 空手 |
| てぶり ① | 【手振り】名 手勢 |
| てほん ② | 【手本】名 字帖，畫帖；模範，榜樣；標準，範例 |
| でまえ ⓪ | 【出前】名 送外賣 |
| てまえがって ④ | 【手前勝手】名・形動 只顧自己方便，自私自利 |
| てまわし ② | 【手回し】名 預先安排；用手 動；（錢）安排 |
| でまわる ⓪③ | 【出回る】自五 上市；隨處可見，到處是 |
| でむかえる ⓪④ | 【出迎える】他下一 迎接　⇨ 出迎え（でむかえ）（迎接〔的人〕） |

| | |
|---|---|
| てもと 3 | 【手元・手許】名 身邊，手裏；膝下；生活（錢款）；手的動作；（物品）把手 |
| てりかえす 0 3 | 【照り返す】自他五 反射，反照 |
| てれくさい 4 | 【照れ臭い】形 害羞，難為情 |
| でれでれ 1 | 副（男對女）色迷；懶散，邋遢 |
| てれる 2 | 【照れる】自下一 害羞，羞怯 |
| てわけ 3 | 【手分け】名・自サ 分工，分別做 |
| てわたす 3 | 【手渡す】他五 親手交給；傳遞 |
| てん 1 | 【天】名 天，天空；天國，天堂；天理；天命，天意；蒼天；天體<br>➡ 天(てん)を恨(うら)まず人(ひと)をとがめず（不怨天尤人） |
| でんえん 0 | 【田園】名 田地；田園　⇨ 田園風景(でんえんふうけい) |
| てんか 0 | 【点火】名・自サ 點火　⇨ 点火(てんか)プラグ（火星塞） |
| てんか 0 | 【添加】名・他サ 添加　⇨ 無添加(むてんか) |
| てんか 1 | 【転嫁】名・他サ 轉嫁 |
| てんか 1 | 【天下】名 天下，全國，世界；天下的人；（江戶時代）將軍 |
| てんかい 0 | 【転回】名・自他サ 回轉，轉變；旋轉 |
| てんかん 0 | 【転換】名・自他サ 轉變；調換　⇨ 転換期(てんかんき) |
| てんきょ 1 0 | 【転居】名・自サ 遷居，搬家　⇨ 転居先(てんきょさき)（遷居地） |
| てんきん 0 | 【転勤】名・自サ 調動工作 |
| てんけん 0 | 【点検】名・他サ 檢查（設備等） |
| でんげん 0 3 | 【電源】名 電源；電力資源 |
| てんこう 0 | 【転校】名・自サ 轉學　⇒ 転学(てんがく) |
| てんこう 0 | 【天候】名 天氣 |
| てんごく 1 | 【天国】名 天堂，天國；理想境界，樂園 |
| てんさい 0 | 【天才】名 天才 |
| てんさい 0 | 【天災】名 天災　⇔ 人災(じんさい) |

| | |
|---|---|
| てんさく 0 | 【添削】名・他サ 修改（文章等） |
| でんじゅ 0 1 | 【伝授】名・他サ 傳授 |
| でんしょう 0 | 【伝承】名・他サ 代代相傳，傳說，口傳 |
| てんじる 0 3 | 【点じる】他上一 加批點，標點；畫（口紅），點（眼藥水）；點燈；泡茶　＝点ずる（てん） |
| でんせつ 0 | 【伝説】名 傳說 |
| てんせん 0 | 【点線】名 虛線　⇔ 実線（じっせん） |
| てんたい 0 | 【天体】名 天體，天象<br>⇨ 天体望遠鏡（てんたいぼうえんきょう） |
| でんたつ 0 | 【伝達】名・他サ 傳達　⇨ 伝達事項（でんたつじこう） |
| てんち 1 | 【天地】名 天和地，天壤；小天地，世界；宇宙；上下<br>⇨ 天地無用（てんちむよう）（請勿上下顛倒） |
| てんで 0 | 副（下接否定）絲毫，完全，根本；（俗）特別，很 |
| てんてん 3 0 | 【点々】名・副（名）點線，虛線；點點；（副）（往下滴落）一點一點地滴，滴滴答答 |
| てんてん 3 0 | 【転転・転々】副・自サ 轉來轉去，輾轉；翻來覆去；滾轉 |
| でんと 1 | 副 沈著，穩重，莊重 |
| てんとう 0 | 【店頭】名 店面，門市 |
| てんとう 0 | 【転倒】名・自他サ 跌倒；（本末顛倒）顛倒；驚慌失措<br>⇨ 本末転倒（ほんまつてんとう）（本末顛倒） |
| てんにん 0 | 【転任】名・自サ 轉任，調職，調動工作 |
| てんぷ 1 0 | 【添付】名・他サ（文件後面、電腦文件等）附加 |
| てんぷく 0 | 【転覆】名・自他サ 翻覆，顛覆 |
| てんぽ 1 | 【店舗】名 店鋪 |
| てんぼう 0 | 【展望】名・他サ 放眼瞭望；展望 |
| てんめつ 0 | 【点滅】名・自他サ 閃爍，閃亮 |
| でんらい 0 | 【伝来】名・自サ 傳入；祖傳下來<br>⇨ 先祖伝来（せんぞでんらい）（祖先傳下來） |

あ か さ た な は ま やゆよ ら わ

**てんらく** ⓪　【転落】名・自サ 跌落；墮落

## 歷屆考題

■ 事件を解決するため、＿＿＿＿を探しているところだ。（1998-Ⅴ-13）

① めど　② きざし　③ しかけ　④ てがかり

答案④

解 答案以外的選項其漢字形式和意思分別為：①目処（目標；眉目）；②兆し（兆頭，徵兆；萌芽）；③仕掛け（著手；裝置；規模；招數）。

翻 我正在尋找解決事情的線索。

■ 子どもは新しい環境へのてきおうが早い。（2002-Ⅳ-4）

① 便利でかいてきな生活をしている。

② 窓にすいてきがついている。

③ 日本語の間違いをしてきされた。

④ その州の広さは、日本の面積にひってきする。

答案①

解 題目畫線部分的漢字是「適応」。選項畫線部分的漢字及其意思分別為：①快適（舒適）；②水滴（水滴）；③指摘（指出）；④匹摘（匹敵，比得上）。題目和選項①中雙畫線處的漢字都是「適」，因此選①。

翻（題目）孩子適應新環境很快；①過著方便又舒適的生活；②窗戶上沾有水滴；③被指出日語的錯誤；④那個州比得上一個日本的面積。

■ 手……何かいい手はないものか。（2004-Ⅵ-1）

① 行く手にあかりが見えてきた。　② 子どもは手がかかるものだ。

③ 三人ではとても手が足りない。　④ じゃあ、その手でいこう。

答案④

解「手」在各項中的用法為：（題目）辦法，方法；①方向，方位；②周折，工夫；③人手；④辦法，方法。

翻（題目）沒有什麼好辦法嗎？①前方看見燈光了；②孩子很麻煩；③三個人怎麼也不夠用；④那就按那個方法做吧！

■ 適当……冷蔵庫にあるもので適当に料理を作ったら、意外とおいしかった。（2007- VI -3）

① この仕事を頼める適当な人がいない。
② 年齢に応じた適当な運動をした方がいい。
③ いくら考えても、適当な答えが見つからない。
④ 彼女はいつも適当なことを言うから、あまり信じない方がいい。

答案④

解「適当」在各項中的用法為：（題目）隨意，胡亂；①合適的；②適當的；③合適的；④隨意，胡亂。

翻（題目）用冰箱裏的東西胡亂做了點菜，沒想到很好吃；①沒有可以勝任這項工作的合適人選；②根據年齡進行適當的運動比較好；③無論怎麼想都找不到合適的答案；④她總是胡亂說話，還是不要相信的好。

# と

♫ 146

| | |
|---|---|
| とある ② | 連語 某（一個）～ |
| といかえす ③ | 【問（い）返す】他五 重問，再問；反問 |
| といかける ④ ⓪ | 【問（い）掛ける】他下一 問，打聽；開始問 |
| とう ① | 【塔】名 塔　⇨ エッフェル塔（艾非爾鐵塔） |
| とう ① | 【当】名・造語 恰當，適當；該～<br>⇨ 当人（本人）<br>⇨ 当社（本公司；本神社）<br>⇨ 当事者（當事人）⇨ 当局（當局）<br>➡ 当を得る（得當，合理） |

どう ①　【胴】名 軀幹；中間部分；護胸；共鳴箱
⇨ 胴体（どうたい）（〔物體〕中間部分）
⇨ 胴上げ（どうあげ）（〔為表慶祝等〕眾人把某人 上空中接下）

とうあん ⓪　【答案】名 試卷，答案

どうい ⓪　【同意】名・自サ 同意；同義；相同意見

どういん ⓪　【動員】名・他サ 動員，調動，發動

とうえい ⓪　【投影】名・他サ 投影；（喻）反映

とうか ①　【等価】名 等價，價值相等

どうか ⓪　【同化】名・自他サ（周圍）同化；光合作用，同化作用；吸收（文化）　⇨ 同化作用（どうかさよう）（光合作用）

とうかい ⓪　【倒壊】名・自サ 倒塌

どうがく ⓪　【同額】名 同等金額

とうかん ⓪　【投函】名・他サ 投進郵筒，投函

どうかん ⓪　【同感】名・自サ 同感

とうき ①　【陶器】名 陶器；陶瓷器

とうき ①　【登記】名・他サ 登記　⇨ 登記抹消（とうきまっしょう）（註銷登記）

とうぎ ①　【討議】名・自他サ 討論

どうき ①　【同期】名 同時期；同一年畢業或工作的人；同步

どうき ⓪　【動機】名 動機；起因
⇨ 動機付け（どうきづけ）（動機的形成）

とうきゅう ⓪　【等級】名 等級

どうきょ ⓪　【同居】名・自サ 同住　⇔ 別居（べっきょ）

とうけつ ⓪　【凍結】名・他サ 結冰；凍結；暫停

どうけん ⓪　【同権】名 平權

とうこう ⓪　【登校】名・自サ 上學　⇔ 下校（げこう）

とうごう ⓪　【統合】名・他サ 統一，綜合；合併，集中

どうこう ⓪　【動向】名 動向，動態

どうさつ ⓪　【洞察】名・他サ 洞察　⇨ 洞察力（どうさつりょく）

| | |
|---|---|
| **とうさん** 0 | 【倒産】名・自サ 破產；(醫)逆產 |
| **どうさん** 0 | 【動産】名 動產　⇔ 不動産[ふどうさん]（不動產） |
| **どうし** 1 | 【同志】名 同志 |
| **どうし** 1 | 【同士】名 同伴，~們，彼此之間<br>⇨ 男同士[おとこどうし]（男人們）<br>⇨ 同士討ち[どうしうち]（內訌，火拼） |
| **とうしゃ** 0 | 【投射】名・他サ 投射，投影<br>⇨ 投射図法[とうしゃずほう]（投影圖法） |
| **とうしゅう** 0 | 【踏襲】名・他サ 沿襲，承襲 |
| **どうじょう** 0 | 【同情】名・自サ 同情　⇨ 同情心[どうじょうしん] |
| **どうじょう** 1 0 | 【道場】名 道場，修行的地方；練武場；講習所 |
| **どうじる** 0 3 | 【動じる】自上一 動搖，心慌 |
| **とうしん** 0 | 【答申】名・自他サ 答覆（質詢） |
| **とうすい** 0 | 【陶酔】名・自サ 陶醉 |
| **とうずる** 0 3 | 【投ずる】自他サ 投，投入；(物)扔，擲；(影)投射；投宿；投降；獻身 |
| **とうせい** 0 | 【統制】名・他サ 統一，統管，統治；統一管理 |
| **どうせい** 0 | 【動静】名 動向，動靜，情況 |
| **とうせん** 0 | 【当選】名・自サ 當選　⇔ 落選[らくせん] |
| **どうぜん** 0 | 【同然】名・形動（和～）一樣，等於～ |
| **とうそう** 0 | 【逃走】名・自サ 逃跑 |
| **とうそつ** 0 | 【統率】名・他サ 統率　⇨ 統率力[とうそつりょく]（統率能力） |
| **とうたつ** 0 | 【到達】名・自サ 到達 |
| **とうち** 0 1 | 【倒置】名・他サ 倒置，倒裝　⇨ 倒置法[とうちほう]（倒裝法） |
| **とうち** 1 | 【統治】名・他サ 統治 |
| **どうちょう** 0 | 【同調】名・自他サ（意見）贊成；同一步調；調音 |
| **とうちょく** 0 | 【当直】名・自サ 值班（人）　⇨ 当直医[とうちょくい]（值班醫師） |
| **とうてい** 0 | 【到底】副（下接否定）無論如何也，怎麼也 |

| | |
|---|---|
| どうてき 0 | 【動的】形動 動的，活動的，變動的，變化的；生動的，活潑的 |
| どうてん 0 | 【同点】名 同分，平分，分數相同 |
| とうとい 3 | 【貴い・尊い】形 高貴，尊貴；珍貴　＝たっとい |
| どうとう 0 | 【同等】名 同等級；同資格 |
| どうどう 0 3 | 【堂堂】形動・副 堂堂，正大光明，公然 |
| とうとぶ 3 | 【尊ぶ】他五 尊重，尊敬　＝たっとぶ |
| どうにか 1 | 【如何にか】副 想點法子，好歹想個辦法；總算，好歹，湊合，勉強 |
| どうにも 1 0 | 副 無論如何也；的確<br>⇨ どうにもこうにも（怎麼也〔不〕）<br>⇨ どうにもならない（怎麼也沒辦法） |
| とうにゅう 0 | 【投入】名・他サ 倒入；投放 |
| どうにゅう 0 | 【導入】名・他サ 引進；導入，引用 |
| とうは 1 | 【党派】名 黨派 |
| どうはん 0 | 【同伴】名・自他サ 相伴，偕同 |
| とうひ 1 0 | 【逃避】名・自サ 逃避 |
| どうふう 0 | 【同封】名・他サ 附在信內，和信一起 |
| とうぶん 0 | 【当分】名・副 暫時，最近，目前 |
| とうぶん 0 | 【等分】名・他サ 平分；同等程度（分量） |
| とうべん 1 | 【答弁】名・自サ 答辯 |
| とうぼう 0 | 【逃亡】名・自サ 逃走，逃遁，逃跑；逃亡，亡命 |
| どうみゃく 0 1 | 【動脈】名 動脈　⇔ 静脈（じょうみゃく）　⇨ 動脈硬化（どうみゃくこうか） |
| とうみん 0 | 【冬眠】名・自サ 冬眠 |
| どうめい 0 | 【同盟】名・自サ 同盟　⇨ 同盟国（どうめいこく）（同盟國） |
| とうめん 0 | 【当面】名・副・自サ 當前，目前；面臨 |
| どうやら 1 | 副 好歹；總覺得 |
| どうよう 0 | 【動揺】名・自サ 搖晃；（精神等）動搖不安 |

| | | |
|---|---|---|
| とうらい | 0 | 【到来】名・自サ（某時期）到來；別人送來的禮物 |
| どうらん | 0 | 【動乱】名 動亂 |
| どうり | 3 | 【道理】名 道理；合理，情理之中<br>⇨ 道理（どうり）に合（あ）わない（不合情理） |
| どうりょく | 1 0 | 【動力】名 動力　⇨ 動力資源（どうりょくしげん）（動力資源） |
| どうれつ | 0 | 【同列】名 同列，同排；同等地位（程度） |
| とうろく | 0 | 【登録】名・他サ 註冊，登記<br>⇨ 登録番号（とうろくばんごう）（登記號碼） |
| とうろん | 1 | 【討論】名・自他サ 討論　⇒ディスカッション<br>⇨ 公開討論会（こうかいとうろうかい）（選舉時候選人的公開政見討論會） |
| とうわく | 0 | 【当惑】名・自サ 為難，困惑，不知怎麼～才好 |
| とおざかる | 4 | 【遠ざかる】自五 遠離；疏遠　⇔ 近（ちか）づく |
| とかく | 0 | 副・自サ 種種；常常，動不動，動輒；總之，反正 |
| とがめる | 3 | 【咎める】自他下一 責備；內疚；盤問；（傷等）紅腫發炎 |
| ときおり | 0 | 【時折】副 偶爾 |
| どきっと | 2 | 副・自サ 大吃一驚　⇒どきり（と）　⇒どきん（と） |
| ときはなつ | 0 | 【解き放つ】他五 解開，放開，解放 |
| ときめく | 3 | 自五 心臟（因興奮而）噗通亂跳 |
| とぎれる | 3 | 【途切れる・跡切れる】自下一 中斷 |
| とぐ | 1 | 【研ぐ・磨ぐ】他五 研磨；擦亮；淘洗 |
| とくい | 0 1 | 【特異】名・形動 特別，異常；非凡，卓越 |
| どくがく | 0 | 【独学】名・他サ 自學 |
| とくぎ | 1 | 【特技】名 拿手的技術，才能 |
| どくさい | 0 | 【独裁】名・自サ 獨裁；獨斷 ⇨ 独裁国家（どくさいこっか）　⇨ 独裁者（どくさいしゃ） |
| とくさく | 0 | 【得策】名 上策，好辦法，有利的方法 |
| とくさん | 0 | 【特産】名 特產　⇨ 特産品（とくさんひん）（特產品） |
| どくじ | 1 0 | 【独自】名・形動 獨自；獨特 |

| | |
|---|---|
| とくしつ 0 | 【特質】名 特質，特徵，獨特的性質 |
| とくしゅう 0 | 【特集】名・他サ 專輯，特刊 |
| とくそく 0 | 【督促】名・他サ 催促，督促 |
| どくせん 0 | 【独占】名・他サ 獨佔；壟斷，專營 |
| どくそう 0 | 【独創】名・他サ 獨創<br>⇨ 独創性（どくそうせい）　⇨ 独創的（どくそうてき）（有獨創性的） |
| どくだん 0 | 【独断】名・他サ 獨斷<br>⇨ 独断専行（どくだんせんこう）（獨斷專行） |
| とくちょう 0 | 【特長】名 特長，優點 |
| とくてん 0 3 | 【得点】名・自サ 得分　⇒ 失点（しってん） |
| とくは 1 0 | 【特派】名・他サ 特別派遣　⇨ 特派員（とくはいん） |
| とくめい 0 | 【匿名】名 匿名<br>⇨ 匿名投票（とくめいとうひょう）（匿名投票） |
| とくゆう 0 | 【特有】名・形動 特有 |
| どくりつ 0 | 【独立】名・自サ 獨立，單獨存在 |
| とげ 2 | 【刺・棘】名 刺，荊棘；（說話）尖酸，刻薄 |
| どげざ 2 0 | 【土下座】名・自サ 跪在地上（致謝、請罪） |
| とける 2 | 【熔ける・鎔ける】自下一 熔化 |
| とげる 2 | 【遂げる】他下一 達到，完成；最終 |
| どことなく 4 | 副 總覺得，總有些，好像；不知何處，哪裡 |
| とことん 3 | 名・副 最後，到底 |
| どころか 1 | 助 哪裡談得上，哪裡是～；豈止～，非但～ |
| とし 2 | 【年】名 年，歲；年齡，歲數；歲月，光陰 |
| どじ 1 | 名・形動 失敗，差錯，搞砸<br>⇨ どじを踏（ふ）む（失敗，搞砸） |
| としがい 0 | 【年甲斐】名 與年齡相稱的言談舉止 |
| とじこめる 4 0 | 【閉（じ）込める】他下一 關在裏面 |
| とじこもる 4 0 | 【閉じ篭る】自五 悶在家（房間）裏 |

| | |
|---|---|
| としごろ 0 2 | 【年頃】名・副 妙齡，適婚年齡；大約的年紀；長久以來 |
| どしどし 1 | 副 順利進行，接連不斷（地）；不要客氣，儘管；（腳步）咚咚 |
| としとる 3 | 【年取る】自五 上年紀，長歲數 |
| としのうち 0 | 【年の内】名 年內，本年內，歲末；一年四季，一年到頭 |
| とじまり 2 0 | 【戸締り】名 鎖門 |
| とじょう 0 | 【途上】名 途上，過程中 ⇨ 発展途上国（發展中國家） |
| とじる 2 | 【綴じる】他上一 訂上；縫上 |
| とぜつ 0 | 【途絶・杜絶】名・自サ 中斷；杜絕 |
| どだい 0 | 【土台】名・副（名）地基；基礎；（副）根本，本來 |
| とだえる 3 | 【途絶える・跡絶える】自下一 斷絕，杜絕；中斷 |
| どたばた 1 | 副・自サ（腳步聲）啪嗒啪嗒，亂跳亂鬧 |
| とち 0 | 【土地】名 土地；地面，地皮；當地；領土 |
| どっかり 3 | 副（放下沉重物狀，重重坐下狀）沉甸甸地，重重地；突然，急劇 |
| とっきょ 1 | 【特許】名 特別許可；專利 |
| とつぐ 2 | 【嫁ぐ】自五 出嫁 |
| とっけん 0 | 【特権】名 特權　⇨ 特権階級 |
| とっさ 0 | 【咄嗟】名 瞬間，立刻 |
| どっさり 3 | 副（數量）多 |
| とつじょ 1 | 【突如】副 突然 |
| どっしり 3 | 副・自サ（看上去）沉重，沈甸甸；穩重 |
| とっつく 0 3 | 【取っ付く】自五 糾纏；開始做；（開始交際）接近，接觸；得到線索；到達；附體 |
| とつにゅう 0 | 【突入】名・自サ 衝進，闖進 |

| | |
|---|---|
| とっぱ 0 1 | 【突破】名・他サ 突破，衝破；超過 |
| どて 0 | 【土手】名 堤壩；（生魚片用）魚背上肉塊；牙床 |
| とどけでる 4 | 【届（け）出る】他下一 申報 |
| とどこおる 0 4 | 【滞る】自五 堵塞；積壓；拖延，遲延；耽擱，遲誤；拖欠 |
| とどろく 3 | 【轟く】自五 轟鳴；（心）跳動；（名聲）響震<br>⇒ 轟(とどろ)かす |
| とない 1 | 【都内】名 東京都內 |
| となえる 3 | 【唱える】他下一 念誦；高喊；提倡；倡導 |
| とびおりる 4 | 【飛び降りる】自下一 跳下 |
| とびかう 3 | 【飛び交う】自五 紛飛 |
| とびきり 0 | 名・副 卓越，出色 |
| とびたつ 3 | 【飛び立つ】自五 起飛；飛去，飛走；高興得要跳起來 |
| どひょう 0 | 【土俵】名 相撲擂台；裝了土的袋子（⇒ どのう） |
| どぶ 0 | 【溝】名（臭）水溝，陰溝；下水道 |
| とほ 1 | 【徒歩】名 徒步　⇨ 徒歩旅行(とほりょこう) |
| とほう 0 | 【途方】名 手段；條理，道理<br>⇨ 途方(とほう)にくれる（想不出辦法，無路可走）<br>⇨ 途方(とほう)もない（毫無道理；出奇，駭人聽聞） |
| どぼく 1 | 【土木】名 土木（工程）<br>⇨ 土木工事(どぼくこうじ)（土木施工）　⇨ 土木建築(どぼくけんちく)（土木建築） |
| とぼける 3 | 【恍ける・惚ける】自下一 裝糊塗，裝傻；逗人笑，出洋相；（頭腦）遲鈍 |
| とぼしい 3 | 【乏しい】形 不足；貧困 |
| とまどい 0 3 | 【戸惑い】名 找不著方向；不知所措，躊躇<br>⇨ 戸惑(とまど)う（找不著，不知所措） |
| とみ 1 | 【富】名 財富，財產，資產，錢財；資源，富源 |
| とむ 1 | 【富む】自五 富裕；豐富，富於　⇨ 富(と)み（財富）<br>➡ 春秋(しゅんじゅう)に富(と)む（年輕有為） |

| | |
|---|---|
| とも 0 1 | 【共】名 共同一起；總共 |
| ともす 2 0 | 【点す】他五 點燈 |
| ともすると 1 | 副 常常，動輒　＝ともすれば |
| ともども 2 0 | 【共々】副 一起，共同 |
| どもる 2 | 【吃る】自五 口吃　⇨ どもり（口吃〔的人〕） |
| どよめく 3 | 自五 響徹；（聲音）吵嚷，騷然 |
| とりあつかう 5 0 | 【取（り）扱う】他五 使用，處理；辦理；對待；受理　⇨取（り）扱い（對待；使用，操作；處理，辦理） |
| とりい 0 | 【鳥居】名 神社入口的牌坊 |
| とりえ 3 | 【取（り）柄】名 長處，可取之處 |
| とりかえす 3 0 | 【取（り）返す】他五 找回，奪回；恢復，挽回　➡取り返しがつかない（事已至此，無可挽回） |
| とりかえる 0 | 【取（り）替える】他下一 交換；更換，更新 |
| とりかかる 4 0 | 【取（り）掛（か）る】自五 開始，著手 |
| とりかこむ 0 4 | 【取（り）囲む】他五 圍，包圍，環繞 |
| とりきめる 0 4 | 【取（り）決める】他下一 決定；約定議定 |
| とりくむ 0 3 | 【取（り）組む】自五 以～為對手；（為處理某事而）埋頭苦幹；（相撲）為了摔倒對方而互相揪住；締結契約 |
| とりこむ 0 3 | 【取（り）込む】自・他五 拿進來；佔領，占為己有，侵吞；忙亂，忙碌；籠絡，拉攏 |
| とりさばく 4 0 | 【取（り）捌く】他五 處理，調處　⇨取り捌き（處理） |
| とりしまる 0 4 | 【取（り）締（ま）る】他五 掌管；監管，監視，取締　⇨取り締り（管理，取締；董事）　⇨取締役（董事） |
| とりしらべる 5 0 | 【取（り）調べる】他下一 調查；審訊，審問 |
| とりつぐ 0 3 | 【取（り）次ぐ】他五 傳達，通報；代銷，代辦 |
| とりつける 0 4 | 【取（り）付ける】他下一 安裝；經常購買；（銀行）擠兌；取得，達成（有利的約定等） |
| とりのこす 4 0 | 【取（り）残す】他五 剩下；落伍；脫隊 |

| | |
|---|---|
| **とりのぞく** 0 4 | 【取（り）除く】他五（不要的東西）除掉，拆除 |
| **とりまく** 0 3 | 【取（り）巻く】他五 圍繞，包圍；逢迎，捧場 |
| **とりまぜる** 0 4 | 【取（り）混ぜる】他下一 摻混，摻和，摻在一起 |
| **とりもどす** 4 0 | 【取（り）戻す】他五 取回，收回；挽回，恢復 |
| **とりよせる** 0 4 | 【取（り）寄せる】他下一 拉到手邊；索取，要來，訂貨，訂購，函購 |
| **とりわけ** 0 | 【取（り）分（け）】副 特別，尤其，格外 |
| **とろける** 3 0 | 【蕩ける】自下一 溶化，溶解；心蕩神馳，銷魂 |
| **とろとろ** 1 0 | 副 黏乎乎；打盹；（火力）微火，弱火 |
| **どろどろ** 1 0 | 副 泥濘，沾滿了泥；黏糊；（雷、砲等）隆隆聲；（感情）複雜 |
| **どろぬま** 0 | 【泥沼】名 泥沼，泥潭；難以自拔的困境 |
| **どわすれ** 2 | 【度忘れ】名・自他サ 一時想不起來，突然忘記 |
| **どんか** 1 0 | 【鈍化】名・自サ 變鈍；停滯 |
| **どんかん** 0 | 【鈍感】名・形動 遲鈍，不敏感　⇔ 敏感（びんかん） |
| **とんだ** 0 | 連體 意想不到的，想像不到，沒想到，意外；嚴重，不可挽回的 |
| **とんや** 0 | 【問屋】名 批發商，批發店 |
| **どんよく** 0 1 | 【貪欲】名・形動 貪欲，貪婪　⇒貪婪（どんらん） |
| **どんより** 3 | 副・自サ 暗沉沉；渾濁 |

## 歷屆考題

■ 博士（はかせ）がそれまでの常識（じょうしき）をくつがえす説（せつ）を＿＿＿＿のは、今（いま）から 20 年（ねん）前（まえ）のことだ。（1998-V-7）

① かなえた　② かまえた　③ となえた　④ とらえた

答案③

解 答案以外的選項其漢字形式和意思分別為：①叶える・適える（使～達到；使～滿足）；②構える（修築；自立門戶；準備好；假託）；④捕える・捉える（抓住，逮住，捕捉；掌握；陷入）。

翻 博士提出學說推翻了以往常識，這是 20 年前的事情了。

■ とち……旅行に行く先々で、そのとちの風俗に触れるのが楽しみだ。（1999- Ⅵ -2）

① 「あわてる」ということを、とちのことばでは違う言い方をする。
② とちの値段が安くなったと言うが、そうかんたんには買えない。
③ 祖父は先祖代々のとちをいくらか売って、父の学費を出したそうだ。
④ ここのとちは、米作りには向かない。

答案①

解 「とち」在各項中的用法為：（題目）當地，某地方；①當地；地方；②土地，耕地；③土地，耕地；④土壤，土質。其中與題目中用法相同的為①。

翻 （題目）旅行中接觸到所去地方的當地風俗是很愉快的；①「慌慌張張」在方言中有不同的說法；②雖說土地價格變便宜了，但是也不是那麼輕易買得起；③聽說祖父賣掉了一些祖上傳下來的土地為父親繳學費；④這裏的土地不適合種稻子。

■ とぐ

① くもっためがねをはずして、ハンカチでといだ。（2000- Ⅶ -4）
② うちの包丁はといであるからよく切れる。
③ からだをといで筋肉をつけた。
④ 感覚がにぶらないように、いつもといでおかないといけない。

答案②

解 「とぐ」常用於表示研磨具體物品。因此，表示抽象事物的③和④不妥。③改為「鍛えて」（鍛煉）比較好。④改為「磨いて」（磨練，培養）比較好。①儘管是具體物品，但對眼鏡無法研磨，邏輯上講不通，改為「拭いた」（擦拭）比較好；②是具體的「刀」，可以研磨。

翻 我們的菜刀磨好了，所以很好切。

■ 警察(けいさつ)がスピード違反(いはん)の______をしている。（2001-Ⅴ-13）

① 取り締まり ② 取り扱い ③ 取り引き ④ 引き取り

答案①

解 答案以外的選項，其漢字的讀音和意思分別為：②取(と)り扱(あつか)い（對待；接待；待遇；操作，使用）；③取(と)り引(ひ)き（交易，買賣，貿易）；④引(ひ)き取(と)り（領取，領回）。

翻 員警正在取締超速。

■ とし……としがあけたら、一度叔父(いちどおじ)さんのところに遊びに行(い)こう。

（2002-Ⅵ-4）

① 来年(らいねん)はどんなとしになるだろう。

② このごろつくづくとしを感(かん)じる。

③ いいとしをして馬鹿(ばか)なまねをするのはやめてほしい。

④ 姉(あね)とはとしが離(はな)れているので、きょうだいというより親子(おやこ)のようだ。

答案①

解「とし」在各項中的用法為：（題目）年；①年；②年齡，歲數；③年齡，歲數；④年齡，歲數。

翻（題目）新年到了之後，去叔叔那裏玩一趟吧；①明年會是怎樣的一年呢？②最近深切地感到自己年紀大了；③年紀一大把了，不要做蠢事了；④因為和姐姐年齡相差很多，所以比起姐妹來更像是母女。

■ 商店街(しょうてんがい)での駐車違反(ちゅうしゃいはん)を厳(きび)しく______ようになった。（2003-Ⅴ-10）

① 取り消す ② 取り組む ③ 取り締まる ④ 取り上げる

答案③

解 答案以外的選項，其漢字的讀音和意思分別為：①取(と)り消(け)す（取消，廢除）；②取(と)り組(く)む（交手，比賽；致力於，埋頭）；④取(と)り上(あ)げる（拿起；採納，接受；剝奪，吊銷；提起，報導）。這4個選項都是複合動詞。

翻 開始嚴格管理商業店的違規停車。

■ 私には履歴書に書けるような______は何もない。（2004-Ⅴ-5）

① 特技　② 特権　③ 特産　④ 特集

答案①

解 答案以外的選項，其漢字的讀音和意思分別為：②特権（特權）；③特産（特產）；④特集（〔報刊、電視節目的〕專集，專題）。

翻 我沒有什麼可以寫在履歷表上的特長。

■ 電話をほかの人に______ときには、かけてきた方の名前を必ず確認してください。（2005-Ⅴ-3）

① 取り扱う　②取り組む　③取り次ぐ　④取り巻く

答案③

解 答案以外的選項，其漢字的讀音和意思分別為：①取り扱う（對待，看待；操作，使用，擺弄；處理，辦理）；②取り組む（交手，比賽；致力於，埋頭）；④取り巻く（包圍，圍繞；捧場，奉承）。這 4 個選項都是複合動詞。

翻 轉接電話給其他人時，請務必確認打電話來的人的姓名。

■ 来年度から、わが社はそれらの部門を一つに________することになった。（2006-Ⅴ-12）

① 連合　② 集合　③ 統合　④ 結合

答案③

解 答案以外的選項，其漢字的讀音和意思分別為：①連合（聯合，聯盟）；②集合（〔人員的〕集合）；④結合（結合）。當表示把幾個原本獨立的機構或部門合併成一個的時候，只能用「統合」。

翻 從明年開始，我們公司要把那些部門合併成一個部門。

■ 彼は真相を知っているくせに、私が聞いても「僕は何も知らない」と______、教えてくれない。（2007-Ⅴ-10）

① もらして　② こぼして　③ ぼやいて　④ とぼけて

答案④

解 答案以外的選項其動詞基本形的漢字形式和意思分別為：①漏らす（漏；遺漏；洩漏；流露出）；②零す（灑，潑；發牢騷）；③×（嘟囔，發牢騷）。

翻 他明明知道真相，我問他，他卻裝傻說：「我什麼都不知道」，就是不肯告訴我。

■ とく……道路工事が終わり、交通規制がとかれた。（1998-Ⅵ-7）

① ホテルについて荷物をといた。
② 父の誤解をとくのはむずかしい。
③ もう安全だと判断して警戒をといた。
④ この薬は水でといて飲んでください。

答案③

解「とく」在各項中的用法為：（題目）解除；①拆開；②解開，消除；③解禁，解除；④溶解，化開。其中在題目以及選項①、②、③中為「解く」，在選項④中為「溶く」。

翻（題目）道路施工完成，交通管制解除；①到了旅館，打開行李；②很難消除爸爸的誤解；③判斷情況安全了，解除了警戒；④這種藥用水溶解後服用。

■ 悲しい知らせを聞いて動揺した。（2001-Ⅱ-5）

① 同様　② 同僚　③ 道場　④ 道徳

答案①

解 其他選項：①同様（同樣，一樣）；②同僚（同事）；③道場（修行的地方，道場，練功場，練武場）；④道徳（道德）。其中與「動揺」讀音相同的是①。

翻 聽到令人悲傷的消息，內心不安。

■ この国では、18 歳未満で結婚する場合、親の＿＿＿が必要だ。（2002-Ⅴ-13）

① 合致　② 協調　③ 同調　④ 同意

答案④

解 答案以外的選項，其漢字的讀音和意思分別為：①合致（符合，吻合）；②協調（協調，合作）；③同調（贊同）。選項③雖然也有「贊同」的意思，但通常用於同意別人的看法、意見，而不能用於同意別人做某件事。

翻 在這個國家，如果未滿 18 歲就要結婚的話，需要父母的同意。

■ グループの皆をとうそつしていくのは、大変だ。（2003-Ⅳ-3）

① とうけいによると女性の方が長生きする。

② 十分にとうぎしてから、決めよう。

③ 一人でふんとうし、やっと荷物を積み終えた。

④ 観客の数にあっとうされてしまった。

答案①

解 題目畫線部分的漢字是「統率」。選項畫線部分的漢字及其意思分別為：①統計（統計）；②討議（討論）；③奮闘（奮戰）；④圧倒（壓倒）。題目和選項①中雙畫線處的漢字都是「統」，因此選①。

翻 （題目）統率小組所有成員是很辛苦的；①據統計，女性比較長壽；②充分討論後再決定吧；③一個人孤軍奮戰，終於把行李裝完了；④觀眾人數之多，令人震撼。

■ 今年中にこの目標は＿＿＿達成できないだろう。（2007-Ⅴ-6）

① 到底　② 大層　③ 相当　④ 格別

答案①

解 答案以外的選項，其漢字的讀音和意思分別為：②大層（很，非常）；③相当（相當）；④格別（特別，格外）。

翻 在今年內，這個目標實現不了吧。

# な

| | |
|---|---|
| ないこう [0] | 【内向】名・自サ 內向　⇔ 外向（がいこう） |
| ないし [1] | 【乃至】接續 到，至；或者 |
| ないしょ [3][0] | 【内緒】名 秘密，不告訴別人，私下 |
| ないしょく [0] | 【内職】名・自サ（家庭）副業；（上課、開會）做別的事 |
| ないぞう [0] | 【内臓】名 內臟 |
| ないぞう [0] | 【内蔵】名・他サ 內部裝有，蘊藏；宮中倉庫 |
| ないぶ [1] | 【内部】名 內部；組織內（人）　⇔ 外部（がいぶ） |
| ないめん [0][3] | 【内面】名 內部，裡面；內心 |
| ないらん [0] | 【内乱】名 內亂，叛亂 |
| ないりく [0] | 【内陸】名 內陸 |
| なえ [1] | 【苗】名 苗，秧子；稻秧 |
| なえぎ [3][0] | 【苗木】名 樹苗 |
| なおざり [0] | 【等閑】名・形動 馬虎，敷衍 |
| ながあめ [0][3] | 【長雨】名 連日下雨　⇒ 淫雨（いんう）　⇒ 霖雨（りんう） |
| ながい [0][2][3] | 【長居】名 久坐 |
| なかがい [0][2] | 【仲買】名 中間商，掮客　⇨ 仲買人（なかがいにん）（中間商） |
| なかつぎ [0][4] | 【中次ぎ・中継ぎ】名・他サ（從中間）接上；轉播；（商）轉口；轉，傳 |
| ながつづき [3] | 【長続き】名・自サ 持久 |
| ながなが [3][0] | 【長々】副 冗長，長久；長長地 |
| なかにわ [0] | 【中庭】名 中庭，院子，裏院 |
| ながねん [0] | 【長年・永年】名 多年，長年累月 |
| なかほど [0] | 【中程】名 中間；中等；途中，半途 |
| ながらく [2] | 【長らく】副 長久，長時間 |
| なかんずく [0][2] | 副 特別，尤其 |

**なぎさ** [0]　【渚・汀】名 岸邊，海濱

**なきくずれる** [5]　【泣（き）崩れる】自下一 放聲大哭，哭得死去活來

**なきこむ** [3]　【泣（き）込む】自五 哀求；哭著奔入

**なきさけぶ** [4]　【泣（き）叫ぶ】自五 哭喊，哀號，大聲哭叫

**なきつら** [0]　【泣き面】自五 哭喪的臉　＝なきっつら
➡ 泣き面に蜂（禍不單行）

**なげかわしい** [5]　【嘆かわしい】形 可悲的，可嘆的；令人氣憤的

**なげすてる** [0] [4]　【投（げ）捨てる】他下一 扔掉，拋棄；棄置不顧

**なげだす** [0] [3]　【投（げ）出す】他五 拋出，扔下；拋棄，放棄；豁出，拿出

**なけなし** [0]　名 僅有的，一點點

**なける** [3] [0]　【泣ける】自下一 禁不住哭出來，不禁流淚，能哭

**なげる** [2]　【投げる】他下一 扔投，擲扔；（將～人）摔；投射；放棄，不用心；提供；賤價拋售
⇨ 投げ込む（投入，扔進）

**なこうど** [2]　【仲人】名 媒人

**なごむ** [2]　【和む】自五（心情、氣氛等）平靜，平和

**なごやか** [2]　【和やか】形動 和諧，安詳

**なごり** [3] [0]　【名残】名 殘餘，痕跡；依戀，留戀
⇨ 名残惜しい（戀戀不捨）
⇨ 名残の月（殘月）　➡ 名残を惜しむ（惜別）
➡ 名残が尽きない（依依不捨）

**なしとげる** [4] [0]　【成し遂げる】他下一 完成

**なじむ** [2]　【馴染む】自五 適應，熟識；溶化，溶合
⇨ 馴染み（熟人，熟識；親密關係，情人）
⇨ 幼馴染み（青梅竹馬，從小相熟的人）

**なじる** [2]　【詰る】他五 責問，責備，責難

**なす** [1]　【成す・為す】他五 做，為；完成，達到目的；變為；形成，構成　➡ なすがまま（任其所為）
➡ なせばなる（如果去做就能成功，有志者事竟成）

| | |
|---|---|
| **なぞらえる** [4] | 【準える・准える】他下一 比作，比擬；仿照，模擬 |
| **なだかい** [3] | 【名高い】形 聞名的　⇒有名（ゆうめい） |
| **なだめる** [3] | 【宥める】他下一 使平靜，平息；勸解，調停 |
| **なだらか** [2] | 形動 平緩；穩妥，順利 |
| **なだれ** [0] | 【雪崩】名 雪崩；如雪崩一般蜂湧而至<br>⇨雪崩（なだ）れ込（こ）む（湧進）　➡雪崩（なだれ）を打（う）つ（〔人群〕蜂擁） |
| **なつかしむ** [4] | 【懐かしむ】他五 懷念，眷戀 |
| **なつく** [2] | 【懐く】自五 親近，馴服，熟識 |
| **なづける** [3] | 【名付ける】他下一 命名，起名 |
| **なでる** [2] | 【撫でる】他下一 撫摸；安撫，撫慰；梳整頭髮 |
| **なにがし** [2] [1] | 【某】名 某某，某人；某些，若干 |
| **なにかと** [4] [0] | 【何かと】副 這個那個地，各方面 |
| **なにげない** [4] | 【何気ない】形 若無其事；無意，無心<br>⇒さりげない |
| **なにごと** [0] | 【何事】名 什麼事情，何事；（責難）怎麼回事；萬事 |
| **なにしろ** [1] | 【何しろ】副 不管怎樣，總之 |
| **なにとぞ** [0] | 【何卒】副 請；設法，想辦法 |
| **なになに** [1] [2] | 【何々】代・感 什麼什麼，云云，等等 |
| **なにぶん** [0] | 【何分】名・副（副）請；（用於辯解）只是因為；無奈<br>（名）某種，某些 |
| **なにもかも** [1] [4] | 【何もかも】連語 一切，全 |
| **なにゆえ** [0] | 【何故】副 為何，何故　⇒なぜ |
| **なにより** [1] [0] | 【何より】名・副 比什麼都（好），最好 |
| **なばかり** [2] | 【名ばかり】名 徒有其名，有名無實，掛名 |
| **なびく** [2] | 【靡く】自五（因風）隨風飄動；屈從，順從 |
| **なまぐさい** [4] | 【生臭い・腥い】形 腥，腥臊；血腥味；俗氣的；（僧侶）不守清規 |
| **なまなましい** [5] | 【生々しい】形 生動，活生生；非常新 |

| | |
|---|---|
| なまぬるい [4][0] | 【生温い】形 微溫的；不徹底的；馬馬虎虎的 |
| なまみ [2][0] | 【生身】名 有生命的身體；活人，有血有肉的人 |
| なまり [0] | 【鉛】名 鉛 |
| なまる [2] | 【訛る】自五 發訛音，發鄉音 ⇨ 訛り（なまり）（鄉音，口音） |
| なめらか [2] | 【滑らか】形動 光滑；流利，順溜 |
| なやましい [4] | 【悩ましい】形 難過的；惱人的；令人神魂顛倒的 |
| なやます [3] | 【悩ます】他五 傷腦筋，（使）煩惱，困擾，折磨 |
| ならす [2] | 【慣らす】他五 使～習慣 |
| ならす [2] | 【馴らす】他五 馴養 |
| ならでは [1] | 連語 只有～，除非～ |
| ならびに [4] | 【並びに】接續 以及 |
| なりひびく [4] | 【鳴り響く】自五 響徹；（天下）馳名，聞名 |
| なりゆき [0] | 【成（り）行き】名 趨勢，變遷，結果 ⇒ 経過（けいか） |
| なりわい [0][2] | 【生業】名 農務，農事；生活，生計，謀生，職業 |
| なるたけ [0] | 【成る丈】副 盡量，盡可能 |
| なれなれしい [5] | 【馴れ馴れしい】形 親密；熟不拘禮，不見外的 |
| なん [1] | 【難】名 困難；苦難；責難；缺點<br>⇨ 難局（なんきょく）（困難局面） ⇨ 難点（なんてん）（困難之處）<br>➡ 難（なん）を言（い）えは～（挑毛病） |
| なんい [1] | 【難易】名 難易，困難與容易 |
| なんか [0] | 【軟化】名・自他サ 軟化，變軟；（商）疲軟 |
| なんかい [0] | 【難解】名・形動 難解，難懂 |
| なんかん [0] | 【難関】名 難關，困難的局面 |
| なんぎ [3][1] | 【難儀】名・形動・自サ 麻煩，困難，為難；痛苦 |
| なんきょく [0] | 【南極】名 南極；南極大陸；南磁極 ⇔ 北極（ほっきょく） |
| なんこう [0] | 【難航】名・自サ（事物）難以進展 |
| なんざん [1] | 【難産】名・自サ（喻）事情難產；（胎兒）難產 ⇔ 安産（あんざん） |

| | |
|---|---|
| なんだか 1 | 【何だか】副 總覺得 |
| なんだかんだ 4 | 連語 這樣那樣，這個那個 |
| なんだって 3 1 | 【何だって】連語・感 不管怎樣；為什麼；什麼 |
| なんでもない 5 | 【何でもない】連語 算不了什麼；不要緊；沒什麼了不起 |
| なんてん 3 0 | 【難点】名 困難點；缺點 |
| なんなり（と） 1 | 【何なり（と）】副 無論什麼，不管什麼 |
| なんなく 1 | 【難なく】副 很容易地，不費勁地 |
| なんもん 0 | 【難問】名 難題 |
| なんら 1 0 | 【何等】副（與否定呼應）絲毫也（不） |
| なんらか 4 1 | 【何等か】連語 什麼，一些，某些，多少 |

## 歷屆考題

■ なげる……あの人(ひと)のことはもうなげている。何(なに)を言(い)ってもむだだ。（2000- VI -5）

① うちのイヌは、ボールをなげてやると喜(よろこ)んで追(お)いかける。

② まじめな職業(しょくぎょう)の代表(だいひょう)と思(おも)われていた銀行員(ぎんこういん)の犯罪(はんざい)は、社会(しゃかい)に話題(わだい)をなげた。

③ すもうでは、からだの大(おお)きな人(ひと)が小(ちい)さい人(ひと)になげられたりするからおもしろい。

④ 手伝(てつだ)うと言(い)っておいて、途中(とちゅう)でなげられては困(こま)る。ちゃんと最後(さいご)までやってほしい。

答案④

解「投(な)げる」在各項中的用法為：（題目）放棄，棄置不顧；①投擲；②提供；③摔；④放棄，潦草從事。

翻（題目）關於他的事，我已經放棄了。不論說什麼都沒用；①我們家的小狗看到扔來的球就會歡喜地追上去；②那些看上去很老實的銀行職員犯罪問題，成為社會上的話題；③在相撲運動中，大塊頭也會被體格小的人摔在地上，因此很有趣；④他事先說好要幫忙，卻中途卻放棄了，真是讓人困擾。希望他能認真地做完。

■ 今後(こんご)とも、＿＿＿＿よろしくお願(ねが)い申(もう)し上(あ)げます。（2005-Ⅴ-11）

① 何だか　② 何でも　③ 何とぞ　④ 何より

答案③

解 答案以外的選項其讀音和意思分別為：①何(なん)だか（總覺得，總有點）；②何(なん)でも（不管什麼；無論怎樣；據說，好像）；④何(なに)より（再好不過，最好；首先）。

翻 今後也請多多關照。

## に

♬ 160

| | |
|---|---|
| に 1 0 | 【荷】名 東西，貨物；負擔，累贅 |
| にがお 0 | 【似顔】名 肖像　⇨ 似顔絵(にがおえ)（肖像畫） |
| にかよう 3 | 【似通う】自五 相似，相仿 |
| にがわらい 3 | 【苦笑い】名・自サ 苦笑 |
| にぎりしめる 5 | 【握り締める】他下一 緊握，緊抓住不放 |
| にきび 1 | 【面皰】名 青春痘，痤瘡　⇒ 角栓(かくせん)（粉刺） |
| にぎわう 3 | 【賑わう】自五 熱鬧，繁華；興旺，興隆 |
| にくがん 0 | 【肉眼】名 肉眼 |
| にくしみ 0 | 【憎しみ】名 憎惡，憎恨 |
| にくしん 0 | 【肉親】名 親骨肉，親人 |
| にくたらしい 5 | 【憎たらしい】形 非常可憎，討厭　＝にくったらしい |
| にくまれっこ 4 | 【憎まれっ子】名 誰都討厭的孩子<br>➡ 憎(にく)まれっ子世(こよ)にはばかる（討人厭的孩子到社會上反而有出息） |

| | |
|---|---|
| にくはく 0 | 【肉薄・肉迫】名・自サ 肉搏；逼近，迫近；逼問，詰問 |
| にげだす 0 3 | 【逃（げ）出す】自五 逃出，逃走；溜掉；開始逃跑 |
| にげみち 2 | 【逃（げ）道】名 退路；逃避（責任）的方法 |
| にこむ 2 | 【煮込む】他五（長時間）熬煮，燉爛；把許多東西煮在一起 |
| にこやか 2 | 【和やか】形動 滿臉笑容，和氣，和藹 |
| にさんかたんそ 5 | 【二酸化炭素】名 二氧化碳 |
| にしび 0 | 【西日】名 夕陽；西照的陽光，午後的陽光 |
| にじみでる 4 | 【滲（み）出る】自下一 滲出來；流露出來，表現出來 |
| にじむ 2 | 【滲む】自五（液體）滲出；滲透，滲入；反映出<br>⇨ 滲み出す（にじみだす）（使～滲出） ⇨ 滲み出る（にじみでる）（滲出來） |
| にじゅう 0 | 【二重】名 雙層，雙重；重複　＝ふたえ<br>⇨ 二重（にじゅう）あご（雙下巴）<br>⇨ 二重（にじゅう）まぶた（雙眼皮） |
| にせもの 0 | 【贋物・偽者】名 假冒的東西，偽造的東西，冒牌貨，贗品　⇔ 本物（ほんもの）（真貨） |
| にせる 0 | 【似せる】他下一 模仿，偽造 |
| にたき 1 | 【煮炊き】名・自サ 做飯，炊事，烹飪 |
| にたりよったり 2 4 | 【似たり寄ったり】名・形動 差不了多少，半斤八兩 |
| にちや 1 | 【日夜】名・副 日夜，晝夜；經常不斷地，總是 |
| にづくり 2 | 【荷造り・荷作り】名・自他サ 打包行李，包裝貨物 |
| にっし 0 | 【日誌】名 日記，日誌 |
| につめる 3 | 【煮詰める】他下一（把湯汁）煮乾，熬乾；（使討論等）得出結論，歸納結論 |
| になう 2 | 【担う・荷う】他五 擔，挑；擔負<br>⇨ 担い手（にないて）（責任承擔人） |
| にのうで 0 4 | 【二の腕】名 上臂 |

| | |
|---|---|
| にぶる ② | 【鈍る】自五 變鈍，不快；（氣勢）減弱，變弱 |
| にやにや ① | 副 不出聲地笑，嗤笑，冷笑 |
| にやり ②③ | 副 抿嘴一笑 |
| にゅうか ⓪ | 【入荷】名・自他サ 進貨，到貨 |
| にゅうかい ⓪ | 【入会】名・自サ 入會，參加（團體、俱樂部） |
| にゅうきん ⓪ | 【入金】名・自他サ 入款，進款；收入的款項 |
| にゅうさつ ⓪ | 【入札】名・自サ 投標 |
| にゅうじ ① | 【乳児】名 嬰兒 |
| にゅうしゅ ⓪ | 【入手】名・他サ 得到，取得，到手 |
| にゅうしょう ⓪ | 【入賞】名・自サ 得獎 |
| にゅうせき ⓪ | 【入籍】名・自サ 入籍，遷入戶口 |
| にゅうねん ⓪ | 【入念】名・形動 細心，仔細，謹慎 |
| にゅうよく ⓪ | 【入浴】名・自サ 洗澡，入浴，沐浴 |
| にょう ① | 【尿】名 尿，小便 |
| にょじつ ⓪ | 【如実】名 真實，如實 |
| にらむ ② | 【睨む】他五 瞪，盯視；凝視，仔細觀察；推測；盯上 ⇨ 睨(にら)み（盯視；威力） ⇨ 睨(にら)み合(あ)う（互相敵視）<br>⇨ 睨(にら)みつける（瞪眼看）<br>⇨ 睨(にら)めっこ（兒童遊戲的一種，先笑者輸；對立） |
| にわか ① | 【俄】形動・名 突然；立刻；暫時；（即「俄狂言(にわかきょうげん)」的略語）日本傳統即興滑稽短劇 ⇨ 俄(にわ)か雨(あめ)（驟雨） |
| にわかじたて ④ | 【俄仕立て】名 臨時的準備；權宜之計 |
| にんい ①⓪ | 【任意】名・形動 隨便，隨意<br>⇨ 任意退職(にんいたいしょく)（自願退職） ⇨ 任意放棄(にんいほうき)（自願放棄）<br>⇨ 任意同行(にんいどうこう)（〔警〕強行帶回〔嫌犯〕） |
| にんか ①⓪ | 【認可】名・他サ 許可，批准，准許 |
| にんじょう ① | 【人情】名 人情，義理；（男女）風情 ⇨ 人情味(にんじょうみ) |
| にんしん ⓪ | 【妊娠】名・自サ 妊娠，懷孕 |

| | |
|---|---|
| にんずる ③⓪ | 【任ずる】名・自他サ 擔任，擔負責任；自命；任命 |
| にんそう ① | 【人相】名 相貌；(算命)面相 |
| にんたい ① | 【忍耐】名・自サ 忍耐 ⇨ 忍耐力(にんたいりょく) |
| にんち ①⓪ | 【認知】名・他サ 認知；(法律)承認，認領 |
| にんむ ① | 【任務】名 任務，職責 |
| にんめい ⓪ | 【任命】名・他サ 任命 ⇨ 任命権(にんめいけん) |

## 歷屆考題

■ にらむ……故障(こしょう)の原因(げんいん)を調(しら)べたら、私(わたし)のにらんだとおりだった。

(2004- VI -3)

① あの男(おとこ)が犯人(はんにん)だとにらんでいる。

② 電車(でんしゃ)の中(なか)で、隣(となり)の人(ひと)ににらまれてしまった。

③ パソコンの画面(がめん)をにらんでいたら、課長(かちょう)に声(こえ)をかけられた。

④ よく遅刻(ちこく)するので部長(ぶちょう)ににらまれている気(き)がする。

答案①

解「にらむ」在各項中的用法為：(題目) 估計，推測；①估計；②瞪眼，怒目而視；③注視；④盯上。

翻 (題目) 調查了一下故障原因，結果和我估計的一樣；①我預料那個男的是犯人；②在電車裏被旁邊的人瞪了一眼；③正在看電腦畫面的時候，課長叫了我一下；④因為經常遲到，所以覺得被部長盯上了。

■ にじむ (2006- VII - 3)

① 水(みず)にぬれて字(じ)がにじんでしまった。

② 今日(きょう)は風邪(かぜ)で鼻(はな)がにじんでいます。

③ 話(はな)しすぎて声(こえ)がにじんで困(こま)った。

④ これはよく味(あじ)がにじんでおいしいね。

答案①

解 「にじむ」是「滲；滲出；滲透」的意思。選項②、③、④為誤用。②可改為「つまって」（堵，塞）；③可改為「掠（かす）れて」（嘶啞）；④可改為「染（し）みて」（進入，入味）。

翻 被水淋濕，字暈開了。

# ぬ

♬ 163

| | |
|---|---|
| ぬかす ⓪ | 【吐かす】他五 瞎說，胡扯 |
| ぬかす ⓪ | 【抜かす】他五 遺漏，漏掉，跳過；失去力氣或勁頭<br>➡ 腰（こし）を抜（ぬ）かす（站不起來；非常吃驚） |
| ぬかり ⓪ | 【抜かり】名 疏忽；漏洞，差錯 |
| ぬかるみ ⓪ | 【泥濘】名 泥濘，泥淖 |
| ぬき ① | 【抜き】名 除掉，省去；（「栓抜（せんぬ）き」之略）開瓶器<br>➡（名詞＋）抜（ぬ）き（省去，除去；接連戰勝～人數） |
| ぬきさし ⓪② | 【抜き差し】名・他サ 抽出插入，進入退出 |
| ぬくぬく（と）① | 副 暖哄哄，熱呼呼；舒服，自在；滿不在乎 |
| ぬくもり ⓪④ | 【温もり】名 溫和的程度，暖和 |
| ぬけだす ③ | 【抜け出す】自五 溜走；開始脫落；擺脫 |
| ぬげる ② | 【脱げる】自下一 脫落下來；脫得掉 |
| ぬし ① | 【主】名 主人；物主，所有者；老資格；神話中的精靈 |
| ぬっと ⓪① | 副 突然（出現、站起來） |
| ぬま ② | 【沼】名 沼澤　⇨ 沼地（ぬまち）　➡ 底（そこ）なし沼（ぬま）（無底深淵） |
| ぬめぬめ ① | 【滑滑】副・自サ 光滑，滑溜溜 |
| ぬらす ⓪ | 【濡らす】他五 潤濕，弄濕 |
| ぬる ⓪ | 【塗る】他五 塗（顏料）；擦粉；轉嫁（罪責） |
| ぬるぬる ① | 名・副・自サ 粘液；粘滑地 |

## 歷屆考題

■ これは大事(だいじ)な資料(しりょう)ですので、＿＿＿＿でください。

① ぬらさない　② ぬれない　③ ぬらない　④ ぬらすない

答案①

解「ぬらさない」的意思是「不要弄濕」，原形是「ぬらす」。答案以外的選項意思為：②濡(ぬ)れない（不會濕）；③塗(ぬ)らない（不塗）；④誤用。

翻 這是很重要的資料所以請不要弄濕。

■ 遅刻(ちこく)しそうだったので走(はし)ったら、靴(くつ)が脱げて川(かわ)に落(お)ちてしまった。

① むげて　② さげて　③ ぬげて　④ そげて

答案③

解「脱(ぬ)げて」的原形是「脱(ぬ)げる」，是下一段動詞，「脫落下來」的意思。選項①、②、④為誤用。

翻 因為快遲到所以我用跑的，結果鞋子脫落下來掉到河裡了。

## ね

♫ 164

| | |
|---|---|
| ねいき ⓪ | 【寝息】名 睡眠中的呼吸 |
| ねあがり ⓪ | 【値上（が）り】名・自サ 漲價，價格上漲 |
| ねあげ ⓪ | 【値上げ】名・他サ 加價<br>⇔ 値下(ねさ)げ |
| ねいる ② | 【寝入る】自上一 睡著，入睡；睡得好，熟睡 |
| ねいろ ⓪ | 【音色】名 音色 |
| ねうち ⓪ | 【値打ち】名 價值；值多少錢；定價；身價 |
| ねがえり ⓪④ | 【寝返り】名・自サ 翻身；背叛，投敵 |
| ねかせる ⓪ | 【寝かせる】他下一 使躺下，使睡覺；放平，放倒；賣不出去；發酵 |

| | |
|---|---|
| ねがわくは ③ | 【願わくは】副 但願，希望　＝願(ねが)わくば |
| ねぎらう ③ | 【労う】他五 慰勞　⇨ 労(ねぎら)い（慰勞，犒賞） |
| ねぎる ②⓪ | 【値切る】他上一 講價，殺價 |
| ねこそぎ ⓪② | 【根こそぎ】名 全部，一點不留，徹底 |
| ねごと ⓪ | 【寝言】名 夢話，夢囈；胡說 |
| ねしずまる ④ | 【寝静まる】自五 入睡後夜深人靜 |
| ねじまげる ⓪ | 【捩じ曲げる】他下一 扭彎；（事實等）扭曲，歪曲 |
| ねじる ② | 【捩る・捻る】他五 扭，擰 |
| ねじれる ③ | 【捩じれる・捻れる】自下一 歪扭，不正；乖僻，彆扭 |
| ねたきり ④⓪ | 【寝たきり】名・自サ（因衰老或病）臥床不起 |
| ねたましい ④ | 【妬ましい】形 感到嫉妒，令人眼紅 |
| ねたむ ② | 【妬む・嫉む】他五 嫉妒，吃醋　⇨ 嫉(ねた)み |
| ねだる ②⓪ | 【強請る】他五 撒嬌，央求；強求　⇒ 強請(ゆす)る<br>➡ 無(な)い物(もの)ねだり（強求沒有的東西，幻想） |
| ねつい ① | 【熱意】名 熱忱，熱情 |
| ねつく ② | 【寝付く】自五 睡著，入睡；因病臥床<br>⇨ 寝付(ねつ)き（入睡，睡著） |
| ねっき ⓪① | 【熱気】名 熱氣；熱情，激情；高燒　⇨ 熱気消毒(ねっきしょうどく) |
| ねっきょう ⓪ | 【熱狂】名・自サ 狂熱 |
| ねっとう ⓪ | 【熱湯】名 熱水，開水　⇨ 熱湯消毒(ねっとうしょうどく)（開水消毒） |
| ねっとり ③ | 副 黏黏的，黏答答的 |
| ねづよい ③ | 【根強い】形 堅固的，根深蒂固的 |
| ねつりょう ② | 【熱量】名 熱量 |
| ねつれつ ⓪ | 【熱烈】名・形動 熱烈 |
| ねばねば ⓪① | 【粘々】名・副・自サ 黏黏地，發黏地；有黏性的東西 |
| ねばり ③ | 【粘り】名 黏性；耐性，毅力，韌性<br>⇨ 粘(ね)り強(づよ)い（黏性強；柔　；百折不撓） |

あ か さ た な は ま やゆよ ら わ

| | |
|---|---|
| **ねばる** ② | 【粘る】自五 黏，發黏；堅持到底，有耐性 |
| **ねびえ** ⓪ | 【寝冷え】名・自サ 睡覺著涼<br>⇨ 寝冷え知らず（ねびえしらず）（防止幼兒睡覺時著涼的睡衣） |
| **ねぼける** ③ | 【寝惚ける】自下一 睡得迷迷糊糊；（色彩等）不鮮明 |
| **ねほりはほり** ④① | 【根掘り葉掘り】名・副・自サ 追根究柢 |
| **ねまわし** ② | 【根回し】名・自サ（為達到目的）事前疏通，做事前工作；（為移植或使果樹增產）修整樹根 |
| **ねむけ** ⓪ | 【眠気】名 睏倦，睡意<br>⇨ 眠気覚まし（ねむけざまし）（驅散睡意） |
| **ねむたい** ⓪③ | 【眠たい】形 睏，睏倦，昏昏欲睡 |
| **ねる** ① | 【練る・煉る・錬る】自・他五 列隊遊行；揉、和（麵粉、餡等）；加工；錘煉；推敲<br>⇨ 練り歩く（ねりあるく）（結隊遊行）<br>⇨ 練り合わせる（ねりあわせる）（攪和，摻，熬製）<br>⇨ 練りなおす（ねりなおす）（重新攪拌；再次推敲） |
| **ねれる** ② | 【練れる】自下一（經過磨練修養）成熟，老練；（技術）老手；熬煉好，揉和好 |
| **ねんいり** ⓪ | 【念入り】名・形動 周到，周密，細緻 |
| **ねんかん** ⓪ | 【年鑑】名 年鑑　⇨ 経済年鑑（けいざいねんかん） |
| **ねんがん** ③ | 【念願】名・他サ 願望，希望 |
| **ねんごう** ③ | 【年号】名 年號 |
| **ねんざ** ⓪ | 【捻挫】名・他サ 扭傷，挫傷 |
| **ねんし** ① | 【年始】名 年初，歲首；賀年，拜年 |
| **ねんしゅう** ⓪ | 【年収】名 一年的收入 |
| **ねんしょう** ⓪ | 【燃焼】名・自サ 燃燒；（喻）對事業的幹勁 |
| **ねんちゃく** ⓪ | 【粘着】名 黏著<br>⇨ 粘着テープ（ねんちゃくテープ）（膠帶）　⇨ 粘着力（ねんちゃくりょく）（黏著力） |
| **ねんちょう** ⓪ | 【年長】名・形動 年長，年歲大；（幼稚園）大班<br>⇔ 年少（ねんしょう）　⇨ 年長者（ねんちょうしゃ） |

| | |
|---|---|
| **ねんとう** 0 | 【念頭】名 念頭，心頭 |
| **ねんぴ** 0 | 【燃費】名 耗油量；燃料費用 |
| **ねんりき** 0 1 | 【念力】名 意志力，毅力，精神力 |
| **ねんらい** 1 0 | 【年来】名・副 幾年（以）來，多年來 |
| **ねんりょう** 3 | 【燃料】名 燃料 ⇨ 液体燃料（えきたいねんりょう） ⇨ 化石燃料（かせきねんりょう） |
| **ねんりん** 0 | 【年輪】名 年輪；技藝經驗 |

## 歷屆考題

■ 計画（けいかく）がうまく行（い）くように、みんなで作戦（さくせん）を＿＿＿。（1997-Ⅴ-9）

① こめた　② ねった　③ ほどこした　④ あつらえた

答案②

解 答案以外的選項其漢字形式和意思分別為：①込（こ）める（裝填；包含在內；集中〔精力〕）；③施（ほどこ）す（施捨；施加；施行；使〔手段〕）；④誂（あつら）える（點〔菜〕，訂做）。注意：「寝る」和「練る」都讀成「ねる」，但是前者是下一段動詞，後者是五段動詞，所以它們的過去式的常體分別是「寝（ね）た」和「練（ね）った」。

翻 為了讓計畫順利進行，大家一起研究了作戰策略。

■ この選手（せんしゅ）は＿＿＿が足（た）りないので、いつも最後（さいご）に負（ま）けてしまう。（1998-Ⅴ-11）

① はげみ　② はずみ　③ ねばり　④ むすび

答案③

解 4 個選項都是從動詞轉化來的名詞。答案以外的選項其漢字形式和意思分別為：①励（はげ）み（勤奮；勉勵；鼓舞）；②弾（はず）み（彈力，彈性；起勁；形勢）；④結（むす）び（連結，結尾）。

翻 這個選手不夠頑強，所以總是在最後關頭功虧一簣。

# の

| | |
|---|---|
| のう 1 | 【脳】名 腦；頭腦；智力，腦力<br>⇨ 脳溢血（のういっけつ） ⇨ 脳炎（のうえん） ⇨ 脳血栓（のうけっせん） ⇨ 脳梗塞（のうこうそく）<br>⇨ 脳死（のうし） ⇨ 脳出血（のうしゅっけつ） ⇨ 脳膜炎（のうまくえん） |
| のうき 1 | 【納期】名（款項、貨品）繳納期 |
| のうこう 0 | 【農耕】名 農耕 ⇨ 農耕用（のうこうよう） |
| のうこう 0 | 【濃厚】名・形動（色、味等）濃厚，濃烈；（印象等）強烈；可能性大 |
| のうさつ 0 | 【悩殺】名・他サ（女人魅力使男人）神魂顛倒 |
| のうしゅく 0 | 【濃縮】名・他サ 濃縮 |
| のうぜい 0 | 【納税】名・自サ 納稅 ⇨ 納税者（のうぜいしゃ） |
| のうどうてき 0 | 【能動的】形動 主動的 ⇔ 受動的（じゅどうてき） |
| のうにゅう 0 | 【納入】名・他サ 繳納，交納 |
| のうひん 0 | 【納品】名・自他サ 繳納的物品；交貨<br>⇨ 納品書（のうひんしょ）（貨單） |
| のうみつ 0 | 【濃密】名・形動 濃密，濃厚而細密 |
| のうめん 0 | 【能面】名「能樂（のうがく）」用的面具 |
| のがす 2 | 【逃す】他五 錯過，放過 |
| のがれる 3 | 【逃れる】自下一 逃脫；逃避，避免；遠離 |
| のきなみ 0 | 【軒並み】名・副 房檐櫛比；家家戶戶；全部，毫無例外 |
| のく 0 | 【退く】自五 退開，向後退；退出，脫離；躲開，退避 |
| のける 0 | 【退ける・除ける】他下一 移開，挪開；排除，除掉；幹得（漂亮）；勇敢地 |
| のこのこ 1 | 副 滿不在乎（地），毫不介意（地） |
| のぞましい 4 | 【望ましい】形 符合心願的，理想的 |
| のぞむ 0 2 | 【臨む】自五 面對，朝向；面臨，遭遇；蒞臨；統治 |
| のっとる 3 | 【乗っ取る】他五 奪取，佔領；劫持 |

| | |
|---|---|
| のっとる 3 | 【則る・法る】自五 遵守，按照，根據 |
| のどか 1 | 【長閑】形動 悠閒，寧靜，恬靜；晴朗，平靜 |
| ののしる 3 | 【罵る】自他五 大聲叱罵 |
| のびやか 2 | 【伸びやか】形動 舒展，舒暢愉快，悠然自得 |
| のびのび 3 | 【伸び伸び】副・自サ 舒展，輕鬆，愉快　⇒ 伸(の)びやか |
| のべ 1 2 | 【延べ】名 總計；延長；(金屬)壓邊 |
| のぼせる 0 | 【上せる】他下一 使登上；提升；寫上；(食物等)端上；提到，談到 |
| のぼせる 0 | 【逆上せる】自下一 頭部充血，頭昏腦脹；沖昏了頭，暈頭轉向 |
| のみくい 1 2 | 【飲み食い】名 飲食，吃喝 |
| のみこむ 0 3 | 【飲み込む・呑み込む】他五 吞下；理解，領會 |
| のみならず 1 3 | 連語・接續 不但，不僅 |
| のむ 1 | 【飲む・呑む】他五 喝，咽；吞下去；吸，吸進；藐視，不放在眼裏；接受，答應<br>➡ 涙(なみだ)をのむ(飲泣)　➡ 声(こえ)をのむ(吞聲) |
| のりおり 2 | 【乘(り)降り】名 上下(車、船等) |
| のりき 0 | 【乘(り)気】自下一 感興趣，起勁，熱心 |
| のりきる 3 | 【乘(り)切る】自五 乘～越過；突破，渡過 |
| のりくむ 3 | 【乘(り)組む】自五(以工作人員身分)共同乘坐在(同一車、船等)<br>⇨ 乗組員(のりくみいん)(船員，機組人員) |
| のりこえる 4 3 | 【乘(り)越える】自下一 越過，跨過；超過；克服 |
| のりこむ 3 | 【乘(り)込む】自五 乘上，坐進；(搭某交通工具)開進，進入；(軍隊)到達　⇒ 乗(の)る |
| のりだす 3 | 【乘(り)出す】自五 乘～出去；嶄露頭角，登上～舞台；積極從事；挺出，探出；開始乘(騎) |
| のりつぐ 3 | 【乘(り)継ぐ】他五 轉乘(其他交通工具) |
| のりまわす 4 3 | 【乘(り)回す】自五(以某交通工具)到處去，兜風 |

**のろう** ⓪②　【呪う・詛う】**他五** 詛咒，咒罵　⇨呪い（詛咒，咒罵）
➡人を呪わば穴二つ（害人者亦害己）

**のろま** ⓪　【鈍間】**名・形動** 動作緩慢；腦筋遲鈍

## 歷屆考題

■ 不況の影響で、この地域の中小企業は＿＿＿倒産した。
（1997-Ⅴ-3）

① いまさら　② ひたすら　③ のきなみ　④ ひいては

**答案③**

**解** 答案以外的選項其漢字形式和意思分別為：①今更（現在開始，事到如今）；②只管（只顧，一味，一個勁地）；④延いては（進而，甚至）。不過，選項②、④習慣上不寫漢字。這 4 個詞都是副詞。

**翻** 受到經濟不景氣的影響，這個地區的中小企業一個接一個地倒閉了。

■ ののしる（2004-Ⅶ-3）

① 会社で大きなミスをしてしまい、大声でののしられた。
② 子どもが悪いことをしたらののしることが大切な教育です。
③ 立ち入り禁止の所に入ろうとしている人をそっとののしった。
④ 友人に頼まれて英語の手紙をののしってあげた。

**答案①**

**解** 「ののしる」是「謾罵，臭罵」的意思，含有貶義，而且罵聲通常比較大。選項②、③、④為誤用。②可改為「叱る」（批評，責備）；③可改為「注意した」（提醒，警告）；④可改為「書いて」（寫）。

**翻** 在公司犯了大錯，被臭罵了一頓。

■ のむ……あの時、相手の要求をのんで、かえってよかった。

（2006- Ⅵ-1）

① 会場の雰囲気にのまれてしまった。

② あまりの美しさに息をのんだ。

③ 彼は会社の出した条件をそのままのんだらしい。

④ 私の国のチームは決勝で涙をのんだ。

答案③

解「のむ」在各項中的用法為：（題目）接受，答應；①壓倒，嚇倒；②吸；③接受，答應；④忍住，含。

翻（題目）那時答應了對方的要求反而是件好事；①被會場的氣氛嚇倒了；②太美了，以至於屏住了呼吸；③他好像無條件地接受了公司提出的條件；④我國的隊伍在決賽中含淚告負。

答案②

# は

♫ 169

| | |
|---|---|
| は ① | 【刃】名 刀刃　⇨ 諸刃（雙劍） |
| は ① | 【派】名 派，流派；派別 |
| はあく ⓪ | 【把握】名・他サ 把握；理解 |
| はい ① | 【敗】名 敗，輸；失敗的次數 |
| はい ⓪ | 【肺】名 肺；（喻）飛機引擎 |
| はいいん ⓪ | 【敗因】名 敗因，失敗的原因 |
| ばいかい ⓪ | 【媒介】名・他サ 媒介 |
| はいき ⓪ | 【排気】名・自サ 排氣；排出的廢氣<br>⇨ 排気ガス（廢氣） |
| はいき ⓪ ① | 【廃棄】名・他サ 廢棄；廢除　⇨ 廃棄物 |
| はいきゅう ⓪ | 【配給】名・他サ 配給；配售，定量供應 |

| | |
|---|---|
| ばいきん ⓪ | 【黴菌】名 細菌，黴菌 |
| はいけい ⓪ | 【背景】名 背景；舞臺等的佈景；後盾，靠山 |
| はいご ① | 【背後】名 背後；背地，幕後 |
| はいし ⓪ | 【廃止】名・他サ 廢止，廢除 |
| はいしゃ ① | 【敗者】名 敗者，戰敗者　⇔ 勝者（しょうしゃ） |
| はいしゃく ⓪ | 【拝借】名・他サ 借（「借りる」的謙讓語） |
| ばいしゅう ⓪ | 【買収】名・他サ 購進，收購；收買 |
| はいしゅつ ⓪ | 【排出】名・他サ 排出，排泄　⇨ 排出物（はいしゅつぶつ）（排泄物） |
| はいじょ ① | 【排除】名・他サ 排除，排斥 |
| ばいしょう ⓪ | 【賠償】名・他サ 賠償　⇨ 賠償金（ばいしょうきん） |
| はいすい ⓪ | 【排水】名・自サ 排水　⇨ 排水管（はいすいかん）（排水管） |
| はいせき ⓪ | 【排斥】名・他サ 排斥　⇨ 排斥運動（はいせきうんどう） |
| はいぜつ ⓪ | 【廃絶】名・自他サ 廢棄；斷絕後代　⇨ 核兵器廃絶（かくへいきはいぜつ） |
| はいせん ⓪ | 【敗戦】名・自サ 戰敗，輸掉 |
| はいそう ⓪ | 【配送】名・他サ 配送，發送 |
| ばいぞう ⓪ | 【倍増】名・自サ 倍增，增加一倍；大大增加 |
| はいぞく ⓪ | 【配属】名・他サ 分配，配屬 |
| ばいたい ⓪ | 【媒体】名 媒介物，手段 |
| はいとう ⓪ | 【配当】名・他サ 分配；分紅，紅利；（賽馬）獎金 |
| はいはい ① | 【這い這い】名・自サ（嬰兒）爬 |
| はいふ ⓪① | 【配布】名・他サ 分發，散發（小傳單等） |
| はいぶん ⓪ | 【配分】名・他サ 分配　⇒ 分配（ぶんぱい） |
| はいぼく ⓪ | 【敗北】名・自サ 敗北，打敗仗 |
| はいりこむ ④⓪ | 【入り込む】自五 進入；鑽入，爬入 |
| ばいりつ ⓪ | 【倍率】名 倍率，放大率；競爭率 |
| はいりょ ① | 【配慮】名・他サ 照顧，關照 |

| | |
|---|---|
| はいれつ 0 | 【配列・排列】名・他サ 排列 |
| はう 1 | 【這う】自五 爬；（植物）攀纏；趴下<br>⇨ 這(は)い出(だ)す（爬出來；開始爬）<br>⇨ 這(は)いまつわる（攀纏，攀繞）<br>⇨ 這(は)いつくばう（匍匐在地） |
| はえる 2 | 【映える・栄える】自下一 照，映照；惹人注目，顯眼；映襯 |
| はおり 0 | 【羽織】名（和服）短外罩，外掛 |
| はかい 0 | 【破壊】名・自他サ 破壞 |
| はがす 2 | 【剥がす】他五 剥下　⇒ 剥(は)ぐ |
| はかどる 3 | 【捗る】自五 順利進展，推進 |
| はかない 3 | 【果敢ない・儚い】形 短暫虛幻無常的；不能依賴、指望的；可憐悲慘的 |
| はかま 0 | 【袴】名 和服褲裙；（植）葉鞘；酒瓶的台座 |
| はがゆい 3 | 【歯痒い】形（事情不如意）令人著急，令人不耐煩 |
| はからう 3 | 【計らう】他五 商量；處理，適當處置 |
| はからずも 0 2 | 【図らずも】副 没想到（突然），不料 |
| はかりごと 0 | 【謀】名 計謀；策略；詭計 |
| はかりしれない 0 5 | 【計り知れない】形 無法估量，莫大 |
| はかる 2 | 【図る】他五 謀求；安排，照顧<br>➡ 便宜(べんぎ)を図(はか)る（替人著想，給人方便）<br>➡ 事(こと)を図(はか)るは人(ひと)にあり（謀事在人） |
| はかる 2 | 【計る】他五 謀求；商量；推測，揣摩；計量 |
| はかる 2 | 【諮る】他五 諮詢，磋商，協商 |
| はがれる 3 | 【剥がれる】自下一 剥落，揭下 |
| はき 1 | 【破棄】名・他サ 廢棄，破除，撕毀；取消，撤銷 |
| はきゅう 0 | 【波及】名・自サ 波及 |
| はきょく 0 | 【破局】名 破裂的局面 |

あ か さ た な **は** ま やゆよ ら わ

| | |
|---|---|
| はぎれ 0 3 | 【歯切れ】名（食物）脆；（說話）發音；（態度）乾脆 |
| はきはき 1 | 副・自サ 伶俐，乾脆，爽快；活潑，有精神 |
| はきゅう 0 | 【波及】名・自サ 波及，影響 |
| はく 1 | 【掃く】他五 打掃；輕塗 ⇨ 掃（は）き出（だ）す（掃出去）<br>➡ 掃（は）いて捨（す）てるほど（到處都是，比比皆是） |
| はぐ 1 | 【剥ぐ】他五 剝下；揭下；扒下；剝奪，革除<br>⇨ 剥（は）ぎ取（と）る（剝下；奪走） |
| はくがい 0 | 【迫害】名・他サ 迫害；虐待 |
| はぐくむ 3 | 【育む】他五 孵育；培育；維護，保護 |
| ばくげき 0 | 【爆撃】名・他サ 轟炸 |
| はくじゃく 0 | 【薄弱】名・形動 軟弱，孱弱；薄弱，不堅定；不充分 |
| はくしょ 1 | 【白書】名 白皮書 |
| はくじょう 1 | 【白状】名・他サ 坦白；招認，認罪 |
| はくじょう 0 | 【薄情】名・形動 無情，薄情，薄倖 |
| ばくぜん 0 | 【漠然】形動 含混，含糊；籠統；曖昧；模糊 |
| ばくだい 0 | 【莫大】形動 莫大，極大 |
| ばくち 0 | 【博打】名 賭博；聽天由命地試一試<br>⇨ 博打打（ばくちう）ち（賭徒） |
| はくねつ 0 | 【白熱】名・自サ 白熾；最激烈 ⇨ 白熱化（はくねつか） |
| ばくは 0 1 | 【爆破】名・他サ 爆破，炸毀 |
| はくりょく 0 | 【迫力】名 動人的力量，扣人心弦 |
| はぐるま 2 | 【歯車】名 齒輪；比喻使組織運轉的機制及其成員 |
| ばくろ 1 | 【暴露】名・自他サ 暴曬；暴露；洩漏；敗露；揭露 |
| はぐれる 3 | 【逸れる】自下一 走散，失散<br>➡（ます形＋）はぐれる（沒能～，失去做～的機會） |
| はげる 2 | 【剥げる】自下一 脫落；褪色 |
| はげる 2 | 【禿げる】自下一（頭髮）脫落；山光禿禿的<br>⇨ 禿（は）げ上（あ）がる（禿頂，頭髮脫落） ⇨ 禿（は）げ頭（あたま）（光頭） |

| | |
|---|---|
| ばける [2] | 【化ける】[自下一] 化身為；喬裝，冒充；驟變<br>⇨ 化(ば)け物(もの)（妖怪，鬼怪） |
| はげわし [0] | 【禿鷲】[名] 禿鷹 |
| はけん [0] | 【派遣】[名・他サ] 派遣 |
| はごたえ [2] | 【歯応え】[名] 咬勁；有幹勁，起勁 |
| はこびこむ [4] | 【運び込む】[他五] 抬進，搬進，運進 |
| はじく [2] | 【弾く】[他五] 彈；打算盤；防～，抗～<br>⇨ 弾(はじ)き出(だ)す（彈出，揪出）<br>⇨ 弾(はじ)ける（裂開，綻開）<br>➡ 水(みず)をはじく（防水） |
| はしくれ [0] | 【端くれ】[名] 碎片，碎屑；地位低，能力差（的人） |
| はじける [3] | 【弾ける】[自下一] 裂開，綻開；繃開 |
| はしたない [4] | [形] 不謹慎，粗魯；卑鄙，下流 |
| はしゃぐ [0] [2] | 【燥ぐ】[自五] 喧鬧；風乾 |
| はじらう [3] | 【恥らう】[自五] 害羞 |
| はじる [2] | 【恥じる】[自上一] 羞恥，慚愧；（用否定式表示）不愧為 |
| はしわたし [3] | 【橋渡し】[名・自他サ] 架橋；橋樑；當介紹人 |
| はす [0] | 【斜】[名] 斜<br>⇨ 斜向(はすむ)かい（＝斜(なな)め前(まえ)，斜前方） |
| はずれる [4] [0] | 【外れる】[自下一] 脫落，掉下；未中，落空；相悖，不合（道理等） ⇨ 外(はず)れ（〔地理位置〕盡頭，最深處） |
| はせい [0] | 【派生】[名・自サ] 衍生 |
| はせる [2] | 【馳せる】[自・他下一] 跑；驅（車）；馳名 |
| はそん [0] | 【破損】[名・自他サ] 破損，損壞 |
| はたく [2] | 【叩く】[他五] 撣；拍，打；用光，花光 |
| はだし [0] | 【裸足・跣】[名] 赤腳，赤足<br>⇨（名詞＋）はだし（非常卓越） |
| ばたばた [1] [0] | [副・自サ] 吧嗒吧嗒；相繼倒下；順利；慌張 |
| はため [0] | 【傍目】[名] 旁觀者的看法、印象 |

| | |
|---|---|
| はたらきかける 6 | 【働き掛ける】自下一 發動，對～做工作 |
| はたん 0 | 【破綻】名・自サ 破裂，失敗，破産 |
| はだん 0 | 【破談】名 前約作廢；解除婚約 |
| ばち 2 | 【罰】名 報應，懲罰 |
| ばちがい 2 | 【場違い】形動 不合時宜的，不適合場合的 |
| はちまき 2 | 【鉢巻（き）】名（用手巾或布）纏頭（以示決心）；纏頭布 |
| ばつ 1 | 名（表示錯誤、禁止等意的）叉號 |
| はついく 0 | 【発育】名・自サ 發育，成長 |
| はつあん 0 | 【発案】名・自他サ 動議，提議，想出計劃；提出新的議案　⇨ 発案権（はつあんけん）（提案權） |
| はつが 0 | 【発芽】名・自サ 發芽，出芽 |
| はっかく 0 | 【発覚】名・自サ 被發現，暴露 |
| ばっきん 0 | 【罰金】名 罰款 |
| はっくつ 0 | 【発掘】名・他サ 挖掘；發掘<br>⇨ 発掘現場（はっくつげんば）（挖掘現場）　⇨ 発掘品（はっくつひん）（挖掘品） |
| ばつぐん 0 | 【抜群】名・形動 卓越，超群，出色 |
| はっさん 0 | 【発散】名・自他サ 發散，消散，發洩 |
| はっしん 0 | 【発信】名・自サ 發信，發報 |
| はっしん 0 | 【発進】名・自サ 出發，起飛 |
| ばっすい 0 | 【抜粋】名・他サ 摘錄，集錦 |
| ばっそく 0 | 【罰則】名 懲罰條例 |
| はっちゃく 0 | 【発着】名・自サ 出發和到達 |
| はつねつ 0 | 【発熱】名・自サ 發熱；發燒 |
| はっぱ 0 | 【葉っぱ】名 葉，葉子 |
| はつびょう 0 | 【発病】名・自サ 發病，得病 |
| はつみみ 0 | 【初耳】名 初次聽到 |

| | |
|---|---|
| はつわ 0 | 【発話】名 發聲，表達 |
| はて 2 | 【果て】名 邊際，盡頭；最後，末了，結局 |
| はてしない 4 | 【果てしない】形 無止境，無邊無際 |
| はてる 2 | 【果てる】自下一 終，盡，完畢；死<br>➡ ます形＋はてる（達到極點） |
| ばてる 2 | 自下一 累得要命，精疲力竭 |
| はどめ 0 3 | 【歯止め】名 煞車器；煞住，制止 |
| はなしこむ 4 0 | 【話し込む】自五 談得投機，長談 |
| はなつ 2 | 【放つ】他五 放，放出；派遣；驅逐，流放 |
| はなばなしい 5 | 【華々しい】形 豪華，輝煌；壯烈，轟轟烈烈 |
| はなみち 2 | 【花道】名 力士出場的通道；（劇）演員上下場的通道；風華盛的時期<br>➡ 花道（はなみち）を飾（かざ）る（光榮引退） |
| はなびら 3 | 【花弁】名 花瓣 |
| はねる 2 | 【刎ねる】他下一 砍掉　➡ 首（くび）をはねる（砍首） |
| はねる 2 | 【撥ねる】他下一 淘汰；提成，攫取；飛濺；發鼻音 |
| はばたく 3 | 【羽ばたく】自五 振翅，拍打翅膀；活躍地行動 |
| はばひろい 4 | 【幅広い】形 寬廣；廣泛 |
| はばむ 2 | 【阻む】他五 阻礙，阻止 |
| はびこる 3 | 【蔓延る】自五 蔓延，叢生；橫行，氾濫 |
| はま 2 | 【浜】名 海濱，湖濱；（圍棋）被吃掉的子；（俗）港口；橫濱的簡稱　⇨ 浜辺（はまべ）（海濱，湖邊） |
| はまる 0 | 【填まる・嵌まる】自五 吻合；合適；陷入，掉進；中計；熱衷　⇒ あてはまる<br>➡ 型（かた）にはまる（老一套） |
| はみだす 3 0 | 【食み出す】自五 露出；超出限度，越出範圍<br>＝食（は）み出（で）る |
| はむかう 3 | 【刃向かう・歯向かう】自五 張牙欲咬；持刀欲砍；抵抗，反抗 |

**はめ** 2
【羽目・破目】名 困境；板壁
➡ ～羽目(はめ)になる／陥(おちい)る（陷入～困境）
➡ 羽目(はめ)を外(はず)す（盡情，盡興，過分）

**はめつ** 0
【破滅】名 滅亡，毀滅

**はやす** 2
【生やす】他五 使生長
➡ ひげを生(は)やす（留鬍鬚）

**はやまる** 3
【早まる・速まる】自五 提前；倉促，輕率

**はやばや** 3
【早々】副 早早地；很快地，馬上

**はやびけ** 0
【早引け・早退け】名・自サ 早退，提早下班、放學

**はやめる** 3
【速める・早める】他下一 加快，加速；提前

**はやる** 2
【流行る】自五 流行，盛行；（疾病等）流行，蔓延；興旺 ⇔ 廃(すた)れる

**はらだたしい** 5
【腹立たしい】形 令人氣憤的

**はらだち** 0 4
【腹立ち】名 生氣，憤怒 ⇨ 腹立(はらだ)つ（生氣）

**ばらつき** 0
名 零散，偏差

**はらっぱ** 1
【原っぱ】名 空地，草地

**はらはら** 1
副・自サ 飄落；撲簌簌（落下）；很擔心的樣子

**ばらばら** 0 1
副・形動（雨點等）連續降落聲；支離破碎

**ばらまく** 3
【散蒔く】他五 散播，散佈；到處花錢

**はらむ** 2
【孕む】他五 懷孕；含苞；包含，孕藏

**はらん** 0 1
【波瀾・波乱】名 波折，風波
⇨ 波乱万丈(はらんばんじょう)（波瀾起伏）

**はりあい** 0
【張り合い】名（相互對立）競爭；有勁頭，起勁
➡ 意地(いじ)の張(は)り合(あ)い（意氣用事）

**はりあう** 3
【張り合う】自五 競爭，爭奪

**はるか** 1
【遥か】副・形動（在空間、時間、程度上）遠，遙遠

**はれつ** 0
【破裂】名・自サ 破裂；關係決裂

**はればれしい** 5
【晴れ晴れしい】形（天空）晴朗；（心情）爽朗；清晰，明朗

| | |
|---|---|
| はれま 3 | 【晴（れ）間】名（連續降雨、降雪等）暫時停下，間歇；雲隙；心情的一時舒暢 |
| はれやか 2 | 【晴れやか】形動 晴朗；明朗；心情舒暢；盛大 |
| はれる 3 0 | 【腫れる】自下一 腫　⇨ 腫(は)れ上(あ)がる（腫起來） |
| はれる 2 | 【晴れる】自下一 晴；（心情）舒暢；（嫌疑、疑惑）消除　⇨ 晴(は)れ上(あ)がる（天氣放晴）<br>⇨ 晴(は)れ渡(わた)る（晴空萬里） |
| ばれる 2 | 自下一 暴露，敗露 |
| はれんち 2 | 【破廉恥】名・形動 厚顏無恥 |
| はん 1 | 【判】名 圖章，印鑑；判斷，判定；書本的開數 |
| はん 1 | 【版】名 版面；版次 |
| はん 1 | 【班】名 班，組 |
| はんい 1 | 【範囲】名 範圍，界限 |
| はんえい 0 | 【繁栄】名・自サ 繁榮 |
| はんが 0 | 【版画】名 版畫，木刻 |
| はんかん 0 | 【反感】名 反感 |
| はんぎゃく 0 | 【反逆】名・自サ 叛逆，反抗　⇨ 反逆者(はんぎゃくしゃ)（反叛者） |
| はんきょう 0 | 【反響】名・自サ 回聲，回音；迴響，反應 |
| はんけい 1 | 【半径】名 半徑　⇔ 直径(ちょっけい)（直徑） |
| はんげき 0 | 【反撃】名・自サ 反擊，反攻，還擊 |
| はんけつ 0 | 【判決】名・他サ 判決 |
| はんげん 0 | 【半減】名・自他サ 減半 |
| ばんじ 1 | 【万事】名 萬事　➡ 万事休す(ばんじきゅうす)（萬事休矣） |
| はんしゃ 0 | 【反射】名・自他サ 反射；折射<br>⇨ 反射鏡(はんしゃきょう)　⇨ 反射神経(はんしゃしんけい)　⇨ 反射的(はんしゃてき)<br>⇨ 条件反射(じょうけんはんしゃ)（條件反射） |
| はんじょう 1 | 【繁盛】名・自サ 興旺，繁榮昌盛 |

| | |
|---|---|
| はんしょく 0 | 【繁殖】名・自サ 繁殖，滋生，孳生 |
| ばんそう 0 | 【伴奏】名・自サ 伴奏　⇨ 伴奏楽器（ばんそうがっき） |
| はんそく 0 | 【反則】名・自サ 犯規，違章 |
| はんそで 0 4 | 【半袖】名 半袖，短袖 |
| ばんて 0 | 【番手】名（表示棉紗粗細的單位）支；隊伍的號碼 |
| はんてい 0 | 【判定】名・他サ 判定 |
| ばんにん 0 3 | 【万人】名 萬人，眾人 |
| ばんねん 0 | 【晩年】名 晚年，暮年 |
| ばんのう 0 | 【万能】名 全能；萬能　⇨ 万能薬（ばんのうやく）（萬能藥） |
| はんぱ 0 | 【半端】名・形動 不齊全，零星；不完全，不徹底；無用之人 |
| はんぷく 0 | 【反復】名・他サ 反覆 |
| ばんぶつ 1 | 【万物】名 萬物 |
| はんめい 0 | 【判明】名・自サ 判明；明確，弄清楚 |
| はんらん 0 | 【反乱・叛乱】名・自サ 叛亂，反叛 |
| はんらん 0 | 【氾濫】名・自サ 氾濫；充斥，過多 |
| はんろん 0 | 【反論】名・自他サ 反駁 |

## 歷屆考題

■ 聞（き）き手（て）の＿＿＿＿＿がないと、スピーチをしていて話（はな）しづらい。

（1999-Ⅴ-5）

① 応答　② 返答　③ 対応　④ 反応

答案④

解 其他選項：①応答（おうとう）（應答，應對）；②返答（へんとう）（回答，回話）；③対応（たいおう）（對應；調和；協調；適應；應付）。

譯 如果聽眾毫無反應的話，演講不好發揮。

■ この絵のはいけいは色が薄すぎる。（1999-Ⅳ-2）

① 机のはいちをかえた。

② はいごから人の声がした。

③ お手紙、はいけんいたしました。

④ 考え方が違う人をはいじょしてはいけない。

答案②

解 題目畫線部分的漢字是「背景」。選項畫線部分的漢字分別是：①配置（配置；安置）；②背後（背後）；③拝見（拜見）；④排除（排除）。題目和選項②中雙畫線處的漢字都是「背」，因此選②。

譯 （題目）這幅畫的背景色太淺了；①改變了書桌的位置；②背後傳來人的聲音；③我拜讀了您的來信；④不能排斥持有不同想法的人。

■ こういう話は一度＿＿＿＿＿と、まとまらなくなる。（2000-Ⅴ-5）

① みだれる　② ねじれる　③ はずれる　④ こじれる

答案③

解 答案以外的選項其漢字形式和意思分別為：①乱れる（亂，混亂，紊亂）；②捩れる・捻れる（扭曲，歪扭，歪曲；性情乖僻，心術不正，心靈扭曲）；④拗れる（事態複雜，惡化；病情嚴重，不癒）。

譯 話一離題，就歸納不起來了。

■ この絵の背景はかきなおしたほうがいい。（2001-Ⅱ-1）

① 世紀　② 生計　③ 廃棄　④ 拝啓

答案④

解 其他選項：①世紀（世紀）；②生計（生計，生活）；③廃棄（廢棄）；④拝啓（敬啟者）。其中與「背景」讀音相同的是④。

譯 重新畫一下這幅圖的背景比較好。

■ この映画はばんにん向けだ。（2002-Ⅳ-3）

① その小説家は、ばんねんに傑作を書いた。

② 風が強い日に店のかんばんが落ちてきた。

③ 私は今日一日るすばんをしていた。

④ 彼はスポーツばんのうだ。

答案④

解 題目畫線部分的漢字是「万人」。選項畫線部分的漢字及其意思分別為：①晩年（晚年）；②看板（招牌）；③留守番（看家）；④万能（全能，全才）。題目和選項④中雙畫線處的漢字都是「万」，因此選④。

譯 （題目）這部電影適合所有人看；①那個小說家晚年寫出了傑作；②風大的日子，商店的招牌掉了下來；③我今天看了一天家；④他是個運動全才。

■ これは水を＿＿＿＿生地でできています。（2007-Ⅴ-12）

① なげく　② もがく　③ はじく　④ つつく

答案③

解 答案以外的選項其漢字形式和意思分別為：①嘆く（嘆息，悲嘆；慨嘆，嘆惋）；②踠く（掙扎；焦急）；④突く（捅，戳；啄；用筷子夾）。

譯 這是用防水的衣料做成的。

# ひ

♬ 179

| | |
|---|---|
| **ひあそび** ② | 【火遊び】名・自サ 玩火；危險的遊戲；不正當的男女關係 |
| **ひいき** ① | 【贔屓】名・他サ 偏愛，照顧，偏袒，偏心；特別照顧自己的人　⇨ ひいき目（偏袒的看法；偏心眼）<br>➡ ひいきの引き倒し（過分袒護反害其人） |
| **ひいては** ① | 【延いては】副 進一步，進而 |

| | |
|---|---|
| **びか** 1 | 【美化】名・他サ 美化，使理想化 |
| **ひかえめ** 0 4 | 【控えめ】名・形動 節制；謹慎，客氣 |
| **ひがむ** 2 | 【僻む】自五 警扭，乖僻　⇨僻み（ひがみ）（乖僻，警扭）⇨僻み根性（ひがみこんじょう）（乖僻性情，倔性子） |
| **ひかん** 0 | 【悲観】名・自サ 悲觀　⇔楽観（らっかん）　⇨悲観論（ひかんろん）　⇨悲観的（ひかんてき） |
| **ひきいる** 3 | 【率いる】他上一 率領，統率 |
| **ひきおこす** 4 | 【引（き）起こす】他五 引起，惹起；扶起，拉起 |
| **ひきかえる** 4 3 | 【引（き）換える・引（き）替える】他下一 交換，兌換；相反，不同　⇨引き換え（ひきかえ）（交換，兌換） |
| **ひきさく** 3 | 【引（き）裂く】他五 撕裂，撕開；挑撥，離間 |
| **ひきさげる** 4 | 【引（き）下げる】自下一 拉下；降低；使後退，撤回 |
| **ひきしまる** 4 | 【引（き）締まる】自五 綳緊；（文章、氣氛等），緊張，緊湊；（行市）見漲 |
| **ひきしめる** 4 | 【引（き）締める】他下一 勒緊，拉緊；緊縮，縮減；使緊張，振作 |
| **ひきずりこむ** 5 | 【引（き）摺り込む】他五 拖入，拽進 |
| **ひきずる** 4 0 | 【引（き）摺る】他五 拖，拽；硬拉；拖延 |
| **ひきだす** 3 | 【引（き）出す】他五 引出，抽出，拉出；誘出，引導出；提出，提取 |
| **ひきつける** 4 | 【引（き）付ける】自他下一 抽筋，痙攣，抽搐；吸引，引誘，誘惑；拉到近旁 |
| **ひきつづく** 4 | 【引（き）続く】自他五 連續，接連不斷；接踵而來　⇨引（き）続き（ひきつづき）（繼續；緊接著，接踵而來） |
| **ひきつる** 3 | 【引きつる】自五 痙攣，抽筋；（因燒燙傷）皮膚留下疤痕；僵硬，發僵 |
| **ひきとる** 3 | 【引（き）取る】自他五 領回，領取；收養；死；退出，離去 |
| **ひきぬく** 3 | 【引（き）抜く】他五 拔出，抽出；拉攏過來；選拔 |
| **ひきはなす** 4 | 【引（き）離す】他五 使分離，拉開，拆開；使疏遠，離間；遙遙領先 |

| | |
|---|---|
| ひきもどす [4] | 【引（き）戻す】他五 拉回，拖回，領回，帶回 |
| びくびく [1] [0] | 副 戰戰兢兢；害怕（嚇得）發抖；哆嗦，顫抖 |
| ひげ [1] | 【卑下】名・自他サ 自卑<br>➡ ひげも自慢（じまん）のうち（一味地自卑，則是傲慢） |
| ひけつ [0] | 【否決】名・他サ 否決　⇔可決（かけつ） |
| ひけつ [0] | 【秘訣】名 秘訣，竅門，訣竅 |
| ひけめ [0] | 【引け目】名 自卑感；（自己覺得的）短處；減少的量 |
| ひけらかす [4] | 他五 炫耀，賣弄 |
| ひけんしゃ [2] | 【被験者】名 被測驗者，被實驗的物件、對象 |
| ひこう [0] | 【非行】名 不良行為 |
| びこう [0] | 【備考】名 備考，備註 |
| ひこく [0] | 【被告】名 被告　⇒原告（げんこく）　⇨ 被告人（ひこくにん）　⇨ 被告席（ひこくせき） |
| ひさしい [3] | 【久しい】形 好久，許久；隔了好久 |
| ひざまずく [4] | 【跪く】自五 跪下；跪拜 |
| ひざもと [0] | 【膝下・膝元】名 膝下，跟前；身邊；（天皇或幕府的）腳下、所在地 |
| ひしひし（と） [1] [2] | 副 緊緊地，步步逼近；深刻地，深深地 |
| ひじゅう [0] | 【比重】名 比重；（所占的）比例，對比 |
| ひしょ [2] [1] | 【秘書】名 秘書　⇨ 秘書課（ひしょか）（秘書科） |
| びしょぬれ [0] | 【びしょ濡れ】名 濕透，淋濕 |
| びしょう [0] | 【微笑】名・自サ 微笑　⇒ほほえみ |
| ひじょうじ [2] | 【非常時】名 非常時，緊急時 |
| びしょびしょ [1] [0] | 副・形動（形動）濕透，濕淋淋地；（副）（雨）連綿不斷 |
| ひずみ [0] | 【歪み】名（因外力而）斜，歪；（喻）不良影響；（心地）不正；變形；弊病　⇒ 歪（ゆが）み（歪斜；走樣） |
| ひずむ [0] [2] | 【歪む】自五（因外力而）歪斜，翹曲 |

| | |
|---|---|
| ひする 2 | 【比する】他サ 比較 |
| びせいぶつ 2 | 【微生物】名 微生物 |
| ひそか 1 2 | 【密か】形動 秘密，偷偷，暗中　⇒こっそり |
| ひそひそ 2 1 | 副 悄悄地說話狀，偷偷地，暗中地 |
| ひそむ 2 | 【潜む】自五 藏在（心裏）；隱藏 |
| ひそめる 3 | 【潜める】他下一 隱藏；消（聲） |
| ひたす 2 | 【浸す】他五 浸泡；浸濕 |
| ひだち 0 | 【肥立ち】名（嬰兒）長大；（產婦）康復 |
| ひたすら 0 2 | 【只管】副・形動 一味，一個勁地；專心致志 |
| ぴたり 2 3 | 副 突然停止貌；緊緊地，緊貼；恰好吻合 |
| ひだりまき 0 | 【左巻（き）】名 向左卷；性情古怪的人；瘋子 |
| ひたる 0 2 | 【浸る】自五 浸，泡；沉浸，沉醉 |
| ひたん 0 | 【悲嘆】名・自サ 悲嘆 |
| ひつう 0 | 【悲痛】名・形動 悲痛 |
| ひっかく 3 | 【引っ掻く】他五 搔，抓 |
| ひっきりなし 5 | 【引っ切り無し】形動 接連不斷 |
| ひっけん 0 | 【必見】名 必須看，必讀 |
| ひっしゅう 0 | 【必修】名 必修　⇨必修（ひっしゅう）課目（かもく） |
| びっしょり 3 | 副・形動 濕透 |
| びっしり 3 | 副 擠得緊緊，密密麻麻；嚴格地，充分地 |
| ひっす 0 | 【必須】名 必須，必需 |
| ひつぜん 0 | 【必然】名・形動 必然　⇔偶然（ぐうぜん）<br>⇨必然性（ひつぜんせい）　⇨必然的（ひつぜんてき） |
| ひっそり 3 | 副・自サ 寂靜，鴉雀無聲 |
| ひっつく 3 | 【引っ付く】自五（俗稱）沾黏；（男女）勾搭上 |
| ひってき 0 | 【匹敵】名・自サ 匹敵，比得上 |
| ひつどく 0 | 【必読】名 必讀　⇨必読書（ひつどくしょ） |

| | |
|---|---|
| ひっぱる 3 | 【引っ張る】他五（用力）拉，拽，硬拉走；引進；拉攏；拖延　⇨引っ張り凧（受歡迎（的人或東西）） |
| びてん 0 | 【美点】名 優點，長處 |
| ひと 0 | 【人】名 人，人類；別人，旁人，人家；人品；人材；人手；成人，大人；自然人<br>⇨ 人里（村落，村莊）<br>⇨ 人使い（使用別人的方法）<br>⇨ 人懐っこい（不怕生，平易近人）<br>➡ 人ある中に人なし（人雖多，但無人材）<br>➡ 人の花は赤い（東西總是別人的好）<br>➡ 人の 噂 は七十五日（謠言只是一陣風）<br>➡ 人のふり見て我がふり直せ（借鏡他人，矯正自己） |
| ひとあし 2 | 【一足】名 一步；非常近的距離；非常短的時間<br>⇨ 一足違い（時間）就差一步 |
| ひといき 2 | 【一息】名 一口氣；喘口氣；一股勁地；再努力些 |
| ひとえに 2 | 【偏に】副 完全；唯有 |
| ひとがき 0 | 【人垣】名 人群，人牆 |
| ひとかげ 0 3 | 【人影】名 人影；身姿，身影 |
| ひとがら 0 | 【人柄】名 人品，品質；人品好 |
| ひとくくり 2 3 | 【ひと括り】名 總括 |
| ひとくろう 2 3 | 【一苦労】名・自サ 費一些力氣 |
| ひとけ 0 | 【人気】名 好像有人的樣子 |
| ひとこいしい 5 | 【人恋しい】形 想和人見面 |
| ひとごえ 0 | 【人声】名 人聲，說話聲 |
| ひところ 2 | 【一頃】名 曾有一時；時期 |
| ひとじち 0 | 【人質】名 人質 |
| ひとすじ 2 | 【一筋】名・副 一條，一道；一心一意<br>⇨ 一筋縄（普通的方法，一般的手段） |
| ひとだかり 0 3 | 【人集り】名・自サ（人）聚集；群集 |
| ひとたび 2 | 【一度】名・副 一回，一次；一旦 |

| | |
|---|---|
| ひとで 0 | 【人手】名 別人(的手);他人的幫助，幫手；人手，勞力；人工 |
| ひとで 0 | 【人出】名 外出的人群 |
| ひとどおり 0 5 | 【人通り】名 人來人往；通行，來往行人 |
| ひとなみ 0 | 【人並み】名・形動 與常人同樣，普通，平常 |
| ひとなみ 0 | 【人波】名 潮水般的人潮 |
| ひとにぎり 2 | 【一握り】名 一把；少量，一小撮 |
| ひとまず 2 | 【一先ず】副 暫且，暫時，姑且 |
| ひとみしり 0 3 | 【人見知り】名・自サ 認生，怕生 |
| ひとむかし 2 3 | 【一昔】名 往昔，過去 |
| ひどり 0 | 【日取り】名 規定日子，規定的日期 |
| ひとりじめ 0 5 | 【独り占め】名・他サ 獨占 |
| ひとりでに 0 | 【独りでに】副 自然而然地，自然；自動地<br>⇒おのずから |
| ひなた 0 | 【日向】名 向陽(的地方);順境　⇔かげ(背陰處)<br>⇨ ひなたぼっこ(曬太陽取暖) |
| ひなん 1 | 【避難】名・自サ 避難<br>⇨ 避難訓練（ひなんくんれん）(避難訓練)<br>⇨ 避難所（ひなんじょ）(避難所)<br>⇨ 避難民（ひなんみん）(難民) |
| ひにくる 3 | 【皮肉る】他五 挖苦，奚落，諷刺 |
| ひにひに 1 0 | 【日に日に】副 一天比一天，逐日，日益 |
| ひにん 0 | 【否認】名・他サ 否認 |
| ひにん 0 | 【避妊】名・自サ 避孕　⇨ 避妊薬（ひにんやく） |
| ひのもと 2 | 【火の元】名 發生火災處，起火的原因；引火物(處) |
| ひばち 1 | 【火鉢】名 火盆 |
| ひばな 1 | 【火花】名 火花；星火 |
| ひび 2 | 【罅】名 裂紋，裂痕；(親密關係)發生裂痕；身體出毛病 |

| | |
|---|---|
| **ひひょう** 0 | 【批評】名・他サ 評價，評論<br>⇒ 批判(ひはん)　⇨ 批評家(ひひょうか)（批評家）<br>⇨ 批評眼(ひひょうがん)（批評能力） |
| **ひましに** 0 3 | 【日増しに】副 日益，日甚一日 |
| **ひまん** 0 | 【肥満】名・自サ 肥胖 |
| **ひみつ** 0 | 【秘密】名・形動 秘密，機密 |
| **ひめい** 0 | 【悲鳴】名・自サ 哀鳴；慘叫；驚叫聲；叫苦 |
| **ひめくり** 2 0 | 【日捲り】名（可以每日撕下的）日曆 |
| **ひめる** 2 | 【秘める】他下一 隱藏；隱秘 |
| **ひもく** 0 | 【費目】名 經費項目 |
| **ひもじい** 3 | 形 餓，饑餓 |
| **ひやあせ** 3 | 【冷や汗】名 冷汗 |
| **ひやかす** 3 | 【冷やかす】他五 冷卻，冰鎮；挖苦，嘲弄，奚落；只問價不買 |
| **ひやく** 0 | 【飛躍】名・自サ 跳躍；騰躍；活躍；飛躍，躍進；話超越太多而不連貫 |
| **ひやす** 2 | 【冷やす】他五 使冷靜，（用冰）鎮 |
| **ひややか** 2 | 【冷ややか】形動 冷，冰；冷淡，冷冰冰 |
| **ひゆ** 1 | 【比喩】名 比喻　⇨ 比喩的(ひゆてき) |
| **ひょう** 0 | 【票】名・接尾 票，選票；小紙片 |
| **ひょうきん** 3 | 【剽軽】名・形動 輕鬆滑稽，詼諧；輕佻 |
| **ひょうご** 0 | 【標語】名 標語 |
| **ひょうざん** 1 | 【氷山】名 冰山<br>➡ 氷山(ひょうざん)の一角(いっかく)（冰山一角） |
| **ひょうし** 3 0 | 【拍子】名 節拍，拍子；狀況；（以「動詞常體過去式＋拍子に～」）剛～的時候<br>➡ 拍子(ひょうし)がよいと～（僥倖〔幸運〕的話） |
| **びょうしゃ** 0 | 【描写】名・他サ 描寫 |
| **びょうじゃく** 0 | 【病弱】名・形動 病弱，虛弱 |

| | |
|---|---|
| **ひょうしょう** 0 | 【表彰】名・他サ 表彰，表揚<br>⇨ 表彰状(ひょうしょうじょう)（獎狀）<br>⇨ 表彰式(ひょうしょうしき)（授獎儀式） |
| **びょうじょう** 0 | 【病状】名 病症，病狀 |
| **ひょうする** 3 | 【表する】他サ 表示 |
| **ひょうたん** 3 | 【瓢箪】名 葫蘆<br>➡ 瓢箪(ひょうたん)から駒(こま)（が出(で)る）（意想不到地方出現意想不到的事物；笑談變事實；道理上不可能） |
| **ひょうへん** 0 | 【豹変】名・自サ（態度、意見）突然改變 |
| **ひょうり** 1 | 【表裏】名 表裡；表面和內心<br>⇨ 表裏一体(ひょうりいったい)（表裡一致） |
| **ひよこ** 0 | 【雛】名 雛鳥；（學問等）尚未成熟的人 |
| **ひょっと** 1 3 | 副・自サ 突然，偶然；不留神；也許<br>⇨ ひょっとすると（或許，可能）<br>⇨ ひょっとして（萬一，也許） |
| **ひより** 0 | 【日和】名 天氣；晴天；形勢，趨勢；（以「名詞＋日(び)和(より)」表示適合做～天氣）<br>⇨ 行楽日和(こうらくびより)（適合出遊的天氣） |
| **ぴょんと** 1 | 副 輕輕地（跳躍） |
| **ぴょんぴょん** 1 | 副 一蹦一蹦，蹦蹦跳跳 |
| **びら** 0 | 名 傳單，廣告 |
| **ひらける** 3 | 【開ける】自下一 開闊，舒展；開化；開明，通人情；（道路）開通 |
| **ひらたい** 0 3 | 【平たい】形 平的，平坦的；淺顯易懂的 |
| **ひらひら** 1 | 副・自サ 飄揚，飄蕩 |
| **ひらめく** 3 | 【閃く】自五 閃耀，閃爍；飄動；閃現，突然想出<br>⇨ 閃(ひらめ)き（閃光；（才能、感覺的）閃現） |
| **びり** 1 | 名 最後，末尾，倒數第一 |
| **ひりき** 0 1 | 【非力】名・形動 無力，乏力，力氣不足，能力有限 |
| **ひりつ** 0 | 【比率】名 比率 |

| | |
|---|---|
| びりびり ①⓪ | 副 撕布、紙的聲音；震動聲；（突然感覺到強烈的刺激）麻酥酥的 |
| ひりょう ① | 【肥料】名 肥料 |
| びりょう ⓪ | 【微量】名 微量<br>⇨ 微量元素（微量元素） |
| ひるがえす ③ | 【翻す】他五 翻，翻轉；跳躍；使（旗子）飄動 |
| ひるさがり ③ | 【昼下（が）り】名 過午 |
| ひれい ⓪ | 【比例】名・自サ 比例；相稱，成比例關係 |
| ひれつ ⓪ | 【卑劣】名・形動 卑劣，卑鄙 |
| ひろう ① | 【披露】名・他サ 宣佈；公佈，發表出來<br>⇨ 披露宴（〔結婚、開店等的〕公開宴會） |
| ひろう ⓪ | 【疲労】名・自サ 疲勞；磨損 |
| びんかん ⓪ | 【敏感】名・形動 敏感　⇔鈍感 |
| ひんけつ ⓪ | 【貧血】名 貧血　⇨ 貧血症 |
| ひんこん ⓪ | 【貧困】名・形動 貧困；（知識、思想等的）貧乏<br>⇒貧苦 |
| ひんし ⓪① | 【瀕死】名 瀕死　⇨ 瀕死状態 |
| ひんしつ ⓪ | 【品質】名 品質<br>⇨ 品質改良　⇨ 品質管理　⇨ 品質保証 |
| ひんじゃく ⓪ | 【貧弱】名・形動 貧乏；遜色；身體弱 |
| ひんしゅ ⓪ | 【品種】名 種類，品種　⇨ 品種改良 |
| びんしょう ⓪ | 【敏捷】名・形動 敏捷，機敏，靈活 |
| びんじょう ⓪ | 【便乗】名・自サ 搭便車；趁機利用，趁機<br>⇨ 便乗値上げ（趁勢上漲） |
| ひんせい ① | 【品性】名 品質，品格，品德 |
| ぴんと ⓪① | 副 突然，猛然；繃緊，（馬上）領會<br>➡ ぴんと来る（馬上明白，一提就懂） |
| ひんぱつ ⓪ | 【頻発】名・自サ 屢次發生，連續發生 |
| ひんぱん ⓪ | 【頻繁】名・形動 頻繁 |

| | |
|---|---|
| **ぴんぴん** ① | 副 活蹦亂跳的樣子；精神好的樣子；（對方的言行、心情等）引起劇烈反應的樣子 |
| **ひんぷ** ① | 【貧富】名 貧富；窮人和富人 ⇨ 貧富(ひんぷ)の差(さ)（貧富差） |
| **ひんもく** ⓪ | 【品目】名 品目，品種 ⇨ 輸入(ゆにゅう)品目(ひんもく)（輸入品項） |
| **ひんやり** ③ | 副・自サ 冷冽，冷颼颼 |

## 歴屆考題

■ 作品(さくひん)をひひょうする。（1997-Ⅳ-2）

① 駐車禁止(ちゅうしゃきんし)のひょうしきが立(た)っている。

② 委員長(いいんちょう)をとうひょうで選(えら)んだ。

③ この本(ほん)のひょうしはデザインがいい。

④ あの店(みせ)はひょうばんがいい。

答案④

解 題目畫線部分的漢字是「批評(ひひょう)」。選項畫線部分的漢字分別是：①標識(ひょうしき)（標誌，標記）；②投票(とうひょう)（投票）；③表紙(ひょうし)（封面）；④評判(ひょうばん)（評論、評價）。題目和選項④中雙畫線處的漢字都是「評」，因此選④。

譯（題目）評論作品；①立著「禁止停車」的標誌；②投票選委員長；③這本書的封面設計得很好；④那家店很受好評。

■ 最近(さいきん)セールスの電話(でんわ)が＿＿＿＿にかかってくる。（2002-Ⅴ-5）

① 活発　② 自在　③ 頻繁　④ 不調

答案③

解 其他選項：①活発(かっぱつ)（活潑，活躍）；②自在(じざい)（自由自在，隨意）；④不調(ふちょう)（破裂，失敗；不順利）。

譯 最近銷售人員頻繁地打電話來。

■ ひと……こんなことは、みっともなくてひとには言(い)えない。

（2003-Ⅵ-4）

① 山田(やまだ)さんは親切(しんせつ)なひとだ。

② ひとには生(い)きる権利(けんり)がある。

③ ひとのものをだまって使(つか)ってはいけない。

④ 彼(かれ)はひとが変(か)わったようにまじめに働(はたら)いている。

答案③

解 「ひと」在各項中的用法為：（題目）別人；①人；②人類，人；③別人；④人格，人品。

譯 （題目）這種事情太不體面了，沒法對別人說；①山田是個熱心的人；②人有生存的權利；③不能不說一聲就用別人的東西；④他現在就像變了個人似的，工作很認真。

■ 新(あたら)しい本社(ほんしゃ)ビルがいよいよ来週(らいしゅう)披露されます。（2005-Ⅱ-3）

① 比例　② 疲労　③ 肥料　④ 微量

答案②

解 其他選項：①比例(ひれい)（比例；成比例關係）；②疲労(ひろう)（疲勞）；③肥料(ひりょう)（肥料）；④微量(びりょう)（微量）。其中與「披露(ひろう)」讀音相同的是②。

譯 新的總公司大樓下週終於要啟用了。

## ふ

♫ 187

| | |
|---|---|
| ぶあい 0 | 【歩合】名 比率，百分比；（按比例付的）報酬，佣金，手續費　⇨ 歩合制度(ぶあいせいど)（按業績支薪的制度） |
| ふい 0 | 【不意】名·形動 突然，意外<br>⇨ 不意(ふい)打ち（突然襲擊，突如其來的） |
| ふう 1 | 【封】名 封，封口，封上 |
| ふうがわり 3 | 【風変わり】名·形動 與眾不同，另類 |
| ふうきり 0 | 【封切り】名·他サ 電影初次放映（＝ふうぎり）；（信封）拆封 |

| | |
|---|---|
| ふうさ [0] | 【封鎖】名・他サ 封鎖；（經）凍結 |
| ふうし [0] | 【風刺・諷刺】名・他サ 諷刺，譏諷　⇨ 風刺小説 |
| ふうしゃ [1] [0] | 【風車】名 風車；（玩具）風車<br>⇨ 風車小屋（風車坊） |
| ふうしゅう [0] | 【風習】名 習慣 |
| ふうそく [0] [1] | 【風速】名 風速 |
| ふうぞく [1] | 【風俗】名 風俗；風紀 |
| ふうど [1] | 【風土】名 風土，水土 |
| ふうぶつ [1] | 【風物】名 景色，風景；應景的東西<br>⇨ 風物詩（季節詩；季節的象徵） |
| ふうりょく [1] | 【風力】名 風力，風速 |
| ふか [2] [1] | 【付加・附加】名・他サ 附加；添加，追加，補充 |
| ふかい [2] [0] | 【不快】名・形動 不愉快；患病　⇨ 不快指数 |
| ふかい [2] | 【深い】形 深；深刻，深遠；深厚；（色、香）濃、深<br>⇔浅い |
| ふかかい [2] | 【不可解】形動 不可理解，難以理解 |
| ふかす [2] | 【更かす】他五 熬夜　➡ 夜をふかす（熬夜） |
| ふかひ [2] | 【不可避】名・形動 不可避免，不能避開 |
| ふかふか [2] [1] [0] | 形動・副・自サ 鬆軟 |
| ぶかぶか [0] [1] | 形動・副・自サ 寬大不合身；（吹奏樂器聲）滴答滴答地 |
| ふかぶかと [3] | 【深深と】副 深深地 |
| ふきこむ [3] [0] | 【吹（き）込む】自他五（自五）（雨、雪等）颳進；（他五）吹進；灌輸；灌錄（唱片），錄音 |
| ふきだす [3] [0] | 【吹（き）出す・噴（き）出す】自他五（自五）（風）吹起來；噴出；忍不住笑出；（他五）吹起（笛子等）；噴出；長出（芽） |
| ふきつ [0] | 【不吉】名・形動 不吉利，不吉祥 |
| ふきとばす [4] [0] | 【吹き飛ばす】他五 吹掉，吹跑；說大話，捧；驅趕，趕走　➡ ほらを吹き飛ばす（大吹牛皮） |

| | |
|---|---|
| ぶきみ 0 1 | 【不気味】名・形動 令人不快的，令人害怕的 |
| ふきゅう 0 | 【普及】名・自サ 普及 |
| ぶきよう 2 | 【不器用・無器用】名・形動 笨拙，不靈巧；手藝不高明 |
| ふきん 2 | 【布巾】名 抹布，擦碗布 |
| ふきんしん 2 | 【不謹慎】名 不謹慎，不認真，不嚴肅，不小心 |
| ふく 2 | 【福】名 福，幸福，幸運 |
| ふく 2 1 | 【噴く】自五（水、蒸氣等）噴出；（向外部）現出，冒出 |
| ふくごう 0 | 【複合】名・他サ 複合，合成 |
| ふくし 2 0 | 【福祉】名 福利　⇨ 福祉事業（福利事業） |
| ふくしゅう 0 | 【復讐】名・自サ 報復，報仇 |
| ふくじゅう 0 | 【服従】名・自サ 服從　⇔反抗 |
| ふくしょく 0 | 【服飾】名 服飾 |
| ふくめん 0 | 【覆面】名・自サ 蒙面，蒙上臉；面具，蒙面布；匿名 |
| ふくよう 0 | 【服用】名・他サ 服用，吃藥 |
| ふくれる 4 0 | 【膨れる】自下一 腫，脹，鼓出；生氣，不高興<br>⇨ 膨れ上がる（鼓起，脹大） |
| ぶけ 0 1 | 【武家】名 武士；武士門第（的人） |
| ふける 2 | 【老ける・化ける】自下一 老，上年紀 |
| ふける 2 | 【耽る】自下一 耽於，沉湎；埋頭，專心致志 |
| ふごう 0 | 【符合】名・自サ 符合，吻合 |
| ふごう 0 | 【富豪】名 富豪，大財主　⇒大金持ち |
| ふこく 0 | 【布告】名・他サ 佈告，公告；宣佈，宣告 |
| ふさい 0 | 【負債】名 負債　⇒ 借金　⇒債務<br>⇨ 負債国　⇨ 負債者（債務人） |
| ふざい 0 | 【不在】名 不在，不在家 |
| ふさく 0 | 【不作】名 歉收，收成不好；（東西）做得不好 |

| | |
|---|---|
| ふさわしい [4] | 【相応しい】形 適合，相稱 |
| ふしまつ [2] | 【不始末】名 不注意，不經心；檢點，不規矩 |
| ふじゅうぶん [2] | 【不十分】名・形動 不充分，不完全 |
| ふじゅん [0] | 【不純】名・形動 不純，不純真，不純粹 |
| ふじゅん [0] | 【不順】名・形動 不順；不合理，沒有道理 |
| ふじょ [1] | 【扶助】名・他サ 扶除，幫助，扶養 |
| ふしょう [0] | 【負傷】名・自サ 負傷，受傷　⇨ 負傷者（ふしょうしゃ） |
| ぶしょう [2] | 【不精・無精】名・形動・自サ 懶，怠惰<br>⇨ 不精（ぶしょう）ひげ（因懶得剃而長長的鬍子） |
| ぶじょく [0] | 【侮辱】名・他サ 侮辱　⇨ 侮辱罪（ぶじょくざい）　⇒ 辱（はずかし）める |
| ふしん [0] | 【不信】名 不誠實，不守信用；不相信，懷疑<br>⇨ 不信行為（ふしんこうい）（不誠實的行為）　⇨ 不信感（ふしんかん） |
| ふしん [0] | 【不振】名・形動 不興旺，蕭條，形勢不佳 |
| ふしん [0] | 【不審】名・形動 不清楚，可疑 |
| ぶそう [0] | 【武装】名・自サ 武裝；戰鬥準備 |
| ぶぞく [1] | 【部族】名 部族 |
| ふだ [0] | 【札】名 牌子；告示；護身符；紙牌；（寄存東西的）號牌 |
| ふだん [0] [1] | 【不断】名・形動 不斷；（猶豫）不決<br>⇨ 優柔不断（ゆうじゅうふだん）（優柔寡斷） |
| ふだん [1] | 【普段】名 平時，平常　⇨ 普段着（ふだんぎ）（便服） |
| ふち [2] | 【淵・潭】名 淵，潭；（困境）深淵 |
| ふちょう [0] | 【不調】名・形動 破裂，失敗；不成功，不順利；一時不振，萎靡 |
| ふちゃく [0] | 【付着・附着】名・自サ 附著，黏著 |
| ふっかつ [0] | 【復活】名・自サ 復活；恢復，復興 |
| ふっき [0] [1] | 【復帰】名・自サ 恢復，復原 |
| ぶつぎ [1] | 【物議】名 眾人的議論 |

| | |
|---|---|
| ふっきゅう 0 | 【復旧】名・自他サ 恢復原狀，修復 |
| ぶっきらぼう 4 3 | 名・形動 生硬，唐突，莽撞，粗魯，不和氣 |
| ふっくら 3 | 副・自サ 柔軟而豐滿狀，鬆軟而鼓起狀 |
| ふっこう 0 | 【復興】名・自他サ 復興 |
| ふつごう 2 | 【不都合】名・形動 不合適，不妥；行為不端；不合道理 |
| ふっしょく 0 | 【払拭】名・他サ 消除，肅清 |
| ぶっそう 3 | 【物騒】名・形動（社會上）騷然不安；危險 |
| ぶつぞう 0 | 【仏像】名 佛像 |
| ぶったい 0 | 【物体】名 物體 |
| ふつつか 2 | 【不束】形動 不周到，沒禮貌；無能，魯鈍 |
| ぶってき 0 | 【物的】形動 物質的　⇔人的（じんてき）　⇔心的（しんてき） |
| ふっと 1 3 | 副 噗地（吹口氣）；忽然，猛地；俐落地 |
| ふっとう 0 | 【沸騰】名・自サ 沸騰；（爭論）白熱化，沸騰 |
| ふっとぶ 3 | 【吹っ飛ぶ】自五（忽然一下子）颳跑，颳走；花光 |
| ふでき 1 | 【不出来】名・形動 收成不好，做得不好；長得不好 ⇔上出来（じょうでき） |
| ふてぎわ 2 | 【不手際】名・形動（做得）不精巧，笨拙，不高明 |
| ふとう 0 | 【不当】名・形動 不正當，不合道理 |
| ぶなん 0 1 | 【無難】名・形動 平安無事；沒有缺點，無可非議 |
| ふにん 0 | 【赴任】名・自サ 上任，赴任 ⇨単身赴任（たんしんふにん）（不帶家眷單身赴任）　⇨赴任地（ふにんち） |
| ふのう 0 | 【不能】名・形動 無能，沒有能力；不能，不可能 ⇨続行不能（ぞっこうふのう）（無法進行下去） |
| ふはい 0 | 【腐敗】名・自サ 腐爛；腐敗，墮落 |
| ふび 1 | 【不備】名・形動 不完備，不完全；（書信）書不盡言 |
| ふひょう 0 | 【不評】名 聲譽不佳，評論不好 |

| | |
|---|---|
| ふふく 0 | 【不服】名・形動 不滿意；不服 |
| ぶべつ 0 | 【侮蔑】名・他サ 侮蔑，蔑視，輕視 |
| ふへん 0 | 【不変】名 不變，永恒　⇨ 不変資本（ふへんしほん） |
| ふへん 0 | 【普遍】名 普遍；(哲學)普遍；萬物共通　⇔特殊（とくしゅ）<br>⇨ 普遍性（ふへんせい）　⇨ 普遍的（ふへんてき） |
| ふほう 0 | 【不法】名・形動 不法，非法，違法；無理，不合理<br>⇨ 不法投棄（ふほうとうき）(非法丟棄) |
| ふほんい 2 | 【不本意】名・形動 非本意，非情願，不得已 |
| ふまえる 3 | 【踏まえる】他下一 踏，踩；根據，立足於～ |
| ふみきる 3 | 【踏(み)切る】他五 踏斷，因踩偏而撐斷；(相撲)腳踩出圈外；(體)起跳；下定決心 |
| ふみこむ 3 | 【踏(み)込む】自他五(自五)陷入；闖入，強行進入；觸及，深入；(他五)(將某物)踩進去；猛踩 |
| ふみば 0 | 【踏(み)場】名 立足處，下腳處 |
| ふみん 0 | 【不眠】名 不睡，不眠<br>⇨ 不眠症（ふみんしょう）(失眠症) |
| ふめい 0 | 【不明】名・形動 不明，不詳，不清楚；無能，見識少 |
| ふもう 0 | 【不毛】名・形動 不毛；一無所獲，沒有成果 |
| ぶもん 1 0 | 【部門】名 部門，部類，方面 |
| ふゆば 0 | 【冬場】名 冬季期間，冬季 |
| ふよう 0 | 【扶養】名・他サ 扶養 |
| ふらふら 1 0 | 副・形動・自サ 搖晃，蹣跚；糊裡糊塗；猶豫不定 |
| ぶらぶら 1 | 副・自サ 晃蕩，搖晃；溜達；賦閒，閒待著 |
| ふりかざす 4 | 【振りかざす】他五 揮起；大肆標榜 |
| ふりきる 3 | 【振(り)切る】他五 甩開，掙脫；斷然拒絕；盡力揮動 |
| ふりだし 0 | 【振(り)出し・振出】名 出發點；開始，開端，最初；開出(匯票，支票) |
| ふりはらう 4 | 【振(り)払う】他五 抖落，揮去 |

| | |
|---|---|
| ふりまく ③ | 【振（り）撒く】他五 散步，撒；分給許多人 |
| ふりょう ⓪ | 【不良】名・形動 不好，壞；（品行）不良，流氓<br>⇔善良（ぜんりょう） ⇔良好（りょうこう）<br>⇨不良行為（ふりょうこうい） ⇨不良少年（ふりょうしょうねん） |
| ふりょ ① | 【不慮】名 不測，意外 |
| ふりょく ⓪① | 【浮力】名 浮力；流體壓力 |
| ぶりょく ① | 【武力】名 武力，兵力 ⇨武力衝突（ぶりょくしょうとつ） |
| ふるう ③⓪ | 【振（る）う・揮う】自他五（自五）興奮，振奮；奇特，新穎；踴躍，積極；（他五）發揮；揮動 |
| ふるめかしい ⑤ | 【古めかしい】形 古老，陳舊；古色古香 |
| ふるわせる ⓪ | 【震わせる】他下一 使震動，使發抖，使哆嗦 |
| ぶれい ①② | 【無礼】名・形動 失禮 ⇒失礼（しつれい）<br>⇨無礼講（ぶれいこう）（不拘禮節的宴會） |
| ぶれる ② | 自下一 鏡頭晃動；（意志、政策）搖擺 |
| ふろく ⓪ | 【付録・附録】名 附錄；（雜誌）臨時增刊 |
| ふわく ⓪① | 【不惑】名 不惑之年，四十歲 |
| ふわっと ② | 副 軟綿綿；輕飄飄 |
| ふわり ② | 副 輕飄飄；鬆軟的 |
| ふんがい ⓪ | 【憤慨】名・自サ 憤慨，氣憤 ⇨憤慨憤懣（ふんがいふんまん） |
| ぶんかつ ⓪ | 【分割】名・他サ 分割，分開；分期（付款）<br>⇨分割払い（ぶんかつばらい）（分期付款） |
| ぶんき ⓪① | 【分岐】名・自サ 分岐，分岔 ⇨分岐点（ぶんきてん）（岔路口） |
| ぶんぎょう ⓪ | 【分業】名・他サ 分工；分段令人執行 |
| ぶんご ①⓪ | 【文語】名 文言；書面語 |
| ぶんさん ⓪ | 【分散】名・自サ 分散 |
| ぶんし ① | 【分子】名（理、化）分子；（成員）份子；（數）分子<br>⇔分母（ぶんぼ） |
| ふんしつ ⓪ | 【紛失】名・自他サ 遺失，丟失<br>⇨紛失主（ふんしつしゅ）（失主） ⇨紛失物（ふんしつぶつ）（失物） |

| | |
|---|---|
| ぶんしゅう 0 | 【文集】名 文集 |
| ふんしゅつ 0 | 【噴出】名・自他サ 噴出，射出 |
| ぶんしょ 1 | 【文書】名 文書，公文　⇨ 公文書（こうぶんしょ）（公文） |
| ふんそう 0 | 【紛争】名・自サ 紛争，糾紛<br>⇨ 紛争調停（ふんそうちょうてい）（調解糾紛） |
| ふんだん 0 1 | 形動・副 很多，大量 |
| ぶんたん 0 | 【分担】名・他サ 分擔 |
| ふんとう 0 | 【奮闘】名・自サ 奮戰；奮鬥，努力 |
| ぶんぱい 0 | 【分配】名・他サ 分配，分給 |
| ふんぱつ 0 | 【奮発】名・自他サ 發奮；豁出去花錢 |
| ふんばる 3 | 【踏ん張る】自五 叉開雙腳使勁地站住；堅持，掙扎 |
| ぶんぴつ 0 | 【分泌】名・自他サ 分泌 ＝ぶんぴ |
| ぷんぷん 1 | 副・自サ 嗆鼻；怒氣沖天 |
| ぶんべつ 0 | 【分別】名・他サ 分類，區別 |
| ぶんぼ 1 | 【分母】名（數）分母　⇔分子（ぶんし） |
| ぶんぼうぐ 3 | 【文房具】名 文具　⇒文具（ぶんぐ） |
| ふんまつ 0 | 【粉末】名 粉末 |
| ぶんり 1 0 | 【分離】名・自他サ 分離 |
| ぶんりつ 0 | 【分立】名・自他サ 分立；分設 |
| ぶんりょう 3 | 【分量】名 分量，重量，數量，程度 |
| ぶんれつ 0 | 【分裂】名・自サ 分裂，裂開 |

## 歷屆考題

■ 富豪だからといって、しあわせだとはかぎらない。（1998-II-4）

① 不幸　② 布告　③ 符号　④ 復興

答案③

解 其他選項：①不幸（不幸，倒楣；喪事）；②布告（宣告；公告，佈告）；③符号（符號，記號）；④復興（復興，重建）。其中與「富豪」讀音相同的為③。

譯 富豪也未必幸福。

■ ふかい……一見単純な昔話にふかい意味があるという。

（2001-VI-5）

① 世界でいちばんふかい湖はどこか。

② 昔、この山のふもとにはふかい森があった。

③ この人の絵は色づかいに特徴がある。とくに、このふかい青が独特だ。

④ 別にふかい考えがあって言ったことではないので、気にしないでください。

答案④

解「ふかい」在選項中的用法為：（題目）深刻；①深；②茂密，深邃；③濃厚；④深刻，（程度）深。

譯（題目）看上去簡單的民間故事中有著深刻的意義；①世界上最深的湖泊在哪？②以前，這座山的山麓有茂密的森林；③此人的畫在色彩的使用上很有特色，尤其是這深藍色的使用；④並不是經過深刻考慮後才說出的話，請不要放在心上。

■ この会社は経営ふしんだ。（2002-IV-5）

① 最終しんさに合格すれば卒業できる。

② しんし用品の売り場は何階ですか。

③ この家は大きな車が通るたびに、しんどうする。

④ ガラスでできているので、しんちょうに運んでください。

答案③

**解** 題目畫線部分的漢字是「不振」。選項畫線部分的漢字及其意思分別為：①審査（審查）；②紳士（男士）；③振動（震動，搖動）；④慎重（小心）。題目和選項③中雙畫線的漢字都是「振」，因此選③。

**譯** （題目）這家公司經營情況不好；①如果通過了最終審查就可以畢業；②男士用品的賣場在幾樓？③這房子每當有大型車經過都會震動；④因為是玻璃做的，所以請小心搬運。

■ ぶかぶか（2003- Ⅶ - 3）

① 大粒の雨がぶかぶか降ってきた。

② 晴れた空に雲がぶかぶか浮かんでいる。

③ うちの子は食欲があって、ぶかぶか食べる。

④ この靴はぶかぶかで、歩くとぬげてしまう。

答案④

**解** 「ぶかぶか」是「（衣服、鞋等）寬大；吹樂器時發出的低沉聲音」的意思。選項①、②、③為誤用。①可改為「ざあざあ」（下大雨貌）；②可改為「ぷかぷか」（漂浮貌）；③可改為「ぱくぱく」（狼吞虎嚥貌）。

**譯** 這雙鞋太大，走路時會掉。

■ このカレンダーは雑誌の＿＿＿＿＿なので、これだけを買うことはできません。（2005- Ⅴ - 5）

① 登録　② 記録　③ 目録　④ 付録

答案④

**解** 其他選項：①登録（登記，註冊）；②記録（記載；紀錄）；③目録（目錄）。

**譯** 這個日曆是雜誌的附錄，所以不能單獨購買。

■ 入学する妹にぶんぼうぐをプレゼントするつもりだ。

（2006- Ⅳ - 5）

① この部屋にはだんぼうがない。

② このサルはぼうで上手（じょうず）にえさをとるそうだ。

③ 水（みず）は凍（こお）るとぼうちょうする。

④ あちこちにぼうはんのためのカメラが取（と）り付（つ）けられた。

答案①

解 題目畫線部分的漢字是「文房具（ぶんぼうぐ）」。選項畫線部分的漢字及其意思分別為：①暖房（だんぼう）（暖氣）；②棒（ぼう）（棍子）；③膨張（ぼうちょう）（膨脹）；④防犯（ぼうはん）（防止犯罪）。題目和選項①中雙畫線處的漢字都是「房」，因此選①。

譯 （題目）我準備送文具給要入學的妹妹；①這個房間沒有暖氣；②聽說這隻猴子可以用棍子巧妙地拿到食物；③水結冰後會膨脹；④到處都裝了防止犯罪的攝影機。

■ 不順（2007- Ⅶ - 5）

① 今年（ことし）は天候（てんこう）が不順で野菜（やさい）が高（たか）い。

② 子（こ）ども達（たち）が不順に並（なら）んでいた。

③ 不順に練習（れんしゅう）しても上手（じょうず）にならない。

④ このところ、会社（かいしゃ）の成長（せいちょう）が不順で心配（しんぱい）だ。

答案①

解 「不順（ふじゅん）」的意思是「不如人意，不好」，一般和「天候（てんこう）」、「気候（きこう）」等詞連用。選項②、③、④為誤用。②可改為「子（こ）ども達（たち）がちゃんと並（なら）んでいなかった」（孩子們沒好好排隊）；③可改為「いい加減（かげん）」（馬馬虎虎）；④可改為「止（と）まって」（停止）。

譯 今年氣候反常，蔬菜很貴。

## へ

♬ 194

| | |
|---|---|
| へいおん ⓪ | 【平穩】名・形動 平穩，平靜，平安 ⇨ 平穩無事（へいおんぶじ） |
| へいき ① | 【兵器】名 兵器，武器，軍火 |
| へいこう ⓪ | 【並行】名・自サ 並行；同時進行 |

| | |
|---|---|
| へいこう 0 | 【平衡】名 平衡 |
| へいこう 0 | 【閉口】名・自サ 閉口無言；受不了；為難；折服 |
| へいさ 0 | 【閉鎖】名・他サ 封閉，關閉　⇔開放（かいほう） |
| へいし 1 | 【兵士】名 兵士，士兵 |
| へいじょう 0 | 【平常】名・副 平常，平素，普通　⇒普通（ふつう）　⇒平日（へいじつ）<br>⇨平常心（へいじょうしん）（平常心，鎮靜的心態） |
| へいせい 0 | 【平静】名・形動 平靜，沈著，鎮靜 |
| へいねん 0 | 【平年】名 平年，非閏年；例年，常年 |
| へいほう 0 | 【平方】名（數）平方；（面積）平方，見方 |
| へいれつ 0 | 【並列】名・自サ 並列，並排；並聯電路 |
| べからざる 4 | 【可からざる】連語 不能的，不可的 |
| べからず 2 | 【可からず】連語 不可，禁止，不得；不能，無法 |
| へきえき 0 | 【辟易】名・自サ（驚訝得）退縮，畏縮，嚇縮；屈服；感到為難，感到束手無策 |
| ぺこぺこ 1 | 副・自サ・形動（副・自サ）點頭哈腰，諂媚；（形動）非常餓；扁塌 |
| べし 1 | 助動 將，會；應該，必須；可以；想要，為了；務必；將會；值得，需要 |
| へたくそ 4 0 | 【下手糞】名・形動 很笨（的人），非常拙劣（的人） |
| へだたる 3 | 【隔たる】自五 相隔，離，距；不同，不一致，有差別；疏遠，發生隔閡 |
| へだてる 3 | 【隔てる】他下一 相隔；隔開，遮擋；使疏遠 |
| べっきょ 0 | 【別居】名・自サ 分開住　⇔同居（どうきょ） |
| べっこ 1 0 | 【別個】名・形動 另一個，個別，另行　⇔同居（どうきょ） |
| べつじょう 0 | 【別状】名 異狀，毛病 |
| べったり 3 | 副 緊緊黏上，糾纏；壓扁；貼滿，寫滿；坐下 |
| べつだん 0 | 【別段】副 特別 |
| べっと 1 0 | 【別途】名 其他途徑，其他做法 |

| | |
|---|---|
| べらべら① | 副・自サ 語言流暢貌；單薄貌 |
| ぺらぺら①⓪ | 副・形動・自サ（外語）說得流利，嘴快；很薄，薄脆；連續翻紙張 |
| へり② | 【縁】名 緣，邊；簷；包邊，飾邊 |
| へりくだる④⓪ | 【謙る・遜る】自五 謙恭 |
| へる① | 【経る】自下一 時間經過；通過（場所）；經歷（過程）<br>⇒経（た）つ |
| べんかい⓪ | 【弁解】名・自サ 辯解　⇨弁解（べんかい）がましい |
| へんかく⓪ | 【変革】名・自サ 變革，改革，變化 |
| へんかん⓪ | 【返還】名・他サ 歸還　⇒返却（へんきゃく） |
| へんかん⓪ | 【変換】名・自他サ 變換 |
| べんぎ① | 【便宜】名・形動 方便；權宜（方法）<br>⇨便宜上（べんぎじょう）（為了～方便）<br>➡便宜（べんぎ）をはかる（謀求方便） |
| へんきゃく⓪ | 【返却】名・他サ 歸還 |
| へんくつ①⓪ | 【偏屈】名・形動 乖僻，古怪 |
| へんけん⓪ | 【偏見】名 偏見 |
| べんご① | 【弁護】名・他サ 辯護，辯解　⇨弁護士（べんごし）（辯護律師） |
| へんさい⓪ | 【返済】名・他サ 還債，還東西　⇨返済期限（へんさいきげん）（還債期限） |
| べんさい⓪ | 【弁済】名・他サ 償還，還清 |
| へんじょう⓪ | 【返上】名・他サ 奉還，歸還，退還 |
| べんしょう⓪ | 【弁償】名・他サ 賠償　⇒賠償（ばいしょう） |
| へんせい⓪ | 【編成】名・他サ 組成，組織，編成 |
| へんせん⓪ | 【変遷】名・自サ 變遷 |
| へんそう⓪ | 【変装】名・自サ 化裝，喬裝，改裝 |
| へんちょう⓪ | 【偏重】名・他サ 偏重 |
| へんとう⓪③ | 【返答】名・自サ 回答 |
| へんにゅう⓪ | 【編入】名・他サ 編入，插入 |

| | |
|---|---|
| **へんぴん** ⓪ | 【返品】名・他サ 退貨，退還貨物 |
| **へんぼう** ⓪ | 【変貌】名・自サ 改變面貌，改觀，變樣子 |
| **べんめい** ⓪ | 【弁明】名・他サ 辨明，闡明，辯解，分辯 |
| **へんよう** ⓪ | 【変容】名・自他サ 變貌，變樣，改觀 |
| **べんろん** ⓪ | 【弁論】名・自サ 辯論；（法）申述，辯護<br>⇨ 弁論大会（べんろんたいかい）（辯論大會） |

## 歷屆考題

■ ぺこぺこ（2001-Ⅶ-2）

① 面接試験（めんせつしけん）のときは心配（しんぱい）で頭（あたま）がぺこぺこになってしまった。

② 夜遅（よるおそ）く一人（ひとり）で帰（かえ）るときは、こわくてぺこぺこしている。

③ 電車（でんしゃ）が遅（おく）れたので、駅員（えきいん）がぺこぺこあやまっている。

④ たくさん買（か）い物（もの）をしたので、いくらかかるかと思（おも）ってぺこぺこした。

答案③

解 「ぺこぺこ」用於指人點頭哈腰的樣子，或者指物體扁塌、肚子餓。選項①、②、④為誤用。①應改為「ぺこんとお辞儀（じぎ）をする」（點頭行禮）；②應改為「ぶるぶる震（ふる）える」（發抖）；④應改為「びくびくする」（忐忑不安）。

譯 因為電車誤點，站務員拚命地道歉。

■ レポートのために図書館（としょかん）から借（か）りていた本（ほん）を＿＿＿＿した。

（2005-Ⅴ-6）

① 返還　② 返却　③ 返済　④ 返品

答案②

解 其他選項：①返還（へんかん）（歸還〔領土、錦標等〕）；③返済（へんさい）（償還〔債務、貸款等〕）；④返品（へんぴん）（退貨）。

譯 把為了寫報告而從圖書館借來的書還了。

■ 市の図書館は、利用者の＿＿＿＿＿をはかるため、利用時間の延長を決めた。（2007-Ⅴ-3）

① 適宜　② 便利　③ 有利　④ 便宜

答案④

解 「便宜をはかる」是固定搭配，意思是「提供方便」，其他選項都不能和「はかる」搭配。其他選項：①適宜（適當，合適；隨意）；②便利（方便）；③有利（有利）。

譯 市圖書館為了給讀者提供方便，決定延長開放時間。

# ほ

♬ 196

| | |
|---|---|
| ほ ① | 【穂】名 穗；尖端 |
| ほあん ⓪ | 【保安】名（社會）保安，治安；（工廠等的）安全保護案　⇨ 保安設備 |
| ほうい ① | 【方位】名 方位，方向位置；（陰陽五行）方位 |
| ほうあん ⓪ | 【法案】名 法案，法律草案 |
| ぼうえい ⓪ | 【防衛】名・他サ 防衛，保衛<br>⇨ 防衛軍　⇨ 防衛庁（〔日本的〕防衛廳） |
| ぼうおん ⓪ | 【忘恩】名 忘恩　➡ 忘恩の徒（忘恩之徒） |
| ぼうおん ⓪ | 【防音】名・自サ 隔音　⇨ 防音室（隔音室） |
| ほうか ⓪ | 【放火】名・自サ 放火，縱火　⇨ 放火事件（縱火案） |
| ぼうか ⓪ | 【防火】名・他サ 防火　⇨ 防火地帯 |
| ほうかい ⓪ | 【崩壊】名・自サ 崩潰；（放射性元素）衰變；（地）剝蝕 |
| ぼうがい ⓪ | 【妨害】名・他サ 妨礙，干擾 |
| ほうがく ⓪ | 【法学】名 法學　⇨ 法学部（法學院） |
| ほうかつ ⓪ | 【包括】名・他サ 包括，總括<br>⇨ 包括承継人（總括繼承人） |
| ぼうかん ⓪ | 【傍観】名・他サ 旁觀　⇨ 傍観者 |

| | |
|---|---|
| ほうき ① | 【放棄】名・他サ 放棄 |
| ほうき ① | 【法規】名 法規 |
| ぼうきゃく ⓪ | 【忘却】名・他サ 忘卻，遺忘 |
| ぼうぎょ ① | 【防御・防禦】名・他サ 防禦 |
| ほうけん ⓪ | 【封建】名 封建　⇨ 封建社会(ほうけんしゃかい)　⇨ 封建制度(ほうけんせいど) |
| ほうこく ⓪ | 【報告】名・他サ 報告，彙報；回覆 |
| ぼうさい ⓪ | 【防災】名 防災　⇨ 防災対策(ぼうさいたいさく)　⇨ 防災用品(ぼうさいようひん) |
| ほうさく ⓪ | 【豊作】名 豐收，豐年　⇔ 凶作(きょうさく)　⇔ 不作(ふさく) |
| ほうさく ⓪ | 【方策】名 計策，方略，對策 |
| ほうし ①⓪ | 【奉仕】名・自サ（為公益事業）服務；廉價賣<br>⇒サービス　⇨ 奉仕品(ほうしひん)（廉價品） |
| ほうしき ⓪ | 【方式】名 方式，方法；手續 |
| ほうしゃ ⓪ | 【放射】名・他サ 放射；輻射<br>⇨ 放射性(ほうしゃせい)　⇨ 放射線(ほうしゃせん)　⇨ 放射能(ほうしゃのう) |
| ほうしゅう ⓪ | 【報酬】名 報酬，酬金 |
| ほうしゅつ ⓪ | 【放出】名・他サ 放出，排出；（政府）發放，投放 |
| ほうじる ④⓪ | 【報じる】自・他上一 報（答）；告知　＝報(ほう)ずる |
| ほうしん ⓪ | 【放心】名・自サ 精神恍惚，發呆出神<br>⇨ 放心状態(ほうしんじょうたい)（恍惚狀態） |
| ほうじん ⓪ | 【邦人】名（僑居海外的）日本人，日僑 |
| ほうせき ⓪ | 【宝石】名 寶石　⇨ 宝石店(ほうせきてん) |
| ぼうせき ⓪ | 【紡績】名 紡紗，紡織；（織出的）紗<br>⇨ 紡績機械(ぼうせききかい)　⇨ 紡績工場(ぼうせきこうじょう) |
| ぼうぜん ⓪ | 【呆然】形動（受驚嚇等）發呆，發愣，愕然 |
| ぼうぜん ⓪ | 【茫然】形動 茫然，茫然自失；模糊，渺茫 |
| ほうだい ① | 【放題】接尾（接在「動詞ます形」或特定助動詞後）自由地，無限制地，隨心所欲<br>⇨ 食(た)べ放題(ほうだい)（吃到飽）<br>⇨ したい放題(ほうだい)（為所欲為） |

| | |
|---|---|
| ぼうちょう 0 | 【傍聴】名・他サ 旁聽　⇨傍聴席(ぼうちょうせき) |
| ほうち 0 1 | 【放置】名・他サ 放置，置之不理 |
| ほうてい 0 | 【法廷】名 法庭 |
| ほうてき 0 | 【法的】形動 法律上（的） |
| ほうどう 0 | 【報道】名・他サ 報導<br>⇨報道機関(ほうどうきかん)（報導機關）　⇨報道陣(ほうどうじん)（報導陣容） |
| ぼうとう 0 | 【冒頭】名（文章等的）開頭，起始；（事情的）開始<br>⇒前置き(まえおき)　⇔末尾(まつび) |
| ぼうとう 0 | 【暴騰】名・自サ（行市）暴漲，猛漲 |
| ぼうどう 0 | 【暴動】名・自サ 暴動 |
| ほうび 0 | 【褒美】名 獎賞，獎品<br>⇒賞与(しょうよ)（獎金）　⇒褒賞(ほうしょう)（褒獎） |
| ぼうふう 3 0 | 【暴風】名 暴風　⇨暴風雨(ぼうふうう)　⇨暴風警報(ぼうふうけいほう) |
| ほうむる 3 | 【葬る】他五 埋葬；忘卻，棄而不顧；掩蔽，抹殺 |
| ぼうめい 0 | 【亡命】名・自サ 亡命　⇨亡命政権(ぼうめいせいけん) |
| ぼうらく 0 | 【暴落】名・自サ（商）暴跌 |
| ほうりこむ 4 | 【放り込む】他五（粗暴地）投入，扔進去 |
| ほうりだす 4 | 【放り出す】他五 扔出；丟開，（中途）放棄；置之不管；開除 |
| ぼうろう 0 | 【望楼】名 瞭望台 |
| ほうわ 0 | 【飽和】名・自サ 飽和　⇨飽和点(ほうわてん)　⇨飽和溶液(ほうわようえき) |
| ほおん 0 | 【保温】名・自サ 保溫 |
| ほかく 0 | 【捕獲】名・他サ 捕獲 |
| ぼかす 2 | 【暈（か）す】他五（色）弄淡，暈淡；使曖昧，模棱兩可 |
| ほかん 0 | 【保管】名・他サ 保管 |
| ほかほか 0 1 | 副・自サ 熱呼呼 |
| ぽかぽか 0 1 | 副・自サ 暖暖，和煦；（連續打擊）劈啪 |

| | |
|---|---|
| ぽかん（と）[0] | 〔副・自サ〕（愣得）張大嘴；（用手拍打）啪一聲 |
| ほきゅう [0] | 【補給】〔名・他サ〕補給 |
| ほきょう [0] | 【補強】〔名・他サ〕增強 |
| ぼきん [0] | 【募金】〔名・他サ〕募捐　⇨ 募金運動（ぼきんうんどう）（捐款運動） |
| ぼくし [1] [0] | 【牧師】〔名〕牧師 |
| ぼけ [1] [0] | 【惚け・呆け】〔名〕痴呆（的人）;（長時間同一狀態）發痴，呆呆<br>⇨ 時差（じさ）ぼけ（因時差而變昏昏的）<br>⇨ 寝（ね）ぼけ（睡呆〔的人〕） |
| ほげい [0] | 【捕鯨】〔名〕捕鯨魚　⇨ 捕鯨船（ほげいせん） |
| ほけつ [0] | 【補欠】〔名〕補缺，補充；補缺的人，候補者 |
| ぼける [2] | 【惚ける・呆ける】〔自下一〕腦子變遲鈍，糊塗 |
| ぼける [2] | 【暈ける】〔自下一〕（顏色）變模糊，不鮮明 |
| ほこ [1] | 【矛】〔名〕矛　➡ 矛（ほこ）を収（おさ）める（停戰） |
| ほご [1] | 【保護】〔名・他サ〕保護<br>⇨ 保護者（ほごしゃ）　⇨ 過保護（かほご）（過度保護） |
| ほこう [0] | 【歩行】〔名・自サ〕歩行　⇒歩（ある）く<br>⇨ 歩行者（ほこうしゃ）　⇨ 歩行者天国（ほこうしゃてんごく）（徒步者天堂） |
| ほころびる [4] | 【綻びる】〔自上一〕綻線；（花蕾）綻開；（忍不住要）笑<br>⇨ 綻（ほころ）ばす（使～綻放，使～張開） |
| ほさ [1] | 【補佐】〔名・他サ〕輔佐；副～（職務名稱） |
| ぼさぼさ [0] [1] | 〔形動・副・自サ〕頭髮蓬亂狀；發呆的樣子 |
| ほし [0] | 【干】〔造語〕乾，曬乾<br>⇨ 干（ほ）（し）物（もの）（晾曬的衣物；曬乾的東西） |
| ほじ [1] | 【保持】〔名・他サ〕保持，維持　⇒維持（いじ） |
| ほじくる [3] | 〔他五〕摳，挖；揭底，刨根問底 |
| ほじゅう [0] | 【補充】〔名・他サ〕補充　⇒補足（ほそく） |
| ほじょ [1] | 【補助・輔助】〔名・他サ〕補助　⇨ 補助金（ほじょきん） |
| ほしょう [0] | 【保証】〔名・他サ〕保證；擔保 |

| | |
|---|---|
| ほしょう 0 | 【保障】名・他サ 保障 |
| ほしょう 0 | 【補償】名・他サ 賠償　⇨ 補償金(ほしょうきん) |
| ほせい 0 | 【補正】名・他サ 補充改正　⇨ 補正予算(ほせいよさん) |
| ほぜん 0 | 【保全】名・他サ 保全　⇨ 証拠保全(しょうこほぜん)（證據保全） |
| ほそう 0 | 【舗装】名・他サ（用柏油、混凝土）鋪路 ⇨ 舗装工事(ほそうこうじ) |
| ほそく 0 | 【補足】名・他サ 補充　⇒補充(ほじゅう) |
| ほそる 2 | 【細る】自五 變細，變瘦；縮小，減退；變弱 |
| ぼたい 0 | 【母胎】名 母（體懷）胎；根源，基礎 |
| ぼたぼた 1 | 副・自サ 吧嗒吧嗒；（因水分）鬆軟，濕潤 |
| ほたる 1 | 【蛍】名 螢火蟲 |
| ぼち 1 | 【墓地】名 墓地　⇒墓場(はかば)　⇒墓所(ぼしょ) |
| ほちょう 0 | 【歩調】名 步調，步伐 |
| ぽっかり 3 | 副 輕輕浮動狀；突然裂開、開口 |
| ほっき 0 | 【発起】名・自他サ 發起，提出；皈依 |
| ぼっこう 0 | 【勃興】名・自サ 興起 |
| ほっさ 0 | 【発作】名 發作　⇨ 発作的(ほっさてき) |
| ぼっしゅう 0 | 【没収】名・他サ 沒收 |
| ほっそく 0 | 【発足】名・自サ 出發，動身；開始活動 |
| ほったん 0 | 【発端】名 發端，開端 |
| ほっと 0 1 | 副・自サ 嘆氣貌；放心貌 |
| ぼっと 1 0 | 副・自サ 火突然燃燒貌；不清楚貌，模糊 |
| ぼっとう 0 | 【没頭】名・自サ 埋頭，專心致志　⇒専心(せんしん)　⇒専念(せんねん) |
| ほっぺた 3 | 【頬っぺた】名 臉頰，臉蛋　⇒ほっぺ<br>➡ ほっぺたが落(お)ちる（非常好吃） |
| ぼつぼつ 1 | 副・名 漸漸，慢慢；小點，小疙瘩；小窟窿 |
| ぽつぽつ 1 | 副 滴滴答答　＝ぽつりぽつり |
| ぼつらく 0 | 【没落】名・自サ 沒落，衰敗　⇒衰退(すいたい) |

| | |
|---|---|
| ほどける 3 | 【解ける】自下一 開，解開，鬆開 |
| ほどこす 3 | 【施す】他五 給予；進行；加上；在眾人面前顯示 |
| ほどほど 0 | 【程程】副 適度，恰如其分 |
| ほとり 0 3 | 【辺・畔】名 邊；特指河畔、海濱 |
| ほねおる 3 | 【骨折る】自五 賣力氣，辛苦；盡力 |
| ほのか 1 | 【仄か】形動 模糊，隱約；略微，稍微 |
| ほのめかす 4 | 【仄めかす】他五 暗示，略微表示，略微透露 |
| ぼや 1 | 【小火】名 小火災 |
| ぼやく 2 | 自五 嘟噥，嘮叨 |
| ぼやける 3 | 自下一 模糊，不清楚 |
| ぼやぼや 1 | 副 發呆，發傻，呆頭呆腦 |
| ほよう 0 | 【保養】名・自サ 療養；（飽）眼福，休養身心 |
| ほら 1 | 【法螺】名 海螺；吹牛　➡ ほらを吹（ふ）く（吹牛） |
| ほりだす 0 3 | 【掘（り）出す】他五 挖出，掘出 |
| ほりゅう 0 | 【保留】名・他サ 保留；擱置 |
| ほりょ 1 | 【捕虜】名 俘虜　⇨ 捕虜収容所（ほりょしゅうようじょ） |
| ほれる 0 | 【惚れる】自下一 迷戀，戀慕；看中，看上<br>➡（ます形＋）ほれる（～得出神，入迷） |
| ほろびる 3 0 | 【滅びる・亡びる】自上一 滅亡；滅絕 |
| ほろぶ 2 0 | 【滅ぶ】自五 滅亡，滅絕　＝滅（ほろ）びる |
| ほろぼす 3 0 | 【滅ぼす】他五 使滅亡；使破滅 |
| ほんかく 0 | 【本格】名 原則，正規；正式<br>⇨ 本格小説（ほんかくしょうせつ）（嚴肅小說）<br>⇨ 本格的（ほんかくてき）（正式的；真正的） |
| ほんかん 0 1 | 【本館】名 主要建築物；本建築物 |
| ほんき 0 | 【本気】名・形動 認真，正經 |
| ほんしょう 1 | 【本性】名 真面目，本性；意識，知覺 |

| | |
|---|---|
| ほんしん ①⓪ | 【本心】名 本意，真心；良心；正常心理狀態　⇒本意（ほんい） |
| ぼんじん ⓪ | 【凡人】名 普通人，平凡的人 |
| ほんすじ ⓪ | 【本筋】名 本題；主要情節 |
| ほんたい ①⓪ | 【本体】名 真相，本來面目；實質，本質；（機械）主體；（神社）主神 |
| ほんね ⓪ | 【本音】名 真話，真心話；真正的音色 |
| ほんのう ①⓪ | 【本能】名 本能 |
| ほんば ⓪ | 【本場】名 主要產地，原產地；發祥地，本地，道地，正式的場所；交易所中上午的交易 |
| ほんばん ⓪ | 【本番】名 正式表演，實拍，實錄，正式開始廣播 |
| ほんぶん ① | 【本文】名 本文，正文；原文 |
| ぼんやり ③ | 副・名・自サ 模糊；心不在焉，沒有精神；發呆；呆子 |
| ほんらい ① | 【本来】名 本來，原來；當然，應該 |

## 歷屆考題

■ 地中（ちちゅう）から微量（びりょう）のほうしゃのうが検出（けんしゅつ）された。（1997-Ⅳ-4）

① 地震（じしん）で多（おお）くの建物（たてもの）がほうかいした。

② 父（ちち）はほうけんてきで古（ふる）い考（かんが）えの持（も）ち主（ぬし）だ。

③ 被害（ひがい）についてのほうこくを受（う）けた。

④ ラジオのほうそうを聞（き）いて、日本語（にほんご）を勉強（べんきょう）しています。

答案④

解 題目畫線部分的漢字是「放射能（ほうしゃのう）」。選項畫線部分的漢字分別是：①崩壊（ほうかい）（崩潰；倒塌）；②封建的（ほうけんてき）（封建的）；③報告（ほうこく）（報告）；④放送（ほうそう）（廣播，播放）。題目和選項④中雙畫線處的漢字都是「放」，因此選④。

譯 （題目）從地下檢測出微量的放射能；①很多建築物因為地震而倒塌了；②父親是一個有著封建陳舊思想的人；③收到了關於損失情況的報告；④聽廣播學日語。

■ ぼつぼつ（2000-Ⅶ-3）

① きょうは一日何もしないでぼつぼつした。

② ぼつぼつ映画が始まった。

③ 日曜日の公園ではぼつぼつと人が散歩していた。

④ ぼつぼつ始めましょう。

答案④

解 「ぼつぼつ」作為名詞使用時指小斑點，作為副詞使用時是「慢慢地」、「一點一點地」的意思。選項①、②、③為誤用。①可改為「ぶらぶらする」（無所事事）；②可改為「いよいよ」（終於）；③可改為「ぶらりと」（無目的地）。

譯 我們就慢慢開始（做）吧。

■ 人権は法律で保障されている。（2002-Ⅱ-4）

① 放射　② 膨張　③ 報酬　④ 補償

答案④

解 其他選項：①放射（輻射）；②膨張（膨脹）；③報酬（報酬）；④補償（補償）。其中與「保障」讀音相同的是④。

譯 人權受到法律的保護。

■ オフィスのコピー用紙がなくなりそうだったので、＿＿＿＿＿しておいた。（2006-Ⅴ-11）

① 補充　② 補足　③ 補助　④ 補償

答案①

解 其他選項：②補足（〔抽象意義上的〕補充，補足）；③補助（補助）；④補償（補償）。

譯 辦公室的影印紙好像快沒有了，所以補充了一些。

# ま

| | |
|---|---|
| まいぞう [0] | 【埋蔵】名・他サ 埋藏　⇨埋蔵物(まいぞうぶつ)　⇨埋蔵量(まいぞうりょう) |
| まうえ [3] | 【真上】名 正上面，頭頂上，正當頭 |
| まえうり [0] | 【前売(り)】名・自サ 預售，預先售票 |
| まえおき [0] | 【前置き】名・自サ 前言，開場白，引言 |
| まえむき [0] | 【前向き】名 朝前；進步，積極　⇔後(うし)ろ向(む)き |
| まえもって [3] [0] | 【前もって】副 事先　⇒かねがね |
| まかす [0] | 【負かす】他五 打敗，戰勝 |
| まかなう [3] | 【賄う】他五 供給(伙食等)；籌措，維持，處置 |
| まきぞえ [0] | 【巻き添え】名 牽連，連累 |
| まぎらす [3] | 【紛らす】他五 蒙混過去，支吾過去；排遣，消除 ⇒紛(まぎ)らわす |
| まぎらわしい [5] | 【紛らわしい】形 不易分辨的，含糊的 |
| まぎれる [3] | 【紛れる】自下一 混入；(由於忙碌等)忘記，(注意力)分散　⇨紛(まぎ)れ(混同，混雜；極為～) ⇨紛(まぎ)れ込(こ)む(混入，混進) |
| まぎわ [1] | 【間際・真際】名 正要，～時候，快要～時候 |
| まく [2] | 【膜】名(解)膜；皮，薄皮，薄膜 |
| まく [1] | 【撒く】他五 撒，散佈；甩掉(跟蹤者等) ⇨撒(ま)き散(ち)らす(撒；散佈) |
| まく [1] | 【蒔く・播く】他五 播(種) ➡自分(じぶん)で蒔(ま)いた種(たね)を自分(じぶん)で刈(か)り取(と)る(自己種下的因，要自己收拾) |
| まくしたてる [5] | 【捲し立てる】他下一 比手畫腳地說；喋喋不休地說；滔滔不絕地說 |
| まぐれ [1] | 名 偶然，僥倖 |
| まごころ [2] | 【真心】名 真心，誠心，誠意，丹心，精心 |
| まごつく [0] | 自五 張皇失措；徘徊　⇒まごまごする |

| | |
|---|---|
| まごまご 1 | 副・自サ（不知所措地）打轉，驚惶失措；閒蕩，磨磨蹭蹭　⇒まごつく |
| まさしく 2 | 【正しく】副 確實 |
| まさる 2 0 | 【勝る・優る】自五 優越，勝過　⇔劣（おと）る<br>➡ 勝（まさ）るとも劣（おと）らない（有過之而無不及） |
| まし 0 | 【増し】名・形動 增加，增多；勝過，強於 |
| まじえる 3 | 【交える】他下一 交叉；夾雜；交換 |
| ました 3 | 【真下】名 正下面，正下方 |
| まして 1 | 【況して】副 況且，何況　⇒尚更（なおさら） |
| まじわる 3 | 【交わる】自五 交叉；交際；（男女）性交<br>➡ 朱（しゅ）に交（まじ）われば赤（あか）くなる（近朱者赤） |
| ますい 0 | 【麻酔】名（醫）麻醉 |
| まずは 1 | 【先ずは】副 專此，謹此 |
| また 2 | 【股】名 胯，胯下；褲襠<br>➡ 世界（せかい）を股（また）に掛（か）ける（走遍世界，在國際大肆活躍） |
| またがる 3 | 【跨がる・股がる】自五 跨，騎；橫跨，連續 |
| まだしも 1 | 【未だしも】副 還算可以，還說得過去，還行，還好 |
| またたく 3 | 【瞬く】自五 眨眼；閃爍，明滅<br>⇨ 瞬（またた）く間（ま）（一瞬間，一剎那） |
| まぢか 1 0 | 【間近】名・形動 逼近，臨近<br>➡ 間近（まぢか）に迫（せま）る（迫在眉睫） |
| まちかねる 0 4 | 【待（ち）兼ねる】他下一 等得不耐煩，焦急等待 |
| まちかまえる 5 | 【待（ち）構える】他下一（做好準備而）等待，等候 |
| まちどおしい 5 | 【待遠しい】形 急切等待的，盼望已久的 |
| まちぶせ 0 | 【待（ち）伏せ】名・他サ 埋伏，伏擊 |
| まちまち 0 2 | 【区区】名・形動 各式各樣，各自 |
| まつ 1 0 | 【末】名 末，底 |
| まっき 1 | 【末期】名 末期 |
| まっさかさま 3 | 【真っ逆様】名・形動 頭朝下，倒栽蔥 |

| | |
|---|---|
| まつじつ [0] | 【末日】名 末日，最後一天 |
| まっしょう [0] | 【抹消】名・他サ 抹掉，註銷，塗去 |
| まったん [0] | 【末端】名 末端，尖端；基層 ⇨ 末端価格(まったんかかく) |
| まどぎわ [0] | 【窓際】名 窗邊 ⇨ 窓際族(まどぎわぞく)（受冷落的〔職員〕） |
| まっぷたつ [3] [4] | 【真っ二つ】名 兩半 |
| まと [0] | 【的】名 的，靶子；目標，物件；要害，要點<br>➡ 的(まと)が立(た)つ（遭報應） ➡ 的(まと)を射(い)る（中靶；打中目標） |
| まどう [2] | 【惑う】自五 困惑；醉心，沉溺<br>➡ 四十(しじゅう)にして惑(まど)わず（四十而不惑） |
| まどわす [3] | 【惑わす】他五 使～迷惑，擾亂，蠱惑 |
| まないた [0] [3] | 【俎板・俎】名 砧板<br>➡ まないたの鯉(こい)（俎上之魚，任人宰割） |
| まなざし [0] [4] | 【眼差し】名 目光，眼神 |
| まぬがれる [4] | 【免れる】他下一 避免，擺脫 ＝まぬかれる |
| まぬけ [0] | 【間抜け】名・形動 愚蠢，糊塗，痴呆 |
| まのあたり [3] [0] | 【目の当り】名・副 眼前直接，親眼 |
| まばたき [2] | 【瞬き】名・自サ 眨眼 |
| まばら [0] | 【疎ら】形動 稀疏 |
| まひ [1] [0] | 【麻痺】名・自サ 麻痹；癱瘓 |
| まみれ | 【塗れ】接尾（接名詞）渾身<br>⇨ 血(ち)まみれ（渾身是血） |
| まみれる [3] | 【塗れる】自下一 滿身都是 |
| まやく [0] | 【麻薬】名 麻（醉）藥；毒品 ⇨ 麻薬中毒(まやくちゅうどく) |
| まり [2] | 【鞠・毬】名 球 ＝ボール ⇨ 蹴鞠(けまり)（傳統踢球游戲） |
| まるごと [0] | 【丸ごと】副 整個兒，全部 |
| まるっきり [0] | 【丸っ切り】副 完全，全然，簡直，根本 |
| まるまる（と） [0] [3] | 【丸丸（と）】副・自サ 完全，全部；胖嘟嘟的 |

| | |
|---|---|
| **まるみ** 0 | 【丸み・円み】名 圓，圓形；（肉體的）圓胖；（聲音等）圓潤 |
| **まるめる** 0 | 【丸める】他下一 弄圓；剃頭；拉攏<br>⇒言(い)いくるめる（哄騙）<br>⇨丸(まる)め込(こ)む（揉成團塞進去；拉攏，籠絡） |
| **まわり** 0 | 【回り・周り】名・接尾 旋轉；周圍；巡迴，巡訪；蔓延，擴展；繞過，經過；輪；圈數；（比較大小、容量的）圈 |
| **まんいち** 1 | 【万一】名・副 萬一；倘若　＝万(まん)が一(いち) |
| **まんえん** 0 | 【蔓延】名・自サ 蔓延 |
| **まんきつ** 0 | 【満喫】名・他サ（飲食）充分品嚐；充分玩味、賞玩 |
| **まんげつ** 1 | 【満月】名 滿月，圓月，望月 |
| **まんざい** 3 | 【漫才】名 對口相聲 |
| **まんざら** 0 | 【満更】副（下接否定）（並不）完全～，未必<br>⇨まんざらでもない（並不是完全不好〔不喜歡〕） |
| **まんじょう** 0 | 【満場】名 全場 |
| **まんしん** 0 | 【満身】名 滿身，全身，渾身 |
| **まんせい** 0 | 【慢性】名 慢性；（不好狀態）繼續存在　⇔急性(きゅうせい) |
| **まんぞく** 1 | 【満足】名・自他サ・形動 滿足，滿意；圓滿，完美 |
| **まんてん** 3 | 【満点】名 滿分；完美無缺 |
| **まんびき** 0 4 | 【万引き】名・他サ 順手牽羊 |
| **まんまえ** 3 | 【真ん前】名 正前方，正前面，正對面 |
| **まんまるい** 4 0 | 【真ん丸い】形 圓溜溜的　⇨真(ま)ん丸(まる)（圓溜溜） |
| **まんめん** 0 | 【満面】名 滿面，滿臉 |

あ か さ た な は ま やゆよ ら わ

## 歷屆考題

■ まわり……関係(かんけい)の深(ふか)い人々(ひとびと)。（1995-Ⅵ-4）

① これよりひとまわり大(おお)きいかばんがほしい。

② まわりに反対(はんたい)されて、留学(りゅうがく)するのをあきらめた。

③ 火(ひ)のまわりが早(はや)く、何(なに)も持(も)ち出(だ)せなかった。

④ 身(み)のまわりはいつも片(かた)づけておくべきだ。

答案②

解 「まわり」在選項中的用法分別為：(題目)關係密切的人；①(比較大小、容量的)圈；②周圍的人；③蔓延；④周圍。

譯 ①想要一個比這個大一些的包；②因為遭到周圍人的反對而放棄留學；③火蔓延得很快，什麼東西都沒有搶救出來；④應該在平日就把身邊的物品整理好。

■ 畑(はたけ)に＿＿＿＿＿コムギが芽(め)を出(だ)した。（1996-Ⅴ-7）

① ました　② まった　③ まいた　④ まげた

答案③

解 答案以外的選項其漢字形式和意思分別為：①増(ま)す（增加，增長)；②待(ま)つ（等待）或者舞(ま)う（飛舞，舞蹈)；④曲(ま)げる（彎曲，斜，歪曲；改變；放棄)。

譯 田裏種的小麥發芽了。

■ 平行(へいこう)な二(ふた)つの直線(ちょくせん)は決(けっ)して＿＿＿＿＿。（1997-Ⅴ-1）

① まじえない　② まじらない　③ まざらない　④ まじわらない

答案④

解 這 4 個選項都是動詞的否定形式。答案以外的選項其漢字形式和意思分別為：①交(まじ)える（夾雜，摻雜；參加；使交叉；交換)；②交(ま)じる・混(ま)じる（混雜，夾雜；交往)；③混(ま)ざる（摻混，混雜，夾雜)。選項①雖然也有「交叉」的含義，但是它是他動詞，根據前文，這裏只能用自動詞，所以應該選④。

譯 平行的兩條線是不會相交的。

■ まるまる（2005-Ⅶ-1）

① 来(き)ている人(ひと)たちまるまるにプレゼントを用意(ようい)してあります。

② 昨日(きのう)の発表(はっぴょう)はとても好評(こうひょう)でまるまるだったそうだね。

③ せっかくのアイデアをまるまる人(ひと)に使(つか)われてしまった。

④ そこでまるまる寝(ね)ているのが私(わたし)のネコです。

答案③

解「まるまる」為副詞，是「完全，全部；胖嘟嘟的」的意思。選項①、②、④為誤用。①可改為「全員(ぜんいん)」（所有的人）；②可改為「完璧(かんぺき)」（完美）；④可改為「丸(まる)まって」（蜷曲著）。

譯 好不容易想出的點子整個被別人用了。

## み

♬ 207

| | |
|---|---|
| みあい 0 | 【見合（い）】名・自サ 相親；相抵，平衡<br>⇒ お見合(みあ)い |
| みあう 0 2 | 【見合う】自五 相當，相稱；相互對看 |
| みあわせる 4 0 | 【見合せる】他下一 互看；對照；推遲；暫停 |
| みうしなう 5 0 | 【見失う】他五 看不見，迷失 |
| みうち 0 | 【身内】名 自家人；全身；親戚 |
| みえ 2 | 【見栄】名 門面，虛榮，排場<br>➡ 見栄(みえ)を張(は)る（裝門面；追求虛榮） |
| みおとす 3 0 | 【見落す】他五 忽略過去，看漏 |
| みかい 0 | 【未開】名・形動 未開化；未開墾 |
| みかぎる 3 0 | 【見限る】他五 斷念，死心 |
| みかく 0 | 【味覚】名 味覺 |
| みかけ 0 | 【見掛け】名 外表<br>⇨ 見掛(みか)け倒(だお)し（虛有其表）<br>➡ 人(ひと)は見掛(みか)けによらぬもの（人不可貌相） |
| みかける 3 0 | 【見掛ける】他下一 見到；剛看，開始看 |

| | |
|---|---|
| みがら 0 | 【身柄】名（在押、保護等的對象的）本人，當事人；身分　⇨身柄送検（拘留送審） |
| みがる 0 | 【身軽】名・形動 輕便（的裝束）；輕鬆，靈活 |
| みき 1 | 【幹】名 樹幹；事物的主要部分 |
| みぎより 0 | 【右寄り】名 偏右；右傾 |
| みきわめる 4 0 | 【見極める】他下一 看透，看清；鑑別，辨別 |
| みくらべる 0 4 | 【見比べる】他下一（看過後）比較，對比 |
| みぐるしい 4 | 【見苦しい】形 難看的，骯髒的；丟臉的，沒面子 |
| みこし 0 | 【神輿】名 神轎，神輿<br>➡みこしを担ぐ（抬神轎；給人戴高帽，捧人）<br>➡みこしを据える（坐下不動；悠閒，從容不迫） |
| みこす 2 0 | 【見越す】他五 預料，預測；越過～看 |
| みこみ 0 | 【見込み】名 希望，前途；可能性；預定，計劃 |
| みこむ 3 2 | 【見込む】他五 預料，估計；估計在內，計算在內；相信，期待，信賴；盯上，糾纏 |
| みこん 0 | 【未婚】名 未婚　⇔既婚（已婚） |
| みじゅく 0 1 | 【未熟】名・形動 尚未成熟；不熟練<br>⇨未熟児（早產兒） |
| みじん 0 | 【微塵】名 微塵；微小，極小；一點，極少量 |
| みずくさい 4 0 | 【水臭い】形 客套，見外；因水分多而味道淡薄 |
| みずけ 0 | 【水気】名 水分 |
| みすごす 0 3 | 【見過（ご）す】他五 漏看，沒有看到；忽視 |
| みずしらず 1 | 【見ず知らず】名 素昧平生 |
| みすてる 0 3 | 【見捨てる】他下一 棄而不顧，棄，背離 |
| みすぼらしい 0 5 | 【見窄らしい】形 寒酸，簡陋 |
| みずまし 0 | 【水増し】名・他サ 加水，稀釋；虛報，灌水 |
| みすみす 0 | 【見す見す】副 眼看著，眼睜睜地 |

| | |
|---|---|
| みずみずしい 5 | 【瑞々しい】形 水嫩嫩的，水靈 |
| みせびらかす 5 | 【見せびらかす】他五 炫耀，賣弄 |
| みせもの 4 3 | 【見世物】名（雜技等）小節目；出洋相，當眾出醜 |
| みぜん 0 | 【未然】名 未然；未然形 |
| みそこなう 0 4 | 【見損（な）う】他五 看錯；錯過看的機會；估計錯誤，看錯了人 |
| みたす 2 | 【満たす】他五 滿足；填滿 |
| みだす 2 | 【乱す】他五 攪亂，弄亂；擾亂 |
| みたない 3 | 【満たない】連語 不足～<br>➡ 意に満たない（不能滿意、滿足） |
| みため 1 | 【見た目】名 外表，外觀 |
| みだり 1 | 【妄り】形動 不合情理，胡亂；狂妄，過分 |
| みち 1 | 【未知】名 未知　⇔既知 |
| みちすじ 0 | 【道筋】名（通過的）道路；道理，條理 |
| みちばた 0 | 【道端】名 路旁 |
| みっしゅう 0 | 【密集】名・自サ 密集 |
| みっせつ 0 | 【密接】名・形動・自サ（形動）密切；（名・自サ）緊挨著 |
| みっちり 3 | 副 充分地，好好地　＝みっしり |
| みつにゅうこく 3 | 【密入国】名・自サ 偷渡入境　⇔密出国 |
| みつもり 0 | 【見積（も）り】名 估計，估量<br>⇨ 見積書（估價單） |
| みつもる 3 0 | 【見積（も）る】他五 估量；估算 |
| みつゆ 0 | 【密輸】名・他サ 走私 |
| みてい 0 | 【未定】名・形動 未定　⇔既定 |
| みどころ 2 0 | 【見所】名 精彩處，值得看的地方；前途，前程 |
| みとどける 0 4 | 【見届ける】他下一 看到，看準，看出 |
| みとれる 0 3 | 【見蕩れる】自下一 看得入迷 |

あ か さ た な は ま やゆよ ら わ

| | |
|---|---|
| みなぎる 3 | 【漲る】自五（水）漲起來；充滿，瀰漫 |
| みなもと 0 | 【源】名 根源；水源 |
| みならう 3 4 | 【見習う・見倣う】他五 學習，見習；模仿，看齊<br>⇨ 見習い（見習（的人）） |
| みなり 1 | 【身形】名 裝束，打扮 |
| みなれる 4 0 | 【見慣れる】自下一 看慣，眼熟 |
| みぬく 2 | 【見抜く】他五 看穿，認清，識透 |
| みね 2 | 【峰】名 山頂；（刀）背；（物體的）頂部，高峰 |
| みのうえ 0 | 【身の上】名 境遇，身世，經歷 |
| みのがす 0 3 | 【見逃す】他五 饒恕，寬恕；看漏；錯過 |
| みのしろきん 0 4 | 【身代金】名 賣身錢；贖金 |
| みのほど 0 4 | 【身の程】名（自己的）身份、才能<br>➡ 身の程を知れ（要有自知之明） |
| みのまわり 0 | 【身の回り】名 身邊衣物；日常生活；應該由自己來處理的事情 |
| みはからう 4 0 | 【見計らう】他五 斟酌，看著辦；估計（時間）<br>⇨ 見計らい |
| みはなす 0 3 | 【見放す】他五 棄，放棄 |
| みはらし 0 | 【見晴（ら）し】名 眺望，景致<br>⇨ 見晴（ら）す（眺望） |
| みはる 0 | 【見張る】他五 睜大眼直看；監視，戒備，看守 |
| みまもる 3 0 | 【見守る】他五 注視，關注；照看 |
| みまわる 0 3 | 【見回る】自五 巡視，巡邏 |
| みみざわり 3 | 【耳障り】名・形動 難聽，刺耳 |
| みみより 0 | 【耳寄り】名・形動 引人愛聽，值得一聽 |
| みめい 0 | 【未明】名 天沒亮，黎明 |
| みゃく 2 | 【脈】名 脈，血管；脈搏；（山脈、礦脈的）脈；希望 |

| | |
|---|---|
| みゃくはく 0 | 【脈拍】名 脈搏 |
| みやびやか 3 | 【雅やか】形動 風雅 |
| みょう 1 | 【妙】名・形動 巧妙；奇怪 |
| みより 0 | 【身寄り】名 親屬，家屬 |
| みりょう 0 | 【魅了】名・他サ 使人著迷 |
| みるみる 1 | 【見る見る】副 眼看著；轉眼間　⇒見る間に |
| みれん 1 | 【未練】名・形動 留戀；不乾脆，怯懦 |
| みわく 0 | 【魅惑】名・他サ 魅惑，迷惑 |
| みわける 3 0 | 【見分ける】他下一 識別，區分 |
| みんしゅう 0 | 【民衆】名 民眾　⇒大衆（大眾） |
| みんしゅく 0 | 【民宿】名 接待旅客住宿的民家 |
| みんぞく 1 | 【民俗】名 民俗　⇨ 民俗学 |

## 歷屆考題

■ 駅前の再開発工事は、順調にいけば来年の 10 月に完了する＿＿＿＿＿だ。（1999-Ⅴ-6）

① 見合い　② 見込み　③ 見積もり　④ 見晴らし

答案②

解 其他選項：①見合い（相親；相抵；平衡）；③見積もり（估計；估價）；④見晴らし（景致；眺望）。

譯 站前的重新建設如果進展順利的話，預計明年 10 月完工。

■ きのうのパーティーでは、山田夫妻が大声でけんかをして＿＿＿＿＿。（2001-Ⅴ-7）

① はかなかった　② みぐるしかった

③ みすぼらしかった　④ むさくるしかった

答案②

解 答案以外的選項意思分別為：①果敢ない・果かない（無常；虛幻，不可靠；可憐，悲慘）；③見窄らしい（難看，破舊，襤褸）；④むさ苦しい（骯髒，邋遢）。四個選項都是過去式的常體。

譯 昨天的晚會上，山田夫妻大聲吵架，很丟臉。

■ 両国は経済的に＿＿＿＿な関係がある。（2004-V-6）

① 精密　② 過密　③ 密度　④ 密接

答案④

解 其他選項：①精密（精密，精細，精確）；②過密（過密，過於集中）；③密度（密度）。其中①、②、④是形容動詞；③是名詞，後面不能接形容動詞連體形「な」。

譯 兩國在經濟上關係密切。

■ 転職の話があるが、今の職場に＿＿＿＿があってなかなか決心がつかない。（2005-V-9）

① 後悔　② 後退　③ 未満　④ 未練

答案④

解 其他選項：①後悔（後悔）；②後退（後退）；③未満（不滿，不到）。

譯 雖然可以改行，但還是留戀現在的工作，怎麼也下不了決心。

■ 大型の台風が近づいているので、きょうは出発を＿＿＿＿ことにした。（1993-V-6）

① 見はからう　② 見ならう　③ 見のがす　④ 見あわせる

答案④

解 其他選項：①見計らう（斟酌，看著辦）；②見習う（見習，學習，以～為榜樣）；③見逃す（錯過看的機會，寬恕，放跑）。

譯 因為強烈颱風正在逼近，所以決定今天暫時不出發。

# む

| | |
|---|---|
| むいみ ② | 【無意味】名・形動 無意義，無價值，沒意思 ⇒ナンセンス |
| むえき ① | 【無益】名・形動 無益，沒用　⇔有益 |
| むえん ⓪ | 【無縁】名 無緣，沒有關係，沒有緣分；死後無人祭祀 ⇨無縁墓地　（無人祭拜的墳地） |
| むかいあう ④ | 【向（か）い合う】自五 相對，面對面　⇒向き合う |
| むかつく ⓪ | 自五 反胃，噁心，要吐；生氣，發怒 |
| むかむか ① | 副・自サ 噁心，作嘔；怒上心頭 |
| むきあう ③ | 【向き合う】自五 相對，面對面　⇒向かい合う |
| むきぶつ ② | 【無機物】名 無機物 |
| むきりょく ② | 【無気力】名・形動 沒精神，無精打采 |
| むくいる ③ ⓪ | 【報いる・酬いる】自他上一 報答，報償；報仇 |
| むくみ ③ ⓪ | 【浮腫（み）】名 浮腫 |
| むこ ① | 【婿】名 女婿，姑爺　⇔嫁 |
| むごい ② | 【惨い・酷い】名 悽慘，殘酷 |
| むこう ⓪ ② | 【向こう】名 前方，那邊；目的地；對面，另一邊；今後，從現在起；對方 |
| むこう ⓪ | 【無効】名・形動 無效，失效 |
| むごん ⓪ | 【無言】名 無言，沈默 |
| むさくるしい ⑤ | 形 邋遢，亂糟糟，骯髒 |
| むさぼる ③ | 【貪る】他五 貪婪，貪圖 |
| むざん ① | 【無残・無惨】名・形動 悽慘，悲慘；殘酷，殘忍 |
| むしくい ⓪ | 【虫食い】名 蟲蛀；蟲吃過（的痕跡）；（碗）蟲眼紋碗 |
| むじつ ① | 【無実】名 冤枉；沒有根據，不是事實 |
| むしばむ ③ | 【蝕む・虫食む】他五 侵蝕，腐蝕 |
| むしむし ① | 【蒸し蒸し】副・自サ 悶熱 |

| | |
|---|---|
| むじゃき ① | 【無邪気】名・形動 天真；單純，幼稚 |
| むしゃくしゃ ① | 副・自サ 煩悶，惱火，心煩意亂 |
| むしゃむしゃ ① | 副・自サ 狼吞虎嚥；（頭髮等）蓬亂 |
| むじょう ⓪ | 【無情】名・形動 無情，沒有同情心，冷酷 |
| むしょうに ⓪ | 【無性に】副 非常，極端，過分 |
| むしょく ① | 【無職】副 沒有工作，沒有職業 |
| むしん ⓪ | 【無心】名・形動・他サ（名・形動）天真，純真；一心一意；熱衷於～，專心致志；（數學）沒有中心；（名・他サ）要求，索取 |
| むじん ⓪ | 【無人】名 無人　⇨ 無人島(むじんとう)　⇨ 無人駅(むじんえき)（無人車站） |
| むしんけい ② | 【無神経】名・形動 感覺遲鈍，反應慢　⇒鈍感(どんかん) |
| むすびつき ⓪ | 【結び付き】名 聯繫，結合，關係 |
| むすびつく ④ | 【結び付く】自五 有關係，有關聯；結成一體 |
| むすびつける ⑤ | 【結び付ける】他下一 拴上，繫上；連接 |
| むせん ⓪ | 【無線】名 無線；無線電信 |
| むぞうさ ② | 【無造作】名・形動 輕而易舉；（不加思索地）隨手，隨意，漫不經心 |
| むだん ⓪ | 【無断】名 擅自，自作主張 |
| むち ① | 【無知】名・形動 無知，無智慧 |
| むちゃ ① | 【無茶】名・形動 蠻橫，毫無道理；過分，非常 |
| むちゃくちゃ ⓪ | 【無茶苦茶】名・形動 毫無道理，豈有此理；亂糟糟，胡亂，粗暴；過分 |
| むっつり ③ | 副 沈默寡言，不愛說話，沒笑臉，板著臉 |
| むっと ⓪ ① | 副 怒氣上心頭；悶得慌，憋得慌<br>➡ むっとなる（生氣發火） |
| むなしい ③ | 【空しい・虚しい】形 空虛的，空洞的；徒然，白白地 |
| むねん ⓪ ① | 【無念】名・形動 什麼都不想；懊悔，悔恨 |
| むのう ⓪ | 【無能】名・形動 無能，沒用　⇔有能(ゆうのう)（能幹） |

| | |
|---|---|
| むふう 0 | 【無風】名 無風；沒有風波，不受影響 |
| むほう 0 | 【無法】名・形動 無法，不守法紀；不講道理，蠻橫 |
| むぼう 0 | 【無謀】名・形動 輕率，魯莽，不顧後果 |
| むぼうび 2 | 【無防備】形動 沒有防備 |
| むめい 0 | 【無名】名 不具名；不著名，沒名氣 |
| むやみ 1 | 【無闇】名・形動 胡亂，隨便；過分，太～ |
| むよう 0 1 | 【無用】名・形動 無用；無需；沒事，無事；禁止 ⇔有用(ゆうよう) ➡ 無用(むよう)の長物(ちょうぶつ)（無用之物） |
| むよく 1 | 【無欲】名・形動 無欲，不貪婪 |
| むら 0 | 【斑】名 不均勻，有斑點；不齊，不定；易變，朝三暮四 |
| むらがる 3 | 【群がる】自五 群聚，群集 |
| むりょく 1 | 【無力】名・形動 無力，沒有力氣；沒有勢力，無能為力 ⇨無力感(むりょくかん) |
| むれ 2 | 【群れ】名 群，伙，一幫，一夥 |
| むれる 2 | 【群れる】自下一 成群，群聚 |
| むろん 0 | 【無論】副 當然，不用說 ⇒勿論(もちろん) |

## 歷屆考題

■ いくら努力(どりょく)しても成果(せいか)があがらないので、＿＿＿＿なってきた。（1996-V-9）

① とうとく　② むなしく　③ ひさしく　④ たやすく

答案②

解 答案以外的選項其漢字形式和意思分別為：①貴(とうと)い・尊(とうと)い（珍貴，寶貴；尊貴，高貴）；③久(ひさ)しい（好久，許久）；④容易(たやす)い（容易，輕易）。這 4 個選項用的都是形容詞的連用形。

譯 無論怎樣努力也沒有成效，覺得枉然起來。

■ むこう……明日の試合のために、むこうにあわせてこちらの作戦をたてる。（2001-Ⅵ-1）

① むこうから人がやってきた。

② 交渉では、結局むこうの主張が通った。

③ このホテルはむこう3か月は予約がいっぱいだそうだ。

④ 川のこちらには工場、むこうにはテニスコートがある。

答案②

解「むこう」在各項中的用法為：（題目）對方；①對面，正面；②對方；③從現在起，今後；④對面。

譯（題目）為了明天的比賽，我們根據對方的情況，制定了我方的作戰方案；①有人從對面過來了；②談判的結果，對方的主張被採納了；③據說這家飯店在今後 3 個月都被預訂光了；④河這邊是工廠，對岸是網球場。

# め

♬ 215

| | |
|---|---|
| め ① | 【目・眼】名・接尾 眼；眼光，看法；經驗；識別力；（網）眼，孔，格；（木材）紋理；（鋸子等）齒；第～<br>⇨ 裂け目（裂縫、裂口）<br>⇨ 合わせ目（接縫，介面）<br>➡ 目から鼻へ抜ける（機靈，腦子好）<br>➡ 目が利く（有眼力，有鑑賞力）<br>➡ 目に入れても痛くない（非常疼愛）<br>➡ 目の黒いうち（活著的時候）<br>➡ 目は口ほど物を言う（眉目傳情，勝過說話）<br>➡ 目もくれず（不屑一顧）<br>➡ 目を盗む（乘人不注意） ➡ 目を引く（引人注意）<br>➡ 目を丸くする（驚視，瞪大眼睛） |
| めいあん ⓪ | 【明暗】名 明暗，光明與黑暗；（繪畫和照片的）濃淡，明暗 |

| | |
|---|---|
| めいかい 0 | 【明解】名 明解，明確的解釋 |
| めいかい 0 | 【明快】名・形動 明快，條理清楚 |
| めいき 1 | 【明記】名・他サ 清楚地寫上，載明 |
| めいげん 0 | 【名言】名 名言，警句 |
| めいさい 0 | 【明細】名・形動 詳細；明細　⇨ 明細書（めいさいしょ） |
| めいしょう 0 | 【名称】名 名稱　⇒呼称（こしょう） |
| めいしん 0 | 【迷信】名 迷信 |
| めいせい 0 | 【名声】名 名聲，聲譽 |
| めいちょ 1 | 【名著】名 名著 |
| めいちゅう 0 | 【命中】名・自サ 命中　⇒的中（てきちゅう）　⇨ 命中率（めいちゅうりつ） |
| めいにち 1 | 【命日】名 忌日，忌辰 |
| めいはく 0 | 【明白】名・形動 明白，明顯 |
| めいぼ 0 | 【名簿】名 名冊 |
| めいめい 3 | 【銘々】名・副 各自，各個 |
| めいもく 0 | 【名目】名 名目，名義；藉口，口實 |
| めいよ 1 | 【名誉】名 名譽；榮譽，光榮；榮譽頭銜 ⇨ 名誉会長（めいよかいちょう） |
| めいりょう 0 | 【明瞭】名・形動 明瞭，明確 |
| めいろ 1 | 【迷路】名 迷路，迷途；迷宮 |
| めいろう 0 | 【明朗】形動 明朗，開朗；透明，公正 |
| めうえ 0 3 | 【目上】名 上司，長輩　⇔目下（めした） |
| めかた 0 | 【目方】名（東西的）重量，份量 |
| めきめき 1 | 副 顯著，迅速 |
| めぐみ 0 | 【恵み】名 恩惠 |
| めぐむ 0 | 【恵む】他五 施恩惠，周濟；同情，憐憫 |
| めぐりあう 4 | 【巡り合う・巡り会う】自五 邂逅，偶然相遇，碰到 |
| めげる 2 | 自下一（後接否定用法）（不）服；（不）畏 |

| | |
|---|---|
| めさき 3 0 | 【目先】名 眼前；目前，當前；預見 |
| めざましい 4 | 【目覚（ま）しい】形 驚人的，異常顯著的 |
| めざめる 3 | 【目覚める】自下一 睡醒，睜眼；覺悟，醒悟；認識到，喚起 |
| めざわり 2 | 【目障り】名·形動 碍眼，刺眼 |
| めじるし 2 | 【目印】名 標記，記號 |
| めす 2 | 【雌】名（動）雌性，母　⇔雄(おす) |
| めす 1 | 【召す】他五「呼(よ)び寄(よ)せる」、「招(まね)く」的敬語，「食(た)べる」、「飲(の)む」、「着(き)る」、「風邪(かぜ)を引(ひ)く」、「風呂(ふろ)に入(はい)る」等的鄭重的說法 |
| めつき 1 | 【目付き】名 眼神 |
| めっき 0 | 【鍍金】名·他サ 鍍（金、銀等）；追求表面好看，偽裝 |
| めっきり 3 | 副 顯然，明顯地 |
| めっする 0 | 【滅する】自他サ 滅亡，死亡；消失，消滅 |
| めつぼう 0 | 【滅亡】名·自サ 滅亡；衰亡 |
| めど 1 | 【目処】名 目標，頭緒<br>➡ めどがつく（有線索；有目標） |
| めぼしい 3 | 【目ぼしい】形 重要的，顯著的，像樣的，值錢的 |
| めまぐるしい 5 | 【目紛しい】形 眼花繚亂；瞬息萬變 |
| めもと 3 | 【目元】名 眼睛，眼神 |
| めもり 0 3 | 【目盛り】名 計量器上的刻度 |
| めんかい 0 | 【面会】名·自サ 會面，會見，見面 |
| めんきょ 1 | 【免許】名·他サ 許可，批准；許可證，執照 |
| めんじょ 1 | 【免除】名·他サ 免除 |
| めんする 3 | 【面する】自サ 面向，面對 |
| めんぜい 0 | 【免税】名·他サ 免稅 |
| めんだん 0 | 【面談】名·自サ 面談，面洽 |
| めんどう 3 | 【面倒】名·形動 費事，麻煩；困難，棘手；照料 |

| | |
|---|---|
| **めんぼく** ⓪ | 【面目】名 顏面，名譽，面子；體面　＝面目(めんもく)<br>➡ 面目(めんぼく)ない（丟臉，丟人）<br>➡ 面目丸(めんぼくまる)つぶれ（丟盡面子） |
| **めんみつ** ⓪ | 【綿密】名・形動 周密，詳盡 |
| **めんもく** ⓪ | 【面目】名 顏面，面子；樣子，面目 |

## 歷屆考題

■ め……この作品(さくひん)の価値(かち)がわかるとは、林(はやし)さんもめが高(たか)い。

（1998- Ⅵ - 9）

① うっかりして「駐車禁止(ちゅうしゃきんし)」の標識(ひょうしき)がめに入(はい)らなかった。

② このセーターはめがあらくてすぐ引(ひ)っかかる。

③ 騒(さわ)ぎに巻(ま)き込(こ)まれて、ひどいめにあった。

④ 社長(しゃちょう)は人(ひと)を見(み)るめがある。

答案④

解「め」在各項中的用法為：（題目）眼睛；①看到；②格，孔，眼；③體驗，閱歷；④眼力。

譯（題目）能看出這一作品的價值，說明林先生眼力很高；①因一時疏忽，沒有看到「禁止停車」的標識；②這件毛衣織得太鬆，很容易被勾住；③被捲入騷亂中，吃了苦頭；④總經理看人有眼力。

■ ゆり子(こ)さんは、後輩(こうはい)の＿＿＿＿＿をよく見(み)てくれるやさしい人(ひと)です。

（2004- Ⅴ - 13）

① 面倒　② 世話　③ 助け　④ 手伝い

答案①

解 其他選項：②世話(せわ)（幫忙；照料)；③助(たす)け（幫助；救助；救命)；④手伝(てつだ)い（幫忙)。雖然②、③、④也都含有「幫忙」的意思，但只有①可以和後面的「見(み)る」連用，「面倒(めんどう)を見(み)る」是固定搭配，是「照顧，照料」的意思。

譯 百合子是一個經常照顧學弟妹的善良的人。

■ 彼女(かのじょ)の証言(しょうげん)で、彼(かれ)がうそをついていることは________になった。（2006-V-1）

① 正規 ② 明白 ③ 詳細 ④ 素朴

答案②

解 其他選項：①正規(せいき)（正規；標準）；③詳細(しょうさい)（詳細）；④素朴(そぼく)（樸素，純樸）。

譯 有了她的證詞，他說謊這件事就很明顯了。

■ このような賞(しょう)をいただいたことを、________に思(おも)います。（2007-V-11）

① 華やか ② 名誉 ③ 鮮やか ④ 明朗

答案②

解 其他選項：①華(はな)やか（華麗，華貴；輝煌，盛大）；③鮮(あざ)やか（鮮明，鮮豔；熟練，精湛）；④明朗(めいろう)（開朗；透明，公正）。

譯 拿到這種獎，我覺得很光榮。

# も

♫ 217

| | |
|---|---|
| **も** 0 1 | 【喪】名 喪事，辦喪事，喪期 ➡ 喪(も)に服(ふく)する（服喪） |
| **もう** | 【網】造語 網，網路<br>⇨ 法網(ほうもう) ⇨ 鉄道網(てつどうもう)（鐵路網） ⇨ 通信網(つうしんもう) |
| **もうい** 1 | 【猛威】名 來勢兇猛 |
| **もうしあわせ** 5 0 | 【申し合（わ）せ】名（商定好的）協議，協定，公約 |
| **もうしいれる** 5 0 | 【申（し）入れる】他下一 表明，提出（要求等） |
| **もうしたてる** 5 | 【申（し）立てる】他下一 申訴，陳訴<br>⇨ 申(もう)し立(た)て（申訴，陳述） |

| | |
|---|---|
| **もうしで** 0 | 【申（し）出】名 申請，建議 |
| **もうしでる** 4 | 【申（し）出る】他下一 提議，建議，提出 |
| **もうしぶん** 0 3 | 【申（し）分】名（後面常接否定）缺點，欠缺；申辯的理由、意見　➡ 申(もう)し分(ぶん)がない（好極了，無可挑剔） |
| **もうてん** 1 3 | 【盲点】名（眼球中的）盲點，暗點；漏洞，空隙 |
| **もうら** 1 | 【網羅】名・他サ 網羅，收羅，包羅 |
| **もうれつ** 0 | 【猛烈】名・形動 猛烈，激烈　⇒ 激烈(げきれつ)　⇒ 痛烈(つうれつ) |
| **もうろう** 0 | 【朦朧】形動 朦朧 |
| **もがく** 2 | 【踠く】自五 掙扎，翻滾；焦急 |
| **もぎ** 1 | 【模擬】名 模擬，模仿 |
| **もぐ** 1 | 【捥ぐ】他五 摘下，擰下，揪下　⇒もぎ取(と)る |
| **もくげき** 0 | 【目撃】名・他サ 目擊，目睹　⇨ 目撃者(もくげきしゃ) |
| **もくろく** 0 | 【目録】名 目錄；清單 |
| **もくろみ** 0 4 | 【目論見】名 計畫，策劃，企圖　⇨ 目論(もくろ)む |
| **もけい** 0 | 【模型】名 模型 |
| **もさく** 0 | 【模索】名・他サ 摸索 |
| **もしかして** 1 | 【若しかして】副 或許，也許 |
| **もしくは** 1 | 【若しくは】接續 或，或者　⇒または　⇒あるいは |
| **もたれる** 0 3 | 【凭れる】自下一 憑靠，倚靠；積食，不消化 |
| **もちあわせる** 5 0 | 【持ち合（わ）せる】他下一 現有，現存 |
| **もちかえる** 3 0 | 【持（ち）帰る】他五 帶回，拿回 |
| **もちきり** 0 | 【持（ち）切り】名 始終談論一件事情 |
| **もちこたえる** 0 5 | 【持（ち）堪える】他下一 堅持，維持，支撐得住 |
| **もちこむ** 0 3 | 【持（ち）込む】他五 帶入，拿進；提出 |
| **もちなおす** 0 4 | 【持（ち）直す】自他五（他五）換一種拿法；（自五）恢復原狀，復原；好轉 |

| | |
|---|---|
| もっか 1 | 【目下】名・副 目前，現在 |
| もって 1 | 【以て】連語・接續（連語）以，用；因為；到（～時間）；（「を」的強調）把～；（接續）而且，並且；因而，因此 |
| もってのほか 3 0 | 【以ての外】名・形動 豈有此理，荒謬，令人不能容忍 |
| もっともらしい 6 | 【尤もらしい】形 好像有道理的，表面上講得通的，煞有介事的 |
| もっぱら 0 1 | 【専ら】副 專門，一心；獨攬 |
| もつれる 3 0 | 【縺れる】自下一（線、頭髮等）糾纏在一起；糾葛，糾紛；（語言、動作等）不靈活，不聽使喚 |
| もてなし 0 | 【持て成し】名 接待，款待，招待，請吃飯 |
| もてなす 3 0 | 【持て成す】他五 應酬，接待，款待，招待<br>⇒ 接待（せったい）する |
| もてる 2 | 【持てる】自下一 有人緣，受歡迎；能拿；能維持；富有 |
| もと 2 0 | 【元・本・素・基】名 起源，本源；基礎；原因，起因；本錢，資本；成本；原料，材料<br>⇨ 元金（もときん）（本錢；本金） ⇨ 元締（もとじ）め（總管；頭目）<br>➡ 元（もと）も子（こ）もなくなる（賠了夫人又折兵） |
| もどかしい 4 | 形 令人著急，急不可待 |
| もどす 2 | 【戻す】他五 歸回原處；退回；嘔吐 |
| ものごころ 3 | 【物心】名 懂事，懂人情世故<br>➡ 物心（ものごころ）がつく（孩子開始懂事） |
| ものしり 3 4 0 | 【物知り・物識り】名 知識淵博，博聞多識<br>⇨ 物知（ものし）り屋（や）（萬事通） |
| ものずき 3 2 | 【物好き・物数奇】名・形動 好奇，好事者 |
| ものたりない 0 5 | 【物足りない】形 不能令人滿足的，美中不足的 |
| ものめずらしい 6 | 【物珍しい】形（覺得）稀奇的，稀罕的 |

| | |
|---|---|
| **もはや** 1 | 【最早】副（事到如今）已經 |
| **もはん** 0 | 【模範】名 模範，典範，榜樣　⇨ 模範的（もはんてき） |
| **もふく** 0 | 【喪服】名 喪服，孝衣 |
| **もほう** 0 | 【模倣】名・他サ 模仿，仿效　⇔ 創造（そうぞう） |
| **もよおす** 3 0 | 【催す】自他五 主辦，舉辦，舉行；感覺要～<br>⇨ 催し（もよおし）（籌畫，計畫；舉辦，主辦；集會，活動） |
| **もらす** 2 | 【漏らす・洩らす】他五 露出，灑；遺漏，漏掉；洩密，透露；流露，發洩；遺尿 |
| **もりあがる** 4 | 【盛り上（が）る】自五 鼓起，隆起；高漲起來，熱烈；湧起，冒出 |
| **もりあげる** 4 | 【盛り上げる】他下一 堆積，堆起；使高漲 |
| **もる** 1 | 【漏る】自五 漏　⇒漏れる（もれる） |
| **もろに** 1 | 【諸に】副 全面地，直接迎面地 |
| **もろもろ** 0 | 【諸諸】名 諸多，種種，許許多多<br>⇨ 諸（もろ）（諸多，眾多）　⇨ 諸びと（もろびと）（眾人，多數人） |
| **もんがいかん** 3 | 【門外漢】名 門外漢，外行，局外人 |
| **もんちゃく** 0 1 | 【悶着】名・自サ 爭執，糾紛，爭吵 |

## 歷屆考題

■ もと……あんな人（ひと）に頼（たの）んだのが、失敗（しっぱい）のもとだった。（1997-V-4）

① もとをかけなければ、利益（りえき）も得（え）られない。

② 何（なに）がもとでけんかになったのか、どうしても思（おも）い出（だ）せない。

③ 使（つか）い終（お）わったら、もとの場所（ばしょ）に返（かえ）してください。

④ 調査（ちょうさ）デタをもとに、議論（ぎろん）を進（すす）めた。

答案②

**解** 「もと」在各項中的用法為：（題目）原因，起因；①本錢，資本；②原因，起因；③原來；④基礎，材料。

**譯** （題目）把事情交給他是失敗的根本原因；①不投入本錢就沒有收益；②到底是因為什麼而爭吵起來的，我怎麼也想不起來；③使用完請放回原處；④以調查資料為基礎進行討論。

■ この博物館（はくぶつかん）には、船（ふね）の＿＿＿＿＿が展示（てんじ）してある。（2001- V - 1）

① 模型　② 模索　③ 模範　④ 模倣

**答案①**

**解** 其他選項：②模索（もさく）（摸索）；③模範（もはん）（模範，榜樣；典型，標準）；④模倣（もほう）（模仿，仿效）。

**譯** 這個博物館裏展示著船的模型。

■ この10年（ねん）で情報（じょうほう）＿＿＿＿＿がずいぶん発達（はったつ）した。（2003- V - 9）

① 制　② 帯　③ 派　④ 網

**答案④**

**解** 答案以外的選項讀音和意思分別為：①制（せい）（制度）；②帯（たい）（地帶，一帶）；③派（は）（流派；派別）。

**譯** 這十年來，資訊網蓬勃發展。

■ 私（わたし）の＿＿＿＿＿の関心（かんしん）は教育問題（きょういくもんだい）にある。（2004- V - 4）

① 今更　② 最中　③ 瞬間　④ 目下

**答案④**

**解** 其他選項：①今更（いまさら）（現在才；事到如今）；②最中（さいちゅう）（正在～的時候）；③瞬間（しゅんかん）（瞬間）。

**譯** 我目前關心的是教育問題。

■ 台風（たいふう）の影響（えいきょう）を＿＿＿＿＿受（う）けて、収穫（しゅうかく）が激減（げきげん）した。（2005- V - 4）

① いやに　② かりに　③ もろに　④ やけに

**答案③**

解 答案以外的選項意思分別為：①太，非常，過於；②暫時，臨時；假如；即使；④非常，特別。

譯 全面受到了颱風的影響，收穫量劇減。

# や

♫ 220

| | |
|---|---|
| や 1 | 【矢】名 箭；楔子 |
| やがい 1 0 | 【野外】名 野外，郊外，原野；戶外，室外 |
| やかん 0 1 | 【夜間】名 夜間，夜晚 |
| やきもち 3 4 | 【焼（き）餅】名 烤年糕；（俗）吃醋 |
| やく 1 | 【薬】名・造語 藥，麻藥，毒品<br>⇨ 麻薬（まやく）（麻醉藥；毒品）<br>⇨ 睡眠薬（すいみんやく）（安眠藥） |
| やく 1 2 | 【訳】名 譯，翻譯 |
| やぐ 1 | 【夜具】名 寢具，被褥，臥具 |
| やくいん 2 | 【役員】名（擔任某工作的人）幹部，幹事；董事 |
| やくざ 1 | 名・形動（名）流氓；（名・形動）不務正業的（的人） |
| やくしょく 0 | 【役職】名 官職，職務；要職<br>⇒管理職（かんりしょく）（管理職務） |
| やくす 2 | 【訳す】他五 翻譯，譯　⇒訳（やく）する |
| やくだてる 4 | 【役立てる】他下一 應用，供使用 |
| やくば 3 | 【役場】名 辦事處，區（鄉、村）公所 |
| やけ 1 | 【自棄】名・形動 自暴自棄 |
| やけど 0 | 【火傷】名・自サ 燒傷，燙傷；遭殃，吃虧<br>➡ やけど火（ひ）に懲（こ）りず（重蹈覆轍） |
| やけに 1 | 副（原因不明地）非常，（超出常理地）特別<br>➡ やけに暑（あ）い（非常熱） |
| やける 0 | 【妬ける】自下一 嫉妒，吃醋 |

| | |
|---|---|
| **やける** [0][3] | 【焼ける】自下一 燃燒，著火；烤製，燒成；熾熱，燒熱；曬黑；變褪色；天空變紅<br>➡ 胸(むね)が焼(や)ける（胃酸過多而火燒心） |
| **やさき** [0][3] | 【矢先】名 箭頭；目標，靶子；正當要～的時候；箭射來的方向 |
| **やじ** [1] | 【野次・弥次】名 奚落，喝倒彩<br>⇨ 野次馬(やじうま)（看熱鬧的人，起哄的人）<br>➡ やじを飛(と)ばす（喝倒彩） |
| **やしき** [3] | 【屋敷】名 住宅，宅第；建築用地，地皮 |
| **やしなう** [3][0] | 【養う】他五 養育，扶養，供養；餵養，飼養；療養；養成，培養；收養（小孩） ➡ 病気(びょうき)を養(やしな)う（養病） |
| **やしん** [1][0] | 【野心】名 野心，雄心；禍心，陰謀 |
| **やすあがり** [3] | 【安上がり】名・形動 省錢，儉省，廉價 |
| **やすっぽい** [4] | 【安っぽい】形 不值錢的；不高尚的，令人瞧不起的 |
| **やすまる** [3] | 【休まる】自五 得到休息；得到慰藉；得閒 |
| **やすらぐ** [3] | 【安らぐ】自五 安樂，安穩，舒暢，平靜 |
| **やせい** [0] | 【野生】名・自サ 野生　⇨ 野生植物(やせいしょくぶつ)　⇒自生(じせい) |
| **やつ** [1] | 【奴】名・代（用於鄙視或親密人之間的稱呼）小子，傢伙；東西；物；他，那個傢伙，那小子 |
| **やっき** [0] | 【躍起】名・形動 發急，急躁；熱心，熱烈 |
| **やつあたり** [3][0] | 【八つ当たり】名・自サ 遷怒 |
| **やつれる** [3] | 自下一 消瘦，憔悴 |
| **やとう** [0][1] | 【野党】名 在野黨　⇔与党(よとう)（執政黨） |
| **やどる** [2] | 【宿る】自五 投宿，住宿；存在，存有；寄生；懷孕；映照；寄寓於 |
| **やはん** [1][0] | 【夜半】名 夜半　⇒夜中(よなか) |
| **やぼ** [1] | 【野暮】名・形動 土氣，俗氣，不懂人情世故　⇔ 粋(いき)<br>⇨ 野暮(やぼ)ったい（土氣的，俗氣的） |
| **やぼう** [0] | 【野望】名 野心；奢望　⇒野心(やしん) |

| | |
|---|---|
| **やま** ② | 【山】名·造語 山，山嶽，小山；礦山；成堆，堆積如山；凸出的部分；最高峰，最高潮；押寶，投機；難關；野生的　⇨山芋(やまいも)（山藥） ⇨山奥(やまおく)（深山裏）<br>⇨山陰(やまかげ)（山陰，山背後）<br>⇨山小屋(やまごや)（山中小屋） ⇨山里(やまざと)（山村）<br>➡山(やま)が見(み)える（〔艱難的事〕快要完成）<br>➡山(やま)と言(い)えば川(かわ)（人家說東，他就說西；唱反調） |
| **やみ** ② | 【闇】名 黑暗，黑夜；心中沒數，迷惑；黑市，黑貨<br>⇨闇売買(やみばいばい)（黑市交易，非法買賣）⇨闇屋(やみや)（黑市商人）<br>➡闇(やみ)から闇(やみ)に葬(ほうむ)る（暗中掩蓋過去）<br>➡闇(やみ)に鉄砲(てっぽう)（無的放矢） ➡一寸先(いっすんさき)は闇(やみ)（前途莫測） |
| **やむ** ① | 【病む】自·他五 患病，得病；憂慮，憂傷，煩惱 |
| **やむなく** ③ | 【止む無く】副 無可奈何，只好，不得不<br>⇒やむをえず |
| **やめる** ⓪ | 【辞める】他下一 辭退，辭職，停（學） |
| **ややこしい** ④ | 形 複雜，麻煩 |
| **やりがい** ⓪ | 【遣り甲斐】名 做的價值，做的意義 |
| **やりきれない** ④ | 【遣り切れない】連語 完成不了，難以完成；受不了，吃不消 |
| **やりくり** ② ⓪ | 【遣り繰り】名·他サ 想辦法籌措，設法安排、籌劃 |
| **やりすごす** ④ | 【遣り過（ご）す】他五（讓後面的先過去）讓路；做得太過 |
| **やりとおす** ③ | 【遣り通す】他五 堅持到最後；做到底 |
| **やりとげる** ④ | 【遣り遂げる】他下一 完成，做完，做到底 |
| **やるせない** ④ | 【遣る瀬無い】形 鬱鬱不樂，不開心　⇒せつない |
| **やれやれ** ① | 感（表示放心、感動的語氣）哎呀；（表示失望的語氣）哎呀呀 |
| **やわらかい** ④ | 【柔らかい·軟らかい】形 軟，嫩，柔軟；柔和；通俗，輕鬆　⇔かたい |
| **やわらぐ** ③ | 【和らぐ】自五 柔和；（程度）緩和，平穩下來 |

| | |
|---|---|
| **やわらげる** ④ | 【和らげる】**他下一** 使柔和，使緩和；使文章等通俗易懂 |
| **やんわり** ③ | **副・自サ** 委婉地，溫和地；柔軟地 |

## 歷屆考題

■ 山(やま)……いちばん大変(たいへん)なところ。

① 明日引(あしたひ)っ越(こ)しなので部屋(へや)の中(なか)は荷物(にもつ)の山(やま)だ。

② この大仕事(おおしごと)もやっと山(やま)を越(こ)した。

③ 試験(しけん)にはどんな問題(もんだい)が出(で)るか山(やま)をかけた。

④ 今月(こんげつ)は山(やま)のような仕事(しごと)がある。

答案②

**解**「山(やま)」在各項中的用法為：（題目）緊要關頭；①堆積如山；②緊要關頭；③猜測考題；④堆積如山。

**譯**（題目）最關鍵的時候；①明天要搬家，屋裏行李成堆；②這項重要的工作終於渡過了緊要關頭；③猜想考試中會出什麼樣的題目；④這個月的工作堆積如山。

■ やける……本棚(ほんだな)の本(ほん)の背(せ)が、日(ひ)にやけて白(しろ)っぽくなった。

（1997-Ⅵ-9）

① 空(そら)が真(ま)っ赤(か)にやけている。

② あの二人(ふたり)を見(み)ていると、思(おも)わずやけてくる。

③ 海(うみ)でやけた肩(かた)と背中(せなか)が少(すこ)し痛(いた)い。

④ パンがおいしそうな色(いろ)にやけた。

答案③

**解**「焼(や)ける」和「妬(や)ける」都讀成「やける」。它在各項中的用法為：（題目）曬得褪色；①變成紅色；②嫉妒，吃醋；③曬黑；④燒烤。其中在題目和選項①、③、④中為「焼(や)ける」，在選項②中為「妬(や)ける」。

譯（題目）書架上的書背被太陽曬得褪色；①天空被染得通紅；②看到他倆，不由得心生醋意；③在海濱曬黑的肩部跟背部有些疼痛；④麵包烤得非常好看。

■ やわらかい……同じことを言っても、言い方がやわらかいと感じが違う。（2003-Ⅵ-1）

① 歯が悪くて、やわらかいものしか食べられない。
② 頭がやわらかいうちに外国語を勉強しておくとよい。
③ 林さんは70歳を過ぎているのに、驚くほど体がやわらかい。
④ この画家の絵にはなんとも言えないやわらかい雰囲気がありますね。

答案④

解「やわらかい」在各項中的用法為：（題目）柔和，溫和；①柔軟，軟的；②靈活；③柔韌性好；④柔和。

譯（題目）即使說的是同樣的東西，如果說得柔和一點的話，感覺會不一樣；①牙齒不好，只能吃軟的東西；②可以趁著頭腦靈活學點外語；③林先生已經70多歲了，可是身體的柔軟度好得令人吃驚；④這個畫家的畫裏有一種說不出的柔和氣氛。

■ このカメラは操作が＿＿＿＿＿ので、評判が悪かった。

（2005-Ⅴ-8）

① あつかましい　② たくましい　③ ふさわしい　④ ややこしい

答案④

解 答案以外的選項其漢字形式和意思分別為：①厚かましい（厚臉皮，無恥）；②逞しい（健壯，強壯；旺盛）；③相応しい（合適，相稱）。

譯 這種相機因為操作太複雜，所以評價不高。

■ 彼はいつかこの国の大統領になるという＿＿＿＿＿を抱いている。

（2006-Ⅴ-2）

① 一心　② 内心　③ 野心　④ 関心

答案③

解 其他選項：①一心(いっしん)（齊心，一條心；專心）；②内心(ないしん)（內心，心中）；④関心(かんしん)（關心）。

譯 他懷有某天當上本國總統的野心。

# ゆ

♬ 223

| | |
|---|---|
| ゆいごん 0 | 【遺言】名・他サ 遺言，遺囑　＝いごん<br>⇨ 遺言状(ゆいごんじょう)　⇨ 遺言書(ゆいごんしょ) |
| ゆいしょ 1 0 | 【由緒】名 來歷；淵源<br>⇨ 由緒(ゆいしょ)ある家柄(いえがら)（有淵源的門第；名門望族） |
| ゆう 1 | 【優】名・形動 優秀，出色 |
| ゆう 0 | 【結う】他五 繫結，綁束 |
| ゆうい 1 | 【優位】名・形動 優越地位，優勢 |
| ゆううつ 0 | 【憂鬱】名・形動 憂鬱，陰鬱，鬱悶<br>⇨ 憂鬱症(ゆううつしょう)　⇨ 憂鬱質(ゆううつしつ) |
| ゆうえき 0 | 【有益】名・形動 有益 |
| ゆうえつ 0 | 【優越】名・自サ 優越　⇨ 優越感(ゆうえつかん) |
| ゆうかい 0 | 【誘拐】名・他サ 誘拐　⇨ 誘拐犯(ゆうかいはん) |
| ゆうがい 0 | 【有害】名・形動 有害<br>➡ 有害無益(ゆうがいむえき)（有害無益）　⇔無害(むがい) |
| ゆうかん 0 | 【勇敢】名・形動 勇敢<br>⇒勇(いさ)ましい　⇒果敢(かかん) |
| ゆうかん 0 | 【夕刊】名 晚報　⇔ 朝刊(ちょうかん) |
| ゆうき 1 | 【有機】名 有機　⇨ 有機化合物(ゆうきかごうぶつ) |
| ゆうぐれ 0 | 【夕暮れ】名 傍晚，黃昏　⇒夕方(ゆうがた)　⇒日暮(ひぐ)れ |
| ゆうごう 0 | 【融合】名・自サ 融合；合併；調和 |
| ゆうざい 0 | 【有罪】名 有罪 |
| ゆうし 0 1 | 【融資】名・他サ 融資，貸款 |

| | |
|---|---|
| ゆうじゅうふだん 5 0 | 【優柔不断】名・形動 優柔寡斷 |
| ゆうすう 0 | 【有数】名・形動 屈指可數，首屈一指 |
| ゆうずう 0 | 【融通】名・他サ 靈活，臨機應變；暢通；（金錢）通融，挪借　⇨ 融通無碍（ゆうずうむげ）（暢通無碍） |
| ゆうする 3 | 【有する】他サ 有，享有 |
| ゆうせい 0 | 【優勢】名・形動 優勢　⇔劣勢（れっせい） |
| ゆうどう 0 | 【誘導】名・他サ 誘導，引導；（飛機等）導航；（電）感應；（他）衍生　⇨ 静電誘導（せいでんゆうどう）（靜電感應）<br>⇨ 誘導体（ゆうどうたい）（衍生體，誘導體） |
| ゆうふく 1 0 | 【裕福】名・形動 富裕 |
| ゆうひ 0 | 【夕日・夕陽】名 夕陽　⇒斜陽（しゃよう）　⇔朝日（あさひ） |
| ゆうび 1 | 【優美】名・形動 優美 |
| ゆうぼう 0 | 【有望】名・形動 有希望，有前途　⇒有為（ゆうい） |
| ゆうぼく 0 | 【遊牧】名・自サ 遊牧　⇨ 遊牧民（ゆうぼくみん） |
| ゆうやけ 0 | 【夕焼け】名 晚霞 |
| ゆうやみ 0 | 【夕闇】名 薄暮，黃昏，暮色 |
| ゆうゆう 3 | 【悠々】形動 悠悠然；寬綽有餘，寬裕；悠長，悠遠<br>⇒ 悠然（ゆうぜん）　⇨ 悠悠自適（ゆうゆうじてき）（悠然自得） |
| ゆうよ 1 | 【猶予】名・自他サ 猶豫；延期 |
| ゆうり 1 | 【有利】名・形動 有利　⇔不利（ふり） |
| ゆうりょくしゃ 3 4 | 【有力者】名 有勢力者，有權勢者，（某方面的）權威人士 |
| ゆうれい 1 | 【幽霊】名 幽靈，鬼魂，亡靈；有名無實<br>⇨ 幽霊会社（ゆうれいがいしゃ）（空殼公司）　⇨ 幽霊人口（ゆうれいじんこう）（虛報人口） |
| ゆうわく 0 | 【誘惑】名・他サ 誘惑，引誘 |
| ゆえ 2 | 【故】名 因～的原因；理由 |
| ゆえに 1 2 | 【故に】接續（因為～）所以 |
| ゆえん 0 | 【所以】名 來由，原因，根據　⇒理由（りゆう） |

| | |
|---|---|
| ゆがむ 0 2 | 【歪む】自五 歪斜；行為不正，歪<br>⇨ 歪み（歪斜；〔行為等〕不正） |
| ゆがめる 3 0 | 【歪める】他下一 扭歪，歪曲 |
| ゆきとどく 4 | 【行き届く】自五 周到，周密，精心 |
| ゆきわたる 4 | 【行き渡る】自五 普及，遍布 |
| ゆくさき 0 | 【行く先】名 目的地；將來，前途 |
| ゆくて 0 3 | 【行く手】名 前途，前方 |
| ゆさぶる 0 | 【揺さぶる】他五 搖動，搖晃；震憾 |
| ゆすぐ 2 0 | 【濯ぐ】他五 洗濯，涮　⇒すすぐ |
| ゆする 0 | 【揺する】他五 搖動，搖晃 |
| ゆだねる 3 | 【委ねる】他下一 委託；奉獻，獻身 |
| ゆちゃく 0 | 【癒着】名・自サ（皮膚黏膜等）沾黏；（不合法）勾結 |
| ゆとり 0 | 名（指空間、時間、金錢、精神上的）寬裕，餘裕 |
| ゆびさす 3 | 【指差す】他五 用手指向；指責，斥責 |
| ゆみ 2 | 【弓】名 弓　➡ 恩人に弓を引く（恩將仇報）<br>➡ 弓折れ矢尽きる（彈盡糧絕） |
| ゆみず 1 | 【湯水】名 開水和水；（喻）因為量多而浪費<br>➡ 湯水のように使う（揮金如土） |
| ゆめみる 3 2 | 【夢見る】自・他上一 做夢；夢想，幻想 |
| ゆゆしい 3 | 【由由しい】形 十分嚴重，極其重大 |
| ゆらぐ 0 2 | 【揺らぐ】自五 搖晃；（地位等）動搖 |
| ゆるがす 3 0 | 【揺るがす】他五（建築、大地）搖動，搖晃 |
| ゆるむ 2 | 【緩む・弛む】自五 減緩；鬆懈；坡度緩的；解凍；鬆懈，緩和；行情跌價 |
| ゆるめる 3 | 【緩める・弛める】他下一 緩和，放寬；放鬆，鬆懈；放慢，減慢；使坡度變小 |
| ゆるやか 2 | 【緩やか】形動 緩慢，緩和，平緩；寬大，寬鬆；舒暢<br>⇒ 緩い |

## 歷屆考題

■ 道で子供たちが遊んでいたので、車のスピードを＿＿＿＿通り過ぎた。（1997-Ⅴ-6）

① へらして　② ゆるめて　③ よわめて　④ なくして

答案②

解 答案以外的選項其漢字形式和意思分別為：①減らす（減少，縮減，削減；餓〔肚子〕）；③弱める（使～衰弱，削弱，減弱）；④無くす（丟失，喪失；消滅）或亡くす（死，喪）。選項①雖然也有「減少」的意思，但是一般指減少具體的數量或數目。「降低速度」一般用「スピードを緩める」或「スピードを下げる」表示，不說「スピードを減らす」。

譯 孩子們在道路上玩著，所以我減慢車速通過。

■ 自分の仕事をするのがやっとで、とても人の手助けをする＿＿＿＿などない。（1998-Ⅴ-10）

① たるみ　② なさけ　③ のぞみ　④ ゆとり

答案④

解 這 4 個選項都是名詞，其中①、③是動詞的名詞形式。答案以外的選項其漢字形式和意思分別為：①弛み（鬆弛，放鬆）；②情け（仁慈；同情；風趣；愛情）；③望み（希望；抱負）。

譯 我只能勉強完成自己的工作，根本沒有餘力去幫助別人。

■ 都会の＿＿＿＿に負けずにしっかり勉強しようと決心して、田舎を出た。（2002-Ⅴ-10）

① 勧誘　② 作用　③ 保養　④ 誘惑

答案④

解 其他選項：①勧誘（勸說；勸誘）；②作用（作用）；③保養（保養，休養）。

譯 下定決心抵擋住城市的誘惑好好學習而離開了鄉下。

■ 勇敢な消(しょう)防隊員(ぼうたいいん)によって子(こ)どもが助(たす)け出(だ)された。（2004-II-5）

①夕刊(ゆうかん)　②有効(ゆうこう)　③優先(ゆうせん)　④郵送(ゆうそう)

答案①

解 其他選項：①夕刊(ゆうかん)（晚報）；②有効(ゆうこう)（有效）；③優先(ゆうせん)（優先）；④郵送(ゆうそう)（郵寄）。其中與「勇敢(ゆうかん)」讀音相同的是①。

譯 孩子被勇敢的消防隊員救出來了。

# よ

♬ 226

| | |
|---|---|
| よ ①⓪ | 【余】名 其餘，以外；（接數量詞）～多； |
| よう ① | 【要】名 要點；（以「要は」）重要的是；需要，必要 |
| ようえき ① | 【溶液】名 溶液 |
| ようご ① | 【養護】名・他サ 培養，照顧；保健<br>⇨ 養護施設(ようごしせつ)（育幼院） |
| ようご ① | 【擁護】名・他サ 維護，擁護 |
| ようこう ⓪ | 【要項】名 要點，重要事項 |
| ようし ① | 【要旨】名 要點，重點 |
| ようしゃ ① | 【容赦】名・他サ 寬恕，饒恕；留情面，姑息<br>➡ 容赦(ようしゃ)なく（毫不留情） |
| ようしょ ⓪① | 【要所】名（軍事）要地；要點<br>➡ 要所(ようしょ)を押(おさ)さえる（提到要點） |
| ようしょく ⓪ | 【養殖】名・他サ 養殖 |
| ようしょう ⓪ | 【幼少】名 幼小 |
| ようじょう ⓪ | 【洋上】名 海上，海洋上 |
| ようせい ⓪ | 【要請】名・他サ 要求，願望 |
| ようせい ⓪ | 【養成】名・他サ 培養，造就，培訓　⇒育成(いくせい) |
| ようせき ① | 【容積】名（體積）容積；容量 |
| ようそう ⓪ | 【様相】名 樣子，狀態 |

| | |
|---|---|
| ようだい 0 3 | 【容体・容態】名 病情，病狀　＝ようたい |
| ようち 1 | 【用地】名 占地，用地　⇨学校用地（がっこうようち） |
| ようにん 0 | 【容認】名・他サ 承認，允許 |
| ようひん 0 | 【用品】名 用品，用具 |
| ようほう 0 | 【用法】名 用法 |
| ようぼう 0 | 【要望】名・他サ 迫切期望，要求，願望 |
| ようやく 0 | 【要約】名・他サ 概要 |
| ようりょう 3 | 【要領】名 要點；竅門，訣竅，方法 |
| ようれい 0 | 【用例】名 實例，例句，例子 |
| ようろう 0 | 【養老】名 度晚年；贍養老人 |
| よか 1 | 【余暇】名 餘暇，空閒 |
| よかん 0 | 【予感】名・他サ 預感，預兆 |
| よぎない 3 1 | 【余儀ない】形 無奈，不得已 |
| よきょう 0 | 【余興】名 餘興 |
| よく 2 | 【欲・慾】名 欲，欲望，貪心 |
| よくあつ 0 | 【抑圧】名・他サ 抑制，鎮壓，壓迫，壓制 |
| よくし 1 0 | 【抑止】名・他サ 抑制，制止　⇒抑制（よくせい） |
| よくしつ 0 | 【浴室】名 浴室，洗澡間　⇒風呂場（ふろば） |
| よくせい 0 | 【抑制】名・他サ 抑制　⇒抑止（よくし） |
| よくばり 3 4 | 【欲張り】名 貪婪，貪而無厭 |
| よくぶかい 4 | 【欲深い】形 貪心的，貪而不厭的　＝よくふかい |
| よくも 1 | 【善くも】副（表示吃驚、責難等）竟然，竟敢，膽敢 |
| よくよく 0 | 【善く善く】副・形動（副）十分地，好好地；（形動）萬不及已；非常，特別 |
| よける 2 | 【避ける・除ける】他下一 回避，躲避；防禦，擋，避 |
| よげん 0 | 【予言】名・他サ 預言，推測 |
| よこがお 0 | 【横顔】名 側臉，側身像；側面觀察（評論） |

| | |
|---|---|
| よこく 0 | 【予告】名・他サ 預告 |
| よこたわる 4 | 【横たわる】自五 橫躺；擺著；橫放，橫亙 |
| よこづな 0 | 【横綱】名 相撲力士中最高等級，冠軍；超群，出眾；一級力士腰間的粗腰帶 |
| よこばい 0 | 【横這い】名 橫行，橫爬；（物價）平穩；（行情）停滯 |
| よこみち 0 | 【横道】名 岔道，岔路；離題 |
| よこむき 0 | 【横向き】名 朝向側面；橫向 |
| よし 1 | 感 好，可以 |
| よし 1 | 【由】名 緣由，理由；（了解到的）情況，內容；手段，方法；聽說，據說 |
| よし 1 | 【良し・善し・好し】形（「良い」的文章用語）好，行；可以 |
| よしあし 1 2 | 【良し悪し】名 好壞，善惡；有利有弊 |
| よせい 1 0 | 【余生】名 餘生 |
| よせん 0 | 【予選】名・他サ 預選（賽） |
| よそう 0 | 【予想】名・他サ 預料，預想 |
| よそおい 0 3 | 【装い】名 裝飾；打扮，服裝；風情 |
| よそおう 3 | 【装う】他五 穿著，打扮；喬裝，化妝 |
| よそもの 0 | 【余所者】名 生人，外來人 |
| よだれ 0 | 【涎】名 涎，口水　➡ よだれが出(で)る（〔喻〕非常想要） |
| よだん 0 | 【予断】名・他サ 預測 |
| よだん 0 | 【余談】名 題外話，閒話 |
| よち 1 | 【余地】名 餘地；空地 |
| よち 1 | 【予知】名・他サ 預知　⇒予測(よそく) |
| よちよち 1 | 副 蹣跚行步狀 |
| よって 0 | 【因って・依って】連語 因而，因此；根據；因為；利用 |
| よとう 1 | 【与党】名 同黨，朋友；執政黨　⇔野党(やとう)（在野黨） |

| | |
|---|---|
| よどむ 2 | 【淀む・澱む】自五（水流、空氣）淤塞，不流暢；沉澱；遲緩，停滯 |
| よねん 0 | 【余念】名 雜念，別的念頭 |
| よはく 0 | 【余白】名 余白，空白 |
| よびおこす 4 | 【呼（び）起（こ）す】他五 叫醒；喚起 |
| よびつける 4 | 【呼（び）付ける】他下一 叫來，叫到跟前來；叫慣；經常請來 |
| よびとめる 4 | 【呼（び）止める】他下一 叫住 |
| よびな 0 | 【呼び名】名（本名以外的）通稱，習慣稱呼 |
| よぶ 0 2 | 【呼ぶ】他五 呼喊；叫來；邀請；稱呼，叫；引起；招致 |
| よふかし 3 2 | 【夜更（か）し】名・自サ 熬夜 |
| よふけ 3 | 【夜更け】名 夜深，深夜　⇒夜中（よなか）　⇒深夜（しんや） |
| よほど 0 | 【余程】副・形動 相當；差一點就，幾乎要～<br>⇒よっぽど |
| よみあげる 4 0 | 【読上げる】他下一（高聲）朗讀，宣讀；讀完，念完 |
| よみがえる 3 4 | 【蘇る】自五 復甦，復活；恢復 |
| よむ 1 | 【読む】他五 讀，念；看，閱讀；理解，體察，揣摩 |
| より 0 | 【寄り】名・接尾 偏，靠<br>⇨海寄り（うみより）（靠海）　⇨右寄り（みぎより）（偏右，右傾） |
| よりあい 0 | 【寄（り）合い・寄合】名（為了討論的）集會 |
| よりあつまる 5 | 【寄り集まる】自五 聚集 |
| よりかかる 4 | 【寄り掛（か）る】自五 依賴，憑靠，依靠 |
| よりどころ 0 | 【拠り所】名 依據，根據；依靠，寄託　⇒根拠（こんきょ） |
| よる 0 | 【因る・由る・依る・拠る】自五 由於，基於；倚仗，依靠；遵從，聽從，按照；憑，端看，取決於；用（作手段） |
| よろこばしい 5 | 【喜ばしい】形 可喜，值得高興，喜悅 |
| よろめく 3 | 自五（步履）踉蹌，蹣跚；被人誘惑得迷迷糊糊 |

あ か さ た な は ま やゆよ ら わ

| | |
|---|---|
| よろよろ ① | 副 步履踉蹌狀 |
| よろん ① | 【輿論・世論】名 輿論，公論　＝世論 |
| よわね ⓪ | 【弱音】名 不爭氣的話，洩氣的話 |
| よわる ② | 【弱る】自五 衰弱；困窘，為難，尷尬 |

## 歷屆考題

■ 高齢者の人口が急に増えて、お年寄りを介護する人材の＿＿＿＿＿が間に合わない。（1998-Ⅴ-12）

① 生育　② 成熟　③ 生長　④ 養成

答案④

解 其他選項：①生育（生長，繁殖，生養）；②成熟（發育成熟；果實、時機成熟）；③生長（發育，長大）。

譯 高齡人口數量急速增長，看護老年人的人才培養跟不上。

■ よぶ……結婚式はよばれないと行けないが、葬式はよばれなくても行くものだ。（1999-Ⅵ-9）

① 駅で電車を待っていると、大きな声で「伊藤さん、伊藤さん」と私をよぶ人がいる。

② 自転車で転んで頭を打ったとき、近くにいた人が救急車をよんでくれた。

③ この野菜は関東ではカボチャ、関西ではナンキンとよばれている。

④ めずらしいものがあったら、人をよんでみんなで食べるといっそうおいしい。

答案④

解 「よぶ」在各項中的用法為：（題目）邀請，招待；①呼喊，呼喚；②請來；③稱為，叫做；④邀請，招待。

譯 （題目）婚禮沒有受邀則不能參加，而葬禮沒有受邀也該去；①在車站等電車的時候，有人大聲喊我道：「伊藤先生，伊藤先生」；②騎自行車時摔了一跤，把頭給撞傷了。附近的人幫我叫來了救護車；③這種蔬菜，關東人稱之為南瓜，關西人稱之為南京瓜；④有好吃的東西，如果邀請大家一起吃的話，味道會更好。

■ よほど（2001-Ⅶ-1）

① 寝坊(ねぼう)して会(かい)によほど遅刻(ちこく)した。

② 電気(でんき)がなかったころの暮(く)らしはよほど想像(そうぞう)できない。

③ この店(みせ)のお菓子(かし)はよほどおいしいからすぐ売(う)り切(き)れてしまう。

④ この画家(がか)の場合(ばあい)、新(あたら)しい作品(さくひん)より若(わか)いときの作品(さくひん)のほうがよほどおもしろい。

答案④

解 選項①、②、③為誤用。「よほど」是「很，頗，相當」的意思。①應改為「かなり」（較長時間）；②應改為「なかなか」（難以）；③應改為「とても」（非常）。

譯 這位畫家年輕時的作品比新作有意思得多。

■ この曲(きょく)を聞(き)くと、子(こ)どものころの思(おも)い出(で)が＿＿＿＿。（2002-Ⅴ-14）

① こぼれる　② さかのぼる　③ よみがえる　④ かえりみる

答案③

解 答案以外的選項其漢字形式和意思分別為：①零(こぼ)れる（灑落；溢出；〈花〉謝）或毀(こぼ)れる（壞，損壞）；②遡(さかのぼ)る（逆流而上；追溯，回溯）；④顧(かえり)みる（回頭看；回顧；顧慮）或省(かえり)みる（反省，自問）。

譯 聽到這首曲子，就會想起孩提時代的事情。

■ 読む……相手(あいて)の作戦(さくせん)をうまく読(よ)んで勝(か)つことができた。（2006-Ⅵ-4）

① あの人(ひと)は周(まわ)りの空気(くうき)が読めない。

② この漢字(かんじ)は小学生(しょうがくせい)には読めないだろう。

③ 私(わたし)は楽譜(がくふ)が読めないんです。

④ このデータは私(わたし)のパソコンでは読めない。

答案①

解「読(よ)む」在各項中的用法為：(題目)理解，看破；①理解，體察；②讀；③看，閱讀；④讀取，打開。

譯 (題目)清楚地看破了對方的作戰策略，得以取勝；①那個人不能體察周圍的氣氛(比喻很白目)；②這個漢字小學生讀不出來吧；③我不識樂譜；④這個資料我的電腦不能讀取。

■ とても無理(むり)だと思(おも)っていたけど、＿＿＿＿＿優勝(ゆうしょう)できるかもしれないね。(2007-V-13)

① ことによると　② てっきり　③ あいにく　④ いかにも

答案①

解 答案以外的選項意思分別為：②一定，必定；③不巧，偏巧；④的確，完全；實在；果然。這 4 個選項中只有①可以和「かもしれない」搭配。

譯 雖然我覺得很渺茫，但說不定可以奪冠。

# ら

♬ 230

| | |
|---|---|
| らく ② | 【楽】名・形動 快樂，舒適；簡單，輕鬆；(生活)充足富裕 |
| らくさつ ⓪ | 【落札】名・他サ(投標、拍賣)得標 |
| らくたん ⓪ | 【落胆】名・自サ 灰心，氣餒，沮喪 |
| らくてんてき ⓪ | 【楽天的】形動 樂天的，樂觀的 |
| らくのう ⓪ | 【酪農】名 酪農畜牧業 |
| らっか ⓪ | 【落下】名・自サ 墜落，下降　⇨ 落下傘(らっかさん)(降落傘) |
| らっかん ⓪ | 【楽観】名・他サ 樂觀　⇔悲観(ひかん)　⇨ 楽観的(らっかんてき) |
| らんざつ ⓪ | 【乱雑】名・形動 雜亂 |
| らんよう ⓪ | 【乱用・濫用】名・他サ 濫用，亂用 |

## 歷屆考題

■ この深刻(しんこく)な不況(ふきょう)の中(なか)で、＿＿＿＿＿見通(みとお)しを持(も)つ人(ひと)は少(すく)ない。

（1993-Ⅴ-11）

① 間接的な　② 平均的な　③ 楽観的な　④ 伝統的な

答案③

解 其他選項：①間接的(かんせつてき)（間接的）；②平均的(へいきんてき)（平均的）；④伝統的(でんとうてき)（傳統的）。這4個選項用的都是形容動詞的連體形。

譯 在這種嚴重的經濟蕭條中，對前景持樂觀看法的人很少。

# り

♫ 231

| | |
|---|---|
| りがい ① | 【利害】名 利害，得失，損益，利弊 |
| りきむ ② | 【力む】自五 使勁，用力；虛張聲勢，逞強 |
| りこ ① | 【利己】名 利己，自私自利　⇨ 利己主義(りこしゅぎ) |
| りくち ⓪ | 【陸地】名 陸地 |
| りくつ ⓪ | 【理屈】名 理論，道理；（捏造的）理由，歪理<br>⇨ 理屈詰め(りくつづめ)（光講道理）⇨ 理屈(りくつ)っぽい（愛窮根究理） |
| りし ① | 【利子】名 利息 |
| りじゅん ⓪ | 【利潤】名 紅利，利潤 |
| りせい ①⓪ | 【理性】名 理性　⇔感性(かんせい)　⇔感情(かんじょう) |
| りそく ⓪ | 【利息】名 利息　⇒利子(りし)　⇔元金(もときん) |
| りち ① | 【理知・理智】名 理智　⇨ 理知的(りちてき) |
| りちゃくりく ③② | 【離着陸】名・自サ 起飛和降落　⇒発着(はっちゃく) |
| りっこうほ ③ | 【立候補】名・自サ 當候選人，參加競選 |
| りったい ⓪ | 【立体】名 立體　⇨ 立体感(りったいかん)　⇨ 立体交差(りったいこうさ)（立體交叉） |
| りっぽう ⓪ | 【立方】名 立方　⇨ 立方体(りっぽうたい) |

| | |
|---|---|
| りっぽう 0 | 【立法】名・他サ 立法　⇔司法（しほう）　⇔行政（ぎょうせい）<br>⇨立法機関（りっぽうきかん）　⇨立法権（りっぽうけん） |
| りてん 0 | 【利点】名 優點，長處　⇒長所（ちょうしょ）（優點） |
| りにゅう 0 | 【離乳】名・自サ 斷奶　⇨離乳期（りにゅうき）　⇨離乳食（りにゅうしょく） |
| りにん 0 | 【離任】名・自サ 離職　⇒退任（たいにん）　⇔着任（ちゃくにん）　⇔就任（しゅうにん） |
| りねん 1 | 【理念】名 觀念，根本想法，最高意境 |
| りゃくだつ 0 | 【略奪・掠奪】名・他サ 搶奪，掠奪，搶劫 |
| りゅうぎ 3 1 | 【流儀】名 作法，作風；流派 |
| りゅうつう 0 | 【流通】名・自サ 流通；（世間）通用 |
| りゅうどう 0 | 【流動】名・自サ 流動 |
| りょういき 0 | 【領域】名 領域；範圍 |
| りょうかい 0 | 【領海】名 領海　⇔公海（こうかい） |
| りょうきょく 0 | 【両極】名 南極，北極；陰極，陽極；兩極端 |
| りょうこう 0 | 【良好】名・形動 良好 |
| りょうしき 0 | 【良識】名 理智，明智 |
| りょうしつ 0 | 【良質】名・形動 優質，上等　⇒上質（じょうしつ） |
| りょうしゃ 1 | 【両者】名 兩者，雙方 |
| りょうしょう 0 | 【了承】名・他サ 瞭解，承認，同意 |
| りょうせい 0 | 【良性】名 良性　⇔悪性（あくせい） |
| りょうど 1 | 【領土】名 領土；領地　⇒領地（りょうち） |
| りょうびらき 0 3 | 【両開き】名（門）向左右兩面開 |
| りょうよう 0 | 【療養】名・自サ 療養　⇨療養費（りょうようひ） |
| りょうりつ 0 | 【両立】名・自サ 兩立，並存　⇒並立（へいりつ） |
| りょかく 0 | 【旅客】名 旅客，乘客　＝りょきゃく |
| りょけん 0 | 【旅券】名 護照　＝パスポート |
| りょっか 0 | 【緑化】名・自他サ 綠化　＝りょくか |

| | |
|---|---|
| **りれき** 0 | 【履歴】名 履歴，經歴　⇨ 履歴書(りれきしょ)（履歴表） |
| **りろん** 1 | 【理論】名 理論 |
| **りんかく** 0 | 【輪郭】名 輪廓；大概 |
| **りんぎょう** 1 0 | 【林業】名 林業 |
| **りんきおうへん** 1 | 【臨機応変】名 隨機應變 |
| **りんじ** 0 | 【臨時】名 臨時，暫時　⇨ 臨時列車(りんじれっしゃ)　⇨ 臨時増刊(りんじぞうかん)　⇨ 臨時収入(りんじしゅうにゅう)（外快）　⇨ 臨時手当(りんじてあて)（特別津貼） |
| **りんじゅう** 0 | 【臨終】名 臨終 |
| **りんり** 1 | 【倫理】名 倫理，道德　⇨ 倫理学(りんりがく) |

## 歷屆考題

■ 買(か)い物(もの)をしたら、りょうしゅうしょをもらってきてください。

（1996-Ⅳ-5）

① そのことはりょうしょうした。

② スポーツと勉強(べんきょう)をりょうりつさせる。

③ あの人はりょうしきがある。

④ だいとうりょうに選(えら)ばれた。

答案④

解 題目畫線部分的漢字是「領収書(りょうしゅうしょ)」（收據，發票）。選項畫線部分的漢字分別是：①了承(りょうしょう)（諒解，同意）；②両立(りょうりつ)（兩立）；③良識(りょうしき)（正確的見識，健全的判斷力）；④大統領(だいとうりょう)（總統）。題目和選項④中雙畫線處的漢字都是「領」，因此選④。

譯（題目）買了東西，請索取發票；①那件事情我同意；②運動、學習兩者兼顧；③他具有健全的判斷力；④當選總統。

■ 彼(かれ)は資金援助(しきんえんじょ)をりょうしょうしてくれた。（1999-Ⅳ-3）

① 友達(ともだち)をパーティーにしょうたいした。

② 彼(かれ)の話(はなし)を聞(き)いて不安(ふあん)がかいしょうした。

③ この事件(じけん)のしょうことなるものは見(み)つからない。

④ 議会(ぎかい)で過半数(かはんすう)のしょうにんを得(え)た。

答案④

解 題目畫線部分的漢字是「了承(りょうしょう)」。選項畫線部分的漢字分別是：①招待(しょうたい)（招待）；②解消(かいしょう)（解除，取消）；③証拠(しょうこ)（證據）；④承認(しょうにん)（承認）。題目中和選項④中雙畫線處的漢字都是「承」，因此選④。

譯（題目）他答應出資援助我們；①邀請了朋友來參加晚會；②聽了他的話，擔心就消除了；③找不到這次事件的證據；④在議會上得到了半數以上人的承認。

■ 両立（2003-Ⅶ-5）

① 昨日(きのう)は仕事(しごと)と家庭(かてい)を両立した。

② 勉強(べんきょう)とアルバイトはなかなか両立しない。

③ 何(なん)とかして父(ちち)の希望(きぼう)も母(はは)の希望(きぼう)も両立したい。

④ 駅(えき)の東口(ひがしぐち)と西口(にしぐち)に二(ふた)つのデパートが両立している。

答案②

解「両立(りょうりつ)」是「兩立，並存」的意思。選項①、③、④為誤用。①可改為「両立(りょうりつ)させた」（兼顧）；③可改為「叶(かな)えたい」（想實現）；④可改為「建(た)っている」（建起了）。

譯 學習和打工很難兼顧。

# る

♫ 233

| | |
|---|---|
| るい 1 | 【類】名 類，同類；匹敵 |
| るいけい 0 | 【類型】名 類型；典型；類似的型；公式化 ⇨類型的(るいけいてき) |
| るいじ 0 | 【類似】名・自サ 類似 ⇒近似(きんじ) ⇨類似品(るいじひん) |
| るいすい 0 | 【類推】名・他サ 類比，類推 |
| るいせき 0 | 【累積】名・自他サ 累積 ⇒累加(るいか) |
| るふ 1 | 【流布】名・自サ 流傳，散布 |

# れ

| | |
|---|---|
| れいき 1 | 【冷気】名 寒氣，涼氣 |
| れいこう 0 | 【励行・厲行】名・他サ 堅持實行，嚴格實行 |
| れいこく 0 | 【冷酷】名・形動 冷酷 |
| れいさい 0 | 【零細】名・形動 零碎，零散；零星，少量 |
| れいしょう 0 | 【例証】名・他サ 例證；舉例證明 |
| れいすい 0 | 【冷水】名 涼水　⇨ 冷水浴（れいすいよく）　⇨ 冷水摩擦（れいすいまさつ） |
| れいぞう 0 | 【冷蔵】名・他サ 冷藏<br>⇨ 冷蔵庫（れいぞうこ）（冰箱） |
| れいたん 3 | 【冷淡】名・形動 冷淡，冷漠；不熱情，冷心腸 |
| れいねん 0 | 【例年】名 歷年，往年，常年 |
| れきぜん 0 | 【歴然】形動 清楚，明白 |
| れっとう 0 | 【劣等】名・形動 劣等　⇔ 優等（ゆうとう）　⇨ 劣等感（れっとうかん） |
| れんきゅう 0 | 【連休】名 連休 |
| れんけい 0 | 【連係・連繋】名・自サ（密切）聯繫　⇨ 連係行動（れんけいこうどう） |
| れんけい 0 | 【連携】名・自サ 聯合，合作 |
| れんさ 1 | 【連鎖】名・自サ 連鎖；鎖鏈　⇨ 連鎖反応（れんさはんのう） |
| れんじつ 0 | 【連日】名 接連幾日，連日 |
| れんたい 0 | 【連帯】名・自サ 連帶；共同負責<br>⇨ 連帯感（れんたいかん）（伙伴意識，一體感） |
| れんちゅう 0 | 【連中】名 夥伴，同夥；（演藝團體的）成員們，一班<br>＝れんじゅう |
| れんぱつ 0 | 【連発】名・自他サ 連續發生；連續發出 |
| れんぽう 0 | 【連邦】名 聯邦 |
| れんめい 0 | 【連盟】名 同盟，聯合會 |

## 歷屆考題

- 暑いので、れいぼうをつけた。（1998-Ⅳ-1）

① 虫歯のよぼうには、よく歯をみがくことが大切です。

② ぶんぼうぐやでノートと鉛筆を買った。

③ 毎日たぼうな日々を過ごしている。

④ ねぼうして、遅刻しそうになった。

答案②

解 題目畫線部分的漢字是「冷房」。選項畫線部分的漢字分別是：①予防（預防）；②文房具（文具）；③多忙（忙碌）；④寝坊（睡懶覺）。題目和選項②中雙畫線的漢字都是「房」，因此選②。

譯 （題目）天氣熱，所以開了冷氣；①為了預防蛀牙，好好刷牙是很重要的；②在文具店買了筆記本和鉛筆；③過著忙碌的每一天；④睡了懶覺，要遲到了。

- みんなで協力して仕事をしたら、＿＿＿＿＿感が生まれた。

（2003-Ⅴ-5）

① 依存　② 共存　③ 連帯　④ 連続

答案③

解 其他選項：①依存（依賴，依靠）；②共存（共存，共處）；④連続（連續）。這 4 個選項中只有③可以和「感」連用。

譯 如果大家彼此協助進行工作的話，會產生連帶感。

- 彼はれいたんな男で、どんなに人が困っていても助けようとしない。

（2004-Ⅳ-2）

① あの人のだいたんなふるまいには驚かされた。

② これは海の魚で、たんすいには住めない。

③ その国にせんたん技術を学びに行く。

④ その仕事を三人でぶんたんした。

答案②

解 題目畫線部分的漢字是「冷淡（れいたん）」。選項畫線部分的漢字及其意思分別為：①大胆（だいたん）（大膽的）；②淡水（たんすい）（淡水）；③先端（せんたん）（先進）；④分担（ぶんたん）（分擔）。題目和選項②中雙畫線處的漢字都是「淡」，因此選②。

譯（題目）他是個冷淡的人，無論誰遇到困難他都不去幫助；①驚訝於那個人的大膽行為；②這是海水魚，不能在淡水中生存；③去那個國家學習先進技術；④三個人分擔了那項工作。

# ろ

♬ 234

| | |
|---|---|
| ろうか 0 | 【老化】名・自サ 老化　⇨ 老化現象（ろうかげんしょう） |
| ろうすい 0 | 【老衰】名・自サ 衰老 |
| ろうどく 0 | 【朗読】名・他サ 朗讀，朗誦　⇨ 朗読会（ろうどくかい） |
| ろうはい 0 | 【老廃】名・自サ 老朽無用 |
| ろうひ 0 1 | 【浪費】名・他サ 浪費　⇒無駄遣い（むだづかい）　⇔節約（せつやく）（節約） |
| ろうほう 0 | 【朗報】名 喜訊 |
| ろく 0 | 【碌】名・形動（後面常接否定）令人滿意，像樣；正經，好好；好；正常，一般，普通 |
| ろくに 0 | 【碌に】副（下接否定）滿意，充分，很好 |
| ろこつ 0 | 【露骨】形動 露骨，直率，毫不掩飾 |
| ろしゅつ 0 | 【露出】名・自他サ 露出；（照相）曝光 |
| ろじょう 0 | 【路上】名 路上；途中<br>⇨ 路上駐車（ろじょうちゅうしゃ）（路邊停車） |
| ろんぎ 1 | 【論議】名・他サ 討論；爭論　⇒議論（ぎろん）　⇒討議（とうぎ） |
| ろとう 0 | 【路頭】名 街頭　➡路頭（ろとう）に迷（まよ）う（流落街頭） |
| ろんしょう 0 | 【論証】名・他サ 論證 |
| ろんせつ 0 | 【論説】名・他サ 社論，評論<br>⇨ 論説委員（ろんせついいん）（評論員）　⇨ 論説文（ろんせつぶん）（評論文章，社論） |

**ろんり** ①

【論理】名 論理，邏輯；規律，道理

⇨ 論理的（邏輯性的，邏輯學上的）

⇨ 論理学（邏輯學）

## 歷屆考題

■ 病気が悪化し、＿＿＿＿ものも食べられなくなった。

（1999-Ⅴ-4）

① まして　② せめて　③ やけに　④ ろくに

答案④

解 答案以外的選項意思分別為：①況して（何況，況且；更）；②せめて（哪怕是，至少）；③やけに（厲害；要命；非常）。這 4 個選項都是副詞。

譯 病情惡化，都不能好好進食了。

■ 好き嫌いの問題を＿＿＿＿で説得しようとしても難しい。

（2001-Ⅴ-6）

① 異論　② 合理　③ 無論　④ 論理

答案④

解 其他選項：①異論（異議，不同意見）；②合理（合理）；③無論（當然，不用說）。

譯 想要從道理上說清楚喜歡、討厭的問題，非常不容易。

■ 露骨（2005-Ⅶ-4）

① 新しいめがねにしたら露骨に見えるようになった。

② 開始時間は露骨に知らせておきました。

③ 昔のことはあまり露骨に覚えていない。

④ 露骨にいやな顔をしてはいけない。

答案④

解 「露骨(ろこつ)」是形容動詞，意思是「露骨，不加掩飾；毫無顧忌；赤裸裸」。選項①、②、③為誤用，都可把「露骨(ろこつ)に」改為「はっきり」(清楚)。

譯 不能不加掩飾地露出討厭的表情。

# わ

♫ 235

| | |
|---|---|
| わいしょう 0 | 【矮小】名・形動 矮小，個子短小 |
| わいせつ 0 | 【猥褻】名・形動 猥褻　⇨ 猥褻罪(わいせつざい) |
| わいろ 1 | 【賄賂】名 賄賂 |
| わいわい 1 | 副 大聲吵嚷；(催促)嘮叨，啜啜不休 |
| わが 1 | 【我が】連體 我的；我們的 |
| わかい 0 | 【和解】名・自サ 和解 |
| わかて 0 | 【若手】名 年輕能幹的人；(一群人之中)年紀較輕的<br>⇨ 若手教師(わかてきょうし)(青年教師) |
| わがはい 0 | 【我輩】代名 (男性用語)我，吾 |
| わきあがる 4 | 【沸き上(が)る・涌き上(が)る】自五 煮沸，煮開，滾燙；沸騰，掀起；湧現<br>⇒沸(わ)き立(た)つ　⇒沸(わ)き起(お)こる |
| わきおこる 4 | 【湧き起こる】自五 湧起，湧現 |
| わきまえる 4 3 | 【弁える】他下一 明白，了解；辨別，識別 |
| わく 2 | 【枠】名 框，框子；邊線，輪廓；界限，範圍；(建築)板模 |
| わく 0 | 【沸く】自五 煮開，燒開；激動，興奮；熔化；哄鬧，吵嚷 |
| わくせい 0 | 【惑星】名 行星；前途不可限量的人 |
| わけあたえる 0 5 | 【分け与える】他下一 分配，分發，分給 |

| | |
|---|---|
| わざ 2 | 【技】名 技能，本領；招數 |
| わざとらしい 5 | 形 假心假意的，（不是出自內心的）不自然的 |
| わざわい 0 | 【災い】名 災害，禍，災禍，災難 |
| わし 0 | 【鷲】名 鷲 |
| わずらい 0 | 【煩い】名 煩惱　⇨ 煩(わずら)う |
| わずらう 0 3 | 【患う】自他五 患病 |
| わずらわしい 5 0 | 【煩わしい】形 厭煩；煩瑣，複雜 |
| わたりどり 3 | 【渡り鳥】名 候鳥；（喻）到處謀生的人 |
| わめく 2 | 【喚く】自五 叫嚷，喊叫 |
| わら 1 | 【藁】名 稻草，麥桿；缺點　⇨ わら人形(にんぎょう)（稻草人）<br>⇨ わら靴(ぐつ)（草鞋）　⇨ わら布団(ぶとん)（草墊子）<br>➡ 溺(おぼ)れる者(もの)は藁(わら)をも掴(つか)む（溺水者攀草求援，病急亂求醫） |
| わりあて 0 | 【割（り）当て】名 分配，分擔；分攤（額） |
| わりきる 3 | 【割（り）切る】他五（除法）除盡；簡單下結論；乾脆明確 |
| わりこむ 3 | 【割（り）込む】自・他五 擠進；插嘴　⇨ わりこみ |
| わりだす 0 | 【割（り）出す】他五（用除法）算出，除出；推論出，推斷 |
| わりふる 3 | 【割（り）振る】他五 分派，分攤 |
| わるがしこい 5 | 【悪賢い】形 惡意，壞心腸 |
| わるもの 0 | 【悪者】名 壞蛋，壞人 |
| われ 1 | 【我】名・代 我；（文）吾；（俗、方）你<br>➡ 我(われ)に返(かえ)る（甦醒，恢復意識；醒悟過來）<br>➡ 我関(われかん)せず（與己無關）　➡ 我(われ)を忘(わす)れる（忘我） |
| われわれ 0 | 【我々】代名 我們，咱們；我 |
| われめ 0 | 【割れ目】名 裂縫 |
| わんぱく 0 1 | 【腕白】名・形動（小孩）淘氣，頑皮 |

## 歷屆考題

■ 建物に入るのに、いちいち証明書を見せなければならないので、本当に＿＿＿＿＿。（1997-Ⅴ-2）

① わずらわしい　　② まちどおしい

③ みすぼらしい　　④ はなはだしい

答案①

解 答案以外的選項其漢字形式和意思分別為：②待ち遠しい（盼望）；③見窄らしい（寒磣，難看）；④甚だしい（非常，很）。

譯 要進入這棟樓，每次都必須出示證明書，真是麻煩。

■ 並んで順番を待っている人の列に＿＿＿、文句を言われた。

（2000-Ⅴ-15）

① おしこんだら　　② のりこんだら

③ ふみこんだら　　④ わりこんだら

答案④

解「割り込む」常和「行列、話」搭配使用。答案以外的選項其漢字形式和意思分別為：①押し込む（闖進；偷盜；塞入）；②乗り込む（乘上，坐進；進入，開進）；③踏み込む（陷入；跨進；擅自進入，闖入）。「たら」是接續助詞，在此表示回憶，相當於「一～就，剛～就，當～就」。

譯 當插隊到等待叫號的隊伍時受到了指責。

■ わく……主役が登場すると、観客がわいた。（2007-Ⅵ-4）

① その話を聞いて、希望がわいてきました。

② そのニュースで、国中がわいている。

③ この辺りには、とても良い温泉がわいています。

④ お風呂がわきましたよ。

答案②

**解**「わく」在各項中的用法為：(題目）轟動，沸騰；①湧現，出現；②轟動，沸騰；③湧出，冒出；④燒開。

**譯**（題目）主角一登場，觀眾就沸騰了；①聽了那話，有希望了；②那條新聞讓全國沸騰了；③這一帶有很好的溫泉；④洗澡水燒開了。

# ア

| | |
|---|---|
| アイデンティティー ③ | ( identity ) 名 自我認同 |
| アイドル ① | ( idol ) 名 偶像，被崇拜的對象 |
| アイヌ ① | ( Ainu ) 名 愛奴族人，愛奴語 |
| アカデミー ②③ | ( academy ) 名 ( 學術團體等 ) 學會，研究所<br>⇨ アカデミー賞(しょう)( 奧斯卡金像獎 ) |
| アカデミック ④ | ( academic ) 名・形動 純學術性的；( 藝術 ) 墨守成規，守舊 |
| アクセス ① | ( access ) 名 ( 電腦 ) 連結；存取 |
| アクセル ① | ( accelerator ) 名 加速器；油門；( 化 ) 催化劑；( 攝 ) 顯像促進劑 |
| アスファルト ③ | ( asphalt ) 名 瀝青，柏油 |
| アップ ① | ( up ) 名・他サ 增高，提高；( 頭髮 ) 向上梳攏；( 高爾夫 ) 領先洞數；特寫 |
| アニミズム ③ | ( animism ) 名 泛靈論，萬物有靈論 |
| アプローチ ③ | ( approach ) 名・自サ 接近，靠近；( 高爾夫比賽中 ) 使球接近球洞；通道；引橋，引道；( 保齡球 ) 助跑區 |
| アベック ② | ( 法 avec ) 名 ( 戀人等 ) 成雙成對的男女 |
| アマチュア ⓪② | ( amateur ) 名 非職業，業餘；外行，門外漢<br>⇔プロフェッショナル　＝アマ |
| アメーバ ② | ( 德 Amöbe ) 名 阿米巴蟲　＝アミーバ |
| アラーム ② | ( alarm ) 名 警報器；鬧鐘 |
| アルカリ ⓪ | ( alkali ) 名 鹼性　⇔ 酸(さん) |
| アリバイ ⓪ | ( alibi ) 名 不在場證明 |
| アルファ ① | ( alpha ) 名 ( 希臘字母的 $\alpha$ ) 阿爾法；初始；未知數；( 棒球 ) 最後一局中後攻隊即使不攻仍然取勝時，在其得分上的符號 |

| | |
|---|---|
| **アルファベット** 4 | (alphabet) 名 拉丁字母；英文字母序列；初步，基本知識 |
| **アレンジ** 2 | (arrange) 名・他サ 安排；(劇本、音樂等)改編 |
| **アンコール** 3 | (法 encore) 名 (觀眾要求再表演的)掌聲，歡聲；安可 |
| **アンサンブル** 3 | (法 ensemble) 名 合唱團，演奏團 |
| **アンダーライン** 5 | (underline) 名・他サ (在字下)劃(的)線 |

# イ

| | |
|---|---|
| **イエス** 2 | (yes) 感 是，對　⇔ノー |
| **イスラムきょう** 0 | (イスラム教) 名 回教，伊斯蘭教 |
| **イオン** 1 | (德 Ion) 名 離子 |
| **イデオロギー** 1 | (德 Ideologie) 名 意識形態 |
| **インシュリン** 0 | (insulin) 名 胰島素 |
| **インスピレーション** 5 | (inspiration) 名 靈感 |
| **インターチェンジ** 5 | (interchange) 名 高速公路交流道 |
| **インターナショナル** 5 | (international) 名・形動 (形動)國際間的，國際的；(名)社會主義運動的國際組織；革命歌 |
| **インターフォン** 3 | (interphone) 名 內線電話，內部對講電話機 |
| **インタープリター** 6 | (interpreter) 名 解釋者，講解員；翻譯；解譯程式 |
| **インターフェース** 5 | (interface) 名 (電腦)介面，接口 |

| | |
|---|---|
| **インタビュー** ①③ | (interview) 名・自サ 面試，面視；會見，見面；會談，採訪 |
| **インタ（ー）ン**③ | (intern) 名（醫學、美容）實習生 |
| **インテリ** ⓪ | (俄 intelligentsiya) 名 知識階層，知識階級；知識份子 ＝インテリゲンチャ ⇒識者（しきしゃ） ⇒有識者（ゆうしきしゃ） |
| **インテリア** ③ | (interior) 名 室內裝潢，室內家具的擺設 |
| **インパクト** ① | (impact) 名 衝擊，影響 |
| **インフォメーション** ④ | (information) 名 詢問處；情報，報告，通知 |
| **インフレーション** ④ | (inflation) 名 通貨膨脹 ＝インフレ ⇔デフレーション（通貨緊縮） |

## ウ

| | |
|---|---|
| **ウインカー** ② | (winker) 名（汽車等）方向燈 |
| **ウイルス** ②① | (德 Virus) 名 病毒 ＝ビールス |
| **ウエスト** ⓪② | (waist) 名 腰；腰圍；背心；馬甲 ＝ウェスト ⇨ ウェスト・ニッパー（束腹帶） |
| **ウエット** ② | (wet) 形動 多愁善感 |
| **ウラン** ① | (德 Uran) 名 鈾 ＝ウラニウム |

## エ

| | |
|---|---|
| **エアメール** ③ | (airmail) 名 航空郵件 ⇒航空便（こうくうびん） |
| **エイズ** ① | (AIDS) 名 愛滋病 |
| **エース** ① | (ace) 名 A牌；王牌，最厲害（的人） |
| **エキス** ① | (荷 extract) 名 精華 ＝エキストラクト |

| | |
|---|---|
| エキストラ ③② | (extra) 名 (影視)臨時演員 |
| エゴイズム ③ | (egoism) 名 利己主義，自我主義<br>⇨エゴイスト（利己主義者） |
| エスカレート ④ | (escalate) 名・自サ 事態越來越嚴重 |
| エステ ① | (escalate) 名 全身美容 |
| エッセー ① | (essay) 名 隨筆；短論，小品文　＝エッセイ |
| エラー ① | (error) 名・自サ 失誤；誤差 |
| エレガント ① | (elegant) 形動 優雅，雅致，漂亮 |
| エンジニア ③ | (engineer) 名 工程師，技師 |
| エントリー ① | (entry) 名・自サ 申請參加 |

## オ

| | |
|---|---|
| オアシス ①② | (oasis) 名 綠洲 |
| オーディション ③ | (audition) 名 招收演員時的甄選會；(廣播、電視)節目的甄選 |
| オートマチック ⑤④ | (automatic) 名・形動 (名)有自動裝置的機械；自動槍(形動)自動的　⇨オートマチック・ドア（自動門）<br>⇨オートマチック・コントロール（自動控制、調節） |
| オーバー ① | (over) 名・形動・自サ 超出；誇張；外套；(攝)感光過度　⇨オーバー・タイム（加班；時間超過）<br>⇨オーバー・ワーク（加班；過勞；運動過度）<br>⇨オーバー・ウエート（超重，過胖）<br>⇨オーバー・他サイズ（尺碼過大） |
| オフ ① | (off) 名 關閉，停止；不合時令；位置偏離；(乒乓球)出界　⇔オン |
| オリエンテーション ⑤ | (orientation) 名 定位，定向，取向，確定方針；新人教育 |
| オリジナル ② | (original) 名・形動 獨創，原創；原作，原物 |

| | |
|---|---|
| オンライン ③ | （on line）名 線上；（網球等）壓線球 |

# カ

| | |
|---|---|
| ガーゼ ① | （德 Gaze）名（醫用）紗布 |
| カーソル ①⓪ | （cursor）名（電腦）游標 |
| ガード ①⓪ | （guard）名・他サ 防守；保護，警衛；（拳擊中的）防衛，（籃球和足球中的）後衛；防護用具；列車長 |
| カクテル ① | （cocktail）名 雞尾酒；西餐小菜，開胃菜；混合物 |
| カット ① | （cut）名・他サ 剪掉；剪髮；削球，切球；剪輯；壓低，砍低；插圖；（影）暫停拍攝；樣式<br>⇨ ショートカット（短髮髮型）<br>⇨ ノーカット（不剪；（電影審查時）未刪減，未剪接片） |
| カテゴリー ② | （category）名 範疇；部門；種類 |
| カトリック ③ | （荷 katholiek）名 天主教，天主教徒 |
| カフェ(ー) ① | （法 café）名 咖啡；西餐館，酒館 |
| カムバック ③① | （comeback）名 重返，恢復；東山再起 |
| カリキュラム ③① | （curriculum）名 課程 |
| カルテ ① | （德 karte）名 病歷 |
| カロリー ① | （calory）名・接尾 卡路里，卡，熱量 |
| カンニング ⓪ | （cunning）名・自サ（考試）作弊 |

# キ

| | |
|---|---|
| キープ ① | （keep）名・他サ 保持；確保；（足球）控制；（橄欖球）護球，守門，守衛 |
| キーワード ③ | （key word）名 關鍵字 |

| | |
|---|---|
| キャッチ 1 | （catch）名・他サ 抓住；（棒球）接球；捕手（＝キャッチャー） |
| ギャップ 1 | （gap）名 裂縫，間隙；分歧，隔閡，鴻溝 |
| キャラクター 1 2 | （character）名 性格，性質；（劇）登場人物 |
| ギャラリー 1 | （gallery）名 美術展覽室，畫廊 |
| キャリア 1 | （career）名 生涯，經歷，經驗<br>⇨ キャリア・ウーマン（職業婦女） |
| キャンペーン 3 | （campaign）名 促銷、宣傳、造勢活動 |

# ク

| | |
|---|---|
| クイズ 1 | （quiz）名 猜謎，智力競賽；解答難題 |
| クール 1 | （cool）形動（性格）冷靜，沉著；涼快，涼爽 |
| クラクション 2 | （klaxon）名 汽車喇叭 |
| クラス 1 | （class）名（質、量、程度、地位等等的）等級；（社會）階級；（學校）班，級 |
| クリーン 2 | （clean）形動 清潔的，乾淨的；正直的，光明正大的；美好的，出色的 |
| グリーン 2 | （green）名 綠色；草地；（高爾夫）球洞區草地<br>⇨ グリーン車（しゃ）（日本鐵路的豪華車廂）<br>⇨ グリーン・ピース（青豌豆） |
| グレー 2 | （gray; grey）名 灰色，鼠色；灰白的頭髮；陰沉的<br>⇨ シルバー・グレー（銀灰色） |
| グレード 0 | （grade）名 等級；階層 |
| クレーム 2 0 | （claim）名 索賠；不平，不滿 |
| クレーン 2 | （crane）名 起重機，吊車 |

# ケ

| | |
|---|---|
| **ケース** ① | （case）名 容器（櫃、箱、盒）；情形，場合<br>⇨ ガラス・ケース（玻璃櫥）<br>⇨ ショー・ケース（陳列櫃）<br>⇨ ケース・バイ・ケース（一件一件個別處理） |
| **ゲーム** ① | （game）名 競技，比賽；遊戲<br>⇨ ゲーム・センター（遊藝場）<br>⇨ ゲーム・カウント（比賽得分） |
| **ゲスト** ① | （guest）名 客人　⇨ 特別（とくべつ）ゲスト（特邀嘉賓）<br>⇨ ゲスト・ハウス（賓館，招待所） |

# コ

| | |
|---|---|
| **コイン** ① | （coin）名 硬幣；貨幣，錢<br>⇨ コイン・ロッカー（投幣式自動置物櫃） |
| **コーディネート** ④ ① | （coordinate）名・他サ 協調；（服裝及飾品等）搭配 |
| **コート** ① | （court）名 球場；（乒乓球）台面 |
| **コード** ① | （code）名 法典，法規；（電算）編碼；密碼，代碼 |
| **コスモス** ① | （希 kosmos；cosmos）名 宇宙，世界；大波斯菊 |
| **コットン** ① | （cotton）名 棉花；棉布；棉織品 |
| **コテージ** ① | （cottage）名 村舍；別墅，山莊，小房 |
| **コネ** ① | （connection）名 門路，後門 ＝コネクション |
| **コバルトブルー** ⑥ | （cobalt blue）名 鈷藍色，深藍色 |
| **コメント** ⓪ ① | （comment）名（輔助性的）評論，講解<br>⇨ ノー・コメント（無可奉告） |
| **コラム** ① | （column）名（報紙雜誌的）專欄；西洋式的圓柱<br>⇨ コラムニスト（專欄作家） |

| | |
|---|---|
| **コレステロール** 5 | ( cholesterol ) 名 膽固醇 |
| **コンサルタント** 3 | ( consultant ) 名 顧問 |
| **コンタクト** 1 3 | ( contact ) 名 接觸，聯絡；( 電 ) 接點，觸點；( 略 ) 隱形眼鏡　⇨ コンタクト・レンズ ( 隱形眼鏡 ) |
| **コンテスト** 1 | ( contest ) 名 競賽，比賽；競選會；爭論 |
| **コンテンツ** 3 | ( contents ) 名 內容；目錄，目次 |
| **コントラスト** 4 1 | ( contrast ) 名 對照，對比；反差，對比度 |
| **コンパス** 1 | ( compass ) 名 圓規；羅盤，羅盤儀，指南針；腿 ( 的長度 )，腳步 ( 的幅度 ) |
| **コンプレックス** 4 | ( complex ) 名 自卑心理，情結 |

# サ

| | |
|---|---|
| **サーカス** 1 | ( circus ) 名 馬戲 ( 團 )，雜技 ( 團 ) |
| **サーフィン** 1 0 | ( surfing ) 名 衝浪 |
| **サイクル** 1 | ( cycle ) 名 週期，迴圈，一轉；周波；自行車；( 經 ) 景氣循環 |
| **サイド** 1 | ( side ) 名 旁邊；方面<br>⇨ サイドブレーキ ( 手剎車 )<br>⇨ サイドミラー( 車兩旁的後照鏡 ) |
| **サンキュー** 1 | ( thank you ) 感 謝謝 |
| **サンタクロース** 5 | ( Santa Claus ) 名 聖誕老人 |

# シ

| | |
|---|---|
| シート ① | （seat）名 座位　⇨シートベルト（安全帶） |
| シート ① | （sheet）名 防水（塑膠）布；薄板；整版郵票一聯 |
| シーン ① | （scene）名 場面，情景；一幕；現場；實況<br>⇨ラスト・シーン（最後的場面）<br>⇨ラブ・シーン（愛情場面）<br>⇨フル・シーン（全景） |
| ジェット ① | （jet）名 噴氣<br>⇨ジェット・エンジン（噴氣式發動機）<br>⇨ジェット機（き）（噴射機） |
| システム ① | （system）名 體系，方法，組織<br>⇨システム・プログラム（系統程式） |
| シック ① | （chic）形動 雅緻，瀟灑，雅而不華 |
| シナリオ ⓪ | （scenario）名 劇本，腳本 |
| シビア ② ① | （severe）形動 嚴厲，毫不留情 |
| シフト ① | （shift）名・自サ 移動，改變，替換；輪班（工作）；（棒球）變形守備；（車）變速，換擋 |
| ジャーナリスト ④ | （journalist）名 新聞記者，報界人士 |
| ジャーナリズム ④ | （journalism）名 新聞界；新聞工作；報刊文章 |
| ジャズ ① | （jazz）名 爵士樂<br>⇨ジャズ・バンド（爵士樂隊）<br>⇨ジャズ・シンガ（爵士樂歌手） |
| シャベル ① | （shovel）名 鐵鍬 |
| シャワー ① | （shower）名 淋浴；噴水器；驟雨<br>⇨シャワー室（しつ）（浴室） |
| ジャンパー ① | （jumper）名 跳躍者，跳躍運動員；夾克；無袖上衣，馬甲　＝ジャンバー |
| ジャンプ ① | （jump）名・自サ 跳躍，飛躍；（經）價格暴漲；（田徑）跳遠　⇨ジャンプ台（だい）（跳台） |
| ジャンボ ① | （jumbo）名 巨大，巨型；大型噴氣式客機 |

| | |
|---|---|
| ジャンル ① | (法 genre) 名 種類；體裁；形式，類型 |
| ショー ① | (show) 名 展示，表演<br>⇨ ファッション・ショー(時裝表演) |
| ジョギング ⓪ | (jogging) 名・自サ 跑步，慢跑 |
| ショック ① | (shock) 名 打擊，衝擊，刺激，震動；使震驚；(醫)休克；(電)電擊 |
| ショッピング ①⓪ | (shopping) 名 買東西，採購商品 |
| ジレンマ ② | (dilemma) 名 進退兩難，窘境，困境 |
| シングル ① | (single) 名 單身；單人床；(音樂)單曲專輯 |
| シンポジウム ④ | (symposium) 名 研討會，專題討論會；專題論文集 |
| シンボル ① | (symbol) 名 象徵；記號；信條<br>⇨ シンボル・マーク（象徵性標記） |

# ス

| | |
|---|---|
| スクリプト ③ | (script) 名 廣播稿；電影、戲劇的腳本；手寫體羅馬字，書寫體鉛字；場記員的記錄 |
| スクリュウ ② | (screw) 名 螺絲釘；螺旋槳；螺絲 |
| スケール ② | (scale) 名(人的)能力，器量；規模；尺寸，尺度；(樂)音階；尺；(秤、尺等的)刻度 |
| スケッチ ② | (sketch) 名・他サ 草圖，畫稿，略圖，素描；寫生(畫)，速寫(畫)；小品文，短篇作品；短曲；短劇 |
| スタミナ ⓪ | (stamina) 名 精力，體力，耐力 |
| スチーム ② | (steam) 名 蒸氣，水蒸氣；(蒸氣)暖氣設備<br>⇨ スチーム・エンジン（蒸氣機）<br>⇨ スチーム・バス（蒸氣浴） |
| ステータス ② | (status) 名 社會的身分、地位 |
| スト ①② | (strike) 名・自サ 罷工，罷課　＝ストライキ |

| | |
|---|---|
| ストック 2 | (stock) 名・他サ 存貨，貯存；庫存品；本，本錢；(料理)高湯原汁；(植)紫羅蘭屬植物 |
| ストレス 2 | (stress) 名 壓力，(精神上)疲勞，緊張狀態 |
| ストレッサー 3 | (stressor) 名 產生緊張狀態的根源 |
| ストロー 2 | (straw) 名 麥桿；吸管<br>⇨ ストロー・ハット(草帽) |
| ストロボ 0 | (strobe) 名 高頻閃光燈 |
| スナップショット 2 | (snapshot) 名 (=スナップ)快照，抓拍；射擊；寫實記事文 |
| スナップ 2 | (snap) 名 (衣服)暗釦；(棒球或高爾夫球等)腕力 |
| スパイ 2 | (spy) 名・他サ 間諜；刺探情報 |
| スプリング 0 3 | (spring) 名 春天；彈簧；跳躍，彈跳 |
| スペース 2 0 | (space) 名 空間；余白；宇宙<br>⇨ スペース・シャトル(太空船) |
| スポットライト 5 | (spotlight) 名 聚光燈；聚光燈照明處；公眾注意中心 |
| スライドプロジェクター 7 | (slide projector) 名 投影儀，幻燈機 |
| スラックス 2 | (slacks) 名 便褲；女式西裝褲 |

## セ

| | |
|---|---|
| セール 1 | (sale) 名 廉售，賤賣<br>⇨ バーゲン・セール(大減價，大廉賣)<br>⇨ セールスマン(推銷員)<br>⇨ セールス(推銷，推銷員，推銷額) |
| セクション 1 | (section) 名 部分；部門；節，項；(報紙)欄 |
| セクハラ 0 | (sexual harassment) 名 性騷擾<br>＝セクシャル・ハラスメント |

| | |
|---|---|
| **セックス** 1 | ( sex ) 名・自サ 性，性別；性欲；性行為；性器官 |
| **セピア** 1 | ( sepia ) 名 深棕色，烏賊墨色；烏賊 |
| **セメント** 0 | ( cement ) 名 水泥 |
| **セルフ** 1 | ( self ) 名 自己，本身；自動 |
| **セレモニー** 1 | ( ceremony ) 名 典禮，儀式 |
| **センス** 1 | ( sense ) 名 美感，感覺，審美能力 |
| **センチメンタル** 4 | ( sentimental ) 形動 多愁善感，感傷的　＝センチ<br>⇨ おセンチ（多愁善感，感傷）<br>⇨ センチメンタリズム（感傷主義）<br>⇨ センチメンタリスト（感傷主義者）<br>⇨ センチメント（感情，情緒）<br>➡（お）センチになる（感傷起來） |

# ソ

| | |
|---|---|
| **ソロ** 1 | ( solo ) 名 獨唱，獨奏，單獨表演 |

# タ

| | |
|---|---|
| **ダーク** 1 | ( dark ) 名・形動 黑暗；暗的；濃的；隱藏的 |
| **ダース** 1 | ( dozen ) 名・接尾 一打 |
| **ターミナル** 1 | ( terminal ) 名（公車、電車、飛機等）終點站，始發站；端子；（計算機）終端<br>⇨ バスターミナル（公車終點站）<br>⇨ ターミナルビル（機場大樓） |
| **タイトル** 1 0 | ( title ) 名 標題，題目；字幕；稱號；（體）冠軍頭銜 |
| **タイマー** 1 | ( timer ) 名 碼錶；計時器，計時開關；計時員 |

| | |
|---|---|
| タイムリー ① | ( timely ) 名・形動 適時，及時，適合時機 |
| ダイヤモンド ④ | ( diamond ) 名 鑽石；( 棒球的 ) 內場　＝ダイヤ |
| タイル ① | ( tile ) 名 瓷磚 |
| タッチ ① | ( touch ) 名・自サ 觸摸；涉及，參與；( 文章等 ) 筆觸；( 繪畫等 ) 筆法，刀法；手的觸感 |
| ダビング ⓪ | ( dubbing ) 名・自サ ( 影像、錄音 ) 複製 |
| タブー ② ① | ( taboo ) 名 避諱，禁忌；戒律　⇒禁物（きんもつ） |
| ダブる ② | 自五 重複；留級；( 棒球 ) 雙殺；( 網球 ) 兩次發球失誤；( 攝 ) 重疊攝影 |
| タレント ⓪ ① | ( talent ) 名 有才能的人；演藝界人士；才能 ⇒タラント |
| タワー ① | ( tower ) 名 塔，塔樓，城樓 |
| タンカー ① | ( tanker ) 名 油輪，油船 |
| ダンプ ① | ( dump ) 名・他サ 清除，( 記憶體資訊 ) 轉儲 ( 方法 )，切斷電源；自動卸貨車 |

## チ

| | |
|---|---|
| チームワーク ④ | ( teamwork ) 名 ( 隊員之間的 ) 合作，配合 |
| チェーン ① | ( chain ) 名 自行事車鏈；汽車防滑鏈；( 商店等 ) 連鎖形式 |
| チェンジ ① | ( change ) 名・自他サ 交換，更換；( 零錢 ) 兌換；( 棒球 ) 攻守調換 |
| チャージ ① | ( charge ) 名・自サ ( 燃料等的補充，添加 ) 充電，加油，裝子彈；( 飯店等 ) 收費，索價；( 足球 ) 以身體衝撞　⇨テーブルチャージ ( 坐枱費 ) |
| チャイム ① | ( chime ) 名 組鐘；組鐘的和諧樂聲；門鈴 |
| チャンネル ⓪ ① | ( channel ) 名 頻道 |
| チャット ① | ( chat ) 名 線上聊天 |

| | |
|---|---|
| チャンピオン ① | ( champion ) 名 冠軍 |
| チューブ ① | ( tube ) 名 軟管包裝；( 車、自行車 ) 內胎 |
| チンする ① | 他サ 微波加熱 |

## テ

| | |
|---|---|
| データ ① ⓪ | ( data ) 名 資料；數據；論據；情報<br>⇨ データ・バンク（資料庫） |
| テクノロジー ③ | ( technology ) 名 科學技術，科技 |
| デコレーション ③ | ( decoration ) 名 裝飾，裝潢<br>⇨ デコレーションケーキ（大型花飾蛋糕） |
| デジタル ① | ( digital ) 名 數位式 ( 的 ) |
| デッキ ① | ( deck ) 名 甲板；( 列車 ) 走廊 |
| デッサン ① | ( 法 dessin ) 名・他サ 草圖，素描 |
| デリケート ③ | ( delicate ) 名 纖細，敏感；微妙且棘手；精密 |
| デマ ① | ( 德 Demagogie ) 名 誹謗，謠言　⇒ 流言（りゅうげん） |
| テムズがわ ⓪ | ( Thames 川 ) 名 泰晤士河 |
| デモンストレーション ⑥ | ( demonstration ) 名 遊行，示威 ( ＝デモ ); 公開表演；示範 |
| テラス ① | ( terrace ) 名 露台；平台屋頂 |

## ト

| | |
|---|---|
| トータル ① | ( total ) 名・形動・他サ 總計；全面的，綜合的 |
| トーン ① | ( tone ) 名 調子，音調；音色；色調 |
| ドキュメント ① | ( document ) 名 文獻，記錄 |

| | |
|---|---|
| トピック ①② | (topic) 名 話題；主題 |
| ドライ ② | (dry) 名・形動 乾燥；冷漠，不夾雜感情；(酒等) 辛辣，無甜味　⇔ウエット<br>⇨ ドライジン (不甜的杜松子酒)<br>⇨ ドライクリーニング (乾洗) |
| ドライバー ⓪② | (driver) 名 螺絲刀，螺絲起子；司機；(高爾夫的) 遠距離用的一號杆 |
| トラブル ② | (trouble) 名 糾紛，麻煩；故障 |
| トラベル ② | (travel) 名 旅行，旅遊 |
| トランジスター ④ | (transistor) 名 電晶體，半導體管<br>⇨ トランジスター・ラジオ (半導體收音機) |
| トリック ② | (trick) 名 詭計；惡作劇 |
| ドリル ①② | (drill) 名 電鑽；訓練，練習 |
| ドル ① | (dollar) 名 美元；元 |

## ナ

| | |
|---|---|
| ナイター ① | (night + er) 名 (棒球) 夜場 (比賽) |
| ナイト ① | (knight) 名 騎士，武士；爵士 |
| ナイト ① | (night) 名 夜，夜間　⇨ ナイトクリーム (晚霜) |
| ナプキン ① | (napkin) 名 餐巾紙；尿布；衛生棉　＝ナフキン |
| ナレーション ②⓪ | (narration) 名 講述；解說，解說詞 |
| ナンセンス ① | (nonsense) 名・形動 無意義；無聊，荒謬；廢話；無價值的東西 |
| ナンバーワン ⑤ | (number one) 名 第一號；第一，第一名 |

# ニ

| | |
|---|---|
| **ニュアンス** ① | (nuance)名(色彩、音調、意義、語氣的)微妙、細微差別 |
| **ニュー** ① | (new)名新，新式；初次的 |
| **ヌード** ① | (nude)名裸體，裸身；裸體像<br>⇨ヌードショー(脫衣舞) |
| **ヌーボー** ⓪ | (法 nouveau)名新藝術樣式；難以捉摸的(行動、性格) ⇨ヌーボーとした~(難以捉摸的) |
| **ヌガー** ① | (法 nougat)名牛軋糖 |

# ネ

| | |
|---|---|
| **ネオン** ① | (neon)名霓虹燈廣告牌<br>⇨ネオン管(かん)(霓虹燈管) |
| **ネガティブ** ① | (negative)名否定(的)；消極(的)；底片，負膠片；(醫)陰性；(電)陰電 ＝ネガ ⇔ポジティブ |
| **ネック** ① | (neck)名脖子；窄路，隘路；瓶頸<br>⇨ネックライン(領口)<br>➡ネックになる(陷入瓶頸) |
| **ネット** ① | (net)名網；播放網；淨重；純利<br>⇨ネットワーク(廣播網，電視網，發射網) |

# ノ

| | |
|---|---|
| **ノーコメント** ③ | (no comment)名無可奉告 |
| **ノータッチ** ③ | (和 no + touch)名不接觸，不參與，不介入 |
| **ノーブル** ③ | (noble)形動高貴，高尚，崇高 |

| | |
|---|---|
| ノーマル ① | ( normal ) 形動 正常的，普通的，標準的 |
| ノイズ ① | ( noise ) 名 雜音；噪音；通訊干擾 |
| ノイローゼ ③ | ( 德 Neurose ) 名 神經質，神經官能症，神經衰弱 |
| ノウハウ ① | ( know-how ) 名 知識，技術；方法；技術情報<br>＝ノーハウ |
| ノック ① | ( knock ) 名・他サ 敲門；( 為練習防守 ) 打球<br>⇨ ノック・アウト ( 擊倒、打倒對方 )<br>⇨ ノック・ダウン ( 打倒；打出界外 ) |
| ノット ① | ( knot ) 名 ( 船舶、航機等的速度單位 ) 海里，節 |
| ノブ ① | ( knob ) 名 ( 圓形 ) 把手　＝ノッブ　＝取(と)っ手(て) |
| ノルマ ① | ( 俄 norma ) 名 ( 工作 ) 定額，工作基本定額 |
| ノンフィクション ③ | ( nonfiction ) 名 報告文學，傳記文學，紀實文學；( 電影、電視等 ) 記錄片；非虛構 |

# ハ

| | |
|---|---|
| バー ① | ( bar ) 名 酒館；門栓；( 跳高 ) 橫竿；( 練芭蕾的 ) 扶手 |
| バーゲンセール ⑤ | ( bargain sale ) 名 廉價出售，大拍賣　＝バーゲン |
| パーセンテージ ⑤ | ( percentage ) 名 百分比，百分率；比率 |
| パーソナリティー ④ | ( personality ) 名 個性，人格，品格；廣播音樂節目等的主持人 |
| ハードル ① | ( hurdle ) 名 跳欄；( 體 ) 跨欄賽跑；( 喻 ) 難關<br>➡ハードルが高(たか)い ( 困難度很高 ) |
| ハーモニー ① | ( harmony ) 名 ( 音樂 ) 合聲；調和，協調，融洽 |

| | |
|---|---|
| ハーモニカ 0 | ( harmonica ) 名 口琴 |
| パーツ 1 0 | ( parts ) 名 零件；部件，元件 |
| ハーフ 1 | ( half ) 名 半，二分之一；混血兒；( 比賽 ) 前後半場<br>⇨ ハーフ・コート （〔女式〕短大衣）<br>⇨ ハーフ・タイム ( 中場休息 ) |
| パーマ 1 | ( permanent wave ) 名 燙髮 |
| ハイテク 0 | ( high-tech ) 名 高科技 |
| パジャマ 1 | ( pajamas ) 名 西式睡衣 |
| ハウス 1 | ( house ) 名 房屋，住宅；(「ビニールハウス」之略 ) 溫室　⇨ モデルハウス ( 樣品屋 ) |
| バス 1 | ( bath ) 名 浴室　⇨ バスルーム ( 浴室 ) |
| パチンコ 0 | 名 彈弓；彈鋼球；柏青哥 |
| バッジ 0 1 | ( badge ) 名 小型徽章 |
| バッテリー 1 | ( battery ) 名 電池；( 棒球的 ) 投手和捕手 |
| バット 1 | ( bat ) 名 球棒 |
| ハッピーエンド 5 | ( happy end ) 名 ( 故事、電影等 ) 幸福的結局；美好的收場；大團圓 |
| パトカー 3 2 | ( patrol car ) 名 巡邏車，警車 |
| バドミントン 3 | ( badminton ) 名 羽毛球 |
| バブル 1 | ( bubble ) 名 泡沫；泡沫經濟 |
| パラボラアンテナ 5 | ( parabola antenn ) 名 弧形天線 |
| パンク 0 | ( puncture ) 名・自サ 爆胎；撐破 |
| パンティー 1 | ( pantie; panty ) 名 女用內褲 |
| バンド 0 | ( band ) 名 腰帶，帶，皮帶；樂隊，樂團 |

# ヒ

| | |
|---|---|
| ビジネス ① | ( business )名 商業，實業，事務；工作；買賣<br>⇨ ビジネス・スクール ( 商業學校 )<br>⇨ ビジネス・ホテル ( 商用旅館 )<br>⇨ ビジネス・ライク ( 事務性，實務性 )<br>⇨ ビジネス・マン ( 實業家；公司職員；商人，處理事務的人 ) |
| ビジュアル ① | ( visual )形動 視覺的，形象的；光學的；可見的 |
| ビタミン ② | ( vitamin )名 維生素<br>⇨ ビタミン欠乏症(けつぼうしょう) ( 維他命缺乏症 ) |
| ヒット ① | ( hit )名・自サ ( 棒球中的 ) 安打；大受歡迎，大成功；命中，射中<br>⇨ ヒット・ソング ( 最受歡迎的歌曲 ) |
| ピント ⓪ | ( 荷 brandpunt )名 焦距，焦點；事情的中心點 |
| ピンポン ① | ( ping-pong )名 乒乓球 |

# フ

| | |
|---|---|
| ファイト ① ⓪ | ( fight )名 鬥志，鬥爭，戰鬥；加油！；( 拳擊 ) 比賽<br>⇨ ファイト・マネー( 比賽報酬 ) |
| ファイル ① | ( file )名・他サ 文件夾，檔案夾；合訂本，檔案；歸檔 |
| ファクト ① | ( fact )名 事實，實際；現實；證據 |
| ファン ① | ( fan )名 吹風機，排氣扇；( 運動、藝術等 ) 愛好者，對～著迷的人　⇨ ファン・クラブ ( 同好者俱樂部 ) |
| フィードバック ④ | ( feedback )名・他サ ( 意見等 ) 反饋 |
| フィクション ① | ( fiction )名 虛構，虛擬，杜撰；虛構故事<br>⇔ノンフィクション |
| フィナーレ ① | ( 義 finale )名 最後一場，最後一幕；( 樂 ) 最後樂章 |

| | |
|---|---|
| **フィルター** 0 1 | （filter）名 篩檢程式；過濾器；（香菸）濾嘴 |
| **ブーツ** 1 | （boots）名 長筒皮靴 |
| **ブーム** 1 | （boom）名 熱潮 ，流行，高潮 |
| **フェリー** 1 | （ferry）名 渡輪，渡船；渡口 |
| **フォーム** 1 | （form）名 樣式，形式；形態，姿勢 |
| **フォロー** 1 | （follow）名・他サ 跟隨，繼續；跟踪 |
| **フォン** 1 | （phone）名 電話；響度的單位 |
| **プライバシー** 2 | （privacy）名 個人隱私（權） ⇒私生活（しせいかつ） |
| **ブランク** 2 | （blank）名 空白；白紙 |
| **プレー** 2 | （play）名・他サ 遊戲；比賽；演奏；戲劇<br>⇨ プレー・ガイド （〔比賽等的〕觀賞券預售處） |
| **プレーヤー** 2 0 | （player）名 運動員；表演者；播放器 |
| **フローチャート** 4 | （flowchart）名 流程圖，作業圖，生產過程圖解，程式方框圖 |
| **プログラミング** 4 | （programming）名・他サ 訂計畫；程式設計，編程式 |
| **プロダクション** 3 0 | （production）名 生產，製作；電影製作公司<br>＝プロ |
| **ブロック** 2 | （法 bloc）名 陣營，同盟 |
| **ブロック** 2 | （block）名 塊；地區，街區；（水泥）預製板 |
| **プロポーズ** 3 | （propose）名・自サ 求婚 |
| **フロント** 0 | （front）名 前方，正面，表面，前線；（旅館等處的）櫃台 |

## ヘ

| | |
|---|---|
| ペア 1 | (pair) 名 一對，一雙，一套，一組；雙人賽 |
| ベース 1 | (base) 名 基本，基準；基地，根據地；壘 |
| ペース 1 | (pace) 名 速度，進度，步調<br>⇨ マイペース（自己的步調） |
| ベスト 1 | (best) 名 最好的；全力的；最多的<br>⇒ ナンバー・ワン（第一） ⇨ ベストセラー(暢銷書) |
| ヘルシー 1 | (healthy) 形動 健康的 |
| ペンチ 1 | (pinchers) 名 鉗子，手鉗子 |

## ホ

| | |
|---|---|
| ボイコット 3 | (boycott) 名・他サ 聯合抵制、拒買 |
| ボイスレコーダー 5 | (voice recorder) 名 錄音筆 |
| ポーク 1 | (pork) 名 豬肉 ⇨ ポーク・カツ（炸豬肉） |
| ホース 1 | (荷 hoos) 名 軟管，塑膠管，蛇管 |
| ポーズ 1 | (pause) 名 暫停，空隙；段落；(音)休止符 |
| ポーズ 1 | (pose) 名 姿勢，姿態 |
| ホール 1 | (hall) 名 會館；飯店的大廳；門廊；舞廳<br>⇨ ダンス・ホール（舞廳）<br>⇨ コンサート・ホール（音樂廳） |
| ポジション 2 | (position) 名 位置；職位；(體)防守位置 |
| ボルト 0 | (bolt) 名 螺栓，螺釘，螺絲 |
| ポンド 1 | (pound) 名・接尾 (重量單位)磅；(貨幣單位)鎊 |

| | |
|---|---|
| **ポンプ** ① | （荷 pump）名 幫浦，泵<br>⇨ 消防（しょうぼう）ポンプ（消防水泵）<br>⇨ 空気（くうき）ポンプ（打氣筒，氣筒）<br>⇨ 手押（てお）しポンプ（手搖〔壓〕泵） |

## マ

| | |
|---|---|
| **マイ** ① | （my）接頭 我的　⇨ マイカー（私家車） |
| **マイクロホン** ④ | （microphone）名 麥克風，傳聲器，擴音器，傳話筒，話筒　＝マイク |
| **マクロ** ① | （macro）接頭 巨大，宏觀<br>⇨ マクロ経済学（けいざいがく）（宏觀經濟學）<br>⇨ マクロコスモス（大宇宙） |
| **マシン** ② | （machine）名・造語 機械；賽車<br>⇨ マシン・ガン（機關槍） |
| **マスコミ** ⓪ | （mass communication）名 大眾傳播<br>＝マスコミュニケーション |
| **マッサージ** ③ ① | （massage）名・他サ 按摩<br>⇨ マッサージ療法（りょうほう）（按摩治療法） |
| **マッチ** ① | （match）名 比賽；調和；火柴 ⇨ マッチ箱（ばこ）（火柴盒）<br>➡ マッチ一本火事（いっぽんかじ）のもと（星星之火，可以燎原） |
| **マニュアル** ① ⓪ | （manual）名 手冊，指南 |
| **マネージャー** ② ⓪ | （manager）名（飯店等的）經理；（舞台等的）監督；（運動）管理人；（演藝界）經紀人 |
| **マンホール** ③ | （manhole）名（地下水道、暗渠等的）出入口 |
| **マンネリズム** ④ | （mannerism）名 因循守舊，老套　＝マンネリ |

## ミ

| | |
|---|---|
| ミクロ ① | （micro）名 極微，極小，微型，微觀 |
| ミサイル ② | （missile）名 導彈 |
| ミス ① | （Miss）名（對未婚女性的敬稱）小姐　⇔ミセス |
| ミセス ① | （Mrs.）名 已婚婦女　⇔ミス |
| ミュージック ① | （music）名 音樂，樂曲<br>⇨ ブラック・ミュージック（黑人音樂）<br>⇨ ミュージック・テープ（音樂錄音帶）<br>⇨ ミュージック・ホール（音樂廳） |
| ミラー ① | （mirror）名 鏡子　⇨ バックミラー（汽車後照鏡） |

## ム

| | |
|---|---|
| ムード ① | （mood）名 心情，情緒；氣氛，氛圍 |

## メ

| | |
|---|---|
| メーカー ⓪ ① | （maker）名 製造者，廠商 |
| メード ⓪ ① | （maid）名 女僕　＝メイド |
| メール ⓪ ① | （mail）名 郵政，郵件 |
| メカニズム ③ | （mechanism）名 機械裝置；結構，機制 |
| メダル ⓪ | （medal）名 獎章，勳章　⇨ 金（きん）メダル（金牌） |
| メッセージ ① | （message）名 信息，留言；致詞 |
| メディア ① | （media）名 媒體；手段<br>⇨ マス・メディア（大眾傳媒） |
| メリット ① | （merit）名 功績，功勞；優點　⇔デメリット |

| | |
|---|---|
| **メロディー** ① | ( melody ) 名 旋律，曲調 |

# モ

| | |
|---|---|
| **モーテル** ① | ( motel ) 名 汽車旅館 |
| **モダン** ⓪ | ( modern ) 形動 現代，近代；時髦，流行，摩登<br>⇨ モダン・アート（現代藝術）<br>⇨ モダン・ガール（時髦女郎）<br>⇨ モダン・ボーイ（摩登青年） |
| **モチーフ** ② | ( 法 motif ) 名 動機；( 音樂 ) 主題 |
| **モニター** ① | ( monitor ) 名 監控 ( 設備 ); 評論員；( 電腦 ) 螢幕 |
| **モラル** ① | ( moral ) 名 道德，倫理 |

# ヤ

| | |
|---|---|
| **ヤング** ① | ( young ) 名 年輕人，青年<br>⇨ ヤング・ファッション（青年時裝）<br>⇨ ヤング・タウン（青年人聚集的街道）<br>⇨ ヤング・アダルト（精力充沛的年輕人） |

# ユ

| | |
|---|---|
| **ユーザー** ① | ( user ) 名 使用者，需要者 |
| **ユートピア** ③ | ( utopia ) 名 烏托邦，理想國 |
| **ユニーク** ② | ( unique ) 形動 獨特，獨一無二，唯一 |
| **ユニホーム** ③ ① | ( uniform ) 名 制服，工作服，運動服　＝ユニフォーム |

# ラ

| | |
|---|---|
| ライス ① | （rice）名 稻米；米飯<br>⇨カレーライス（咖哩飯）<br>⇨チキン・ライス（雞肉炒飯） |
| ライト ① | （light）名・形動 光，燈光；明亮的；輕的，輕快的；淺的　⇨ライト・ミュージック（輕音樂）<br>⇨ライト・ブルー（淺藍色）<br>⇨ライト・ランチ（便餐） |
| ライバル ① | （rival）名 競爭者，對手；情敵 |
| ライブラリー ① | （library）名 圖書館，圖書室；藏書；叢書 |
| ラック ① | （rack）名 架子；齒軌 |
| ラフ ① | （rough）形動 隨便，粗略；粗糙；（高爾夫）障礙區 |
| ラブ ① | （love）名 愛，愛情，戀愛；情人；（網球、羽球等）零分　⇨ラブレター（情書） |
| ラベル ① | （label）名 標籤，商標　⇒レッテル |
| ランク ① | （rank）名・他サ 排名；等級，名次 |
| ランゲージ ① | （language）名 語言 |

# リ

| | |
|---|---|
| リーダー ① | （leader）名 領導人，指導者；隊長<br>⇨リーダーシップ（領導權，統率力） |
| リード ① | （lead）名・自サ 引導，率領；領先；（棒球）離壘；（報刊）導語，內容提要 |
| リクエスト ③ | （request）名・自他サ 點播節目；願望；訂購 |
| リサーチ ② | （research）名・他サ 調查，探究，研究<br>⇨マーケティング・リサーチ（市場調查） |
| リスク ① | （risk）名 風險，危險 |

| | |
|---|---|
| **リストアップ** ④ | （和 list ＋ up）名 列表，造表 |
| **リニアモーターカー** ⑥ ⑧ | （linear motor car）名 磁浮列車 |
| **リバイバル** ② | （revival）名 調查，探究，研究<br>⇨ マーケティング・リサーチ（市場調查） |
| **リハビリテーション** ⑤ | （rehabilitation）名 醫療指導；康復，恢復<br>＝リハビリ |
| **リフレッシュ** ③ | （refresh）名・自サ（精神）重新振作 |
| **リボン** ① | （ribbon）名 緞帶，飾帶 |
| **リミット** ① | （limit）名 限度，界限，範圍<br>⇨ タイムリミット（時間期限） |
| **リラックス** ② | （relax）名・他サ 放鬆，鬆弛，輕鬆 |

# ル

| | |
|---|---|
| **ルーズ** ① | （loose）形動 散漫的，鬆弛的<br>⇨ ルーズ・リーフ・ノート（活頁筆記本） |
| **ルート** ① | （route）名 道路，路線；途徑 |
| **ルール** ① | （rule）名 規則，規定，章程 |
| **ルネサンス** ② | （法 renaissance）名 文藝復興　＝ルネッサンス |
| **ルビ** ① | （ruby）名 注音假名 |
| **ルビー** ① | （ruby）名 紅寶石 |
| **ルポルタージュ** ④ | （法 reportage）名 報導；報告文學　＝ルポ<br>⇨ ルポライター（寫報導的人，現場採訪記者） |

# レ



| | |
|---|---|
| レイアウト ③ | （layout）名・他サ（報紙等的）版面設計；（服裝等的）設計 |
| レース ① | （lace）名 花邊<br>⇨ レース編(あ)み（花邊〔織法〕；網眼針織物） |
| レース ① | （race）名 競賽，賽速<br>⇨ オート・レース（汽車賽；摩托車賽） |
| レーズン ① | （raisin）名 葡萄乾 |
| レート ① | （rate）名 比例，比率；價錢，行市；速度；等級<br>⇨ 為替(かわせ)レート（匯率） |
| レール ⓪ | （rail）名（鐵路的）鐵軌，（門的）滑道；事前做準備 |
| レギュラー ① | （regular）名・形（電視的）常出現的演員；正式選手；正規的　⇨ レギュラー選手(せんしゅ)（正式選手）<br>⇨ レギュラー・メンバー（正式成員，正規成員） |
| レクリエーション ④ | （recreation）名 娛樂，消遣<br>＝レクレーション　＝リクリエーション |
| レジ ① | （register）名 記錄，登記本；（現金記錄）自動出納機；收銀員，現金出納員，收款員　＝レジスター |
| レジャー ① | （leisure）名 空閒，閒暇，娛樂<br>⇨ レジャー・ウエア（便服）<br>⇨ レジャー・タイム（休閒時間）<br>⇨ レジャー・センター（娛樂中心） |
| レッスン ① | （lesson）名 課業，學習，功課 |
| レディー ① | （lady）名 女士，夫人　⇔ジェントルマン |
| レトリック ③ ① | （rhetoric）名 修辭，修辭學 |
| レトルト ⓪ ② | （荷 retort）名 蒸餾瓶；即食食品<br>⇨ レトルト食品(しょくひん)（即食食品，微波食品） |
| レバー ① | （lever）名 桿，槓桿，控制桿 |
| レパートリー ② | （repertory）名 上演節目；個人擅長的領域 |

| | |
|---|---|
| **レンジ** ① | (range) 名 烹調灶具；區域，範圍；有效距離<br>⇨ ガス・レンジ（瓦斯灶） ⇨ 電子(でんし)レンジ（微波爐） |
| **レンタル** ③ | (rental) 名 出租 ⇨ レンタカー（租用汽車） |
| **レントゲン** ⓪ | (德 Rontgen) 名 X 射線；倫琴（放射線劑量單位）<br>⇨ レントゲン検査(けんさ) ⇨ レントゲン写真(しゃしん) |

## ロ

| | |
|---|---|
| **ローカル** ① | (local) 名・形動 地方（性的） |
| **ローテーション** ③ | (rotation) 名（棒球）投手更換順序；（排球）轉換位置；輪班 |
| **ロープ** ① | (rope) 名 繩，繩索 ⇒つな ⇒ひも |
| **ロープウエー** ⑤ | (ropeway) 名 纜車 |
| **ローン** ① | (loan) 名 貸款 ⇨ 銀行(ぎんこう)ローン（銀行貸款）<br>⇨ 長期(ちょうき)ローン（長期貸款） |
| **ロジカル** ① | (logical) 形動 邏輯（的），合乎邏輯（的） |
| **ロジック** ① | (logic) 名 邏輯學，邏輯 |
| **ロマンチック** ④ | (romantic) 形動 浪漫的 |
| **ロス** ① | (loss) 名・他サ 損失，損耗，浪費 |

## ワ

| | |
|---|---|
| **ワークショップ** ④ | (workshop) 名 工作室；教職員的研究會 |
| **ワット** ① | (watt) 名・接尾 瓦特（電功率單位）<br>⇨ ワットメーター（電，功率表） |

## 歷屆考題

■ 林(はやし)さんは、いつも＿＿＿＿洋服(ようふく)を着(き)ているので、みんなのあこがれの的(まと)だ。（1997- V - 8）

① エレガントな　② コントロールな

③ ナンセンスな　④ プラスチックな

答案①

解 ①、③是形容動詞，可以加「な」作為連體形。②、④是名詞，其中②還可以用作サ行變格動詞，不能加「な」。答案以外的選項原詞和意思分別為：② control（控制）；③ nonsense（無聊，無意義；沒品味）；④ plastic（塑膠）。

譯 林先生總是穿著雅致，因此成為大家嚮往的目標。

■ 高速道路(こうそくどうろ)で制限速度(せいげんそくど)を 50 キロ＿＿＿＿して走(はし)り、スピード違反(いはん)でつかまった。（2000- V - 14）

① アップ　② オーバー　③ マーク　④ チェンジ

答案②

解 答案以外的選項原詞和意思分別為：① up（提高，超過）；③ mark（符號，記號；記錄；標籤；徽章）；④ change（變化）。

譯 他在高速公路上以超過最高限速 50 公里的速度行駛，因為違反限速而被逮捕了。

■ うちの＿＿＿＿は、入(い)り口(ぐち)が狭(せま)くて車(くるま)が入(はい)りにくい。

（1998- V - 3）

① ガレージ　② スタジオ　③ ステージ　④ フロント

答案①

解 答案以外的選項原詞及其意思分別為：② studio（照相館，攝影棚；藝術家工作室；播音室）；③ stage（舞臺，講壇）；④ front（前面，服務台）。

譯 我們家的車庫門狹窄，車子很難開進去。

■ 試験中（しけんちゅう）に他人（たにん）の答案（とうあん）を見（み）ることを＿＿＿＿という。（2003-Ⅴ-12）

① カンニング　② スプリング　③ タイミング　④ トレーニング

答案①

解 答案以外的選項原詞和意思分別為：② spring（春天；彈簧）；③ timing（時機）；④ training（訓練）。

譯 考試時看別人的答案叫做作弊。

■ 彼女（かのじょ）は15年（ねん）の＿＿＿＿を持（も）つテニスの選手（せんしゅ）である。（1992-Ⅴ-9）

① ベテラン　② ポジション　③ キャリア　④ トレーニング

答案③

解 答案以外的選項原詞和意思分別為：① veteran（老手，老練的人）；② position（職位，位置）；④ training（練習）。

譯 她是擁有15年職業生涯的網球選手。

■ サービス……この店（みせ）の定食（ていしょく）にはコーヒーがサービスでつく。

（2001-Ⅵ-2）

① サービス業（ぎょう）は第3次産業（じさんぎょう）だ。
② この旅館（りょかん）はサービスがいい。従業員（じゅうぎょういん）も親切（しんせつ）だ。
③ 写真（しゃしん）を現像（げんぞう）するとアルバムが1冊（さつ）サービスになる。
④ 休（やす）みの日（ひ）は家庭（かてい）サービスにつとめている。

答案③

解「サービス」在各項中的用法為：（題目）免費贈送；①服務；②服務，招待；③附帶贈送；④侍候，主動做事。

譯（題目）這家店的套餐裏附贈咖啡；①服務業是第三產業；②這家旅館的服務不錯，服務員也挺親切的；③沖洗照片的話，就附贈1本相冊；④放假的時候，盡量與家人一起度過。

■ 日本（にほん）では＿＿＿＿の大（おお）きな靴（くつ）をさがすのに苦労（くろう）する。

（2002-Ⅴ-4）

① 構え　② サイズ　③ 体格　④ 様式

答案②

解 其他選項：①構え（構造，格局；姿勢，架勢；準備）；③体格（體格）；④様式（方式；格式；風格）。

譯 在日本，要找大尺碼的鞋很辛苦。

■ ショック（2001-Ⅶ-4）

① 古いショックがまだきいている。

② 大きな事件を体験したショックから立ち直れない。

③ 留守の間に泥棒が入ったことを知ったときはショックした。

④ 近くに雷が落ちたため、エレベーターがショック中で動かない。

答案②

解 選項①中的「ショック」和「きく」搭配不自然；選項③把「ショック」錯誤地當動詞使用了；選項④可改為「故障中」。

譯 在重大事件中遭受過打擊，還沒有恢復過來。

■ 彼女のファッションはいつも＿＿＿＿＿だ。（2004-Ⅴ-10）

① シック　② センス　③ デザイン　④ フォム

答案①

解 答案以外的選項原詞和意思分別為：② sense（感覺，審美能力）；③ design（設計，款式）；④ form（形式；〔運動時的〕姿勢）。

譯 她的穿著總是很雅緻。

■ どんな＿＿＿＿＿の音楽が好きですか。（2007-Ⅴ-8）

① フィルター　② ポジション　③ コントロール　④ ジャンル

答案④

解 答案以外的選項原詞和意思分別為：① filter（篩檢程式，過濾裝置）；② position（地位，職位；位置）；③ control（控制）。

譯 喜歡什麼類型的音樂？

■ 大きいテーブルを買いたいけれど、この部屋には置く＿＿＿＿＿がない。（2005-Ⅴ-12）

① スペース　② ステージ　③ スタンド　④ スタジオ

答案①

解 答案以外的選項原詞和意思分別為：② stage（舞臺，講壇）；③ stand（觀眾席；商店；枱燈；台）；④ studio（畫室，雕刻室；攝影棚；演播室）。

譯 雖然想買一張大桌子，但是這個房間裏沒地方放。

■ 創立（そうりつ）50周年（しゅうねん）を祝（いわ）う記念（きねん）の＿＿＿＿＿が行（おこな）われた。（2006-V-13）

① オープン　② チェンジ　③ セレモニ　④ メッセージ

答案③

解 答案以外的選項原詞和意思分別為：① open（開張，開業；開放，坦率，公開）；② change（交換，變換，兌換）；④ message（信息，留言）。

譯 舉行了慶祝成立50周年的紀念儀式。

■ このいすは＿＿＿＿＿はいいが、すわり心地（ここち）が悪（わる）い。（1999-V-13）

① モデル　② ジャンル　③ デザイン　④ デッサン

答案③

解 答案以外的選項原詞和意思分別為：① model（模型，雛形，模範，榜樣，模特兒）；② genre（體裁，種類）；④ dessin（草圖，素描）。

譯 這把椅子設計得很好，但是坐起來不舒服。

■ このファイルに入（はい）っている＿＿＿＿＿は絶対秘密（ぜったいひみつ）だ。（2001-V-8）

① オンライン　② チャンネル　③ データ　④ マスコミ

答案③

解 答案以外的選項原詞和意思分別為：① online（線上）；② channel（頻道）；④ mass communication（大眾傳播，媒體報導）。

譯 這份文件夾中的資料是要絕對保密的。

■ この漫画(まんが)は＿＿＿＿＿なところがおもしろい。（2003-Ⅴ-2）

① バランス　② アナウンス　③ ナンセンス　④ ニュアンス

答案③

解 答案以外的選項原詞和意思分別為：① balance（平衡）；② announce（廣播，播報）；④ nuance（〔意義、語氣的〕微妙差別）。4 個選項中只有③是形容動詞，其他都是名詞。

譯 這個漫畫的搞笑之處很有意思。

■ 語学(ごがく)を勉強(べんきょう)する上(うえ)で、言葉(ことば)の＿＿＿＿＿をつかむことはとても大切(たいせつ)なことだ。

① ニュアンス　② フライパン　③ レンタカー　④ パーセント

答案①

解「ニュアンス」是名詞，「語氣上，含意上的微妙的差別」的意思。答案以外的選項中文意思為：②フライパン（平底鍋）；③レンタカー(租車)；④パーセント（百分比）。

譯 學習語言上抓住單字含意上的微妙差別是很重要的。

■ レモンにはたくさんの＿＿＿＿＿が含(ふく)まれています。

① パン　② レーズン　③ ビタミン　④ ゼリー

答案③

解「ビタミン」是名詞，「維他命」的意思。答案以外的選項中文意思為：①パン（麵包）；②レーズン（葡萄乾）；④ゼリー(果凍)。

譯 檸檬有含很多維他命。

■ あの選手(せんしゅ)は、走(はし)る＿＿＿＿＿がとてもきれいだ。（2000-Ⅴ-1）

① フォーム　② ポーズ　③ ポジション　④ コントロール

答案②

解 答案以外的選項原詞和意思分別為：① form（形式，格式；姿態）；③ position（職位，地位）；④ control（支配，管理，控制）。

譯 那位選手跑步的姿勢非常漂亮。

■ ボイコット（2004-Ⅶ-4）

① 明日は忙しいので、健康診断は<u>ボイコット</u>することにした。

② 学生は教師に不満を持って、授業を<u>ボイコット</u>したそうだ。

③ 風邪をひいて会社を<u>ボイコット</u>した。

④ 天気がよかったので、午後の会議を<u>ボイコット</u>した。

答案②

解 「ボイコット」是サ行變格動詞，意思是「聯合抵制」。選項①、③、④為誤用。①可改為「やめることにした」（決定不去了）；③可改為「休んだ」（請假）；④可改為「さぼった」（不去）。

譯 聽說學生對老師不滿，所以聯合抵制上課。

■ たいこの音が聞こえてきて、祭りの＿＿＿＿＿がいちだんと盛り上がってきた。（1996-Ⅴ-11）

① ブーム　② ポーズ　③ ムード　④ リード

答案③

解 答案以外的選項原詞及其意思分別為：① boom（高潮，熱潮）；② pose（姿勢，樣子），④ lead（領導，率領，領先）。

譯 鼓聲傳來，慶典的氣氛更加熱烈。

■ この扇風機は＿＿＿＿＿が壊れてしまいました。

① ページ　② トンネル　③ ナイロン　④ モーター

答案④

解 「モーター」是名詞，「馬達」的意思。答案以外的選項其中文意思為：①ページ（頁）②トンネル（隧道）③ナイロン（尼龍）

譯 這電風扇是馬達壞了。

■ 彼は朗らかな人で、＿＿＿＿＿のある話し方で、職場の雰囲気を明るくしてくれる。（1991-Ⅴ-13）

① ユーモア　② ニュアンス　③ チャンス　④ タイミング

答案①

解 答案以外的選項原詞和意思分別為：② nuance（語氣，語感，微妙差別）；③ chance（機會，機遇）；④ timing（時機）。

譯 他為人爽朗，幽默的講話方式使得單位裏的氣氛很活躍。

■ キャプテンにうまくチームを＿＿＿＿＿してほしい。（2004- V - 11）

① アップ　② オーバー　③ バック　④ リード

答案④

解 答案以外的選項原詞和意思分別為：① up（提高，提升）；② over（誇張；超出；外套）；③ back（背景；後退；後臺，後盾）。

譯 希望隊長好好地帶領隊伍。

■ この工場（こうじょう）で働（はたら）く人々（ひとびと）の技術的（ぎじゅつてき）＿＿＿＿＿はたいへん高（たか）い。

（1993- V - 12）

① ラベル　② レベル　③ ドリル　④ ダブル

答案②

解 答案以外的選項原詞和意思分別為：① label（標籤，簽條）；③ drill（鑽，鑽孔機；訓練，練習）；④ double（雙重，雙人，兩倍）。

譯 在這個工廠工作的人技術水平非常高。

國家圖書館出版品預行編目資料

用聽的背日檢 N1 單字 6200 / 齊藤剛編輯組著 . -- 初版 . -- [ 臺北市 ] : 寂天文化 , 2016. 08
面 ;　公分 . --

ISBN　978-986-318-480-5（20K 平裝附光碟片）

1. 日語　2. 詞彙　3. 能力測驗

803.189　105013531

# 用聽的背日檢 N1 單字 6200

作　　者　齊藤剛編輯組
編　　輯　黃月良
校　　對　洪玉樹

封面設計　林書玉
內文排版　謝青秀
製程管理　洪巧玲
出 版 者　寂天文化事業股份有限公司
電　　話　+886-(0)2-2365-9739
傳　　真　+886-(0)2-2365-9835
網　　址　www.icosmos.com.tw
讀者服務　onlineservice@icosmos.com.tw



＊本書為《日檢單字 N1 完全制霸》重製版本

出版日期　2016 年 8 月　初版一刷　200101
郵撥帳號　1998620-0　寂天文化事業股份有限公司

- 劃撥金額 600（含）元以上者，郵資免費。
- 訂購金額 600 元以下者，請外加 65 元。

【若有破損，請寄回更換，謝謝。】